Drôles de frères

Du même auteur
dans la même collection

dans la collection Rivages/Thriller

Sous le pseudonyme de Richard Stark

Donald E. Westlake

Drôles de frères

Traduit de l'anglais (États-Unis)
par Isabelle Reinharez

Collection dirigée par
François Guérif

Rivages / noir

ISSN : 0764-7786
ISBN : 2-86930-045-X

© 1975, Donald Westlake
Titre original : Brother's Keepers

© Rivages, 1987
106, bd St-Germain - 75006 Paris

1.

— Pardonnez-moi, mon Père, car j'ai péché. Ma dernière confession date d'il y a quatre jours.

— Oui, oui. Continuez.

Pourquoi semble-t-il toujours aussi impatient ? Vite vite vite ; ce n'est pas ainsi que l'on procède.

— Euh, dis-je, voyons. (J'essayai de ne pas me laisser démonter.) J'ai eu une pensée impure, poursuivis-je, jeudi soir, pendant une publicité de crème à raser à la télévision.

— Une publicité de crème à raser ? (Maintenant il semblait exaspéré ; c'était déjà bien assez, apparemment, que je l'ennuie à mourir, sans aussi le dérouter.)

— C'est une publicité, expliquai-je, dans laquelle une dame blonde avec un accent suédois étale de la crème à raser sur le visage d'un jeune homme à la mâchoire plutôt prognathe.

— Prognathe ? (Plus dérouté qu'exaspéré cette fois-ci ; J'avais vraiment éveillé sa curiosité.)

— Ça veut dire, euh, proéminente. Une grosse mâchoire, qui dépasse, quoi.

— Cela a-t-il un rapport quelconque avec le péché ?

— Non, non. Je pensais simplement, euh, je pensais

que vous vouliez savoir, euh...

— Cette pensée impure, dit-il, en coupant net ma phrase inachevée, concernait-elle la femme ou l'homme ?

— La femme, bien sûr ! Qu'est-ce que vous croyez ? (J'étais choqué ; on ne s'attend pas à entendre ce genre de chose en confession.)

— Très bien, fit-il. Rien d'autre ?

Il s'appelle Père Banzolini, et il vient ici deux fois par semaine pour recueillir nos confessions. Nous lui offrons un bon dîner avant et un petit alcool après, mais il est renfrogné tout le temps, c'est un prêtre très renfrogné. J'imagine qu'il nous trouve sans intérêt, et qu'il préférerait de loin recueillir les confessions là-bas dans le quartier des théâtres ou à Greenwich Village. Après tout, un agneau ne peut pas s'égarer bien loin dans un monastère, non ?

— Hum, fis-je, en essayant de penser. J'avais tous mes péchés bien répertoriés dans ma tête avant d'entrer là-dedans, mais comme d'habitude la rudesse du Père Banzolini m'avait fait perdre le fil. J'avais pensé un jour que je pourrais noter tous mes péchés à l'avance et simplement lire ma liste dans le confessionnal, mais je trouvais que ça n'allait pas très bien avec le ton de la contrition et tout ça. Et puis, qu'adviendrait-il si mon papier tombait dans de mauvaises mains ?

Le Père Banzolini s'éclaircit la gorge.

— Hum, dis-je en toute hâte. J'ai, euh, volé un feutre Stabilo orange au Frère Valérian.

— Vous l'avez *volé* ? Ou vous l'avez emprunté ?

— Je l'ai volé, assurai-je, avec un brin de fierté. Exprès.

— Pourquoi ?

— Parce qu'il avait fait les mots croisés dans le dernier *Times* du dimanche, et il sait très bien que c'est ma prérogative. Il prétend qu'il a oublié. Je suppose que vous entendrez sa version des faits dans un petit moment.

— Laissez donc tranquilles les péchés des autres, conseilla le Père Banzolini. Avez-vous procédé à la restitution ?

8

— Pardon ?

Un long soupir forcé.

— L'avez-vous rendu ?

— Non, je l'ai perdu. Vous ne l'auriez pas vu, par hasard ? C'est un feutre orange ordin...

— Non, je ne l'ai pas vu !

— Oh ! Bon, je sais qu'il est quelque part par ici, et quand je le trouverai j'irai le rendre aussitôt.

— Bien, dit-il. Evidemment, si vous ne le retrouvez pas, il faudra que vous le remplaciez.

Quarante-cinq cents. Je soupirai, mais répondis :

— Oui, je sais. Je n'y manquerai pas.

— Rien d'autre ?

J'aurais bien aimé dire non, mais j'avais l'impression qu'il y avait eu autre chose que le feutre Stabilo et la pensée impure. Voyons, qu'est-ce que c'était ? Je me reportai en arrière.

— Frère Bénédict ?

— Je réfléchis, répondis-je. Ça y est !

Il eut un brusque petit sursaut, de l'autre côté de la petite fenêtre grillagée. Excusez-moi, dis-je. Je ne voulais pas vous effrayer. Mais je me suis souvenu de l'autre.

— Il y en a encore, dit-il, sans joie.

— Rien qu'un. J'ai blasphémé le nom de Dieu.

Il posa son menton dans sa main. C'était dur de voir son visage dans la demi-obscurité, mais ses yeux semblaient encapuchonnés, peut-être même complètement fermés.

— Racontez-moi ça, demanda-t-il.

— J'étais dans la cour, lui expliquai-je, et Frère Jérôme qui lavait les vitres au premier étage a lâché son chiffon. Il a atterri sur ma tête, tout mouillé et tout froid et absolument sans crier gare, alors moi instinctivement j'ai crié, *'Jésus Christ !'*

Il sursauta encore une fois.

— Oooh, chuchotai-je. Est-ce que je l'ai dit trop fort ?

Il toussota.

— Peut-être plus qu'il n'était absolument nécessaire,

9

remarqua-t-il. Est-ce que *c'est* tout ?

— Oui, répondis-je. Tout à fait.

— Et vous sentez-vous contrit et fermement résolu à vous amender ?

— Oh, totalement, assurai-je.

— Parfait. Il se redressa un peu, décolla son menton de sa main et pivota sur sa chaise. Pour votre pénitence, vous direz deux Notre Père et, voyons, sept Je Vous Salue Marie.

Cela paraissait un peu excessif pour trois pauvres petits péchés, mais les pénitences sont non-négociables. Oui, mon Père, répondis-je.

— Et ça pourrait être une bonne idée de fermer les yeux pendant les publicités télévisées.

— Oui, mon Père.

— Maintenant dites un bon acte de contrition.

Je fermai les yeux, récitai la prière, et l'entendis en même temps marmonner l'absolution dans un latin indistinct, et puis mon tour fut terminé et je quittai le confessionnal, où je fus aussitôt remplacé par le vieux Frère Zébulon, tout petit, cassé en deux, ridé, avec des cheveux blancs. Il me salua et se glissa derrière le rideau, hors de ma vue mais pas de mes oreilles : le craquement de ses jointures quand il s'agenouilla là-dedans retentit à travers la chapelle comme un double coup de fusil.

Je m'agenouillai devant la balustrade de l'autel pour en finir au plus vite avec ma pénitence, occupé pendant tout ce temps à réfléchir où pouvait bien se cacher ce fichu Stabilo. Je l'avais pris jeudi après-midi, et quand j'avais changé d'idée le lendemain matin — eu des remords, en vérité — le stylo était demeuré absolument introuvable. Nous étions samedi soir, et j'avais désormais passé un jour et demi à le chercher, sans pour le moment en avoir trouvé la moindre trace. Qu'est-ce que j'avais bien pu en faire ?

Etant arrivé au bout de ma pénitence sans avoir résolu le mystère du Stabilo manquant, je quittai la chapelle et consultai la grosse pendule du hall. Dix heures quarante.

Le *Times* du dimanche devait être arrivé au kiosque à journaux. Je me hâtai vers le bureau pour obtenir les soixante cents nécessaires et la permission officielle de quitter les lieux.

Le Frère Leo était de garde au bureau et lisait une de ses revues d'aviation. C'était l'exception à la règle, le Frère Leo, un homme extrêmement corpulent et pas jovial pour un sou. Il portait le nom du lion, mais son apparence et ses manières étaient plutôt celles d'un ours, ou d'un taureau, en encore plus gros. Tout ce qui l'intéressait dans ce monde c'était l'aviation commerciale, Dieu sait pourquoi. Des parents de l'extérieur l'avaient abonné à des revues d'aviation, qu'il lisait à toutes heures du jour et de la nuit. Si un avion survolait le monastère quand le Frère Leo était dans la cour, il s'abritait les yeux d'une main massive et dodue et contemplait le ciel comme si le Christ en personne se tenait là-haut sur un nuage. Et puis, comme si finalement ce n'était pas le cas, il vous disait quel genre d'avion était passé. «Boeing,» annonçait-il. «Sept cent quarante-sept.» Que voulez-vous répondre à un truc comme ça ?

Le Frère Leo posa sa revue sur le bureau de la réception et me lorgna à travers la partie supérieure de ses double foyers.

— Le *Times* du dimanche, dit-il.

— C'est ça, acquiesçai-je. Mon voyage hebdomadaire du samedi pour aller chercher le *Times* du dimanche me procurait un plaisir que même le caractère revêche du Frère Leo n'arrivait pas à gâcher. C'était — avec la Messe du Dimanche, bien entendu — le clou de ma semaine.

— Frère Bénédict, remarqua-t-il, il y a quelque chose de matérialiste en vous.

Je regardai sa revue avec insistance, mais ne répondis pas. Je sortais tout juste de confession, l'âme aussi propre et bien lessivée qu'un drap sur une corde à linge, je n'avais aucune envie de m'embarquer dans une dispute où je risquais de me montrer peu charitable.

Le Frère Leo ouvrit le tiroir latéral du bureau, sortit

11

la boîte à petite monnaie, et la déposa sur sa revue. Il l'ouvrit, farfouilla parmi les billets d'un dollar froissés pour atteindre la monnaie au fond, et finit pas ressortir deux pièces de vingt-cinq et une de dix. Il tendit la main vers moi, les pièces de vingt-cinq ressemblant à des pièces de cinq dans son immense paume, celle de dix à peine visible, et je les pris, en disant :

— Merci, mon Frère. Je reviens tout de suite.

Il grogna, se replongea dans sa revue, et moi je m'élançai vers mon aventure hebdomadaire dans le monde extérieur.

Je n'ai pas toujours, bien sûr, été le Frère Bénédict de l'Ordre Crépinite du Novum Mondum. En vérité, durant la majeure partie de mon existence je n'étais même pas un catholique romain.

Je naquis, il y a trente-quatre ans, dans une famille dénommée Rowbottom, et fus baptisé Charles, comme mon grand-père maternel. Mes parents ayant divorcé pendant mon enfance, ma mère épousa ensuite un monsieur Finchworthy, dont j'adoptai alors le nom pendant un moment. M. Finchworthy mourut dans un accident d'automobile alors que j'étais encore en pension, et ma mère pour une raison que je n'ai jamais totalement comprise, revint à son nom de jeune fille, Swellingsburg, et me prit avec elle. Elle et moi nous brouillâmes pendant mon séjour à l'université, et je revins alors à Rowbottom, nom sous lequel je fus incorporé dans l'Armée. Il était plus simple de conserver ce nom même une fois que ma mère et moi eûmes réglé nos différends, aussi de ce jour-là restai-je Charles Rowbottom jusqu'à mon entrée au monastère.

Voilà pour mon nom. (Ils ne laissent jamais assez de place sur les formulaires officiels.) Quant au fait que je sois devenu Frère Bénédict, tout a commencé l'année de mes vingt-quatre ans, quand je rencontrai une jeune femme du nom d'Anne Wilmer, une fervente catholique romaine. Nous tombâmes amoureux, je lui proposai le mariage, elle accepta, et à sa demande expresse je suivis

12

un enseignement pour adopter sa foi. Je trouvai le Catholicisme Romain continuellement fascinant, aussi ésotérique et subtil et par moments aussi insondable que les mots croisés du *Times* du dimanche ; et quand ma mère s'éteignit peu avant mon baptême, ma nouvelle religion me fut une grande source de consolation et de réconfort.

Elle me fut aussi une grande source de consolation et de réconfort peu après, quand Anne Wilmer me planta là pour filer avec un Libanais. Un Mahométan pratiquant. «Un anneau d'or au groin d'un pourceau : une femme belle mais dépourvue de sens.» Proverbes, XI, 22. Ou, selon la formule de Freud, «Que veut une femme ?»

Je suppose qu'il serait juste de dire que j'entrai au monastère sous le coup d'Anne Wilmer, mais ce ne fut pas la raison pour laquelle j'y restai. J'avais toujours trouvé le monde contradictoire et ennuyeux, sans place logique pour moi. Politiquement j'étais en désaccord aussi bien avec la Gauche, la Droite que le Centre. Je n'avais pas de fermes plans de carrière, et ma fragile constitution ainsi que mes études universitaires m'avaient laissé bien peu de perspectives d'avenir sinon une existence passée au service de morceaux de papier : employé de bureau ou examinateur, administrateur ou conseiller ou cadre d'entreprise. L'argent ne m'intéressait pas, pourvu que je sois bien nourri, vêtu et logé, et je ne voyais en aucune façon comment il pourrait m'arriver de connaître une célébrité ou les honneurs ni aucun des autres talismans du succès de ce monde. Je n'étais que Charles Rowbottom, à la dérive sur l'océan de cols blancs de la futilité humaine, et si Anne Wilmer m'avait plaqué à n'importe quel autre moment de ma vie, j'aurais sans doute réagi comme n'importe lequel de mes dix millions de semblables : j'aurais été malheureux pendant un mois ou deux, et puis j'aurais trouvé une autre Anne Wilmer, et je serais passé au mariage comme je l'avais prévu initialement.

Mais l'événement tombait à point nommé. Je venais de terminer mes études de Catholicisme, et mon âme était

13

baignée de paix religieuse. Le Père Dilray, le prêtre qui m'avait prodigué l'enseignement, était lié à l'Ordre Crépinite, aussi le connaissais-je déjà un peu, et quand je m'y intéressai plus à fond, il commença à m'apparaître de plus en plus que l'Ordre St Crépin constituait la parfaite solution au problème de mon existence.

St Crépin et son frère St Crépinien sont les saints patrons des cordonniers. Au troisième siècle, les deux frères, membres d'une noble famille romaine, vinrent s'installer à Soissons où ils gagnèrent leur vie comme cordonniers tout en convertissant de nombreux païens à notre Mère l'Eglise. L'Empereur Maximianus (également connu sous le nom d'Herculius) leur fit trancher la tête vers l'an 286, et ils furent enterrés à Soissons. Six siècles plus tard on les déterra — ou en tout cas *quelqu'un* fut déterré — pour les transférer en partie à Osnabruck et en partie à Rome. Les morceaux de chacun des frères se trouvent-ils tous au même endroit ou non, mystère et boule de gomme.

L'Ordre Crépinite du Novum Mondum fut fondé dans la Ville de New York en 1777 par Israël Zapatero, un Juif espagnol à moitié Maure qui s'était converti au Catholicisme dans le seul but de fuir l'Espagne avec sa fortune et émigrer en Amérique, mais qui eut une révélation au milieu de l'océan, une vision dans laquelle les Saints Crépin et Crépinien lui apparurent et lui apprirent que l'Eglise avait sauvé sa vie et sa fortune afin que les deux puissent être consacrées à la plus grande gloire de Dieu. Son nom signifiant «cordonnier» en espagnol, c'étaient les frères cordonniers qui lui avaient été envoyés pour lui donner ses instructions. Il devait fonder un ordre monastique sur l'île de Manhattan, voué à la contemplation, aux bonnes œuvres et à la méditation sur le sens du voyage terrestre. (Crépin et Crépinien avaient voyagé jusqu'au lieu de leur œuvre missionnaire, et leurs restes avaient à nouveau voyagé plusieurs siècles après leur mort : Israël Zapatero était au moment de ce miracle en voyage ; et la seule notion de chaussures suggère le voyage.)

Ainsi, à son arrivée à New York, Zapatero prit un bail de quatre-vingt dix-neuf ans sur un bout de terrain au nord de la partie principale de Manhattan, réunit quelques moines sortis d'on ne sait où, et construisit un monastère. L'Ordre cafouilla, soutenu par Zapatero et la mendicité, mais ne compta jamais plus d'une demi-douzaine de moines en résidence jusqu'à la Guerre Civile, où une soudaine recrudescence des vocations intervint. Juste après le début du siècle un schisme se produisit, et une faction dissidente partit fonder l'Ordre Crépinianite à Brooklyn Sud, mais ce surgeon flétrit il y a bien longtemps de cela, tandis que l'Ordre originel continua à prospérer, à l'intérieur de ses limitations.

Les limitations sont nombreuses. Nous sommes toujours à l'intérieur des limites de l'unique monastère originel, sans intention ni espoir de jamais nous agrandir. Nous ne sommes ni un Ordre enseignant ni un Ordre missionnaire, aussi nous connaît-on très peu dans le monde extérieur. Nous sommes un Ordre Contemplatif, et nous nous consacrons aux réflexions sur Dieu et le Voyage. Nous sommes en ce moment au nombre de seize, logés dans le bâtiment originel Hispano-Mauro-Colonialo-Gréco-Hébraïque construit par Israël Zapatero il y a environ deux cents ans, qui ne peut abriter que vingt résidents au maximum. Nos méditations sur le Voyage nous ont amenés à la ferme conclusion que le Voyage ne devrait jamais être entrepris à la légère, et uniquement quand il s'avère absolument nécessaire à la propagation de la gloire de Dieu parmi les hommes — ce qui signifie que nous allons rarement où que ce soit.

Tout ceci me convient à merveille. Je préfère ne pas appartenir à une grande organisation hiérarchique et tentaculaire, une sorte de Pentagone monastique, je me sens plus à l'aise dans l'atmosphère de camaraderie désinvolte qui peut régner entre seize hommes tranquilles partageant le même toit. J'aime aussi le bâtiment du monastère en soi, sa fortuite agglutination de styles, la sombre chaleur de ses boiseries de châtaignier que l'on retrouve partout à l'intérieur, la dentelle de pierre dans la chapelle, le réfectoire et les bureaux, les sols de mosaïque, les plafonds voûtés, l'extérieur carré en pierres grises : le tout donnant l'effet d'une mission espagnole californienne et d'un monastère médiéval anglais entremêlés dans la tête de Cecil B. De Mille.

Quant au Voyage, ça ne m'a jamais beaucoup intéressé. Je suis tout à fait disposé à passer le reste de mon existence dans les murs du monastère et à demeurer Frère Bénédict, pour toujours.

Excepté, bien sûr, ma sortie sur Lexington Avenue pour le *Times* du dimanche.

Je descendis Lex d'un pas vif en direction du kiosque à journaux, robe brune sifflant autour de mes jambes, croix pendillant à mon côté au bout d'un cordon blanc qui encerclait ma taille, sandales giflant le trottoir avec un double flic-*flac*. C'était un soir d'automne magnifique et frisquet, le premier week-end de décembre, idéal pour une promenade à pied. L'air était pur et vif, le ciel était clair, et l'on pouvait voir quelques-unes des étoiles les plus brillantes à travers l'auréole de New York.

Les trottoirs étaient encombrés de fêtards du samedi soir : des couples qui flânaient main dans la main, des groupes joyeux conversant à tue-tête. Je répondais aux regards parfois surpris avec un sourire et un signe de tête, et poursuivais mon chemin. Certains soirs je me payais au passage les bons mots des gens qui se méprenaient sur ma mise et me prenaient simplement pour un dingue isolé, mais c'était surtout le cas des banlieusards : les New-Yorkais ont l'habitude de voir des piqués dans leurs rues.

Il n'y eut pas de remarque ce soir, mais un Père Noël de trottoir qui agitait une clochette au-dessus d'un tronc métallique m'adressa un signe de la main, comme à un collègue. J'hésitai un peu, puis je lui souris, et continuai à marcher vers le kiosque à journaux, où le marchand lança, comme d'habitude, «Bonsoir, mon Père.»

— Bonsoir, répondis-je.

Ça faisait des années que je n'essayais plus de lui

expliquer que je n'étais pas un Père mais un Frère, pas un prêtre mais un moine. Je ne peux pas dire la messe ni recueillir les confessions ni donner l'extrême onction ni célébrer des mariages ni remplir aucune des autres fonctions sacerdotales. Je suis l'équivalent masculin d'une nonne : un Frère, comme elle est une Sœur. Mais c'était une distinction trop subtile pour le marchand de journaux, que d'après son accent je présumais être juif, venu de Russie via Brooklyn. Après une bonne année d'aimables mises au point, semaine après semaine, j'avais finalement abandonné et reconnaissais désormais la salutation pour ce qu'elle était — le salut amical entre commerçant et client — et ne cherchais pas plus loin.

Le *Times* du dimanche n'est jamais un journal particulièrement mince, mais pendant les deux mois qui précèdent Noël ça tient de l'engorgement, et il atteint parfois le millier de pages. J'ai coutume depuis des années de m'arrêter à la corbeille à papiers juste au nord du kiosque à journaux, et d'alléger mon fardeau en y déposant les parties du journal dont nous n'avons pas l'usage au monastère. (Une controverse s'est élevée il y a quelques années, menée surtout par le Frère Flavian, un fameux fauteur de troubles celui-là, sous prétexte que cette habitude correspondait en fait à une forme de censure, mais cet orage s'est apaisé depuis longtemps, principalement parce que c'était tout à fait faux.) Les Petites Annonces partent, bien sûr, et tous les Suppléments publicitaires, et aussi l'Immobilier. Voyage et Villégiatures partent, vu que la philosophie du *Times* à propos du Voyage est en complet désaccord avec la nôtre. (C'était là l'argument massue du Frère Flavian, jusqu'à ce qu'il admette qu'en aucun cas il ne lirait Voyage et Villégiatures si je le rapportais chez nous.) A la demande de différents Frères, cependant, je garde l'Actualité. Les Sports, Les Livres, Le Magazine, La Semaine en Revue et Arts et Loisirs. Avec quoi, avant Noël, n'importe qui en a déjà plein les bras.

Et donc je repartis chez nous, un peu allégé. Tout en

marchant ce soir-là, je réfléchissais à quel point ce quartier s'était radicalement transformé depuis qu'Israël Zapareto et son petit groupe avaient élevé notre bâtiment sur un morceau de terrain nu loué à bail, entouré de fermes, de bois et de communautés — petites mais en plein essor. Aujourd'hui, Zapareto reconnaîtrait à peine l'endroit, niché entre les hôtels et les immeubles de bureaux de Midtown Manhattan. Nous nous trouvons sur Park Avenue entre les 51ème et 52ème Rues, et la ville a plutôt grandi autour de nous. Le Waldorf Astoria est à deux pâtés de maisons vers le sud, le Manufacturers Hanover Trust Building se dresse en face, la House of Seagram est à un pâté de maisons vers le nord, le Racquet et Tennis Club est à l'oblique en face, et nos autres voisins proches comprennent l'International Telephone & Telegram Building, le Colgate Palmolive Building, et Lever House. On nous a taxés d'anachronisme, avec notre petit monastère tapi entre tous ces colosses à prix colossal, et je suppose que c'est vrai. Mais ça nous est égal ; nous aimons assez le remue-ménage et l'impétuosité du monde qui nous entoure. Cela donne plus de signification à nos silences et nos méditations.

Je dois avouer, cependant, que je commence à me réconcilier avec le PanAm Building, qui jaillit hors de Grand Central Station comme la crosse d'une baïonnette d'un superbe animal poignardé dans le dos. On a beaucoup construit sur Park Avenue ces dix dernières années, et tandis que la beauté a rarement paru faire partie de l'intention générale, la plupart des immeubles sont au moins propres, soignés et inoffensifs, comme un os blanchi dans le désert. Seul le PanAm provoque en moi une irritation bien peu digne du Christ : mais il faut dire aussi qu'ils sont dans l'erreur en ce qui concerne le Voyage.

Je rentrai chez nous ce soir-là sans vraiment tourner les yeux vers le PanAm — il est moins voyant quoique plus sinistre à la nuit tombée — et apportai le journal au caléfactoire, où l'habituel rassemblement des Frères attendait son arrivée. Le Frère Mallory, ancien boxeur

18

et autrefois poids welter classé, passe en premier pour les Sports. Le Frère Flavian, le fauteur de troubles, fait toujours les cent pas devant la porte en attendant la page éditoriale de la Semaine en Revue, le Frère Oliver, notre Abbé, a la priorité sur la partie Actualité, et le Frère Peregrine, dont la carrière en dents de scie au théâtre comporta à la fois la construction de décors à Off Broadway et la direction d'un théâtre estival quelque part dans le Midwest, restait en contact avec son ancienne vocation grâce à Arts et Loisirs. Les Livres revenaient au Frère Silas, qui avait autrefois publié un livre racontant sa carrière de voleur-pickpocket (tout ça avant d'entrer dans notre Ordre, bien sûr), et moi je gardais la partie Magazine, avec sa grille de mots croisés : mon vice à moi.

Ce qui signifie que je ne lus pas la colonne de Ada Louise Huxtable sur l'architecture dans Arts et Loisirs avant l'après-midi suivant. Dès que ce fut fait, bien sûr, je me rendis aussitôt auprès de notre Abbé.

— Frère Oliver, dis-je.

Il abaissa son pinceau et à contrecœur tourna les yeux vers moi.

— Est-ce important ? demanda-t-il.

— J'en ai bien peur. J'inclinai la tête devant sa dernière Vierge à l'Enfant — d'inspiration un peu plus sombre que son style habituel, quoique Marie arborât un malencontreux petit sourire narquois qui laissait croire qu'elle venait tout juste de kidnapper l'enfant — et j'ajoutai, sinon je ne vous dérangerais pas.

Il soupira, et posa sa palette et son pinceau.

— Fort bien, dit-il.

Trapu, les cheveux blancs, et aussi doux que n'importe quel liquide-vaisselle en vente sur le marché, le Frère Oliver avait aujourd'hui soixante-deux ans et était notre Abbé depuis l'âge de cinquante-six ans. Il s'était mis à la peinture depuis quatre ans seulement, et avait déjà couvert la plus grande partie de nos couloirs avec ses Vierges à l'Enfant, exécutées dans une série de styles reconnaissables et avec une habileté et une minutie extrêmes, mais sans beaucoup de talent.

Pourtant, c'était mieux que tous ces vitraux informes que le précédent Abbé, le Frère Jacob, avait fabriqués pendant la durée de sa fonction et fait placer dans toutes les fenêtres des chambres, éliminant d'un seul coup la lumière, l'air et la vue. (Ces vitraux étaient désormais empilés dans le grenier, avec les crèches en allumettes de l'Abbé Ardward, les albums de photos du passage des saisons dans notre cour de l'Abbé Delfast, et le roman en quatorze volumes de l'Abbé Wesley sur la vie de St Jude l'Obscur. On avait laissé de la place, là-haut, pour les Vierges à l'Enfant, mais jamais personne n'aurait osé le dire tout haut.)

Après avoir posé sa palette et son pinceau, le Frère Oliver continua quelques secondes encore à contempler son tableau avec nostalgie, en l'étudiant comme s'il avait voulu y entrer, grimper dedans et flâner dans l'arrière-plan obscur parmi les colonnes de pierre brisées. Mais il secoua la tête, se tourna vers moi, et demanda :

— Qu'y a-t-il, Frère Bénédict ?

— Ça, dis-je, et je lui tendis le journal, plié au bon endroit de la bonne page.

Il me prit le journal des mains, les sourcils froncés, et je regardai ses lèvres bouger pendant qu'il lisait le gros titre : QUELQUES CATASTROPHES QUI POURRAIENT NE PAS ARRIVER. Son froncement de sourcils s'accentua.

— Qu'est-ce que c'est ?

— La colonne de Ada Louise Huxtable, expliquai-je. Elle traite de l'architecture pour le *Times*.

— Architecture ? (Il jeta sur le journal un regard perplexe, sur son tableau un regard triste, et sur moi un regard presque agacé.) Vous voulez que je lise une colonne sur l'architecture ?

— Oui, s'il vous plaît.

Il soupira encore. Et puis, lentement, et avec beaucoup de répugnance, il commença à lire.

Pour ma part je n'avais lu l'article que deux fois, mais

les paragraphes importants étaient déjà si bien gravés dans mon cerveau que j'aurais presque pu les citer mot pour mot. Paragraphe un : «La lutte pour sauver les plus beaux fleurons de notre héritage des griffes des intérêts immobiliers mus exclusivement par des considérations de profit à court terme est de celles dont on ne voit jamais le bout. Pour chaque combat gagné ou perdu, trois autres champs de bataille apparaissent, et les forces de la tradition et du bon goût doivent se regrouper à la hâte et se remettre aussitôt en campagne. Aujourd'hui, nous mentionnerons quelques-unes des zones de combat les plus récentes où le résultat demeure encore incertain, et quelques autres qui menacent à l'horizon.»

Les paragraphes suivants traitaient ensuite d'un hôtel à Baltimore, un Bureau de Poste à Andover, Massachussetts, une église à St Louis, un immeuble de bureaux à Charlotte, Caroline du Nord, et un ancien collège dentaire à Akron, Ohio, chacun de ces bâtiments possédant pour une raison ou une autre une valeur architecturale ou historique, et chacun d'eux étant menacé de démolition. Et puis, trois paragraphes avant la fin, venait ceci :

«Et ici à New York, deux autres hauts lieux encore se trouvent menacés par les démons de l'expansion inconsidérée des espaces de bureau. Selon Dwarfmann Investment Management Partners, cette société immobilière fort active installée à Manhattan achève des négociations pour acheter une parcelle de terrain et des constructions sur Park Avenue, dans une zone déjà saturée d'espace de bureaux disponible. Les constructions qui s'élèvent sur le terrain comportent le charmant vieil Alpenstock Hotel, avec dans le hall ses intéressantes colonnes teutoniques sculptées en forme de tronc d'arbre, et l'extraordinaire Monastère Crépinite, avec ses rappels d'ornements religieux espagnols et grecs. Un porte-parole de DIMP a annoncé que ces deux immeubles, l'un et l'autre caractéristiques et à leur façon irremplaçables, seraient abattus pour laisser place à un immeuble de bureaux de soixante-sept étages. Il reste encore beaucoup à faire avant que les bulldozers ne se mettent à l'œuvre, et il est bien trop tôt pour dire si cette bataille-ci sera gagnée ou perdue, mais si l'on se base sur l'histoire immobilière récente, et les résultats de DIMP en général, le pronostic est plutôt sombre.»

Je regardai le Frère Oliver lire, et je vis son visage changer quand il comprit soudain de quoi il s'agissait. Quand il leva enfin les yeux, son visage était presque aussi blanc que ses cheveux.

— Doux Jésus, s'exclama-t-il, ils veulent nous démolir.

— C'est ce qu'on dit ici. Alors c'est vrai, nous vendons ?

— Nous ? Il fit de nouveau la grimace au journal, et puis secoua la tête. Ce n'est pas nous, précisa-t-il. Ce n'est pas de notre ressort.

— Pourquoi pas ?

— Nous ne possédons pas le terrain, expliqua-t-il. Nous possédons le bâtiment, mais pas le terrain. Nous avons un bail sur le terrain.

— Et quand le bail expire-t-il ?

Il paraissait de plus en plus en peine, comme si une rage de dent le prenait subitement.

— Je ne sais pas précisément, avoua-t-il. Je crois que je devrais vérifier.

— Oui, dis-je. Oui, de toute évidence.

Le fait qu'Israël Zapatero avait élevé ce bâtiment sur un terrain loué à bail était mentionné dans la courte biographie de notre Fondateur remise à chaque nouvel entrant dans l'Ordre, mais il ne m'était jamais venu à l'idée que nous étions encore sous bail. Quand j'avais lu cet article sur la vente, j'avais présumé que c'était soit une erreur ou peut-être un projet du Frère Oliver qu'il n'avait pas encore décidé de dévoiler à toute la communauté. En fait, c'était apparemment bien pire : nous ne possédions pas le terrain sur lequel nous nous trouvions, et notre charmante vieille horreur de monastère — notre foyer — risquait d'être démoli sous notre nez.

Le Frère Oliver était, si possible, encore plus agité et

consterné que moi.

— Je, commença-t-il, et il hésita, et puis termina sa phrase, vais voir ça tout de suite. Il démarra, les doigts crispés sur le journal, puis s'arrêta et brandit le journal, en demandant, puis-je vous l'emprunter ?

— Bien sûr, répondis-je, et au même moment mon œil fut attiré par une strie orange sur le chevalet du Frère Oliver. Cet objet sur la tablette, n'était-ce pas un Stabilo orange ?

Le Frère Oliver refit demi-tour, et se hâta vers la porte.

Avec une insistance soudaine, je criai :

Frère Oliver ?

Il s'arrêta.

— Oui ? Oui ?

— Où avez-vous eu ce stylo ?

Dérouté, il fronça les sourcils dans la direction que j'indiquais.

— Où est-ce que j'ai quoi ?

— Ce stylo.

Je le pris.

— Oh. Je l'ai trouvé. Dans la bibliothèque.

— Il appartient au Frère Valerian, dis-je.

— Je m'en servais pour les joues de l'enfant. Vous êtes sûr ?

— Oh, oui. Je, euh, je le lui ai emprunté, et puis je l'ai perdu.

— Ah.

— Puis-je le rendre ?

— Oui, bien sûr.

— Merci, dis-je, et nous nous hâtâmes chacun vers notre mission. Je ressentais un grand soulagement d'avoir enfin retrouvé le Stabilo — j'aurais eu du mal à réunir les quarante-cinq cents pour le remplacer — mais ma joie était modérée par la découverte qu'au moment même de la réapparition du Stabilo j'avais encore commis un autre péché : j'avais menti à l'Abbé en disant que j'avais «emprunté» le stylo.

Oh, bon. Le Père Banzolini serait de retour mardi pour

recueillir les confessions.

2.

— Je commence à en avoir assez de ce stylo feutre Stabilo orange, s'impatienta le Père Banzolini.

Moi aussi, mais je ne soufflai mot. Le confessionnal ne paraissait pas l'endroit idéal pour les bavardages.

Le Père Banzolini soupira. Il était capable des numéros de patience à toute épreuve les moins réalistes auxquels j'aie jamais assisté.

— Y a-t-il quelque chose d'*autre,* mon Frère ?

— Pas cette fois-ci, assurai-je.

— Très bien. Pour votre pénitence, commença-t-il, et puis il marqua une pause, et je me dis, *ça y est je suis cuit,* et il annonça, quatre Notre Père et... *vingt* Je Vous Salue Marie.

Ooh.

— Oui, mon Père, répondis-je.

Il nous mena au petit trot d'un bout à l'autre de l'Acte de Contrition et de l'absolution, et puis du confessionnal je sortis, pour aller m'agenouiller quelque temps devant l'autel.

Deux pensées occupaient mon esprit tandis que j'étais agenouillé là, à trimer interminablement sur ma pénitence : «*Je Vous Salue,* Marie, pleine de *grâce,* le Seigneur est avec *vous,* etc. La pensée numéro un c'était mon sentiment de soulagement que l'incident du Stabilo orange soit enfin derrière moi. La pensée numéro deux c'était la curiosité de savoir si la malveillance à laquelle je devais cette pénitence excessive n'était pas en soi un péché, que le Père Banzolini aurait à confesser à son tour

24

et ensuite à expier en faisant sa propre pénitence ; et quelle pénitence serait considérée comme excessive dans *son* cas ?

«...*priez* pour nous pauvres pécheurs, maintenant et à l'heure de notre mort, a-*men*.» Vingt. Je me relevai enfin, mes genoux craquant comme ceux du vieux Frère Zébulon, et je trouvai le Frère Oliver qui m'attendait à l'arrière de la chapelle.

— C'était une très *longue* pénitence, Frère Bénédict, remarqua-t-il.

— Je méditais, répondis-je. Et oh, zut — était-ce un mensonge ? Devrais-je le confesser samedi, recevoir une autre pénitence, encore et encore, un monde sans fin, amen ? Mais j'*avais* vraiment médité, non ? C'était comme une zone grisâtre, et je pressentais que, samedi prochain, je m'accorderais le bénéfice du doute.

Toujours est-il que la réponse satisfit le Frère Oliver.

— Venez maintenant, dit-il. Je veux que vous assistiez à la réunion.

— La réunion ?

Mais il s'éloignait déjà à toutes jambes, comme le Lapin Blanc d'Alice, alors il ne me resta plus qu'à me hâter derrière lui.

Nous allâmes dans son bureau, une pièce irrégulière lambrissée de bois, au plafond bas, qui semblait creusée dans un tronc d'arbre. Les fenêtres à petits carreaux en losanges donnant sur la treille trop touffue de notre cour — nos raisins sont peu abondants, aigres et inutiles — ajoutaient à cette image de forêts d'elfes, ainsi que les moines aux robes brunes qui s'y trouvaient déjà assemblés, assis à la table de réfectoire au milieu de la pièce. Ils étaient au nombre de trois : Les Frères Clemence, Dexter et Hilarius.

Le Frère Oliver prit sa place habituelle dans le fauteuil de chêne sculpté au haut-bout de la table, et m'indiqua le siège à sa gauche, en annonçant aux autres :

— Le Frère Bénédict m'a dit quelque chose hier que je veux qu'il vous répète. Mon frère ?

— Oh, fis-je. Prendre la parole en public n'est pas mon fort ; je n'aurais jamais réussi dans un ordre de prêcheurs. Je regardai autour de moi tous ces visages curieux, dans l'expectative, m'éclaircis la gorge deux ou trois fois, et lançai :

— Bon.

Les visages restèrent curieux, et dans l'expectative.

Il n'y avait rien à faire sinon cracher le morceau. Alors je crachai le morceau :

— Ils vont démolir le monastère !

Les trois Frères sursautèrent, comme si leurs chaises avaient été électrifiées. Le Frère Clemence s'écria : «Quoi !» Le Frère Dexter s'écria : «Non !» Le Frère Hilarius s'écria : «Impossible !»

Mais le Frère Oliver, au haut-bout de la table, acquiesçait tristement.

— J'ai bien peur que ce ne soit vrai, intervint-il.

Le Frère Clemence demanda :

— *Qui* va le démolir ?

— Certainement pas les Flattery, déclara le Frère Hilarius.

Le Frère Oliver leur répondit :

— Un certain Dwarfmann.

— C'est absurde, s'indigna le Frère Dexter, et le Frère Hilarius reprit :

— Aucun Dwarfmann ne possède ce monastère. C'est la propriété des Flattery.

— Plus maintenant, corrigea le Frère Oliver.

Le Frère Clemence, qui était un homme de loi de Wall Street avant de se détourner des affaires du Pouvoir, intervint :

— Flattery ? Dwarfmann ? Qui sont ces gens ?

Le Frère Oliver répondit :

— Peut-être que le Frère Hilarius devrait nous rappeler les antécédents historiques.

— Excellente idée, convint le Frère Clemence, et nous tournâmes alors nos visages curieux et dans l'expectative vers le Frère Hilarius.

Qui n'était pas du tout démonté par le fait de parler en public.

— Bien sûr, dit-il. C'était un homme imperturbable, flegmatique et sans humour à l'attitude et à la démarche lourdes, aux pieds plats, qui ne ressemblait en rien à son nom, tout à fait comme le saint dont il avait choisi le nom, qui avait été Pape de 461 à 468. Le Frère Hilarius, autrefois vendeur dans un grand magasin, était l'historien du monastère.

D'un ton méthodique et monotone, le Frère Hilarius se mit à nous raconter :

— Notre Fondateur, le Bienheureux Zapatero, fonda ce monastère en 1777, en prenant un bail de quatre-vingt dix-neuf ans sur le terrain, qui était alors la propriété d'un certain Colton Van deWitt. Les Van deWitt sortirent au féminin de la Guerre Civile, et le...

Le Frère Oliver intervint :

— Au féminin ? Il eut l'air désarmé, comme la fois où le Frère Mallory avait suggéré qu'il peigne un tableau qui ne soit *pas* une Vierge à l'Enfant.

— La lignée en fin de compte ne produisit aucun fils, expliqua le Frère Hilarius, et par conséquent le nom cessa d'exister. Pendant la Guerre Civile, la propriété de notre terrain passa à une bonne famille catholique irlandaise du nom de Flattery, qui en a conservé le titre jusqu'à ce jour.

Le Frère Clemence demanda :

— Payons-nous un loyer ?

Espiègle et lourdement charpenté avec un grand champ de cheveux blancs laissé à l'abandon sur la tête, le Frère Clemence gardait l'allure de l'homme de loi hors de prix qu'il avait été, et continuait à prendre un immense plaisir à la discussion pour la discussion : plus elle était gratuite et plus il pouvait couper les cheveux en quatre, plus il était content. Il s'était rangé de mon côté dans la grande controverse sur la censure, et plus d'une fois à cette occasion avait laissé le fauteur de troubles Frère Flavian interloqué et bredouillant. A la lueur qui brillait dans son œil maintenant qu'il posait cette question sur le loyer, je devinai qu'il devait avoir quelque ruse légale dans sa manche.

Le Frère Hilarius répondit :

— Je n'en sais vraiment rien. Est-ce important ?

— En droit, lui expliqua le Frère Clemence, l'occupation incontestée pendant une période de quinze ans concède le titre au locataire.

Le Frère Oliver, répétant en écho le mot qu'il ne comprenait pas, dit :

— Le titre ?

— La propriété, expliqua le Frère Clemence.

— La propriété ? Le visage du Frère Oliver s'éclaira d'une lueur d'espoir ahuri. Vous voulez dire que nous *possédons* notre monastère ?

— Si nous n'avons pas payé de loyer pendant quinze ans, reprit le Frère Clemence, et s'il n'y a pas eu de récusation pendant cette période de la part de celui qui détient le titre, alors il est à nous. La question est, *est-ce que* nous payons un loyer ?

— Pas exactement, intervint le Frère Dexter, qui se mêlait à la conversation pour la première fois. Un homme au corps étroit, au crâne étroit, qui dégageait éternellement une impression de propreté extrême, le Frère Dexter était généralement considéré comme le successeur au titre d'abbé, quand le Frère Oliver serait rappelé pour l'ultime récompense. En attendant il servait d'assistant au Frère Oliver, et son passé — il venait d'une famille de banquiers du Maryland — était une bénédiction permanente pour équilibrer nos livres comptables squelettiques mais fort désordonnés.

Le Frère Clemence le regarda avec un froncement de sourcils.

— Que signifie «pas exactement», mon Frère ?

— Nous sommes tenus, lui expliqua le Frère Dexter, de payer un loyer annuel, tous les premiers février, d'un montant égal à un pour cent du revenu du monastère entier pour l'année précédente. A la fondation du monastère, le Bienheureux Zapatero investit ce qui restait de son capital et d'autres résidents versèrent également un revenu qui fut placé dans l'intérêt collectif. De même, pendant les cent premières années environ les moines se livrèrent à une certaine mendicité, mais le programme d'investissement se révéla un programme sain depuis le début, et la mendicité devint inutile bien avant la fin du siècle dernier.

Le Frère Clemence, déguisant à merveille son impatience, me sembla-t-il, demanda avec douceur :

— Mon Frère, avons-nous rempli nos obligations vis-à-vis du loyer ?

— Oui. Nous avons été dispensés de la nécessité de payer effectivement le loyer, mais en réalité la situation locative demeure intacte.

Le Frère Oliver intervint :

— Je ne comprends pas un mot sur dix. Nous ne payons pas le loyer mais la situation locative demeure intacte ? Est-ce bien *possible* ?

J'étais content qu'il pose cette question, vu que je ne comprenais pas un mot sur vingt-cinq, mais je ne m'étais pas senti en droit d'interrompre ce flot de compétence. Maintenant je plissai les yeux en direction du Frère Dexter, pour mieux entendre sa réponse.

Il commença par une phrase que je n'eus pas de mal à saisir.

— Les Flattery sont riches. Et puis poursuivit-il, ils n'ont jamais eu besoin de l'argent de notre loyer, aussi nous le renvoyaient-il à titre de contribution. Mais ces quelque soixante dernières années, ils ne l'ont pas touché du tout.

— Voila le point que je ne saisis pas, remarqua le Frère Clemence, et nous hochâmes tous la tête ; même le Frère Hilarius.

— J'*essayais* de vous l'expliquer, s'impatienta le Frère Dexter. Les experts deviennent toujours hargneux quand les profanes sont longs à comprendre. Avant la Première Guerre Mondiale, reprit-il, les Flattery nous ont envoyé une lettre nous demandant de *ne* plus envoyer l'argent, mais de le considérer comme une contribution charitable.

— Ah, dit le Frère Clemence. Je vois. Ils ne nous font pas grâce du loyer. Nous devons toujours en déterminer le montant et le réunir, mais ensuite au lieu de le payer nous le versons.

Le Frère Dexter acquiesça.

— C'est ça. Et nous leur envoyons un mot pour leur dire combien ils ont donné. L'année dernière, par exemple, leur contribution s'est élevée à quatre-cent quatre-vingt deux dollars et vingt-sept cents.

Même à l'école primaire j'avais des difficultés avec les virgules décimales. Mais je vivais dans ce monastère depuis dix ans et c'était la première indication que l'on m'ait jamais donnée sur la façon dont nous joignions les deux bouts, aussi étais-je décidé à m'en sortir coûte que coûte. Notre propriété communautaire consistait en «investissements,» et le revenu de l'année dernière produit par ces investissements s'était élevé à quatre cent quatre-vingt deux dollars et vingt-sept cents fois cent. J'ajoute deux zéros — je repousse la virgule vers la gauche — non, vers la droite — quarante-huit millions de dollars ?

Mille ! Quarante-huit mille, deux cent vingt-sept dollars. Divisé entre seize hommes, cela nous donnait un revenu annuel moyen de trois mille dollars. Pas énorme. Bien sûr nous vivions ici sans payer de loyer — ou tout comme — et nous étions exemptés d'impôts locaux, et notre mode de vie ne nous poussait pas à nourrir des goûts dispendieux.

Le Frère Dexter, toujours banquier dans l'âme, ajoutat :

— Notre revenu, soit dit en passant, représentait pas loin de neuf virgule quatre pour cent de bénéfice sur l'investissement du capital.

Non. Ça c'était trop fort pour moi. Certaines personnes — Albert Einsten, disons — seraient capables de trouver à partir de cette indication combien d'argent nous avions dans ces mystérieux investissements, mais pas moi.

30

Je chassai tous ces chiffres de ma cervelle, et reportai mon attention sur la conversation.

A laquelle le Frère Hilarius s'était à nouveau mêlé, en disant :

— Je ne suis pas avocat, mais si nous n'avons pas d'arriérés de loyer ils ne peuvent pas nous jeter dehors, non ?

— Pas avant l'expiration du bail, précisa le Frère Clemence ; puis il regarda autour de la table, plein d'espoir, et demanda :

— Quelqu'un ici en connaît-il la date ?

— Je n'arrive pas à le trouver, intervint le Frère Oliver. Il désigna avec désespoir notre classeur dans le coin le plus sombre, un classeur dont je savais qu'il était au moins aussi bien tenu et organisé que notre grenier et cette treille là-dehors. J'ai passé des heures hier soir à le chercher.

— Bon, calculons ça, proposa le Frère Clemence. Il se tourna vers le Frère Hilarius et dit : vous nous avez déclaré qu'il s'agissait d'un bail de quatre-vingt dix-neuf ans. Commençant quand ?

— Il fut signé avec Colton Van deWitt en avril 1777, lui expliqua le Frère Hilarius, et sous ses habituels dehors flegmatiques, la fierté de l'historien perça brièvement.

D'un ton abasourdi, le Frère Oliver s'écria :

— Mais alors il a expiré il y a cent ans !

— Quatre-vingt dix-neuf, corrigea le Frère Clemence, et dans sa voix perça une inflexion menaçante. Le bail aurait expiré en 1876, et aurait été alors renouvelé dans les même termes.

— Avec les Flattery, précisa le Frère Dexter.

— Et expirerait à nouveau cette année, reprit le Frère Clemence. En avril.

Personne n'eut rien à ajouter. Nous restâmes assis là dans un silence de plus en plus lourd, à regarder tour à tour nos visages blêmes tandis que lentement nous assimilions ce qu'il se passait. Notre monastère. Notre foyer.

Enfin le Frère Clemence rompit le silence, sinon la

glace, en déclarant au Frère Oliver :

— Et bien, je comprends maintenant pourquoi vous vouliez une réunion. Il nous regarda tous les uns après les autres, et, quand ses yeux croisèrent les miens, je crus deviner qu'une légère perplexité assombrissait son expression.

Le Frère Oliver avait dû le voir, aussi, parce qu'il déclara :

— Le Frère Bénédict a été le premier à connaître la nouvelle. Je voulais que cette réunion se passe en petit comité, rien que ceux qui devaient savoir ou savaient déjà. Je ne veux pas encore en informer les autres Frères. Je ne veux pas les inquiéter tant que nous ne serons pas certains qu'il n'y a pas d'autre solution possible.

Le Frère Dexter se tourna vers le Frère Clemence, et demanda :

— Qui possède le bâtiment ? Les Flattery possèdent le terrain, mais qui possède le monastère ?

— Le propriétaire du terrain, énonça le Frère Clemence d'une voix accablée, possède toute amélioration qui s'y trouve. Donc les Flattery sont propriétaires du bâtiment.

— Plus maintenant, intervint le Frère Oliver. J'ai appelé Dan Flattery aujourd'hui. J'ai eu un mal fou à le joindre, mais quand j'y suis enfin arrivé il m'a annoncé qu'il avait vendu le terrain à ce fameux Dwarfmann.

Le Frère Clemence conclut :

— Donc Dwarfmann est propriétaire de notre monastère.

— Dwarfmann est propriétaire de notre monastère, répéta le Frère Hilarius. Il prononça ces mots avec une sorte de sombre effroi.

Le Frère Clemence déclara :

— J'aimerais voir ce bail, en voir les termes exacts.

— Je n'arrive absolument pas à mettre la main dessus, avoua le Frère Oliver. Je sais que l'ai vu par le passé, mais hier soir et aujourd'hui j'ai cherché, cherché, et il a tout simplement disparu.

— Alors, avec votre permission, Frère Oliver, reprit

le Frère Clemence, j'aimerais Voyager en ville jusqu'au Secrétariat du Comté. Il y en aura bien un double enregistré là-bas.

— Certainement, répondit le Frère Oliver. Vous pourriez y aller demain. Le Frère Dexter s'occupera de vos frais de métro. Quel est le tarif maintenant, êtes-vous au courant, Frère Dexter ?

— Je trouverai ça demain matin, assura le Frère Dexter. Je pourrais aussi téléphoner à ce Dwarfmann et le sonder. Ça l'intéresserait peut-être de nous revendre le terrain.

Maintenant j'avais ma contribution à apporter, bien qu'elle ne soit pas très réjouissante.

— Ça m'étonnerait, dis-je. Même si Dwarfmann consentait à vendre, nous sommes dans le quartier de construction de bureaux par excellence, et j'ai bien peur que le prix dépasse et de loin ce que nous pouvons nous permettre. Nous devons avoir au moins trois cents mètres de façade sur la rue.

Le Frère Dexter prit une mine sinistre.

— Vous avez sans doute raison, Frère Bénédict, reconnut-il, mais autant aller au bout des choses.

— Et moi, proposa le Frère Hilarius, je vais consulter le moindre fragment d'histoire qui soit en notre possession, pour voir si je peux trouver quelque chose qui puisse nous aider.

— Je savais que je pouvais compter sur vous tous, remarqua le Frère Oliver. Avec vous attelés à la tâche, et avec l'aide du Seigneur, nous pouvons peut-être encore sauver notre monastère.

Je demandai :

— Et moi ? Y a-t-il quelque chose que je puisse faire, Frère Oliver ?

— Oui, tout à fait, répondit-il.

Surpris, je m'écriai :

— Ah bon ? Quoi ?

— Vous, me dit-il, pouvez écrire à cette femme de l'architecture au New York Times.

10 décembre 1975

Miss Ada Louise Huxtable
Le New York Times
229 West 43rd St.
New York, NY 10036

Chère Miss Huxtable,
    Je vous écris en référence à l'article que vous avez écrit dans la section Arts et Loisirs du *Sunday New York Times* de dimanche dernier, 7 décembre 1975, pour vous dire que je suis moine au monastère dont vous avez parlé dans votre colonne, et pour vous demander s'il n'y a rien

10 décembre 1975

Miss Ada Louise Huxtable
Le New York Times
229 West 43rd St.
New York, NY 10036

Chère Miss Huxtable,
    Je suis moine. Je suis résident de l'exceptionnel Monastère crépinite. Vous dites que nous allons être démolis. Je me demande si

10 décembre 1975

Miss Ada Huxtable
Le New York Times
229 West

10 décembre 1975

Mme Ada Louise Huxtable
Le New York Times
229 West 43rd St.
New York, NY 10036

Chère Mme Huxtable,
 Je suis moine dans

10 décembre 1975

Miss Ada Louise Huxtable
Le New York Times
229 West 43rd St.
New York, NY 10036

Chère Miss Huxtable,
 Je suis moine au Monastère Crépinite de Park Avenue. Nous ne savions pas que nous allions être démolis
jusqu'à ce que nous en lisions la nouvelle dans votre
colonne. Y a-t-il quelque chose que vous puissiez nous
suggérer pour nous aider à ne pas être démolis ? Si vous

10 décembre 1975

Miss Ada Louise Huxtable
Le New York Times
229 West 43rd St.
New York, NY 10036

Chère Miss Huxtable,
 Je suis moine au Monastère Crépinite de Park Avenue. Nous ne savions pas que notre monastère allait être
démoli jusqu'à ce que nous en lisions la nouvelle dans
votre colonne. Y a-t-il quelque chose que vous puissiez
nous suggérer pour nous aider à garder notre monastère,
qui est aussi notre foyer ?
 Nous sommes très pressés parce que nous venons de
découvrir que notre bail de quatre-vingt dix-neuf ans
arrive à expiration.

Vôtre en Jésus Christ
Frère Bénédict, C.O.N.M.

Notre monastère :
(plan du monastère)

La réunion du mercredi fut plus sombre encore que celle du mardi. Derrière les fenêtres à petits losanges, une pluie grise de décembre pleuvinait. Un des autres Frères — je n'aurais pu dire lequel, son capuchon était relevé contre la pluie — bricolait notre vigne. A l'intérieur, j'étais encore agité de tics et épuisé par mes heures devant la machine à écrire de la communauté, et aucun des autres n'avait la moindre bonne nouvelle à signaler.

Le Frère Clemence parla le premier.

— Il n'y a pas d'enregistrement du bail au Secrétariat du Comté, nous apprit-il. Je vous jure que lorsque j'ai exprimé ma surprise à ce propos, un vieil employé de là-bas m'a rétorqué d'un ton rogue, «Vous ne savez donc pas qu'il y a eu une guerre ?» Pour dire la Révolution. Presque toute la Ville de New York était maintenue par les Britanniques sous la loi martiale durant la Révolution, et de nombreux contrats, des baux et aussi d'autres documents juridiques n'ont pas été normalement enregistrés. Un transfert de propriété serait peut-être finalement arrivé jusqu'à l'enregistrement, mais une simple location ne crée pas autant d'obligations juridiques.

Le Frère Dexter intervint :

— Mais le bail demeure irrévocable, non, même s'il n'est pas enregistré ?

— Aussi longtemps qu'une des parties en conserve un exemplaire et désire l'appliquer, précisa le Frère Clemence, il demeure irrévocable. Mais j'aimerais vraiment pouvoir jeter un coup d'œil aux termes de la chose. Frère Oliver, toujours pas de chance avec notre exemplaire ?

— J'ai passé toute la *journée* à le chercher, répondit le Frère Oliver d'une voix lugubre, et les traînées de poussière sur ses joues et le bout de son nez apportaient à ses dires un silencieux témoignage. J'ai cherché partout, je suis même monté au grenier. J'ai feuilleté du début à la fin VOILÉ POUR LE SEIGNEUR, au cas où il aurait été glissé dedans par erreur.

Le Frère Clemence lui jeta un regard oblique.

— VOILÉ POUR LE SEIGNEUR ?

— Le roman en quatorze volumes du Frère Wesley, expliqua le Frère Oliver, inspiré par la vie de St Jude l'Obscur.

— A vrai dire je n'ai jamais lu ça, remarqua le Frère Hilarius. Le recommandez-vous ?

— Pas de tout cœur, lui répondit le Frère Oliver.

Le Frère Clemence, qui était d'ordinaire une sorte de St Bernard à la jovialité balourde, pouvait se transformer en bouledogue quand un sujet l'intéressait, et cette fois-ci le sujet l'intéressait au plus haut point.

— Il me faut ce bail, insista-t-il, sa tête de cheveux blancs tendue au-dessus de la table de réfectoire comme s'il était prêt à happer dans ses mâchoires le bail introuvable. Il faut que je le *voie,* il faut que j'en voie les *termes.*

— Je n'arrive pas à *m'imaginer* où il se trouve, dit le Frère Oliver. Il avait la même tête que moi devant cette abominable machine à écrire.

Le Frère Hilarius demanda :

— Les Flattery n'en détiendraient-ils pas un exemplaire ? Pourquoi ne demandons-nous pas de consulter le leur ?

— Je ne crois pas, intervint le Frère Clemence. Je ne crois pas que ce soit une bonne idée de faire savoir à la partie adverse que nous n'arrivons pas à mettre la main sur notre exemplaire du document principal.

Le Frère Hilarius insista :

— Mais les Flattery ne nous possèdent plus, alors où est la différence ?

— Ce n'est pas exactement le cas, corrigea le Frère Dexter, en levant un doigt pour demander notre attention, et jamais de sa vie il n'avait eu l'air aussi propre, soigné, maître de soi, quoique pas spécialement gai.

Le Frère Oliver, qui semblait de plus en plus prêt à succomber à une attaque de distraction, demanda :

— Pas *exactement* le cas ? Pas *exactement* le cas ? Sont-ils propriétaires du terrain oui ou non ? Dan Flattery m'a dit qu'ils l'avaient vendu. M'aurait-il menti ?

— Je suis désolé, Frère Oliver, s'excusa le Frère Dexter, mais la seule réponse courte que je puisse vous donner est, «Pas exactement.»

— Alors donnez-m'en une longue, suggéra le Frère Oliver, et il appuya ses deux paumes à plat sur la table comme si notre vaisseau venait de pénétrer dans des eaux houleuses.

— J'ai parlé à un collaborateur de Dwarfmann cet après-midi, déclara le Frère Dexter. A vrai dire j'ai parlé à plusieurs personnes de l'organisation Dwarfmann depuis ce matin, mais enfin cet après-midi j'ai réussi à toucher quelqu'un au niveau directorial. Snopes, c'est son nom.

— C'est une réponse plus longue que je ne pensais, remarqua le Frère Oliver.

— J'y arrive, lui assura le Frère Dexter, en le gratifiant d'un nouveau petit numéro d'expert bougon. Aux dires de Snopes, ils ont pris une option sur ce terrain et sur plusieurs autres parcelles de terrain tout autour.

— Option, intervint le Frère Oliver. Option signifie choix. Vous voulez dire qu'ils vont choisir un morceau de terrain et laisser le reste ?

Le Frère Clemence demanda au Frère Dexter :

— Vous permettez ?

— Je vous en prie, répondit le Frère Dexter au Frère Clemence.

Le Frère Clemence expliqua au Frère Oliver :

— En droit, une option est un accord qui engage à procéder à un achat. Par exemple, je pourrais vous dire que je veux acheter votre, hum... Avec un énorme froncement de sourcils, le Frère Clemence se tut petit à petit. Vous ne possédez rien, observa-t-il. Il nous regarda tous les uns après les autres. Aucun de nous ne possède quoi que ce soit.

— Peut-être devrais-je essayer, proposa le Frère Dexter.

— Mais comment donc, lui répondit le Frère Clemence.

Le Frère Dexter suggéra au Frère Oliver :

— Supposons que vous possédiez le fauteuil sur lequel vous êtes assis.

Le Frère Oliver semblait peu convaincu mais plein de bonne volonté.

— Très bien, dit-il.

— Supposons, poursuivit le Frère Dexter, poussant plus loin sa démonstration, supposons que nous possédions *tous* les fauteuils sur lesquels nous sommes assis.

Le Frère Oliver nous regarda. Je le regardai à mon tour d'un air résolu, essayant de fixer sur mon visage l'expression d'un homme qui possède le fauteuil sur lequel il est assis. Encore moins convaincu, mais avec autant de bonne volonté, le Frère Oliver dit à nouveau :

— Très bien.

— Maintenant allons plus loin et supposons, poursuivit le Frère Dexter, risquant tout à chaque étape, que je veuille posséder *tous* les fauteuils.

Le Frère Oliver lui jeta un regard ahuri.

— Mais pourquoi ?

Le Frère Dexter fut manifestement coincé le temps d'une seconde, mais il se pencha en avant et déclara, clairement et distinctement :

— Dans un but personnel.

— Oui ! cria le Frère Clemence. Il avait, c'était évident, saisi le raisonnement du Frère Dexter et appréciait la structure en formation. Penché en avant pour regarder le Frère Oliver dans les yeux, et agitant l'index en direction du Frère Dexter, le Frère Clemence s'écria : dans un but personnel ! Des raisons d'ordre privé ! Il lui faut *tous* les fauteuils !

— C'est ça, confirma le Frère Dexter.

Le Frère Oliver, apparemment au bord du désespoir, le regarda et demanda :

— Vraiment ?

— Il me faut *tous* les fauteuils, assura le Frère Dexter. Quelques-uns seulement ne conviendront pas, pas pour, euh, mon but personnel. Il me les faut tous. Alors je viens vous voir, poursuivit-il en toute hâte, et je vous propose de vous verser, voyons, cinquante dollars pour votre fauteuil.

Le Frère Oliver se tortilla pour considérer son fauteuil, qui était en fait une magnifique antiquité en chêne sculpté.

— C'est vrai ?

Le Frère Dexter n'était pas prêt à se laisser égarer dans une discussion de mobilier. Toujours au pas de charge, il poursuivit :

— Toutefois, je vous explique que je ne peux pas utiliser votre fauteuil *à moins que* je puisse aussi acheter tous les autres fauteuils. Alors nous signons un accord.

— Un accord d'option, coupa le Frère Clemence.

— Oui, convint le Frère Dexter. Un accord d'option. L'accord dit que j'achèterai votre fauteuil cinquante dollars lundi prochain, *si* j'ai réussi à conclure des accords semblables avec les propriétaires de tous les autres fauteuils. Et je vous paierai cinq dollars tout de suite comme gage de mes bonnes intentions. Avec cet accord, et une fois que vous avez accepté les cinq dollars, vous ne pouvez plus vendre votre fauteuil à qui que ce soit d'autre, même si quelqu'un venait vous proposer une offre plus intéressante. Si le Frère Bénédict, par exemple, passait demain et vous offrait mille dollars pour ce fauteuil, vous ne pourriez pas le lui vendre.

Le Frère Oliver m'examina avec stupeur.

— Mille dollars ?

Pour je ne sais quelle raison me revint à l'esprit ma très longue pénitence de la veille, que le Frère Oliver avait remarquée, et je me sentis très très coupable. Je crois, en fait, que je rougis, et je sais que je détournai les yeux.

Mais le Frère Dexter n'allait pas autoriser cette digression-là non plus.

— Le problème est, poursuivit-il, qu'une fois que nous avons signé cet accord d'option nous sommes engagés à la vente du fauteuil *si* les autres conditions sont remplies à la date limite. Fixée lundi prochain.

— Je crois, avança prudemment le Frère Oliver, que

certains points de cette histoire commencent à s'éclaircir.

— Parfait, dit le Frère Dexter.

— Les points périphériques, ajouta le Frère Oliver. Mais si vous vouliez élargir votre parabole des fauteuils aux monastères, il me semble que je serais capable de vous suivre.

— J'en suis convaincu, assura le Frère Dexter. L'équipe Dwarfmann — à propos, ils semblent utiliser Dimp pour parler d'eux, ce qui correspondrait à Dwarfmann Investment Management Partners — donc l'équipe Dimp...

Le Frère Hilarius, d'un ton de totale incrédulité, s'étonna :

— L'équipe *Dimp* ?

— C'est comme cela qu'ils se nomment eux-mêmes, assura le Frère Dexter.

— Vite, supplia le Frère Oliver. Je sens que tout m'échappe.

— Mais certainement, s'empressa le Frère Dexter. L'équipe Dimp a pris des options sur plusieurs morceaux de terrain dans cette zone. L'Hôtel Alpenstock, par exemple, et ce monastère, et le bâtiment au coin avec la boutique à devanture argentée. Vous savez laquelle.

— J'ai bien peur que oui, dit le Frère Oliver. La boutique en question, très Bauhaus pour la façade, s'appelait le Miches Market et présentait des pantalons de femme. Quand un membre de notre communauté se trouvait dans l'obligation de Voyager, il partait toujours dans la direction opposée à cette boutique, quelle que soit sa destination.

— Eh bien, ces options, continua le Frère Dexter, viennent à échéance le premier janvier. A cette date, si toutes les parcelles de terrain nécessaires ont été acquises, les ventes auront lieu.

— Je ne comprends pas cette histoire de parcelles nécessaires, intervint le Frère Oliver. S'ils achètent un bout de terrain — ou un fauteuil, disons — pourquoi leur en faut-il aussi un autre ?

— A cause de l'immeuble qu'ils ont l'intention de bâtir. Le Frère Dexter exécuta quelques mimiques précises mais incompréhensibles avec ses mains sur le dessus de la table, sans interrompre son explication, s'ils achetaient les terrains de chaque côté de ce monastère, par exemple, mais n'achetaient pas le monastère, ils ne pourraient pas élever un grand immeuble de bureaux qui occupe tout leur terrain.

— Je n'aime pas les grands immeubles de bureaux de toute façon, remarqua le Frère Oliver.

— Personne ne les *aime,* assura le Frère Dexter, mais ils ont l'intention d'en construire un, et malheureusement nous sommes sur une partie du terrain qu'ils ont l'intention d'utiliser.

D'habitude je préférais ne pas mettre mon grain de sel dans ces discussions, mais un point avait été soulevé une minute plus tôt et j'avais envie de l'approfondir un peu, alors je demandai :

— Frère Dexter, voulez-vous dire que s'ils *n'*obtiennent *pas* les options sur tous les morceaux de terrain l'affaire tombe à l'eau ? Finalement ils n'achèteront pas le monastère, et ils ne construiront pas leur immeuble de bureaux ?

L'espoir éclaira plusieurs visages autour de la table, mais pas pour longtemps. Avec un sourire triste à mon adresse et un hochement de tête, le Frère Dexter répondit :

— Je crains que ce ne soit trop tard, Frère Bénédict. Ils ont déjà toutes les options dont ils ont besoin. Ils ne prévoient pas de conclure avant janvier, mais à moins qu'un événement imprévu n'advienne il n'y a aucune chance que l'affaire ne suive pas son cours. Et se tournant à nouveau vers le Frère Oliver, il déclara, maintenant vous saisissez pourquoi j'ai répondu *pas exactement* quand vous m'avez demandé si les Flattery étaient toujours propriétaires du terrain. Dans un sens, c'est oui, mais l'équipe Dimp a pris une option dessus et en achèvera l'acquisition en janvier.

— J'en comprends suffisamment, remarqua le Frère Oliver, pour sentir que tout ça est bien peu encourageant. Plus je comprends, à vrai dire, plus ça devient déprimant. Dorénavant, il serait peut-être préférable de ne plus rien m'expliquer.

— Il subsiste *quelques* minces rayons de soleil, assura le Frère Dexter. Quand j'ai dit au type de Dimp, Snopes, que le Frère Bénédict ici était en contact avec Ada Louise Huxtable, il a affirmé...

— Frère *Dexter* ! m'écriai-je. J'étais franchement choqué.

Le Frère Dexter me lança le regard clair comme le cristal du véritable sophiste et protesta :

— Vous lisez bien sa colonne, non ? Vous lui avez écrit, non ? Si ça ne s'appelle pas être en contact, j'aimerais savoir ce que c'est.

Le Frère Clemence, qui pianotait sur la table avec impatience, intervint :

— On vous laissera éclaircir ce point avec le Père Banzolini, Frère Dexter. Que vous a donc affirmé cette personne de chez Dimp, quand vous lui avez lancé ce nom à la figure ?

— Que la société Dwarfmann, répondit le Frère Dexter, s'emploierait très vivement à nous aider à trouver des locaux neufs acceptables, et nous aiderait également à alléger les frais de notre déménagement.

— Soleil ? La voix du Frère Oliver tenait presque du couinement. Vous appelez ça un rayon de *soleil* ? Comment peut-il y avoir des locaux neufs acceptables ? Si les locaux sont neufs, ils ne seront pas acceptables ! Regardez autour de vous, regardez simplement cette pièce-ci — où pourrions-nous sur la Terre de notre Créateur trouver son équivalent ?

— Nulle part, admit aussitôt le Frère Dexter.

Le Frère Hilarius intervint :

— Et vous oubliez le problème du Voyage. Le processus du Déménagement, la réinstallation à titre permanent non seulement de la personne physique mais aussi de toutes ses possessions du point A au point B, est la plus *profonde* forme de Voyage.

— C'est tout simplement impossible, décréta le Frère Oliver. Plus on y pense, plus on voit que nous ne pouvons absolument pas quitter ce monastère.

Le Frère Hilarius demanda :

— Mais s'ils le démolissent ?

— Ils ne doivent pas, voilà tout. Le Frère Oliver avait de toute évidence réussi à se tirer des griffes du désespoir et de l'impuissance, et résolu de combattre. A travers la forêt de vos *pas exactement,* lança-t-il au Frère Dexter, il me semble apercevoir un arbre. Le terrain est promis à Dwarfmann ou Dimp ou quel que soit le nom qu'aient choisi ces outils de Satan, mais jusqu'au premier janvier, le *propriétaire* du terrain est Daniel Flattery.

— Techniquement, convint le Frère Dexter, oui.

— Techniquement, ça me suffit, assura le Frère Oliver. Ce soir je vais continuer à chercher cet introuvable bail, bien que je ne voie pas quels recoins il puisse rester à fouiller, et demain je Voyagerai.

Nous le dévisageâmes tous. Le Frère Hilarius s'étonna :

— Voyager ? Vous, mon Frère ?

— Vers Long Island, précisa le Frère Oliver. Vers la propriété des Flattery. Daniel Flattery était gêné de m'apprendre la vérité au téléphone. En personne, je peux peut-être changer cette gêne en bonne honte et faire annuler cette vente.

Le Frère Clemence remarqua :

— Si une option est déjà signée, je ne vois pas ce que nous pouvons faire.

— Je ne connais presque rien aux hommes riches, avoua le Frère Oliver, mais une des rares convictions que j'aie à leur sujet c'est qu'ils sont devenus riches parce qu'ils savent comment manquer à leurs promesses. Si Daniel Flattery *veut* rendre nul cet accord d'option, il le rendra nul.

Avec un léger sourire, le Frère Clemence déclara :

— Si je repense à ma vie à Wall Street, Frère Oliver,

44

je dois reconnaître que vous avez quelque chose là-dedans.

Le Frère Dexter demanda :

— Voulez-vous que nous allions avec vous ? Vous ne voulez sans doute pas Voyager seul.

— Je préférerais un compagnon, admit le Frère Oliver, puis il regarda autour de lui plein d'hésitation et déclara, mais si je devais me présenter avec un ancien banquier ou un ancien homme de loi nous risquerions de nous rabaisser à parler d'affaires, quand l'effet que je chercherai à produire est celui d'une bonne grosse culpabilité catholique. Il réfléchit tout haut, et poursuivit : d'un autre côté, nous cinq sommes les seuls dans le monastère à savoir tout cela, et je ne veux toujours pas inquiéter les autres. Ses yeux s'éclairèrent en s'arrêtant sur moi. Ah, s'exclama-t-il.

3.

Voyager. Le monde est dément, vraiment. J'avais oublié, pendant mes dix années à l'intérieur des murs de notre monastère, à quel point ils sont tous cinglés là-dehors, et ma petite balade hebdomadaire jusqu'au kiosque à journaux de Lexington Avenue n'avait pas suffi à me le rappeler. J'en étais venu à imaginer le monde coloré, excitant, bigarré et même dangereux, mais j'avais oublié sa folie.

Le Frère Oliver et moi, nos capuchons remontés sur nos têtes pour nous protéger, quittâmes le monastère à huit heures quinze jeudi matin, après la Messe, le petit déjeuner et la prière du matin, et partîmes vers le sud. La ville nous heurta aussitôt de plein fouet, avec le bruit, la couleur, le mouvement, la confusion au-delà de toute description. D'énormes camions de livraison déglingués viraient à chaque coin de rue, toujours trop vite, toujours en cognant une roue arrière contre le trottoir, toujours en changeant de vitesse avec des grondements grinçants et fracassants au milieu de l'opération. Des taxis, tous aussi jaunes et véloces qu'un banc de poissons en délire, passaient leur temps à donner des coups de klaxon ou à faire hurler leurs freins, et puis se faufilaient pour passer en premier comme des enfants qui espèrent recevoir la plus grosse part du gâteau d'anniversaire. Des piétons de toutes les tailles, tous les formats et tous les sexes (les indéterminés compris), mais avec une seule et même expression faciale — la précipitation renfrognée — jouaient des coudes sur le trottoir et se ruaient devant des taxis lancés à toute allure, puis montraient le poing au chauffeur qui avait la témérité de klaxonner.

Pourquoi tout le monde Voyageait-il tant ? Où était la nécessité ? Etait-il même vaguement possible qu'un si grand nombre de gens ait découvert à l'instant qu'ils ne se trouvaient pas au bon endroit ? Et si tous les uns dans le monde téléphonaient à tous les autres un beau matin et disaient, «Ecoutez, au lieu que vous veniez ici et que moi j'aille là-bas pourquoi ne resterais-je pas ici et ne resteriez-vous pas là-bas,» ne serait-ce pas plus sensé ? Pour ne pas dire plus calme.

Comme des bébés dans une usine de chaudières gigantesques, le Frère Oliver et moi commençâmes notre Voyage en nous serrant l'un contre l'autre, et prîmes Park Avenue en direction du sud. Nous obéissions scrupuleusement aux signaux lumineux des carrefours qui disaient tour à tour PASSEZ et STOP, mais nous étions bien les seuls à nous en préoccuper. Avec lenteur nous gagnâmes du terrain.

Park Avenue s'étirait devant nous avec une demi-douzaine de pâtés de maisons, jusqu'à Grand Central Station, et la crosse du PanAm Building qui lui sortait du dos. Nous finirions par prendre un train, mais pas dans ce terminal ; le Long Island Railroad passe à Manhattan par Pennsylvania Station, plutôt loin de chez nous. Dix-huit pâtés de maisons vers le sud et quatre pâtés de maisons vers l'ouest, presque à deux kilomètres du monastère, le plus loin où je sois allé en dix ans.

Nous traversâmes la 51ème Rue, bousculés par des butors lancés à toute allure, et je levai le bras vers un impressionnant bâtiment d'église à notre gauche, en déclarant :

— Au moins, voilà quelque chose de rassurant.

Le Frère Oliver eut un mouvement de tête imperceptible, puis inclina son capuchon tout contre le mien pour que je puisse l'entendre par-dessus le vacarme environnant.

— C'est Saint Bartholomew, précisa-t-il. Pas des nôtres.

— Oh ? Elle *avait l'air* des nôtres.

— Anglicane, expliqua-t-il.

— Ah, fis-je. Le sanctum simulacrum ; ça expliquait tout.

Au pâté de maisons suivant nous passâmes devant le Waldorf Astoria, une véritable cathédrale du Voyage ; pas le moins du monde des nôtres. A la 49ème Rue les signaux PASSEZ-STOP étaient tellement décalés que nous choisîmes de franchir plutôt Park Avenue, une traversée d'une largeur très impressionnante : les files interminables de voitures étaient séparées au milieu par une allée couverte d'herbe, aussi miteuse mais plus étroite que notre cour. Arrivé de l'autre côté je me retournai et pus à peine discerner notre monastère au loin, tapi là-bas comme une sorte d'antique soucoupe volante de pierre et de bois parmi les barbares technologiques.

— Venez, venez, me dit le Frère Oliver. C'est bientôt fini.

Ça ne l'était pas du tout. La marche jusqu'à Penn Station fut à la fois interminable et terrifiante. Madison et la 5ème étaient encore plus encombrées et animées que Park Avenue — et aussi plus étroites — et à l'ouest de la 5ème Avenue c'était Babel. Les habitants étaient devenus plus petits, plus corpulents et plus basanés, et ils parlaient un tel mélange de langues que nous aurions pu aussi bien nous trouver à Bagdad ou dans la tente d'un évangéliste. Espagnol, Yiddish, Italien, Chinois et Dieu seul sait quoi d'autre. Ourdou et Kurde, à tous les coups. Pashto et Perse.

Pennsylvania Station était un autre style de cauchemar. Elle sert de terminus aux lignes de Penn Central et Long Island, et c'était un torrent trop brouillé de frénésie pour que je puisse le voir avec netteté, et encore moins le décrire. Il fallait prendre un escalator pour descendre à l'étage du terminal principal, et quand je m'y lançai, le panorama entier ne me parut ni plus ni moins qu'une poignée de fourmis grouillant au fond d'une bouteille ambrée.

Et puis nous ne parvînmes pas à trouver notre train. Nous trouvâmes l'autre sans difficulté, nous le trouvâmes même sans arrêt : Penn Central à notre gauche, Penn Central à notre droite, mais où, oh, où était ce sacré Long island Railroad ?

Dans les entrailles de la terre. Nous réquisitionnâmes un cheminot affairé assez longtemps pour recevoir des renseignements pressés et parcimonieux, et apprendre que nous devions descendre encore d'autres escaliers en direction d'une autre gare. La transition ressemblait beaucoup à celle de la partie Est à la partie Ouest de la 5ème Avenue ; la descente n'était pas seulement physique mais aussi sociale. Ça crevait les yeux.

— Maintenant je comprends, déclarai-je au Frère Oliver, pourquoi l'Enfer est toujours dépeint sous la surface de la terre.

— Courage, Frère Bénédict, me conseilla-t-il, et il se hâta vers un guichet d'Information, où on nous prodigua un feu nourri d'instructions sur l'achat de ticket et la façon de prendre le train. Il y aurait un train en direction de Sayville dans vingt-cinq minutes.

— Changement à Jamaïca, débita à toute allure

l'employé de l'Information, pas de changement à Babylone.

Le Frère Oliver se pencha vers lui, repoussa son capuchon en arrière pour mieux entendre ce qu'on lui disait.

— Je vous demande pardon ?

— Changement à Jamaïca, pas de changement à Babylone. Et l'employé de l'Information fixa son regard sur la personne qui attendait son tour derrière nous.

— Ça ne m'étonne pas le moins du monde, remarqua le Frère Oliver, et je fus ravi de voir l'employé de l'Information faire une grimace ahurie en nous regardant partir acheter nos tickets. Ainsi il *était* possible, après tout, d'attirer l'attention de l'un de ces derviches.

— En 1971, me déclara le Frère Oliver tandis que notre train traversait la laideur industrielle de Queens, Nelson Rockfeller, alors Gouverneur de l'Etat de New York, proclama que le Long Island Railroad était la plus belle ligne de chemin de fer du monde. Comme le premier novembre de cette année-là.

— Alors je suis d'autant plus stupéfait, remarquai-je, qu'il y ait des gens qui Voyagent.

Le wagon dans lequel nous étions montés ressemblait à une sorte de cale à esclaves à deux étages. On entrait par un couloir central incroyablement étroit, bordé de parois métalliques trouées d'entrées sans porte donnant de chaque côté sur des boxes. Ces boxes étaient tour à tour deux marches malcommodes au-dessus ou deux marches malcommodes en dessous du couloir, si bien qu'une personne assise dans un box du bas se trouvait juste sous le postérieur du passager installé dans le box supérieur suivant. Nous en avions choisi un inférieur, et nous y étions pelotonnés comme des souris dans une boîte d'œufs tandis que le train passait d'abord sous un tunnel et puis traversait des quartiers aussi sinistres que l'imagination de Hyeronymus Bosch. Les genoux et les chevilles qui passaient de temps à autre dans le couloir semblaient assez calmes, accoutumés à cet âpre environnement, pourtant je n'aurais pas pu me sentir plus déplacé si je m'étais réveillé sur la planète Jupiter.

Le train ralentit. Le Frère Oliver jeta un coup d'œil par la fenêtre et annonça :

— Jamaïca.

— Quoi ?

— C'est ici qu'on change.

En truie ? En pierre ?

De train, après la traversée d'un quai de ciment, où nous trouvâmes un wagon plus ordinaire, avec deux fauteuils de chaque côté et pas de boxes aux parois métalliques. Il était presque à moitié plein, surtout de gens qui fumaient en violation du règlement affiché, et il bondit en avant à peine avions-nous trouvé des sièges. D'autres visions de l'Enfer défilaient au dehors, mais au moins nous étions assis dans un espace conçu pour des humains. L'autre wagon m'avait affligé comme un chapeau trop serré.

Ni le Frère Oliver ni moi n'avions beaucoup bavardé jusque-là, tous deux intimidés par l'énormité de notre excursion, mais maintenant le Frère Oliver déclara :

— Autant que je vous raconte ce que je sais des Flattery avant que nous arrivions chez eux, quoique j'en sache bien peu.

Je pris un air attentif.

— Celui que je connaissais le mieux, poursuivit le Frère Oliver, c'était le vieux Francis X. Flattery. Il nous rendait visite une fois par an pour réclamer une bénédiction et un peu de whisky. Il croyait dur comme fer que nous étions tous des alcooliques, et voulait prendre part à nos bringues. Vous souvenez-vous de lui ?

— Un vieil homme maigrichon ? Avec une bouche méchante ?

Le Frère Oliver sembla un peu peiné.

— Ma description, remarqua-t-il, aurait pu être un peu plus charitable, mais je crois que nous parlons du même homme.

— Je l'ai vu deux fois, je crois, précisai-je. La première année que j'étais là ou quelque chose comme ça.

— La famille est dans la construction, reprit le Frère Oliver, et le vieux Francis a commencé à venir quand ses fils l'ont obligé à prendre sa retraite. Daniel est le fils aîné, aussi a-t-il hérité de nous à la mort de Francis — il y a de cela cinq ou six ans.

— Connaissez-vous Daniel ?

— Nous nous sommes rencontrés, répondit le Frère Oliver, quoique sans grand enthousiasme. Deux ou trois fois j'ai dû lui téléphoner pour qu'il vienne reprendre Francis. Et puis il a visité le monastère après la mort de son père, et nous a demandé de ne pas oublier le vieil homme dans nos prières. C'est un homme très pieux, ce Daniel, malgré ses blasphèmes et sa rudesse toute gaélique.

— Et le reste de la famille ?

— Daniel est le seul qui importe, décréta-t-il. Le reste ne compte pas.

Vu ce qu'il advint ensuite, il ne pouvait pas se tromper plus que ça.

Le chauffeur de taxi à la gare de Sayville devint beaucoup moins expansif quand il apprit que nous voulions simplement des renseignements et non pas nous assurer ses services.

— Bayview Drive ? Il secoua la tête, retroussant la lèvre inférieure comme un inspecteur des viandes qui rejetterait un mauvais rôti. C'est trop loin, affirma-t-il, vous ne pouvez pas y aller à pied.

— Oh, je suis sûr que nous le pouvons, assura le Frère Oliver.

Le chauffeur désigna presque avec colère son taxi déglingué.

— Un dollar et demi, dit-il, et vous y êtes en cinq minutes, facilement et confortablement.

— Alors il nous en faudra vingt pour y aller à pied, remarqua avec douceur le Frère Oliver. Si vous vouliez bien nous indiquer simplement la direction ?

Le chauffeur jeta un coup d'œil à la gare vide. Notre train était parti, il n'y avait pas d'autres clients éventuels,

et un vent froid soufflait en rafales sur le parking au revê-
tement noir. La pluie d'hier était devenue l'air moite et
les nuages lourds d'aujourd'hui. Le chauffeur secoua la
tête, écœuré.

— Okay, *mon Père,* fit-il, et il balança un bras pour
désigner une direction qui me parut être le sud. Marchez
par là jusqu'à ce que vous ayiez le cul en eau, et puis tournez à droite.

— Merci, répondit le Frère Oliver, et je ne pus
qu'admirer sa dignité.

Le chauffeur bougonna, marmonna, puis plongea dans
son taxi en claquant la portière. Le Frère Oliver et moi
commençâmes à marcher.

Le temps n'était pas particulièrement agréable, mais
notre environnement s'était formidablement amélioré
depuis que nous nous en étions remis pour la première
fois au Long Island Railroad. Nous avions Voyagé
quatre-vingt ou cent kilomètres à travers une couverture
sans raccord de petites villes de Long Island jusqu'à ce
que finalement apparaissent des petits bouts de vert, des
vraies pelouses, des vrais parcs et des vrais champs et
enfin même des carrés de forêt. Cette calme ville de Sayville constituait un contraste si absolu avec la frénésie de
Manhattan et la crasse de Queens que j'en fus presque
étourdi. Ceux qui Voyagent plus souvent s'habituent aux
violents changements de leur environnement, mais pour
moi ces changements rapides — il n'était pas encore
midi — étaient comme le vin, trop bu, trop vite.

Notre parcours nous mena d'abord dans une grande
rue commerçante propre mais très animée où un agent
de police poli et obèse nous donna des renseignements
plus détaillés et moins blessants. Il nous assura lui aussi
que c'était trop loin pour s'y rendre à pied, mais de toute
évidence il se trompait. Un homme adulte en relative
bonne santé peut parcourir dans les quarante kilomètres
par jour, et les renseignements qu'on nous fournit me
donnèrent à penser que la maison des Flattery se trouvait à moins de quatre kilomètres de la gare.

Ce qui est un fait étrange à propos du Voyage. Les gens qui s'y adonnent sans cesse deviennent esclaves d'un grand nombre de faux dieux et de dogmes absurdes. Le chauffeur de taxi et l'agent de police — et sans aucun doute presque n'importe qui d'autre dans cette ville à qui nous aurions pu nous adresser — se sont tellement habitués à l'idée de conduire une automobile quand ils sont engagés dans le processus du Voyage qu'ils en sont venus à ne plus croire en l'existence réelle d'autres modes. Cet agent de police habitait-il à trois kilomètres de son travail ? Si oui, et s'il avait été travailler à pied chaque jour plutôt qu'en voiture, il serait moins obèse.

Ce n'est pas un caprice de notre part, voyez-vous, de penser que le Voyage est une chose trop sérieuse pour être entreprise à la légère. L'abus du Voyage, comme de toute autre activité contestable, entraîne des faiblesses qui sont à la fois morales, physiques, mentales et émotionnelles. Imaginez un adulte en bonne santé convaincu qu'on ne peut pas faire trois kilomètres à pied ! Et pourtant il se moquerait de quelqu'un qui prétendrait, disons, que la terre est plate.

Au sud du quartier commerçant nous trouvâmes des maisons superbes, bien installées entre des pelouses, des vieux arbres et des allées aux courbes agréables. Parfois des gros chiens bondissants, des dalmatiens, des setters irlandais et d'autres de ce genre, arrivaient en gambadant pour nous observer, et un berger allemand nous suivit au petit trot jusqu'à ce que le Frère Oliver soit obligé de s'arrêter et de lui signifier avec fermeté de rentrer chez lui, que nous n'étions pas disposés à le prendre en charge. Il nous sourit, et rebroussa chemin.

Quelques rares voitures nous dépassaient en froufroutant et nous croisâmes quand même un piéton, une petite vieille qui parlait toute seule. Elle me rappela tellement le vieux Frère Zebulon que je me sentis soudain atteint par un profond mal du pays.

— Ahhh, fis-je.

Le Frère Oliver leva un sourcil dans ma direction.

53

— Qu'est-ce que c'est ?

— Rien, répondis-je.

— Nous y sommes presque, m'assura-t-il, démontrant précisément avec quelle rapidité le Voyage peut induire même quelqu'un comme le Frère Oliver en erreur. Je ne voulais pas y être presque ; je voulais être presque rentré.

Bayview Drive portait bien son nom. Tandis que nous la longions, nous apparaissait de temps à autre la Great South Bay qui sépare Long Island de Fire Island. Les maisons tout du long étaient de véritables propriétés, indubitablement hors de prix, et celles du côté baie disposaient le plus souvent d'installations d'amarrage tout au bout de la pelouse de derrière. Des bardeaux rutilants et d'autres patinés s'associaient ici pour créer une aura d'opulence rustique.

Le domaine des Flattery était clos par une grille de fer à pointes de lance, mais le portail de l'allée était ouvert et nous remontâmes l'allée de graviers jusqu'à la maison. Aucun chien ne vint nous accueillir, ce qui était une vraie surprise, mais l'action du Frère Oliver sur la sonnette fit apparaître presque aussitôt une petite femme boulotte en pantalon orange et pull bleu qui ouvrit la porte, nous jeta un regard, et dit :

— Ah. Une petite minute.

Et puis avant que le Frère Oliver puisse prononcer un seul mot, elle referma la porte.

Le Frère Oliver et moi échangeâmes un regard. Je suggérai :

— Elle est peut-être allée chercher Daniel.

— C'est très étrange, remarqua le Frère Oliver, et alors la porte se rouvrit brusquement.

Elle était revenue. Cette fois elle tenait un gros porte-monnaie en vernis noir dans une main et un billet de cinq dollars dans l'autre. Elle fourra le billet dans la main du Frère Oliver et dit :

— Voilà, mon Père. Merci à vous.

Et elle referma la porte.

Le Frère Oliver regarda fixement la porte fermée. Il

regarda fixement le billet dans sa main. Il me regarda fixement, et une rougeur commença à monter sournoisement de son cou vers ses joues, mais était-ce une rougeur due à la gêne ou à la contrariété, je n'aurais pas pu le dire à coup sûr. Il secoua la tête, et appuya encore une fois fermement sur la sonnette.

La femme, quand elle rouvrit la porte, était très nettement agacée.

— Et bien, qu'est-ce que c'est *maintenant* ? demanda-t-elle.

— D'abord, madame, déclara le Frère Oliver, vous pouvez reprendre votre argent. Mon ordre n'est plus mendiant depuis au moins cent ans, et je doute que nous ayions *jamais* mendié de porte à porte.

La femme fronça les sourcils tandis que le Frère Oliver poussait dans son poing le billet qui se froissait.

— Enfin, que diable…?

— Nous sommes ici, déclara le Frère Oliver, avec une dignité qui devenait à peine un peu glacée, pour voir Daniel Flattery. *Si* c'est possible.

— Dan ? L'idée que quelqu'un puisse vouloir voir l'homme qui habitait dans cette maison parut la sidérer totalement. Je suis Mme Flattery, dit-elle. Puis-je vous aider ?

— Je suis le Frère Oliver, Abbé de l'Ordre Crépinite, et voici le Frère Bénédict. Nous voudrions voir votre mari en rapport avec notre monastère.

— Votre monastère ? *Dan ?* Elle eut un rire incrédule et ajouta : chassez cette idée de votre tête. Dan dans un monastère ? Je ne sais pas qui vous a donné son nom, mais on vous a fait marcher. Dan ! Et elle rit de nouveau, avec une truculence d'ivrogne que je trouvai fort peu séduisante.

— Daniel Flattery, reprit le Frère Oliver, la voix un peu tremblante, *est propriétaire* de notre monastère. Nous sommes ici pour discuter avec lui de sa vente.

— Quoi ? Oh, *cet* endroit ! Cet endroit à New York !

— C'est ça.

— Oh là là, je n'ai pas pensé à cet endroit depuis des *années* ! Entrez, entrez.

Ainsi franchîmes-nous enfin le seuil de la maison des Flattery.

Nous avions pénétré dans un vestibule assez nu, avec un large escalier blanc montant à l'étage et une étroite entrée parquetée menant tout droit vers une porte vitrée avec des rideaux blancs de l'autre côté. Deux vilains tableaux de clowns en pleurs pendaient sur les murs latéraux flanquant la porte d'entrée, avec un joli secrétaire ancien sous l'un et un amas inélégant de porte-chapeaux en cuivre, chaise en bois et porte-parapluie pied d'éléphant sous l'autre. Après tout ça, des arcades à gauche et à droite menaient à des pièces plutôt sombres et en pagaïe, dont l'une semblait surtout salon et l'autre surtout bibliothèque.

C'est vers la bibliothèque que Mme Flattery tendit le bras en disant :

— Entrez. Asseyez-vous. Je *suis* désolée, je ne savais pas qui vous étiez, mais Dan ne m'a pas prévenue qu'il vous attendait.

Le Frère Oliver demanda :

— Il ne vous a pas parlé de la vente ?

— La vente ?

— Du monastère.

— Oh, Dan ne parle jamais affaires avec moi. Nous ayant introduit dans la bibliothèque, elle nous poussait maintenant vers des fauteuils assortis en similicuir fauve. Asseyez-vous, asseyez-vous.

Nous nous assîmes. Le Frère Oliver déclara :

— J'espère le convaincre de ne pas vendre.

Ceci me frappa comme une entrée en matière savamment indirecte — d'abord éveiller sa curiosité, puis sa compassion — mais je vis tout de suite que ça ne marcherait pas.

— Oh, je suis certaine que Dan fera ce qui est bien, assura-t-elle tranquillement. Il est doué pour les affaires.

Le Frère Oliver n'abandonna pas le navire aussi

facilement.

— Parfois, observa-t-il, le don des affaires peut nous faire perdre de vue des valeurs plus essentielles.

— Oh, je sais que vous garderez Dan sur le droit chemin, déclara-t-elle, en nous souriant à tous les deux. Je vais lui envoyer un radio pour le prévenir que vous êtes ici.

Le Frère Oliver, détourné de sa vaine campagne, s'étonna :

— Un radio ?

— Il est sorti en bateau, avec des amis. Je suppose qu'il a tout bonnement oublié que vous veniez. On aurait cru que l'indulgence pour l'entêtement ou les caprices de son mari constituait son unique occupation et son plus grand plaisir dans la vie.

— Voilà, en vérité, expliqua le Frère Oliver, avançant avec précaution, votre mari *ne* sait *pas* que nous sommes ici.

Elle parut étonnée.

— Vous n'avez pas téléphoné ?

— Je lui ai parlé au téléphone, si. Mais ensuite j'ai eu le sentiment qu'il y avait plus à dire et que le téléphone n'était pas le meilleur moyen de le dire, alors j'ai pris le risque de venir.

Mme Flattery fit la grimace et réfléchit ; je voyais remuer le côté de son visage, là où elle se mordait l'intérieur de la joue. Et puis elle leva les sourcils, secoua la tête et dit d'un ton sceptique :

— Ecoutez, je ne sais pas. Si vous pensez que c'est comme ça qu'il faut le manœuvrer...

«Manœuvrer» Daniel Flattery était manifestement la profession de cette femme. Elle parlait en spécialiste maintenant, et elle doutait de notre méthode. Pourtant, nous n'avions pas d'autre solution que d'aller jusqu'au bout, et le Frère Oliver avoua :

— J'espère seulement qu'en présence l'un de l'autre votre mari et moi serons mieux à même de saisir nos points de vue respectifs.

— Il se peut que vous ayez raison, admit-elle, sans conviction. Je vais envoyer un radio, dit-elle, et elle s'en alla.

— Frère Oliver, reconnus-je, quand nous fûmes seuls, je perds foi en cette démarche.

— Ne perdez jamais foi, Frère Bénédict, me recommanda-t-il. Il se peut que nous perdions des batailles, mais nous ne perdons jamais foi et nous ne perdons jamais la guerre.

Ça sonnait bien mais je doutais que ça veuille dire quelque chose, aussi plutôt que de répondre je passai les quelques minutes suivantes à examiner les livres des Flattery. Le mur du fond, que l'on voyait en premier en entrant dans la pièce, était plein de Bons Livres manifestement achetés au mètre : une série de Dickens, une série de Twain, une série de dramaturges grecs, une autre série de Dickens, une série de James Branch Cabell, une série des lettres de George Washington, une autre série de Dickens, etc, etc. Le mur de droite était un véritable musée de romans actuels nuls, tous en édition de club de livres mais tous dépouillés de leur jaquette dans l'espoir évident que nus ils auraient l'air plus anciens et plus respectables. Le mur de gauche était le bastion raisonné d'un homme qui sait ce qu'il veut : des livres sur la comptabilité d'entreprise, les impôts, l'immobilier, des livres sur l'inflation, sur la dévaluation, sur la dépression, des livres sur la politique, sur l'économie, sur la sociologie — et une biographie de John Wayne.

J'inspectais le quatrième mur — religion, mécanique automobile, jardinage et forme physique — quand Mme Flattery revint, l'air échevelé mais inébranlable.

— Alors vous allez rester déjeuner, annonça-t-elle, avec beaucoup plus de vigueur qu'il n'était nécessaire, et je devinai que son contact radio avec son mari avait été rien moins que tout à fait serein. Celui-ci avait plus que probablement reproché à sa femme de nous avoir laissés entrer chez lui, et elle l'avait plus que probablement informé que c'était à lui de revenir et d'accomplir sa sale besogne. Du moins, c'était la petite scène de théâtre que j'inventai pour expliquer sa nouvelle apparition et son invitation.

Le Frère Oliver s'inclina poliment, lui adressa nos chaleureux remerciements et lui répondit que nous serions ravis de rester déjeuner. Elle hocha la tête vivement et déclara :

— Voilà qui est réglé, donc. Dan ne reviendra pas avant une bonne heure, vous aurez tout votre temps. Venez, je suis sûre que vous avez envie de faire un brin de toilette.

Elle s'appelait Eileen. C'était la fille de Daniel Flattery, elle avait au plus trente ans, et elle possédait une beauté fine — cheveux noirs, ossature délicate, regard tranquille — qui sans aucun doute continuerait à s'améliorer jusqu'à ce qu'elle ait largement dépassé la quarantaine.

On nous la présenta au déjeuner, ainsi que ses frères, deux drôles de numéros du nom de Frank et Hugh, et le drôle de numéro épouse de Hugh, Peggy. Et aussi un dandy fanfaron, aux yeux fuyants, au menton inexistant, à la moustache stupide du nom d'Alfred Broyle qu'on nous présenta comme «le jeune ami d'Eileen.» Je ne fus pas surpris de remarquer les lèvres de la fille se pincer d'agacement à cette description ; bien *sûr* qu'il n'était pas son jeune ami.

Ces cinq-là, avec Mme Flattery, le Frère Oliver et moi, étions les convives du déjeuner pris dans la véranda au sol carrelé à l'arrière de la maison. Je m'étais attendu à des domestiques, mais Mme Flattery et Eileen servirent le repas, et le fils non marié, Frank, fut chargé ensuite du deuxième service et des petits oublis.

Mme Flattery pria le Frère Oliver de dire le bénédicité, et il s'exécuta ; j'admirai assez la façon dont les épais cheveux noirs d'Eileen tombaient sur sa pommette, quand elle inclinait la tête. Le Frère Oliver pria :

— Dieu Tout-Puissant, bénissez ce repas préparé pour l'étranger mais aussi pour la famille et les amis. Bénissez le maître de maison qui l'a rendu possible et protégez-le sur le sein de Votre océan. Bénissez, je vous prie, les habitants de cette maison et protégez-les toujours, que jamais ils ne soient jetés nus hors de leur foyer dans la froidure du monde extérieur. Protégez tous Vos enfants, nous Vous l'implorons, et donnez-leur la nourriture et le foyer dont ils ont besoin. Pour ce festin qui nous attend, nous Vous remercions.

Je trouvai tout cela un peu appuyé, mais le Frère Oliver avait apparemment décidé de battre en brèche l'indifférence de Mme Flattery, même si la tâche s'avérait herculéenne. Quant à qualifier le déjeuner de festin, ce n'était presque pas une exagération. Il y avait du rosbif froid, du jambon et du poulet froid, de la salade de pommes de terre, de la salade de macaroni et de la salade de chou cru, du pain blanc et du pumpernickel, du café, du thé, du lait et de la bière. Nous nous assîmes autour d'une longue table à plateau de verre avec des pieds chromés — la jupe d'Eileen n'était-elle pas un peu courte pour la saison ? — et passâmes d'abord cinq bonnes minutes dans un joyeux désordre à faire circuler les plateaux et les condiments dans tous les sens. Les fils, le Frère Oliver et Mme Flattery construisirent tous de hauts sandwiches instables mais le reste d'entre nous s'abstint de pain — enfin, moi je tins à goûter le pumpernickel — et mangea surtout avec le couteau et la fourchette.

Il m'arrive de boire du vin et de la bière de temps à autre au monastère, mais je trouvai plus sage ce jour-là, si loin de chez nous et à ce point assailli par de nouvelles expériences — manger à table avec des femmes pour la première fois en dix ans, par exemple — d'en rester au thé. Le Frère Oliver, par contre, vida son verre de bière plusieurs fois jusqu'à la dernière goutte avec un plaisir évident.

J'étais assis du côté de la table qui faisait face aux fenêtres et à la pelouse tondue à ras avec ses quelques vieux arbres imposants et au-delà les eaux grises de la Bay. Cette eau ridée par le vent paraissait froide, et je me surpris à me demander ce qu'il arriverait si, malgré les vœux récemment exprimés par le Frère Oliver à ce sujet, un événement d'une nature fatale arrivait là dehors à Daniel Flattery. Serait-il plus facile de négocier avec son épouse ou ces fils-là ?

Je glissai d'un seul coup aux limites du péché, si près que j'étais de désirer la mort d'un autre être humain. Je détournai mon regard de la Bay, pour essayer de penser à autre chose. D'un coup d'œil oblique à travers le plateau de verre de la table, j'épiai à nouveau les genoux polis d'Eileen Flattery et les pentes noyées d'ombres qui s'en éloignaient avec une douce incurvation. Je reportai aussitôt mes yeux sur les restes du jambon.

Les conversations allaient leur train autour de moi. Le Frère Oliver donnait un historique et une description de notre monastère à Mme Flattery, qui ne cessait de l'interrompre pour passer le pain ou la moutarde ou le chou cru à tel ou tel convive. Les fils discutaient de football professionnel. Je suis moi-même un fervent supporter des Jets, et grâce au Frère Mallory j'en connais plus que je ne le devrais normalement dans le domaine du football professionnel, mais les fils ne semblaient pas désireux d'élargir le cercle de leur conversation, aussi restai-je silencieux, comme Peggy, la femme de Hugh. Quant à Eileen, elle se disputait aigrement avec Alfred Broyle.

J'aurais dû le remarquer plus tôt, sauf que je détournais avec insistance mon regard de cette extrémité de la table. Aucun des autres ne le remarqua, étant respectivement plongés dans la description de monastère, la tâche d'hôtesse et le football professionnel, sauf Peggy, qui n'était engagée dans aucune conversation et n'avait pas de raison d'éviter de regarder qui que ce soit. Ce fut son intérêt dans le déroulement de l'affaire qui attira mon attention, et quand je jetai un coup d'œil vers les deux en bout de table, elle semblait dans une colère froide et il semblait buté et renfrogné.

Comme ses yeux étincelaient quand elle était en fureur. Sa lourde chevelure paraissait plus épaisse, son visage ciselé plus mince, ses mains expressives dotées de doigts plus longs encore. Quant à lui, il avait l'air d'un tel rustre que je m'attendais presque à voir crever sur ses joues des boutons d'acné comme des bulles sur du caramel en fusion. Ils l'*appelaient* Alfred, alors quel genre d'homme pouvait-il être ? S'il avait eu deux sous de jugeote on l'aurait appelé Fred, ou mieux encore Al, et il ne serait *toujours* pas assez bien pour elle. Et en Alfred ?

Pendant que je les observais — je sais que j'aurais dû regarder ailleurs, mais je m'entêtais — la dispute s'envenima. Jusque-là ils avaient échangé de courtes remarques furieuses à voix basse, inaudibles pour les autres, mais maintenant il prononça distinctement :

— C'est bien ton *genre* de dire ça.

Elle devint audible elle aussi, mais toujours plus maîtresse d'elle-même que lui.

— C'est exactement comme ça que tu étais à Flynn, rétorqua-t-elle.

— Et par la faute de *qui* ?

Sa voix s'était élevée suffisamment maintenant pour attirer l'attention de tous les autres convives à l'exception du Frère Oliver, dont l'action prosélyte en faveur du monastère ne tolérait aucune interruption. Son commentaire, comme pour un film pédagogique, continuait à se dérouler avec harmonie tandis qu'Eileen et Alfred se chargeaient des accents furieux.

— C'était de ta faute, Alfred, lui lança-t-elle, et si tu avais au moins autant de cervelle que Dieu a bien voulu en accorder à un moucheron, tu saurais que c'était ta faute.

— Tu sais, c'est fini je n'en supporterai pas plus, annonça-t-il, et il jeta sa serviette sur la table. Je ne sais vraiment pas pourquoi tu m'invites, tu n'es jamais contente une fois que je suis là.

— Ça c'est bien vrai, cracha-t-elle.

Il bondit sur ses pieds, et il sembla une seconde qu'il pourrait bien lever la main sur elle, mais l'un de ses frères grogna — c'était exactement ça, un grognement sourd et menaçant — et le geste s'évanouit.

— Je suppose, dit-il méchamment, que c'était comme ça que tu parlais à Kenny, et que c'est pour ça que tu te retrouves ici.

Le visage d'Eileen se pinça, comme s'il l'avait vraiment giflée. Ni l'un ni l'autre ne souffla mot pendant deux ou trois secondes — même le Frère Oliver avait fini par faire silence — et puis Alfred Broyle s'enfuit de la pièce à toutes jambes, non pas comme quelqu'un de triomphant après une dernière tirade retentissante, mais comme quelqu'un qui s'est choqué et mis dans l'embarras.

Frank Flattery se leva, son intention était évidente, mais sa mère lança aussitôt avec une gaieté bruyante :

— Oh, Frank, pendant que tu es debout, tu voudrais apporter le dessert ? Il y a de la glace, mon chéri, et Eileen nous a préparé un quatre-quarts.

C'était un simple stratagème, mais qui détourna l'attention de Frank. Tandis qu'il restait planté là, à essayer de se décider, Eileen regarda par la fenêtre et annonça, avec quelque chose dans la voix qui ressemblait beaucoup à du sarcasme :

— Tiens, juste à temps. Voilà Papa.

Un canot automobile, blanc étincelant avec des rideaux verts à ses petits hublots, était arrivé au petit quai tout au bout de la pelouse. Il tanguait dans l'eau bouillonnante, et un homme sortit de la cabine, grimpa sur l'avant du bateau, y ramassa une corde enroulée, et sauta lourdement à terre. Il était trapu et charnu, avec une grosse tête qui se dégarnissait et une façon pesante et saccadée de mouvoir son corps. Il portait un pantalon noir, une veste à carreaux noirs et blancs, et pendant que je le regardais il arrima l'avant du bateau à une protubérance métallique du quai.

C'était donc Daniel Flattery : il avait l'air de quelqu'un qui sait ce qu'il veut. Mais au moment où je me faisais cette réflexion un autre homme apparut à l'arrière du bateau, et il lança une autre corde au premier homme. Le nouveau portait un pull vert élimé et un pantalon kaki flottant, mais physiquement il était identique au premier : lourd, puissant, la cinquantaine, agressif.

Et après que la seconde corde ait aussi été nouée, un troisième exemplaire du genre fit encore son apparition, celui-ci avec un manteau en peau de mouton et des pantalons vert foncé. Ils descendirent tous du bateau, avec entre eux beaucoup d'apparente hilarité et de camaraderie, et puis le trio traversa la pelouse à grands pas dans notre direction. Pic et pic et colegram — lequel des trois était Daniel Flattery ?

Le numéro deux, en pull vert et pantalon kaki. Les deux autres poursuivirent leur chemin et contournèrent l'extérieur de la maison, avec un tas de cris d'adieu et de saluts du bras en s'en allant, et le vrai Daniel Flattery entra par une porte quelque part à notre gauche. Des claquements de porte signalèrent son approche, comme le bruit d'arbres qui tombent signalerait l'approche d'un éléphant mâle, et puis il arriva dans la pièce parmi nous autres. Frank s'était rassis entretemps, ayant oublié à la fois Broyle et le dessert, et les membres de la famille accueillirent leur patriarche avec des bonjours respectueux à défaut d'être très chaleureux. Les ignorant tous, Flattery posa un regard pensif d'abord sur moi et puis sur le Frère Oliver.

— Eh bien, me voilà, finit-il par annoncer au Frère Oliver. Venez, autant en finir au plus vite.

Le Frère Oliver et moi nous levâmes tous deux, mais Flattery me foudroya de ses yeux injectés de sang — je me dis qu'il avait dû picoler sur ce bateau — et lança :

— Deux contre un ? Il désigna le Frère Oliver, et dit, vous êtes l'Abbé. C'est à vous que je parlerai. Venez.

Flattery tourna les talons et sortit à pas lourds de la pièce. Le Frère Oliver me fit signe de rester où j'étais, et il s'éloigna dans le sillage de Flattery. Je restai debout à ma place, gêné, conscient que les membres de la famille se sentaient tous encore plus gênés que moi, et puis Eileen Flattery se leva et déclara :

— Ecoutez, de toute façon j'ai fini. Venez, mon Frère,

je vais vous faire faire le grand tour.

— *Non, non et non !*

Eileen et moi en avions terminé avec la maison et nous nous trouvions dehors sur la pelouse latérale quand nous entendîmes ce beuglement sorti de la gorge de Daniel Flattery. Je remarquai :

— Le Frère Oliver ne semble pas très bien s'en sortir avec votre père.

— Personne ne s'en sort très bien avec mon père, avoua-t-elle.

Je cherchai désespérément une réponse.

— J'imagine que non, dis-je, et une fois de plus la conversation mourut.

Elle était morte à intervalles réguliers pendant les vingt dernières minutes. C'était là une situation mondaine si étrangère à mon expérience de la dernière décennie que j'arrivais tout juste à marcher, presque pas à parler. Flâner dans une maison inconnue avec une belle femme : si déjà traverser Queens en train avait été pour moi aussi insolite que d'être lâché sur la planète Jupiter, cette nouvelle expérience s'avérait totalement en dehors de tout univers connu.

Mais mon embarras n'était pas la seule raison de nos silences. La dispute du déjeuner avec Alfred Broyle continuait de toute évidence à contrarier Eileen, à tel point que les petites rides verticales entre ses sourcils paraissaient presque permanentes. A travers toute la maison, nous entrions dans une pièce, et elle m'annonçait dans quelle pièce nous étions entrés — «Voici la cuisine,» dans une pièce avec évier, cuisinière et réfrigérateur — je la qualifiais aussitôt de très jolie, le silence retombait, et nous passions alors dans la pièce suivante. Maintenant nous étions dehors sur la pelouse et elle me désignait des arbres et je dis qu'*ils* étaient très jolis.

J'avais fait quelques tentatives hésitantes pour engager une conversation d'ordre général mais elles avaient toutes, comme la dernière à propos du Frère Oliver et de son père, survécu à peine le temps d'un échange. Si j'obtenais d'elle une réponse après mon entrée en matière, je n'avais aucune idée de ce qu'il fallait faire ensuite, comment poursuivre. Plaf. Silence encore une fois.

Nous tournions vers l'arrière de la maison. Elle désigna un bouquet de hauts bouleaux blancs et élancés.

— Nous les avons plantés quand j'avais dix ans, déclara-t-elle. Ces bouleaux, là-bas.

— Vous êtes tous devenus très beaux, lançai-je, et je fus si stupéfait et si content de moi que je me moquais même de rougir aussitôt comme une pivoine.

Eileen ne remarqua pas ma rougeur, de toute façon ; en fait, elle remarqua à peine le compliment.

— Merci, dit-elle, avec à peine l'ombre d'un sourire, et puis elle me désigna un saule pleureur.

— Ça c'est un saule pleureur. Il y était déjà quand nous avons acheté la maison.

— Il est très joli.

Nous avançâmes encore, et finalement nous nous trouvâmes tout au bout de la pelouse, où l'eau clapotait contre un mur de soutènement en planches de bois grises disposées à la verticale.

— Voici le bateau de mon père.

J'inspirai à fond.

— Vous devriez éviter Alfred Broyle, déclarai-je.

Elle me regarda avec une surprise amusée.

— Je quoi ?

— Excusez-moi. Je n'avais pas l'intention de dire quoi que ce soit, et puis je... J'agitai les bras et tournai les yeux vers la Bay. Ça c'est la Bay, non ?

— Qu'est-ce qui ne vous plaît pas chez Alfred ?

— Voilà, d'abord il s'appelle Alfred.

La vision périphérique peut s'avérer cruelle : même si je ne la regardais pas directement, j'apercevais son sourire condescendant.

— Devrais-je l'appeler Al ?

— Personne ne peut l'appeler Al, répondis-je. Si c'était possible, ce ne serait pas le même homme.

La vision périphérique mentait-elle, ou l'expression de

son visage se mua-t-elle en reconnaissance surprise ? Non, la vision périphérique ne mentait pas. Eileen remarqua :

— Comme vous avez raison.

— Et je n'aime pas sa moustache.

— Moi non plus.

Je la regardai en face, elle souriait, mais ce sourire était amical désormais et non plus condescendant.

— C'est une moustache très anémique, poursuivis-je.

— Elle lui va, observa-t-elle.

— C'est bien le problème.

— Eh oui.

— Frère *Behnnn*-edict !

Je me retournai, le Frère Oliver se tenait sur le seuil de la porte de derrière, il me faisait signe.

— Oh, dis-je, je dois m'en aller.

Elle toucha mon bras, un geste posé mais amical.

— Merci, dit-elle, de votre intérêt.

— C'était presque obligé, répondis-je, en lui souriant à mon tour, vu les circonstances.

— Frère *Behnnn*-edict !

— Vous avez pris la décision pour moi, avoua-t-elle. Dès maintenant, Alfred sort de ma vie.

— Bien, dis-je. C'était un plaisir de vous rencontrer, Melle Flattery.

— Mme Bone, corrigea-t-elle.

Je la dévisageai.

— Quoi ?

Elle se pencha tout contre moi, de la malice plein les yeux, et avec une jubilation sacrilège elle murmura :

— *Je suis divorcée !*

— Oh. Et j'étais si abasourdi que je ne trouvais rien d'autre à dire. Le «Kenny» mentionné par Alfred pour clore sa diatribe, devait être le mari. Kenneth Bone. Un autre nom ridicule. Je décidai que ce type ne me plaisait pas. Si cette fille, une belle et bonne jeune fille catholique irlandaise d'une bonne famille catholique, avait jugé nécessaire d'en divorcer, il devait y avoir quelque chose qui n'allait vraiment pas chez lui.

— *Frère Bénédict !*

— Je dois y aller. Au revoir, Mada-Made-Mad...

— Eileen, suggéra-t-elle.

— Eileen. Au revoir, Eileen.

— Au revoir, Frère Bénédict.

Je sentis ses yeux souriants posés dans mon dos pendant que je traversais la pelouse en toute hâte pour rejoindre le Frère Oliver, qui était d'une humeur massacrante.

— Il vous a fallu du temps, remarqua-t-il. Prêt à renoncer à vos vœux, mon Frère ?

— Oh, Frère Oliver, protestai-je. Flattery n'a pas voulu changer d'avis ?

Presque aussitôt il se radoucit.

— Vous avez raison, admit-il. J'en ai contre Flattery, pas contre vous. Mais venez maintenant.

Nous contournâmes la maison, plutôt que de la traverser.

Je demandai :

— Ne reste-t-il aucun espoir ?

— Nous verrons, répondit-il, quoique sans beaucoup d'assurance. Il reste toujours Dwarfmann.

4.

— Frère Oliver, demandai-je le lendemain, au moment où nous nous apprêtions à quitter le monastère, un rêve peut-il être un péché ?

Il méditait profondément sur ses problèmes à lui — en particulier, je suppose, son échec de la veille avec Daniel Flattery et le rendez-vous prévu l'après-midi aux bureaux Dwarfmann — et il me considéra un bon moment les sourcils froncés, sans rien comprendre, avant de demander :

— Quoi ? *Quoi ?*

— Voici ce que je veux dire, expliquai-je, supposons qu'une certaine action est un péché si jamais on l'accomplit dans la vie réelle. Et serait un péché d'intention si on l'accomplissait dans une rêverie délibérée. Mais dans un rêve ? Est-ce un péché ? Et si oui, quel genre de péché est-ce ?

— Frère Bénédict, répondit-il, je n'ai pas la plus petite idée de ce que vous pensez me raconter.

— Moi j'en ai la plus petite idée, assurai-je. C'est bien tout ce que j'ai, la plus petite idée.

— Je crois que vous devriez poser cette question, quelle qu'elle soit, au Père Banzolini quand il viendra recueillir les confessions demain soir.

— Sans doute, convins-je. Et quel soupir allait pousser le Père Banzolini quand je lui demanderais — je l'entendais déjà. Ou était-ce moi qui soupirais ?

— Etes-vous prêt à y aller, Frère Bénédict ?

— Pas vraiment, répondis-je. Mais je ne le serai jamais plus.

— Frère Bénédict, déclara-t-il, avec une sorte d'impatience paternelle, ne pensez-vous pas que je sais ce que vous ressentez ? Ne pensez-vous pas que j'aimerais autant retrouver mes pinceaux, et ne pas être contraint de Voyager Voyager Voyager tout le temps ?

Non, je ne le pensais pas. Mon impression personnelle était que le Frère Oliver tirait un frisson secret de ces multiples Voyages, qu'il s'était très vite adapté la veille au monde extérieur, qu'il avait apprécié le trajet de retour de Long Island encore plus que le trajet d'aller — malgré l'échec de notre mission — et qu'il se réjouissait à l'avance de la partie Voyage de notre expédition du jour. Je l'avais aperçu la veille glisser l'indicateur horaire du Long Island Railroad dans sa robe. Le fait de rapporter des souvenirs est le signe le plus évident d'un rapport complaisant avec le Voyage. Selon moi, cette Vierge à l'Enfant inachevée ne hantait pas le moins du monde les pensées du Frère Oliver.

Mais je gardai tout cela pour moi, comme la veille je n'avais pas mentionné que j'avais vu disparaître l'indicateur horaire. Je me contentai d'un haussement d'épaule ambigu mais pas réellement rebelle, et déclarai :

— Bon, je crois que nous ferions aussi bien d'y aller.

Et nous y allâmes. D'abord dans la cour, où le Frère Leo, tête levée, plissait les yeux vers un avion qui passait comme s'il ne savait pas trop s'il était l'un des nôtres, et puis au-delà de la grande porte de chêne une fois encore dans les rapides de ce monde grouillant.

Mais si j'avançais d'un pas tranquille, à l'intérieur c'était l'insurrection. C'était bien assez grave que le Frère Oliver prenne secrètement plaisir à ces multiples Voyages, et c'était sans doute bien assez grave que ma première expérience avec le Voyage depuis mon entrée dans l'Ordre ait offert à mon esprit tant d'expériences totalement indigestes. Ce qui rendait tout cela bien pire encore était la conviction que je n'aurais en fait jamais dû connaître tout ça. Je n'étais pas un des proches associés du Frère Oliver, un membre de ce petit groupe qui à vrai dire régissait les choses ici — les Frères Dexter, Clemence et Hilarius remplissaient ces rôles — et la seule raison pour laquelle j'étais embarqué dans toute cette histoire, c'était que j'avais remarqué le nom de notre monastère dans le journal. C'était la *seule* raison.

Enfin, cela aurait pu arriver à n'importe qui. Le Frère Peregrine, notre ancien décorateur d'Off Broadway et propriétaire d'un théâtre estival, avait été le premier à lire Arts et Loisirs. Si ses intérêts s'étaient au moins élargis à d'autres arts qu'uniquement ceux de la scène, il aurait pu lire la colonne d'architecture et maintenant *il* serait celui qui Trainerait de par le monde et donnerait des conseils de Vie amoureuse à de belles femmes. Le Frère Hilarius, dont les intérêts historiques l'avaient entraîné par capillarité vers le domaine des monnaies et des timbres, qui sont tous deux traités dans Arts et Loisirs, avait lui aussi lu cette partie du journal avant qu'elle ne me parvienne, et *il* aurait pu être celui qui aurait vu l'information. En fait, le Frère Valerian, celui de l'abominable stylo Stabilo orange, celui dont les grands plaisirs dans la vie était de lire les critiques malveillantes sur les vernissages des galeries, avait lui aussi lu cette partie avant moi. Si n'importe lequel d'entre nous avait regardé la colonne d'architecture, n'importe *lequel* d'entre eux, je ne serais pas en train de sortir du monastère aujourd'hui, je n'aurais pas fait ces trajets en train hier, et Eileen Flattery ne serait pas apparue dans mon existence tranquille et comblée.

Je ne pus m'empêcher de penser, tandis que nous fermions une fois encore la porte du monastère derrière nous, au Proverbe XXVIII. 8 : «Comme l'oiseau qui erre loin de son nid, ainsi l'homme qui erre loin de son pays.» Ou comme Shakespeare le formula dans *Comme il vous plaira,* «Quand j'étais à la maison, l'endroit valait mieux.»

Bon. Au moins le temps était meilleur aujourd'hui qu'il ne l'avait été récemment. Les nuages et la moiteur avaient disparu, laissant un ciel bleu roi et un air frisquet et ensoleillé, le genre de temps qu'il peut encore tout juste y avoir à la mi-décembre. Et si l'on *devait* Voyager, c'était sans aucun doute le temps idéal.

Et l'heure du jour. La veille nous étions partis à l'heure de pointe du matin, et nous nous étions ainsi trouvés noyés dès le départ dans un tourbillon d'hommes et de femmes qui couraient. Aujourd'hui nous partions à deux heures de l'après-midi, et la diminution de la presse était très perceptible. Il y avait encore beaucoup trop de monde, de voitures, de taxis, d'autobus, de camions, et la plupart d'entre eux allaient encore trop vite, mais le climat d'angoisse et d'horreur avait disparu. Le chauffeur du camion de livraison d'un fleuriste garé devant le monastère somnolait au-dessus d'un journal posé sur son volant, comme s'il faisait la sieste au bord d'un ruisseau de campagne, et la majorité de ses concitoyens semblaient à cette heure-ci se dépêcher plutôt par habitude que par nécessité.

Notre trajet d'aujourd'hui se ferait entièrement à pied. Nous traversâmes Park Avenue au coin et primes vers l'ouest sur la 51ème Rue. Le long du pâté de maisons entre Madison et la Cinquième Avenue nous marchâmes avec la Cathédrale St Patrick à notre gauche — vraiment des nôtres. Quoique en fait ce soit plus une vaillante façade qu'une église en exercice, vu que ses paroissiens ne totalisent pas trois cents âmes. Personne ne vit à Madtown Manhattan, voyez-vous ; les gens ont tous été chassés pour laisser place aux immeubles de bureaux.

Après la Cinquième Avenue nous traversâmes Rockfeller Center, une cathédrale de l'argent truffée de petites chapelles au Voyage. A la Sixième Avenue nous tournâmes à gauche devant l'American metal Band Building — je ne sais pas vraiment si le fait de trouver ce nom rigolo est une offense ou non au Sixième Commandement — puis nous longeâmes trois pâtés de maisons en passant devant Radio City Music Hall, le Time-Life Building, le RCA Building, le Standard Oil Building et l'U.S. Rubber Building jusqu'au Solinex Building.

— Qu'est-ce qu'il peut y avoir comme Buildings, remarquai-je. Et ils en veulent encore d'autres.

— C'est un complexe immobilier, expliqua le Frère Oliver.

Je fis semblant de ne pas l'avoir entendu.

Le Solinex Building était un rectangle répété sept millions de fois. En verre, en chrome, et en ce qui aurait pu être mais n'était sans doute pas de la pierre. Il était placé en retrait du trottoir, laissant la place pour une fontaine avec une statue au milieu. La statue était une abstraction, mais semblait représenter un avion à une aile atteint de la rougeole qui aurait juste raté son atterrissage sur un porte-avions et piquerait le nez en avant dans l'océan. Du moins c'était ce que je voyais.

Apparemment le Frère Oliver n'en avait pas la même vision.

— La femme de Loth, commenta-t-il en passant

72

devant.

A l'intérieur de l'immeuble, plusieurs rangées d'ascenseurs menaient à plusieurs groupes d'étages.

— Nous allons au cinquante-septième, annonça le Frère Oliver, et il pointa le doigt. Un de ces ascenseurs là-bas.

— Ça fait drôlement haut, remarquai-je, sur ses talons.

Il me regarda en fronçant les sourcils.

— Ça vous donne des saignements de nez ?

— Je n'en sais rien.

De la musique sirupeuse jouait dans l'ascenseur, dont les parois étaient en imitation bois, et que nous partageâmes avec plusieurs autres personnes. Les trois jeunes bavardes à chewing-gum descendirent au 51ème, le vieil homme voûté qui portait une enveloppe brune presque aussi grosse que lui descendit au 54ème, et les deux impeccables messieurs japonais montés sur ressorts descendirent au 56ème. Au 57ème, le Frère Oliver et moi prîmes pied sur une moquette vert pâle qui délimitait un large espace où se trouvaient un bureau de réceptionniste et un coin salon d'attente avec des canapés en simili cuir rouge. De hautes lettres rouges fixées au mur derrière et au-dessus de la réceptionniste annonçaient DIMP.

Le Frère Oliver communiqua nos noms à la réceptionniste, à la réserve et à l'accent anglais, et elle exécuta plusieurs opérations avec un standard téléphonique très compliqué avant de nous annoncer :

— Veuillez vous asseoir là-bas. La secrétaire de M. Snopes va venir tout de suite.

Les canapés rouges étaient de style danois, de structure minimale, et inconfortables à l'utilisation. Sur des tables de formica blanc au milieu s'étalaient des numéros du magazine *Forbes* et de *Business Week,* plusieurs revues professionnelles immobilières et quelque chose qui s'intitulait *Voyage et Loisirs,* et s'avéra être un magazine pour les porteurs de la carte de crédit American Express. Le plaisir et la satisfaction personnelle que l'on pouvait trouver dans des endroits tel Bangkok y étaient décrits.

Le Frère Oliver choisit de feuilleter ça — je m'abstins de tout commentaire — quant à moi je jetai un coup d'œil à *Business Week,* un magazine que je n'avais jamais vu auparavant. Je remarquai bien vite qu'ils avaient une tendance à utiliser le mot «agressif» pour décrire des activités qui remportaient leur approbation. Une autre forme de comportement qu'ils trouvaient positive concernait le serrage de ceinture. Comme je poursuivais ma lecture, il m'apparut que tout le milieu d'affaires américain était divisé en deux camps, ceux qui étaient agressifs et ceux qui se serraient la ceinture, et que *Business Week,* incapable de faire la part entre le meilleur et le pire, avait donné sa bénédiction inconditionnelle aux deux.

— Frère Oliver ?

C'était le même accent anglais que celui de la réceptionniste, mais associé ici à une voix plus douce et à une jeune femme aux dehors plus sympathiques. A son appel nous posâmes nos magazines, nous nous levâmes, et la suivîmes au-delà d'une porte, le long d'un interminable couloir crème décoré de photographies de hauts immeubles en noir et blanc format-affiche, et entrâmes derrière elle dans une très vaste pièce dominée par deux murs vitrés en courbe. De l'autre côté des vitres on apercevait les cinquante-septièmes étages d'autres immeubles. A l'intérieur il y avait un bureau en placage de bois de la taille d'une piscine privée et en forme de haricot sec, et aussi une forêt de plantes en pots d'une hauteur variant entre trente centimètres et un mètre vingt, deux maquettes de grands immeubles sur leurs tables présentoirs, et un homme mince et basané à la tête d'aigle qui contourna le bureau et s'approcha de nous avec un sourire superficiel et une main tendue.

— Frère Oliver ! Et Frère Bénédict !

Le Frère Oliver donna une poignée de main pour nous deux. Dans le classement du milieu d'affaires américain, cet homme, de toute évidence, n'était pas un serreur de ceinture. L'agressivité ruisselait de sa personne en une rivière huileuse et miroitante.

— Je suis Elroy Snopes, annonça-t-il, en continuant à pomper la main du Frère Oliver. Nous ne nous sommes rencontrés qu'au téléphone avant aujourd'hui. Asseyez-vous, mes Frères. Il libéra le Frère Oliver pour désigner d'un geste circulaire deux fauteuils aux accoudoirs en bois et aux dossiers et assises de cuir noir. Café ? Un coca ? Quelque chose ?

Nous refusâmes tous les deux.

— Moi je prends un café, insista Snopes. Nous étions encore tous debout, et il se penchait vers nous, souriant, dans une attitude d'attente, nous imposant sa personnalité comme un magicien à une fête d'enfants.

— Alors je prendrai un café avec vous, déclara le Frère Oliver. Du lait, pas de sucre.

Je compris son raisonnement en ce point. Il était important d'entrer dans une sorte de relation amicale avec cet homme, et à travers l'Histoire la manière la plus facile d'y arriver a toujours été de rompre le pain ensemble. Ou, dans ce cas précis, de rompre le café ensemble. Alors je dis :

— Moi aussi. Avec du lait et du sucre, s'il vous plaît.

Snopes pointa sa personnalité comme un projecteur sur la fille qui nous avait amenés ici.

— Melle Flinter ?

— Oui, monsieur, répondit-elle. Tout de suite.

Et elle s'éclipsa, en fermant la porte derrière elle.

Le Frère Oliver s'assit, tandis que Snopes retournait à grands pas derrière son bureau. Le Frère Oliver fit mine de tapoter vers le bas, et je m'empressai de m'asseoir dans l'autre fauteuil à côté de lui, pendant que Snopes s'installait derrière son bureau comme un pianiste de concert à son Baldwin. Il posa brusquement les coudes sur le dessus du bureau, se frotta les mains sous le menton, nous lança un sourire épanoui, et déclara :

— Je suis heureux que vous nous ayiez contacté, Frère Oliver. Nous avions programmé de vous contacter après le premier de l'an, mais on n'a jamais assez de temps devant soi dans une situation comme celle-ci.

75

— J'en conviens, dit le Frère Oliver.

— Si j'ai bien compris, reprit Snopes, votre population monastique s'élève à seize.

— C'est exact.

— Y compris le Frère Bénédict ici présent. Il me balança un flash de sa personnalité-projecteur, et retourna au Frère Oliver en disant, plus bien sûr vos besoins spécifiques, chapelles et je ne sais quoi encore, des nécessités spatiales d'une nature particulière.

— Oui, tout à fait.

— D'un *autre* côté, plusieurs des facteurs les plus courants *ne* viennent pas se flanquer au milieu.

Le Frère Oliver se pencha en avant.

— Je vous demande pardon ?

— Il n'y a pas de problème de mixité, par exemple, précisa Snopes. Et pas d'enfant.

— C'est juste, reconnut le Frère Oliver, et il semblait aussi perplexe que je l'étais. Quel était le but de cet interminable récital de faits évidents ?

Snopes, sans fournir un seul indice, poursuivit son discours à toute allure.

— Les enfants créent, nous expliqua-t-il, toute une gamme de besoins immobiliers qui leur sont propres, croyez-moi. Aussi jusque-là, nous travaillons sur un problème simplifié. Il faut encore penser à parquer. Avez-vous des véhicules ?

— Non, répondit le Frère Oliver. Nous Voyageons rarement.

— Une autre simplification. Le rayon d'approbation amicale Snopes s'élargit suffisamment pour inclure le Frère Oliver, moi-même et un bon tiers des plantes qui nous entouraient. Le boulot en question paraît complexe à première vue, nous expliqua-t-il, mais uniquement parce que le problème est nouveau, il est différent, ce n'est pas le tout courant. Mais si nous y regardons de plus près, et définissons nos domaines et notre terminologie, nous constatons qu'il ne se complexifie pas du tout.

L'usage que faisait cet homme de la langue anglaise,

son apparente conviction que n'importe quel mot peut être transformé en verbe par un simple effort de volonté, commençait à me faire loucher. «Contacter,» «programmer,» «parquer,» et «complexifier» étaient jusque-là tous devenus des verbes à son service, et comment savoir ce qu'il pourrait inventer avant que nous sortions sains et saufs de son bureau et soyions de retour dans notre monastère ?

L'autre problème, en dehors de la forme, était le contenu. De quoi, en fait, parlait-il ? *Quel* boulot n'était pas aussi complexe qu'il y paraissait à première vue ? Le Frère Oliver posa alors cette question précise :

— De quel boulot discutons-nous exactement, M. Snopes ?

— Mais comment, du relogement, bien sûr.

Le Frère Oliver se raidit.

— Du relogement ?

— Ce n'est pas qu'il y ait urgence, reprit Snopes avec douceur. Au point où nous en sommes, nous n'atteindrons pas la phase rasage de vos installations avant au moins le mois de septembre prochain, et peut-être même pas avant le printemps suivant.

Phase rasage : alors maintenant il avait commencé à redresser le déséquilibre du langage en prenant un verbe et en le transformant en... quoi ? Un adjectif, modifiant «phase» ? Ou un vrai nom ?

Mais ce fut sur l'essentiel que le Frère Oliver se concentra. Il déclara :

— Mais nous ne voulons pas que vous nous rasiez. Nous ne voulons pas être relogés.

Le projecteur Snopes monta de quarante watts, pour introduire la compassion et la compréhension humaine.

— Bon sang, je sais très bien ce que vous ressentez, Frère Oliver. Flash : Et vous aussi, Frère Bénédict. Fin du flash. Vous vivez là-bas depuis des années, non ? On finit par s'attacher à un endroit.

— Exactement, reconnut le Frère Oliver.

— Mais nous avons devant nous presque un an, nous

77

déclara Snopes, et ses yeux étincelants nous montraient à quel point il en était heureux. Nous dénicherons le reloge idéal bien avant que nous soyions échéancés.

— Han, fis-je.

Snopes leva un sourcil flamboyant dans ma direction.

— Frère Bénédict ?

— Ce n'est rien, assurai-je. Je viens juste d'être un peu gastriqué.

— Melle Flinter a de l'Alka Seltzer, proposa-t-il.

— Non. Non, merci.

Le Frère Oliver me lança un rapide coup d'œil pour m'intimer le silence et retourna à Snopes.

— M. Snopes, dit-il, vous ne comprenez pas.

— Je crois que si, Frère Oliver, répondit Snopes. Il ménagea une pause pour dégager de la compréhension, et puis continua. Je comprends fort bien vos besoins spécifiques, et croyez-moi nous ne vous mettons pas dans la situation de choisir entre un endroit miteux ou finir à la rue.

— Ce ne sont pas les choix...

— Par exemple, déclara Snopes, interrompant plus avec ses sourires et ses gestes qu'avec ses mots, nous sommes déjà en train de mener une étude de potentialité sur un petit lieu là-haut à New Paltz.

— New Paltz ?

— Au centre de l'Etat, précisa Snopes. Le long de l'Hudson. Un ancien collège d'enseignement court. Il a été supprimé, mais les installations sont là et en bon état, et c'est un très joli petit campus.

— Mais...

— Des bâtiments en briques, dans ce que vous pourriez appeler votre style Ivy League*, simplement en plus moderne, si vous voyez ce que je veux dire.

— Je crains que oui, mais...

---

* N.d.T : Nom collectif des *Collèges aristocrates* dont la fondation remonte à l'époque coloniale. Seulement en Nouvelle Angleterre.

— Ils ont fait énormément de plantation d'arbres, aussi, poursuivit Snopes, et dans les prochaines années ces arbres vont devenir très beaux. Splendides. Quand ils seront un peu plus grands, vous savez.

— M. Snopes, nous...

— Ecoutez, à ce propos. Snopes se pencha sur son bureau, réduisit la puissance en watts pour indiquer le caractère confidentiel, et demanda, vous ne faites pas de travail sur la drogue là-bas, n'est-ce pas ? Au monastère ? De la réadaptation de drogués, rien de tel ?

— Non, bien sûr que non, nous sommes des contempla...

— Bon, c'est parfait. Snopes se carra dans son fauteuil, mais en gardant la puissance en watts toujours réduite. Cela aurait posé un problème avec la population, expliqua-t-il. Cela aurait bien pu, je crois que cela aurait bien pu. Je crois qu'ils ne bougeront pas pour une situation religieuse, mais la drogue ou des choses de ce genre, cela aurait bien pu poser un problème.

— M. Snopes, dit le Frère Oliver avec fermeté, nous n'avons pas la moindre intention d'aller à New Paltz.

Snopes s'amusa de cette déclaration.

— Je vais être sincère avec vous, Frère Oliver, répondit-il. Nous n'allons pas vous trouver quelque chose sur Park Avenue.

— Nous *sommes* sur Park Avenue.

— Oui, mais vous ne pouvez pas espérer...

— Et, coupa le Frère Oliver, se lançant lui aussi dans l'exercice d'interruption, sans bénéfice côté personnalité, nous allons *rester* sur Park Avenue.

M. Snopes fronça les sourcils, avec beaucoup beaucoup de muscles.

— Ecoutez, je ne vois pas...

— Dans notre bâtiment actuel, lui décréta le Frère Oliver. Dans notre monastère. Nous n'allons pas déménager.

M. Snopes se figea. Il regarda le Frère Oliver d'un œil rêveur, et se perdit dans ses pensées. La personnalité débranchée, il avait l'air d'un bandit du désert ou d'un

employé d'avocat marron. Il avait aussi l'air dur, beaucoup plus dur que Daniel Flattery. Je jetai un coup d'œil
au Frère Oliver, et je vis que sa vaillante façade tenait
avec du chewing-gum et des allumettes, mais qu'elle tenait
bon.

M. Snopes, d'une voix douce, presque tendre, dit :

— Frère Oliver, je ne crois pas que vous compreniez
ce qu'il se passe ici.

— Oh que si.

— Permettez-moi de vous le résumer, simplement au
cas où. Ce qui s'est passé c'est que, Dwarfmann Investment Management Partners, Incorporated, a acheté du
terrain. Il y a des constructions sur ce terrain. Les constructions seront démolies et un bâtiment neuf sera élevé
à leur place. Vous et vos autres moines êtes locataires de
l'une de ces constructions et vous serez relogés. Voilà ce
qu'il se passe, Frère Oliver, et cela se passe ainsi dans
cette ville depuis les trente dernières années, et vous n'avez
qu'à regarder par la fenêtre pour le voir. Et quand le processus se met en marche, il se poursuit jusqu'au bout.
Maintenant, la plupart du temps tout est calme, tout le
monde est content, et il n'y a pas de problème, mais parfois vous tombez sur un cas où un locataire refuse de vider
les lieux. Cela arrête-t-il le processus ? Non, pas du tout,
Frère Oliver. Il se passe ceci : les officiers fédéraux et les
policiers de la Ville de New York pénètrent dans les
locaux et ils en sortent le locataire et ils en sortent les
affaires du locataire et puis la construction est démolie
à la date prévue et le nouveau bâtiment est élevé à la date
prévue et le locataire se couvre de ridicule sur le trottoir
avec ses affaires pendant deux ou trois heures. Voilà ce
qu'il se passe, Frère Oliver.

— Pas cette fois-ci.

— A chaque fois, assura Snopes.

Le Frère Oliver secoua la tête.

— Non. Je suis sûr que vous nous auriez convoqués
après le premier de l'an pour parler de relogement, parce
qu'à ce moment-là vous auriez possédé le terrain. Mais

nous avons découvert l'affaire plus tôt que prévu, *avant* que vous ne possédiez le terrain, et cela signifie que nous avons une chance de vous arrêter.

— Nous avons une option, Frère Oliver, et c'est aussi valable qu'un droit de propriété.

— Non, pas du tout, insista le Frère Oliver. Nous avons du temps, et nous allons l'*utiliser,* ce temps, et nous *empêcherons* tout ceci d'arriver.

D'un ton méprisant, M. Snopes demanda :

— En faisant quoi ? Vous irez parlez à Dan Flattery ?

Le Frère Oliver ne pouvait d'aucune manière admettre que nous avions déjà essuyé le refus de Dan Flattery, mais d'autre part comment pouvait-il dire un mensonge direct ? J'admirai sa façon de s'en sortir. Il répliqua :

— Pourquoi pas ?

— Les Flattery ne vous mèneront nulle part, riposta M. Snopes. Ils désirent cette vente autant que nous. En fait, plus encore.

— Il y a d'autres solutions, déclara le Frère Oliver. Nous pouvons nous faire classer monument historique.

M. Snopes secoua la tête.

— Vous perdez votre temps, assura-t-il.

— Nous pouvons mobiliser l'opinion publique. Ne croyez-vous pas que l'opinion publique se rangerait derrière seize moines expulsés de leur monastère vieux de deux siècles ?

— Je suis sûr que si, convint M. Snopes. Et si M. Dwarfmann ou moi-même faisions une carrière politique, nous aurions sans doute une peur bleue. Mais ce n'est pas le cas, Frère Oliver. Le public n'a rien à voir avec nous. La loi est notre seul souci.

Le Frère Oliver respira à fond. Je me dis qu'il comptait certainement jusqu'à dix, alors je me mis à compter aussi, et quand j'arrivai à sept il déclara :

— Je ne suis pas venu ici pour me disputer avec vous, M. Snopes, ou pour vous défier. Je suis venu ici pour voir quelle solution nous pourrions trouver ensemble qui nous permette de conserver notre monastère.

M. Snopes ne s'était jamais emporté sous la surface, aussi n'eut-il aucun besoin de compter en vitesse et avec rage jusqu'à dix. Il rebrancha sa personnalité-projecteur encore une fois, maintenant que le raid aérien était terminé, et nous balança un flash de camaraderie attristée.

— Je suis vraiment navré, Frère Oliver, déclara-t-il. J'aimerais qu'il y ait une solution, et je sais que M. Dwarfmann le voudrait aussi, car votre monastère pourrait relever le niveau esthétique du site entier. Mieux qu'un Picasso. Voilà, si vous étiez dans un angle nous pourrions sans doute mettre quelque chose au point, mais vous êtes en plein milieu de la parcelle, et il n'y a vraiment aucune... Venez ici, jetez un coup d'œil sur ceci.

Il jaillit de son fauteuil, contourna son bureau en quelques bonds, et nous fit signe de nous approcher de l'une des maquettes d'immeubles disposées sur un côté de la pièce.

— Voilà, ceci va tout éclaircir.

Le Frère Oliver se mit debout, alors je l'imitai, et nous nous avançâmes tous les deux pour regarder ce truc. Sur une surface plus ou moins carrée se dressaient deux blocs blancs sans traits distinctifs. On aurait dit des pierres tombales qui suivaient un régime macrobiotique. Des arbres, des gens et des automobiles minuscules folâtraient au pied des blocs. Les blocs étaient unis en bas, et puis unis de nouveau rapidement à peu près à mi-hauteur, comme des frères siamois rattachés par la hanche.

M. Snopes tendit l'index et dit :

— Voilà, c'est ici que se trouve votre monastère en ce moment. Vous voyez la situation. La logistique topographique ne nous offre pas d'autre possibilité d'emplacement.

Le Frère Oliver agita un doigt en direction des blocs.

— Est-ce *cela* que vous avez l'intention de construire à la place de notre monastère ?

— Je suppose que vous vous sentez plus à l'aise face à un style d'architecture plus traditionnel.

— Je me sens à l'aise face au style, répliqua le Frère

Oliver, et je suis à l'aise face à l'architecture. Et désormais, plus que jamais, je suis résolu à sauver notre monastère.

— Ne vous apitoyez pas sur votre sort, Frère Oliver, conseilla M. Snopes, avec un intérêt sincère et un ton amical. Souvenez-vous, c'est un vieux dicton mais il dit vrai, on ne fait pas d'omelette sans casser des œufs.

Le Frère Oliver jeta encore un regard aux blocs.

— Je vois les œufs cassés, M. Snopes, déclara-t-il, mais je ne vois pas trace de l'omelette.

M. Snopes haussa les épaules. Son attitude montrait qu'il abandonnait la partie pour le moment, mais qu'il était toujours disposé à nous trouver des types sympathiques. Il assura :

— Je compatis sincèrement, Frère Oliver. Je vous l'ai déjà dit, et c'était la vérité. Mais il n'y a rien à faire. Il passa la vitesse supérieure. Maintenant, voilà ce que je propose, vous et le Frère Bénédict ici présent, vous retournez au monastère et vous en parlez, discutez-en entre vous, à la limite consultez un avocat, c'est toujours une bonne idée. Frère Bénédict, si j'ai bien compris vous êtes l'ami de Miss Huxtable du *Times,* vous voulez peut-être sonder son opinion, laissez-lui vous révéler la réalité sur notre société, et apprenez par vos propres moyens comment se présente la situation.

Je lançai :

— Elle ne sera pas en faveur de ce que vous faites. Elle l'a déjà déclaré dans son article.

— Frère Bénédict, répondit M. Snopes, autant que je le sache Ada Louise Huxtable n'a jamais *rien* aimé des réalisations de Dimp. Tout ce que je dis c'est qu'elle connaît bien le monde, elle vous expliquera quelles sont vos chances.

— Elle sera de notre côté.

M. Snopes haussa les épaules.

— Parfait. Et se tournant vers le Frère Oliver, il conclut : quand vous aurez eu le temps d'y réfléchir, donnez-moi un coup de fil. Cet emplacement à New Paltz n'est pas la seule possibilité, et comme je l'ai déjà dit nous avons presque un an. Un temps fou.

Le Frère Oliver déclara :

— Je veux parler à M. Dwarfmann.

— Il vous dira la même chose que moi, Frère Oliver.

— Je veux lui parler.

— Je suis désolé, c'est impossible.

— S'il est vivant et conscient, ce n'est pas impossible.

— Il est à Rome, répondit M. Snopes. Pour toute la semaine.

— Alors je désirerais prendre rendez-vous pour lundi.

— Ça ne vous servira à rien, Frère Oliver. Je voudrais que vous acceptiez de me croire.

— Je veux une entrevue avec lui.

M. Snopes haussa de nouveau les épaules, abandonnant la partie encore une fois et montrant désormais moins de certitude quant à notre qualité de types sympathiques.

— Je parlerai à M. Dwarfmann quand il rentrera au bureau, assura-t-il, et puis je vous téléphonerai.

— Je ne veux plus vous parler à vous, je veux parler à Dwarfmann.

— C'est pour ça que je vous téléphonerai, une entrevue avec M. Dwarfmann.

— Quand ?

— Je vous joindrai pas plus tard que lundi après-midi.

— Bon. Venez, mon Frère.

— Parfait, dis-je, et avec un dernier coup d'œil sur ces blocs je suivis le Frère Oliver en direction de la porte.

Qui s'ouvrit, juste avant que nous ne l'atteignions, et Melle Flinter entra à reculons avec un plateau où s'alignaient trois gobelets de café en plastique.

— Oh, fit-elle, quand elle vit que nous partions, et elle resta plantée là avec ses gobelets.

— C'est l'intention qui compte, lui assura le Frère Oliver, et il s'arrêta sur le seuil pour lancer un dernier regard à Snopes et remarquer :

— M. Dwarfmann est à Rome.

— C'est exact.

— Vous n'avez pas de vues sur St Pierre, ou sur le Vatican ?

Snopes rit, comme si tout cela était une bonne plaisanterie entre amis.

— Non, Frère Oliver, nous n'en avons pas. Et pas non plus sur le Colisée.

— Oh, ça m'aurait étonné, répliqua le Frère Oliver. C'est déjà une ruine.

5.

Jamais ma petite chambre ne m'avait paru si agréable. Ces murs de plâtre rafistolés cent fois, blanchis avec une peinture que j'avais passée moi-même, ce sol irrégulier aux larges planches que je ne me lassais pas de cirer et de polir pour qu'il ait la teinte brillante du miel, ces deux poutres au plafond tout juste dégrossies à la hache où je récoltais des échardes à chaque fois que j'enlevais les toiles d'araignées, cette lourde porte de chêne avec ses charnières de fer filigrané et son loquet de fer vieilli par l'usage, la petite fenêtre à carreaux en losanges profondément insérée dans le mur extérieur avec sa vue — non, son petit coup d'œil — sur la cour en bas et l'autre aile du monastère en face, tout cela m'enveloppait dans le confort et la chaleur d'une scène familière. Il n'y avait pas un centimètre de cette pièce que je n'avais briqué, touché, regardé, apprécié. Elle m'appartenait d'une façon dont les blocs jumeaux de Dwarfmann n'appartiendraient jamais à Dwarfmann.

Le Frère Oliver avait raison ; Dimp *devait* être arrêté. Devrait-on permettre à un boulet de démolisseur de venir s'écraser sur ce mur, contre cette fenêtre ? Devait-on permettre à un bulldozer d'écraser, de déchiqueter, d'ensevelir les planches de ce parquet ?

Et le mobilier. Il m'appartenait, naturellement, mais il appartenait aussi à cette pièce. Le lit, un bloc de caoutchouc mousse de dix centimètres d'épaisseur (quatre dollars et cinquante cents, au centre ville) sur une petite plateforme de contre-plaqué avec des pieds taillés dans des tasseaux trapus, je l'avais fabriqué de mes mains, avec l'aide du Frère Jérôme, et ses dimensions avaient été calculées avec cette pièce en tête. Le long de *ce* mur, en rapport très précis avec la fenêtre et en rapport très précis avec la porte. Et le coffre sous la fenêtre, dans lequel je rangeais mes vêtements de rechange et mes biens personnels, que j'avais fabriqué de mes mains avec des morceaux de caisses d'emballage, dont j'avais huilé le bois au moment où je l'avais construit et que je cirais maintenant à chaque fois que je cirais le parquet, ce coffre avait été créé aux dimensions de la fenêtre qui le surplombait et pour un second usage, servir de siège si jamais je recevais quelqu'un chez moi. (Moi je m'asseyais, bien sûr, sur le lit.) Les deux meubles occupaient toute cette pièce parce qu'ils y avaient été adaptés et ils remplissaient toutes ces fonctions, mais sortez-les d'ici et mettez-les dans un cube anonyme aux murs lisses et vous auriez une pièce qui ne pourrait être que vide, nue, inconfortable.

Je restais assis un bon moment sur mon lit, quand nous revînmes de notre équipée chez Dimp, à regarder la lente transformation du trapèze que la lumière de l'après-midi dessinait sur mon parquet, et à réfléchir à mes récentes expériences de Voyage. Comme le monde est compliqué, dès que l'on quitte le domaine du familier et du connu. Il contient — et a contenu depuis des années sans que je le sache — à la fois Eileen Flattery Bone et Elroy Snopes. Si l'on Voyageait chaque jour, continuerait-on à rencontrer des personnalités aussi fortement importunes ? Comment le cerveau ordinaire pouvait-il survivre à un tel assaut ?

Je méditais sur l'éventualité que peut-être le cerveau ordinaire *ne* survivait *pas* à de tels assauts, et que la venue de l'Age du Voyage causé par la fin du féodalisme et les changements sociaux de la révolution industrielle avait en fait créé une psychose de masse (une théorie qui expliquerait bien des pages de l'histoire du monde de ces quelques dernières centaines d'années), quand le Frère Quillon, notre homosexuel maison, frappa à ma porte ouverte et dit :

— Pardon d'interrompre votre méditation, Frère Bénédict, mais le Frère Oliver voudrait vous voir dans son bureau.

— Mm ? Oh. Merci, Frère Quillon, merci.

Je clignai des yeux, hochai la tête, remuai mes membres de façon désordonnée, pour me réajuster au monde extérieur à ma tête.

Le Frère Quillon m'adressa un sourire timide et repartit dans le couloir, en essayant de marcher comme un homme. Quelle vie difficile il s'était choisie, pauvre homme. Nous étions tous célibataires dans ces murs, bien sûr, mais nous autres nous étions retirés de l'arène de la tentation, tandis que le Frère Quillon s'était fourré en plein milieu. Si une fille dans une publicité télévisée — pour ne pas mentionner la présence physique d'Eileen Bone — pouvait peser sur le barrage dressé contre ma sexualité, pensez donc au supplice du Frère Quillon, chaque jour de sa vie. Sa victoire était un perpétuel modèle pour nous tous.

Bon. Je quittai ma chambre et me hâtai de descendre voir ce que le Frère Oliver me voulait.

C'était une nouvelle réunion, mais cette fois-ci nous étions six rassemblés autour de la table de réfectoire. En plus des Frères Clemence (homme de loi), Dexter (banquier), Hilarius (historien), Oliver (Abbé) et moi-même (spectateur innocent), il y avait aussi le Frère Jérôme. Trapu, des bras de fer et des sourcils broussailleux, le Frère Jérôme était notre homme de main et notre maître ès réparations en tous genres. Il connaissait la menuiserie, la plomberie, l'électricité et les entrailles des petits appareils ménagers. C'était lui et nul autre qui m'avait aidé à fabriquer mon lit, tout comme c'était lui et nul autre qui était devenu un accidentel motif de péché pour moi quand il avait lâché un chiffon mouillé sur ma tête quelques jours plus tôt, moyennant quoi j'avais blasphémé le nom de Dieu.

Il avait été amené ici par le Frère Clemence, qui expliqua que le Frère Jérôme, «avait quelque chose d'intéressant à nous communiquer. Mais ce n'était qu'une note en bas de page, cela pouvait attendre. Nous devrions écouter le principal d'abord.»

Ainsi fîmes-nous. Le Frère Oliver commença par donner un résumé de sa rencontre de la veille avec Daniel Flattery — un résumé beaucoup moins émotionnel que celui qu'il m'avait fourni dans le wagon de chemin de fer pendant notre retour de la maison Flattery — et puis il donna un compte-rendu assez détaillé de notre entrevue avec M. Snopes, accompagné d'une description des constructions que Dimp avait l'intention d'élever à notre place.

— Bien que j'aie l'intention de faire de mon mieux avec M. Dwarfmann quand je finirai par le rencontrer, conclut le Frère Oliver, je dois avouer que je ne suis pas très optimiste à ce sujet. Le résultat de nos efforts jusqu'ici, ceux du Frère Bénédict et les miens, est que nous avons rencontré l'ennemi. Nous savons un peu plus qu'avant avec quel genre de gens nous devons négocier, mais je n'irais pas jusqu'à avancer que nous savons pour autant *comment* négocier avec eux.

— On dirait, remarqua le Frère Hilarius, que les appels esthétiques exercent fort peu d'effet sur des gens pareils.

— A peu près autant d'effet, reconnut le Frère Oliver, qu'un appel à la conscience.

Le Frère Hilarius demanda :

— Et qu'en serait-il d'un appel en termes financiers ? Ne serait-ce pas le genre de choses qu'ils risqueraient de comprendre ?

— En termes financiers ? Que voulez-vous dire, Frère Hilarius ?

— Et si nous proposions d'acheter nous-mêmes le monastère ?

Le Frère Dexter se mêla à la conversation, en déclarant :

— Nous n'en avons absolument pas les moyens.

— Mais ne pourrions-nous pas, lui demanda le Frère Hilarius, lancer une sorte de campagne de soutien ?

Le Frère Dexter haussa les épaules.

— Avec tout l'argent qu'il nous faudrait ? Un ordre obscur comme le nôtre ? Je n'y crois pas du tout.

— Voyons, de quelle somme d'argent parlons-nous ?

— J'ai donné quelques coups de fil, dit le Frère Dexter, à des parents dans le Maryland. Ils ont appelé des gens du milieu bancaire qu'ils connaissent à New York, et ensuite ils m'ont rappelé. Voilà, ils n'ont pas pu savoir *exactement* combien Dwarfmann versait à Flattery pour ce terrain, mais vu la fourchette habituelle des tarifs fonciers dans cette zone, ils en sont arrivé à une supputation d'environ deux millions de dollars.

— Oh, s'écria le Frère Hilarius.

Le Frère Oliver demanda :

— Une supputation ? Qu'est-ce que c'est qu'une supputation ?

— Une approximation, expliqua le Frère Dexter. Cela signifie qu'il s'agit d'un chiffre peut-être pas tout à fait juste, mais de cet acabit.

— Tout le monde connaît des tournures que je ne connais pas, se plaignit le Frère Oliver. Il semblait triste.

Le Frère Hilarius reprit :

— Nous pourrions peut-être intéresser à notre cas une star de cinéma. Quelqu'un qui monterait un grand événement-télé pour nous, ou un truc dans ce genre.

Il semblait que le moment était venu pour moi de prendre la parole. J'avais rarement quelque chose à dire dans ces réunions, mais de temps en temps il m'arrivait de tomber sur un fait déprimant, et c'était justement le cas.

— Ils refuseraient de nous vendre, assurai-je.

Ils me regardèrent tous. Le Frère Hilarius demanda :

— Pourquoi donc ?

— Parce qu'ils veulent construire leur immeuble, leur expliquai-je. Nous ne sommes pas les seuls qu'ils achètent. Ils prennent tout sur tout le pâté de maisons. S'ils n'achètent pas ce monastère, ils ne pourront pas construire leur immeuble.

Le Frère Hilarius ne se résignait pas aussi facilement. Il suggéra :

— Et si nous leur offrions un bénéfice ?

— Il y a toujours les autres parcelles, objectai-je. Ils achètent l'hôtel voisin, et les bâtiments de l'autre côté de chez nous, et si j'ai bien compris ils ont des options sur tout ça aussi. Il faudra donc qu'ils les paient. La seule chose que nous pourrions éventuellement essayer de leur acheter, ça serait le pâté de maisons entier.

Le Frère Dexter remarqua :

— Je n'avancerais même pas le chiffre en dollars pour une affaire pareille.

Le Frère Oliver, avec l'expression pleine d'espoir d'un homme qui essaierait une bicyclette neuve, demanda :

— Ce n'est pas dans la supputation ?

— Il ne s'agit plus du tout du même acabit, lui répondit le Frère Dexter.

La bicyclette neuve tomba par terre.

Le Frère Hilarius demanda :

— Et ces autres bâtiments, alors ? Peut-être qu'*ils* ne veulent pas non plus être démolis.

— Maintenant, intervint le Frère Clemence, nous en arrivons au Frère Jerôme. Allez-y, Jerôme, racontez-leur ce que vous m'avez dit.

Le Frère Jerôme avait l'habitude de remonter ses manches jusqu'au coude avant de parler, comme si parler était une activité physique éprouvante qui exigeait de l'énergie, de la détermination et beaucoup de prévoyance. Les manches de nos robes étant très larges, les siennes ne manquaient jamais de retomber aussitôt sur ses poignets, ce qui ne rata pas.

— Ils veulent vendre, lança-t-il. Il avait une voix bourrue et pas assez travaillée, et il ramenait toujours ses sourcils sur ses yeux quand il en faisait usage.

Le Frère Oliver, encore affligé par l'échec de cette bicyclette, fronça lui aussi les sourcils et demanda ;

— *Qui* veut vendre ?

— Tous, répondit le Frère Jerôme. Il n'était pas du genre à se répandre en paroles.

Le Frère Clemence, le poussant à continuer avec autant de douceur qu'un prospecteur sa mule préférée, dit :

— Donnez-leur les détails, Jerôme. Et puis, avant que ce dernier en ait l'occasion, le Frère Clemence se tourna vers nous autres et expliqua : Jerôme connaît toutes les personnes chargées de l'entretien aux alentours, les concierges, les hommes à tout faire et tout ça. Ils lui racontent ce qu'il se passe dans le quartier.

Le Frère Oliver demanda :

— Et que se *passe*-t-il ?

Le Frère Clemence répondit :

— Et bien, prenons les autres immeubles l'un après l'autre. A notre gauche ici, en descendant vers le coin, nous avons l'Alpenstock Hotel. Parlez-leur de ça, Jerôme.

— Ils veulent vendre, assura le Frère Jerôme.

— Mais oui, intervint le Frère Clemence. Mais dites-leur pourquoi.

— A cause des Nazis.

Le Frère Oliver vacillait aux limites de l'absurde. Il balbutia :

— Les *Nazis ?*

— Peut-être que ça irait mieux, décida le Frère Clemence. Et il était grand temps. Corrigez-moi si besoin est, Jerôme, ajouta-t-il, et puis s'adressant à nous autres, l'histoire de cet hôtel est un peu étrange. Des citoyens germano-américains d'ici l'ont construit avant le début du siècle avec l'idée de le proposer à leur patrie comme Consulat de New York. Mais l'Allemagne n'en voulut pas, et les constructeurs ne trouvèrent pas d'acheteur, alors ils finirent par le transformer en hôtel, juste pour rentrer dans leurs frais. Pendant les années trente l'endroit fut investi par le Bund Germano-Americain, des pro-Nazis, et ils l'installèrent pour accueillir le Quartier Général Nazi après l'invasion.

Le Frère Oliver demanda :

— Quelle invasion ?

— L'invasion des Etats-Unis. Par l'Allemagne Nazie. Le Frère Clemence avec un petit geste rassurant, ajouta : elle n'a jamais eu lieu.

— Ça *je* le sais, riposta le Frère Oliver. Quel rapport avec la démolition du bâtiment ?

— Nous y arrivons, promit le Frère Clemence. Bon, il *n'y a pas* eu d'invasion, alors l'—

— Nous le *savons* tous, mon Frère !

— Oui, c'est vrai, reconnut le Frère Clemence. J'en arrive à notre problème.

— Bien, dit le Frère Oliver.

— Le problème est, déclara le Frère Clemence, gardant son calme d'homme de loi en face du profane hystérique, que le Bund a été démantelé pendant la guerre, et le groupe à qui appartenait l'Hôtel Alpenstock a tout bonnement disparu. Finalement, la banque l'a repris pour non-paiement de l'hypothèque. Deux banques, en vérité, ils avaient fait lourdement financer le bâtiment. Les banques ont géré l'hôtel elles-mêmes pendant ces trente dernières années, à leur plus grand déplaisir. Il est resté sans interruption sur le marché depuis tout ce temps, mais nous ne sommes pas dans une ville où l'on peut vendre comme un rien un hôtel Nazi. L'établissement a en général remboursé ses frais, les impôts fonciers, le personnel etc, mais le plus gros de l'endettement a été à peine entamé. Alors les banques sont ravies d'avoir un acheteur après toutes ces années.

Le Frère Dexter demanda :

— De quelles banques s'agit-il, le savez-vous ?

— L'une d'elles est le Capitalists and Immigrants

Trust.

Le Frère Clemence se tourna vers le Frère Jerôme. Vous souvenez-vous de l'autre ?

Le Frère Jerôme releva ses manches et abaissa ses sourcils.

— Hum, fit-il. Douchery.

Le Frère Oliver s'écria :

— *Quoi ?*

— C'est ça, reprit le Frère Clemence. Fiduciary Federal Trust.

— Ah, fit le Frère Dexter. Il hocha la tête avec une satisfaction fataliste. Dimp travaille avec ces deux banques, ajouta-t-il. Aux dires des gens à qui j'ai parlé, elles sont les principales actionnaires de ce projet.

Le Frère Oliver ferma les yeux. D'une voix faible, il demanda :

— Actionnaires ?

— Elles financent, expliqua le Frère Dexter.

Le Frère Hilarius remarqua :

— Ils sont tous liés les uns aux autres, non ? Dwarfmann achète l'hôtel aux deux banques, et les deux banques lui prêtent l'argent pour acheter.

— Il y a encore un autre lien, précisa le Frère Clemence. Du moins potentiellement. Quant à moi, je serais fort surpris si la Flattery Construction Company ne se chargeait pas d'une partie du travail dans le nouvel immeuble.

Le Frère Oliver ouvrit les yeux.

— Je l'ai déjà dit, déclara-t-il, et je le dis encore. Pourvu que l'on soit très patient, pourvu que l'on écoute avec beaucoup d'attention, pourvu que l'on ne renonce pas à poser des questions, tôt ou tard *tout* finit par s'éclaircir.

— Je commence à me poser des questions sur ces immeubles de l'autre côté de chez nous, intervint le Frère Dexter. Comment entrent-ils dans le tableau ?

— Pas de façon aussi évidente, répondit le Frère Clemence. Mais il y a quand même des liens. Par exemple,

le Capitalists et Immigrants Trust détient aussi l'hypothèque sur le bâtiment de l'autre côté de chez nous.

— Vous voulez parler du Boffin Club, coupa le Frère
Oliver.

— Exact. Le Frère Clemence acquiesça. Le bâtiment
est propriété du club. C'est une association sans but lucra-
tif, comme le Lambs Club ou le Players Club.

Le Frère Hilarius demanda :

— Ce sont des clubs d'acteurs, non ?

— Pour la plupart, répondit le Frère Clemence. Mais
le Boffin Club est à l'origine pour les écrivains.

— Nicodémus Boffin, récita le Frère Oliver de façon
assez inattendue, était un personnage dans *Notre Ami
Commun* de Dickens. Il était si amoureux de ses livres
qu'il continuait à en acheter par wagons entiers, alors
qu'il ne savait même pas lire.

— Ah, *voilà* un ami des écrivains, s'exclama le Frère
Dexter. Je comprends pourquoi ils ont donné son nom
à leur club.

— Mais les fondateurs du Boffin Club, poursuivit le
Frère Clemence, étaient principalement des écrivains de
radio. Cela se passait dans les années vingt. Ils ont compté
quelques auteurs dramatiques et des écrivains de télévision depuis ce temps, mais très peu de romanciers. Et à
vrai dire les adhésions ont terriblement diminué ces dix
dernières années.

Le Frère Dexter remarqua :

— J'imagine que c'est le cas de tous les clubs de ce
genre. La société a changé après la Seconde Guerre Mondiale, il s'est passé quelque chose, les gens ne s'intéres-
sent plus autant aux associations amicales.

Le Frère Clemence répondit :

— Je ne sais pas ce qu'il en est avec tous les autres
clubs, mais le Boffin Club est dans un état lamentable.
La plupart des fondateurs ont disparu, les membres restants sont dans l'ensemble des vieillards qui n'écrivent
plus beaucoup et n'ont plus autant d'argent qu'avant.
Le club est au bord de la faillite depuis des années. Le

Frère Jerôme a un ami là-bas qui lui a exposé la situation.

Le Frère Jerôme releva ses manches et abaissa les sourcils.

— Tim, dit-il.

— C'est ça, dit le Frère Clemence.

Manches relevées, sourcils abaissés.

— Ecrivain engagé.

Le Frère Clemence hocha la tête.

— Oui. Il semble que ce Tim ait fort bien gagné sa vie en écrivant. Il a écrit des pièces radiophoniques comme *The Shadow* et un tas de nouvelles pour les vieux pulp magazines. Il avait une propriété à Long Island.

Manches relevées, sourcils abaissés.

— Hindenburg.

— C'est ça, dit le Frère Clemence. C'était un des passagers du zeppelin Hindenburg. Pas la fois où il a explosé, bien sûr.

Manches, sourcils.

— Hymalayas.

— Je crois, observa le Frère Oliver d'une voix ferme, que nous avons entendu tout ce qu'il nous fallait entendre au sujet des aventures de Tim, l'ami du Frère Jerôme.

— Enfin, vous voyez le tableau, conclut le Frère Clemence. Désormais, Tim vit au club. C'est une sorte de concierge-veilleur de nuit, moyennant le logis et le couvert, et *il* assure à Jerôme que les membres sont ravis à l'idée de vendre les lieux. Ils en tireront un joli petit bénéfice, rembourseront leurs hypothèques et les autres dettes et ils auront encore du liquide à distribuer aux membres restants. Ils ont tenu une réunion privée il y a plusieurs mois, et Tim était le seul membre à voter contre la vente.

Manches et sourcils.

— Petite-fille.

— Oui. Si le club est démoli, Tim devra aller vivre chez sa petite-fille à Racine, Wisconsin.

M & S.

— M.L.F.

— Merci, mes Frères, dit le Frère Oliver, en levant la main pour arrêter le flot d'informations. Je crois que nous en savons suffisamment sur le Boffin Club.

Le Frère Dexter demanda :

— Vous dites que le Capitalists et Immigrants Trust détient l'hypothèque sur le club ?

Le Frère Clemence acquiesça.

— C'est ce que Tim a dit à Jerôme, oui.

— Donc la banque, intervint le Frère Dexter, a une raison de plus de vouloir que ce projet de construction aille de l'avant. Si le club est vendu, la banque touche un remboursement complet sur l'hypothèque. S'il n'est pas vendu, mais fait faillite, la banque ne touche qu'un remboursement au pourcentage sur le dollar. Peut-être seulement vingt ou vingt-cinq pour cent.

Le Frère Oliver remarqua :

— Je commence à perdre de vue l'ennemi. D'abord j'ai cru que nous luttions contre Dan Flattery. Et puis j'ai cru que c'était Dwarfmann, ou du moins la firme Dwarfmann, ou du moins ce Snopes. Maintenant vous dites que le véritable méchant dans l'histoire c'est cette banque.

— Pas méchant, corrigea le Frère Dexter. La banque ne fait rien d'illégal, ni même de mal au point de vue moral. La banque a des investissements, et on exige d'elle à la fois d'un point de vue légal et éthique qu'elle sauvegarde ces investissements et fournisse le meilleur rapport pour les actionnaires. Ceci est une affaire économique parfaitement ordinaire, dans laquelle un nouvel immeuble commercial est construit. Les intérêts de la banque sont concernés de plusieurs façons, mais il n'y a pas de conflit d'intérêt.

— J'aimerais partager votre objectivité, mon Frère, remarqua le Frère Oliver. Mais je continue à sentir le poids de ces blocs m'écraser le sommet du crâne.

Le Frère Dexter nous adressa son sourire mince et impassible.

— Je vous accorde que c'est malheureux, reconnut-il, que nous soyons le crapaud sous la herse cette fois-ci.

Mais si nous devons l'emporter dans cette affaire, et je l'espère, je crois qu'il s'impose que nous ayons la vision la plus claire possible de ce qu'il se passe.

Je m'attendais à ce que le Frère Oliver trébuche sur cette histoire de crapaud-herse, mais apparemment il connaissait son Kipling aussi bien que son Dickens, car il se contenta d'acquiescer et déclara :

— La vision la plus claire possible. Ça fait un bout de temps que je l'attends. Et se retournant vers le Frère Clemence, il ajouta : vous et le Frère Jérôme avez encore un bâtiment à passer en revue, non ? Celui du coin avec la, euh, boutique dedans.

Nous savions tous qu'il parlait du Miches Market. Il y eut un raclement de gorge général, et puis le Frère Clemence dit :

— Eh bien, oui. Le locataire là-dedans, dans la, euh, boutique, ne tient pas plus que nous à être expulsé, mais le propriétaire est une fois de plus très très content de se sortir d'un casse-tête financier.

Le Frère Jérôme se prépara à parler de sa façon habituelle, et déclara :

— Parlez-leur du derrière.

— Euh, oui, dit le Frère Clemence. Jérôme, nous expliqua-t-il au plus vite, fait allusion à l'arrière du bâtiment. La situation est, encore une fois, un peu compliquée. Le bâtiment a été transporté à cet endroit dans les années mille huit cent cinquante.

— Transporté ? Le Frère Oliver exprima notre surprise générale. C'est un très gros bâtiment.

— C'est vrai. En fait, il était trop gros pour qu'on le transporte. Comme notre maison, par exemple. Même si nous trouvions un autre terrain, le monastère ne supporterait pas le transport.

— Démonter, dit le Frère Jérôme. Ses manches retombèrent.

Le Frère Clemence secoua la tête.

— Si ce bâtiment était désassemblé, assura-t-il, des murs de pierre vieux de deux siècles, des poutres vieilles de deux siècles, des parquets de bois, tout le reste, il y aurait tant d'effritement, de délabrement, de destruction, que nous ne réussirions jamais à le remettre debout.

— Je vous en prie, intervint le Frère Oliver. Nous parlions du bâtiment avec la, euh, boutique.

— Oui. Le Frère Clemence revint à ses moutons, et poursuivit : ce bâtiment se trouvait à l'origine au nord-ouest d'ici, dans le secteur devenu Central Park. C'était un des quelques immeubles dans ce rectangle qui valait la peine d'être sauvé. Un capitaine de négrier à la retraite, Brinley Chanscherger, l'acheta à son premier propriétaire et le fit transporter sur de gros rondins jusqu'à son emplacement actuel. Mais au cours de l'opération, le mur arrière fut sévèrement affaibli, et plusieurs fois au cours de la deuxième moitié du dix-neuvième siècle des parties du plancher se sont effondrées, ou des fenêtres sont tombées brusquement dans le jardin, ou une demi-douzaine de briques ont été projetées dans les airs sans raison. Chansberger dépensa une grande part de sa fortune gagnée dans le commerce des esclaves à essayer de réparer le bâtiment, et quand il est mort ses héritiers l'ont vendu à la ville, qui l'a transformé en caserne de pompiers.

Le Frère Oliver posa un coude sur la table et son front dans sa main ouverte.

— Je trouve vraiment, dit-il, que vos histoires sont de plus en plus longues.

— Celle-ci est presque terminée, promit le Frère Clemence. Le bâtiment n'a jamais été une caserne de pompiers bien pratique. La ville a dépensé beaucoup d'argent pour essayer de l'améliorer, en ajoutant sur une construction première de type hôtel particulier, et aux modifications nautiques de Chansberger, son éclat architectural municipal. Et puis, quand à la fin des années vingt, une voiture de pompiers prête à filer sur les lieux d'une alerte à l'incendie traversa subitement le plancher et s'effondra dans la cave, la ville mit la maison aux enchères. Une association constituée en majorité d'oncles et de cousins des membres du Conseil Municipal acheta la maison pour une bouchée de pain, et un grand nombre de locataires s'y sont succédés depuis cinquante ans. Pourtant le bâtiment n'est *toujours* pas solide, et ne l'a jamais été depuis cent vingt cinq ans. A l'intérieur aujourd'hui, m'a raconté Jerôme, c'est un salmigondis de styles et de monstruosités architecturales, avec des murs de soutènement partout, des portes murées ici et là, et l'impression générale est que l'influence politique est la seule chose qui retienne l'immeuble de s'effondrer tout simplement et de mourir. Les locataires respectables ne veulent pas entendre parler de cette maison, alors on finit par la louer à des locataires comme la, euh, boutique. Ce qui abaisse le standing de tout le secteur, évidemment. Du coup les propriétaires veulent vendre, certes, mais beaucoup d'*autres* propriétaires du quartier sont pour le projet Dwarfmann, rien que parce qu'il débarrassera le coin de cette horreur.

— Et de nous, précisa le Frère Oliver.

Le Frère Clemence écarta les mains, en disant :

— Les gens autour d'ici prétendent qu'on ne fait pas d'omelette sans casser des œufs.

— Il me semble avoir déjà entendu ça, remarqua le Frère Oliver. Ceci clôt-il la présentation du Frère Jerôme ?

— Oui, assura le Frère Clemence.

— J'ai quelque chose, intervint le Frère Hilarius. Rien de précis, juste une sorte de rapport préliminaire.

Nous tournâmes tous les yeux vers lui. Le Frère Oliver dit :

— Oui ?

— C'est au sujet de cette possibilité de nous faire classer monument historique, précisa le Frère Hilarius. J'ai donné quelques coups de fil, mais il n'y a rien de définitif pour l'instant.

Le Frère Oliver demanda :

— Quel est donc l'avantage de devenir monument historique ?

— Si nous pouvions obtenir cette désignation, expliqua le Frère Hilarius, cela stopperait pour de bon le bulldozer.

A ces mots, tout le monde se ragaillardit. Le Frère Oliver demanda :

— Est-ce *cela* qu'ils veulent dire par monument historique ? Nous ne pourrions pas être démolis ?

— Exact.

Le Frère Clemence eut un geste d'impatience, et demanda :

— Alors, qu'en pensez-vous ? Y a-t-il une chance ?

— Je n'ai pas encore autant de précisions à vous donner, s'excusa le Frère Hilarius. Cela prend du temps de trouver la bonne personne dans la bureaucratie municipale. Mais je crois que je tiens enfin la bonne, je dois la rappeler lundi.

Le Frère Oliver demanda :

— Enfin, pourquoi ne serions-nous pas un monument historique ? Nous avons deux cents ans, nous sommes certainement unique d'un point de vue architectural, et nous sommes un ordre religieux.

— J'adorerais que cela soit si facile, intervint le Frère Dexter, mais je n'y crois pas trop.

Le Frère Hilarius acquiesça.

— Les gens à qui j'ai parlé jusqu'ici ne se sont pas montrés très encourageants, déclara-t-il. L'utilisation d'un bâtiment, que ce soit un monastère, un hôpital ou n'importe quoi, n'a rien à voir avec ses chances d'être classé monument historique. Et on m'a laissé entendre que la Commission des Monuments Historiques rejette tout bâtiment déjà voué à la démolition. Apparemment il y a des problèmes juridiques là-dessous.

— Mais vous n'êtes pas encore sûr, intervint le Frère Oliver. Vous le saurez lundi.

— Je donnerai d'autres coups de fil lundi, répondit le Frère Hilarius. Et je vous tiendrai au courant.

— Parfait. Je trouve que c'est très encourageant. Le Frère Oliver regarda autour de lui. Y a-t-il autre chose ?

Le silence lui répondit. Nous nous regardâmes tous les uns les autres, et puis revînmes au Frère Oliver, qui déclara :

— Dans ce cas, je...

Le Frère Jerôme s'éclaircit la gorge, avec la violence d'une fenêtre qui claque. Il releva ses manches trois ou quatre fois, il tapa des pieds sous la table pour s'assurer qu'ils étaient bien à plat sur le sol, il abaissa les sourcils à mi-joues, il se donna un coup de poing de côté sur le nez, et déclara :

— Je ne veux pas bouger d'ici.

Nous nous étions tous préparés à une déclaration beaucoup plus apocalyptique. Tout le monde dévisagea le Frère Jerôme avec étonnement, le Frère Clemence lui tapota le coude — sa manche était retombée dessus — et dit :

— Je le sais bien, Jerôme. Ceci est notre cadre de vie. Nous en avons besoin comme le poisson a besoin d'eau. Nous ferons tous ce que nous pourrons pour sauver le monastère.

— Prière, dit le Frère Jerôme.

— Nous prions, assura le Frère Clemence. Chacun de nous.

— Tout le monde, dit le Frère Jerôme.

Le Frère Clemence se retourna pour regarder le Frère Oliver, qui avait écouté avec un froncement de sourcils pensif et qui déclara :

— Je suis d'accord, Frère Jerôme. Nous avons essayé de garder ceci pour nous, pour ne pas troubler les autres, mais c'est impossible. Nous devrons le leur dire, pour qu'au moins ils puissent unir leurs prières aux nôtres.

— Je suis d'accord, dit le Frère Clemence, et tout le monde acquiesça.

— Demain matin, dit le Frère Oliver. Après la Messe.

Il nous jeta un regard sombre, et ses yeux s'arrêtèrent sur moi.

— Frère Bénédict, dit-il.

— Monsieur ?

— Vous irez chercher le journal du dimanche ce soir ?
— Je crois bien, oui.
Il ferma les yeux, puis les rouvrit.
— Ne trouvez rien d'autre, supplia-t-il. Si vous pouvez vous en empêcher.

6.

Pourtant je trouvais quelque chose d'autre. Ou plutôt, elle me trouva.

Mais avant j'allai en confession, avec le Père Banzolini. J'étais beaucoup plus agité que d'habitude quand j'entrai dans le confessionnal, et je démarrai aussitôt du mauvais pied — ou du mauvais genou — en disant :

— Bénissez-moi, mon Père, car je crois que je suis amoureux.

— *Quoi ?* Jamais je ne l'avais entendu aussi irrité, jamais, or le Père Banzolini était un véritable opéra de l'irritation.

— Oh, repris-je. Excusez-moi. Et je recommençai, dans le bon ordre cette fois : Bénissez-moi, mon Père, car j'ai péché. Ma dernière confession date d'il y a trois jours.

— Et en trois jours vous vous êtes débrouillé pour tomber amoureux ?

— Ahhh.

— Sexuellement amoureux.

— Ohhhh.

— De cette fille à la télévision ?

— Quoi ? Oh, *elle !*

— Inconstant dans vos attachements, hein, Frère Bénédict ? Eh bien, vous feriez aussi bien de me raconter ça.

102

Alors je lui racontai ça. Il était déjà au courant de la menace de démolition, alors je commençai mon histoire par le début de mes Voyages, les circonstances de ma rencontre avec Eileen Flattery Bone, et l'effet sur mon cerveau — en éveil et en sommeil — depuis lors. Le son de ses petites bouffées d'exaspération et d'impatience s'éteignit au fil de mon récit, et à la fin sa voix et son attitude étaient exceptionnellement douces et égales.

— Frère Bénédict, souffla-t-il, je crois que vous souffrez de ce que l'on appelle un choc culturel. J'ai écrit un article à ce sujet pour un magazine missionnaire autrefois.

— Je ne savais pas que vous étiez écrivain, Père Banzolini.

— Dans une modeste mesure, reconnut-il modestement.

— J'aimerais vous lire.

— Je vous apporterai quelques tirés-à-part, répondit-il, d'un ton dégagé. Mais pour en revenir au choc culturel, il frappe certaines personnes lorsqu'elles sont soudain projetées hors de la culture, de l'environnement qu'elles connaissent, et dans lesquels elles sont à l'aise. Il y a eu des volontaires des Troupes de Coopération, par exemple, qui ont subi le choc culturel quand ils se sont retrouvés envoyés dans un lointain village d'Amérique Centrale, où d'un seul coup tout était différent. Fondamentalement, les comportements vis-à-vis de la nourriture, du sexe, des cadavres. Certaines personnes cessent tout simplement de fonctionner, elles deviennent catatoniques. D'autres perdent contact avec la réalité, elles essaient de *contraindre* la réalité à se conformer à leurs idées préconçues sur ce que la société *devrait* être. Il y a mille sortes de symptômes, mais la cause est toujours la même. Le choc culturel.

J'avais le sentiment que je n'avais pas besoin de lire l'article du Père Banzolini sur le sujet, que je venais d'entendre son article à ce sujet.

— C'est très intéressant, commentai-je.

— C'est un problème dans le domaine missionnaire,

comme vous pouvez vous en douter, poursuivit-il. Et je crois que c'est ce qu'il vous est arrivé, Frère Bénédict. Vous étiez si bien installé dans votre mode de vie à l'intérieur de ces murs, ces dix dernières années, que vous n'avez pas supporté un transfert brutal dans un environnement totalement différent. Pour parler vulgairement, ça vous a secoué.

— Le choc culturel.

— Exactement, assura-t-il. Ces sentiments que vous ressentez pour cette fille sont certainement réels, mais ils ne sont en aucune façon aussi spécifiques que vous semblez le penser. Cela aurait pu être n'importe quelle fille, n'importe quelle fille de chair et d'os que vous auriez rencontrée et à laquelle vous auriez parlé au cœur d'un environnement tout neuf. Nous savons déjà grâce à votre expérience de téléspectateur, Frère Bénédict, que le célibat n'a pas entièrement apaisé votre nature sexuelle.

— Mm.

— Saisi par le choc culturel, poursuivit-il, vous avez cherché de toutes vos forces un point de repère familier, envers lequel vous pourriez réagir de façon familière. Cette fille convenait à merveille. Vous avez réagi à son égard comme si elle avait été une image vue sur un poste de télévision.

Pas précisément. Mais on ne discute pas avec son confesseur.

— C'est très intéressant, remarquai-je. Ce qui n'était pas un mensonge. Il pouvait autant se tromper que Martin Luther, mais il *était* intéressant.

— Vous m'avez demandé, il y a un instant, reprit-il, si vos rêves pouvaient être jugés coupables. En temps normal, je répondrais que le rêve lui-même doit être considéré comme neutre, mais que votre *réaction* au rêve pourrait constituer un péché. Si, par exemple, vous avez rêvé que vous commettiez un meurtre, le rêve ne serait pas coupable, mais si au réveil vous trouviez du plaisir à l'idée d'avoir tué telle personne en particulier, la réaction serait un péché pur et simple.

— Enfin, ce n'était pas un meurtre, corrigeai-je, mais j'imagine que c'était un péché.

— Vous brûlez les étapes, me prévint-il. J'ai dit *en temps normal* je répondrais ceci. Mais en vérité, Frère Bénédict, je crois que dans ce cas *tout* a été un rêve pour vous, dès le moment où vous avez commencé à Voyager. Une victime du choc culturel n'est pas plus coupable de ses pensées et de ses actions qu'une victime de la schizophrénie. En fait, j'ai écrit un article autrefois sur la culpabilité morale et les troubles psychiques. Je pourrais vous apporter les tirés-à-part, si vous voulez.

— Ça me plairait beaucoup, répondis-je. J'étais complètement ébahi : les profondeurs que l'on peut découvrir chez les gens les plus inattendus !

— Je les apporterai la prochaine fois, promit-il. Quant à votre problème précis, je crois que vous devriez demander au Frère Oliver de ne plus vous emmener avec lui dans ses futures expéditions.

Je m'étonnais de ma réaction. J'aurais dû être ravi ; j'aurais dû être soulagé d'avoir enfin une excuse légitime pour cesser tous ces Voyages. Mais je n'étais pas ravi, et je n'étais pas soulagé. Plutôt le contraire — un sentiment de détresse me submergea, une soudaine et terrible impression de privation, comme si quelque chose d'important, de vital, m'avait été retiré.

Alors je *souffrais* vraiment de choc culturel. Et on le contrecarrait juste à temps.

— Oui, mon Père, dis-je. Je n'y manquerai pas.

Une ou deux excursions de plus, et j'aurais très bien pu perdre ma Vocation.

Le Père Banzolini ajouta :

— Et jusqu'à ce que les effets de vos récents Voyages disparaissent, je ne crois pas que vous deviez trop vous inquiéter des pensées qui pourraient vous passer par la tête. Pour le moment, vous n'êtes pas entièrement responsable.

— Je suis heureux de vous l'entendre dire, mon Père, assurai-je.

Un Notre Père et *un* Je Vous Salue Marie ! Je me sentais presque coupable tout en accomplissant ma pénitence au grand galop, comme si j'avais en quelque sorte sournoisement joué un bon tour au Père Banzolini et que je me vautrais maintenant dans les bénéfices de cette sournoiserie.

Mais j'imagine que je suis trop superficiel pour rester déprimé longtemps. Après avoir récité mes prières en vitesse et descendu la travée pour sortir de la chapelle, je n'étais déjà plus courbé sous le poids d'aucune de mes fautes. (J'en avais vraiment deux sur lesquelles m'appesantir, si j'avais eu le caractère à ça. Primo, il y avait ma flagornerie éhontée à l'égard du Père Banzolini, qui m'avait valu la pénitence la plus légère de toute ma carrière pénitentiaire. Et deuxio, il y avait l'impression de privation que j'avais ressentie et gardée secrète quand il m'avait recommandé de ne plus Voyager.) Non seulement je n'étais pas écrasé par cette double preuve de mon absence totale de valeur, en fait j'en étais très fier. La pénitence prix-minimum, me semblait-il, compensait un tas de pénitences catégorie poids lourds que je n'avais pas méritées. Et il y avait une sorte d'ivresse à l'idée que le Voyage pour moi ne constituait pas seulement une erreur philosophique mais était en fait dangereux pour ma santé mentale. Il y avait désormais une titillation dans l'idée de Voyage qui ressemblait beaucoup sans doute à la vision de sa drogue par l'héroïnomane. Dangereux, mais excitant, et finalement excitant *parce que* dangereux.

Ah, bon ; mon plongeon dans le Voyage était terminé. J'allais être réduit à un niveau de dépendance supportable, mon séjour hebdomadaire pour chercher le *Times* du dimanche.

A savoir maintenant. Et hop je partis au bureau chercher les indispensables soixante cents et l'autorisation de quitter le monastère. Le Frère Eli était de garde au comptoir, cerné par les copeaux de ses travaux sur bois. Le Frère Eli, un jeune homme rêveur et mince au long cou qui approchait de la trentaine, avait, après une enfance en Californie apparemment normale, déserté de l'Armée des Etats-Unis au Vietnam. Il avait beaucoup Voyagé incognito dans toute l'Asie, et en chemin avait amassé une vague connaissance d'une demi-douzaine de langues exotiques. Il avait aussi appris la sculpture sur bois grâce à laquelle, prétendait-il, il avait gagné sa vie pendant trois ans en Asie du Sud-Est. De retour à titre officieux dans notre pays, il s'était présenté à nos portes deux ans plus tôt, en prétendant qu'il avait entendu parler de nous dans une lamasserie et que sa propre expérience du Voyage coïncidait avec notre position philosophique. Il nous avait demandé si nous ne voyions pas d'inconvénient à ce qu'un fugitif recherché se joigne à nous. Le Frère Oliver lui avait assuré que les lois de l'Homme, transitoires, contradictoires et invariablement dans l'erreur, nous importaient beaucoup moins que les lois de Dieu, et ce jeune homme avait donc abandonné le nom sous lequel son gouvernement le considérait comme un criminel et était devenu Frère Eli, sculpteur sur bois.

Oh, que oui, sculpteur sur bois. Des Joseph maigres cheminant à côté de mules replètes portant sur leur dos des Marie encore plus replètes, des anges androgynes roulant d'énormes rochers pour dégager d'imaginaires entrées de grottes, de vieux sages sur des chameaux, des saints agenouillés, des martyrs sur leur dernière jambe, tous étaient découverts par son couteau affairé rôdant dans tel ou tel morceau de bois récupéré. Et le Christ, ô combien de Christ : le Christ bénissant la foule, le Christ jeûnant, le Christ prêchant, le Christ se relevant d'entre les morts, le Christ permettant qu'on Lui lave les pieds, le Christ portant Sa croix, le Christ cloué à Sa croix, le Christ descendu de Sa croix.

Si jamais le Frère Eli devait un jour devenir Abbé, aucun de nous ne serait en sécurité.

Notre affaire fut rondement menée. Le Frère Eli m'adressa un rapide salut, un rapide soixante cents, et un rapide au revoir, avant de retourner à la Vierge à l'Enfant qui émergeait de son dernier morceau de bois.

(Voilà qui rappelait le Frère Oliver !) Et je m'en fus.

Etait-ce mon imagination, ou le monde était-il différent ce soir du samedi soir ordinaire ? L'éclat habituel semblait plus cru, la gaieté plus frénétique. Le danger et la folie semblaient se tapir derrière chaque façade et chaque visage sur Lexington Avenue. Je marchai à plus grands pas qu'à l'accoutumée, je pris moins de plaisir à cette excursion, et même le vendeur qui me vendit mon journal me parut moins familier et moins amical.

— Bonsoir, mon Père, dit-il, comme d'habitude, mais je ne sais pas, son ton était différent.

Sur le chemin du retour, je m'arrêtai à mon habituelle poubelle pour me débarrasser des sections inutiles du journal. Petites Annonces, Voyage, Affaires, les suppléments publicitaires. Mais je m'arrêtai soudain à Immobilier. Serait-il une bonne idée de garder cette section ? Peut-être qu'une plus grande familiarité avec le monde de l'immobilier pourrait nous servir dans les semaines à venir. Je la remis dans le paquet de tout ce que je conservais, et me hâtai vers chez nous.

Elle avait dû se poster là à m'attendre. Je longeai la 51ème Rue, à peine à un demi pâté de maisons de chez nous, quand Eileen Bone sortit d'une automobile garée un peu plus loin devant moi, contourna le capot de la voiture, et s'arrêta sur le trottoir pour m'attendre.

Elle était peut-être à douze pas de là, assez près pour que je la voie nettement dans la lumière du réverbère, mais assez loin pour que j'aie pu prendre la tangente. J'aurais pu tourner les talons, par exemple, repartir à Lexington, prendre à gauche vers la 52ème Rue, à gauche vers Park Avenue, à gauche devant le Miches Market, et de là me trouver à un demi pâté de maisons de chez nous. Tout bien réfléchi, c'est sans doute exactement ce que j'aurais dû faire.

Et bien, je ne le fis pas. Je fis encore douze pas en avant, cramponné à mon journal, en la regardant droit dans les yeux. Elle portait des pantalons, un pull de couleur sombre, et une espèce de veste qui lui tombait sur les hanches. Elle avait l'air grande, mince, d'une obscure beauté. Elle était la quintessence du péril magnétique de j'avais perçu dans le monde ce soir.

Je m'arrêtai lorsque j'arrivai près d'elle. Cela paraissait tout simplement impossible d'incliner la tête, de dire bonjour et de poursuivre mon chemin, alors je m'arrêtai. Mais je ne parlai pas.

Elle s'en chargea.

— Bonjour, Frère Bénédict, dit-elle, et son sourire et le ton de sa voix étaient tous deux bien trop complexes pour que je les déchiffre. Plusieurs sortes d'ironies et plusieurs sortes de morosités se trouvaient si entremêlés dans sa voix, ses yeux, la position de sa tête, les courbes de ses lèvres, que je laissai simplement le tout me submerger comme une symphonie russe et n'y cherchai même pas une signification. Je vais vous raccompagner en voiture, déclara-t-elle.

— Ce n'est pas loin, protestai-je.

— Nous ferons en sorte que ça le soit, répondit-elle. Et puis elle parut légèrement plus morose, légèrement moins ironique. Je veux vous parler, Frère Bénédict.

— Je suis désolé, déclarai-je, j'ai l'ordre formel de rentrer au...

— Au sujet de votre monastère, coupa-t-elle. Au sujet de la vente. Je pourrais être en mesure de vous aider.

Ceci m'arrêta net. Je fronçai les sourcils, essayai de la déchiffrer malgré la complexité, et demandai :

— Pourquoi ?

— Vous voulez dire comment, corrigea-t-elle.

— Non, je veux dire pourquoi. C'est votre père qui le vend.

— Ça pourrait être une bonne raison justement, déclara-t-elle. Et il pourrait y en avoir d'autres. J'espère que vous me les ferez connaître.

— Le Frère Oliver est celui qui...

— Vous, Frère Bénédict. L'ironie revenait, brillant dans ses yeux et teintant ses pommettes d'ombres douces et pâles. Vous m'inspirez confiance, assura-t-elle. S'il y a quelqu'un qui peut me donner le point de vue du monastère sur toute cette affaire, c'est bien vous.

— Demain, dis-je. Si vous veniez demain, sans doute que je...

— Je suis ici maintenant. Je pourrais changer d'idée demain.

— Venez au monastère, alors, je vous ferai vis...

— Non, Frère Bénédict, dit-elle. Mon terrain, pas le vôtre. Et elle montra sa voiture. Elle était aussi longue, fine, élégante, efficace et étincelante que sa propriétaire, et cette dernière ne s'y trompait pas. Elle lui allait bien, comme m'allait bien mon monastère.

Je dis :

— Je ne crois pas que je pourrais obtenir l'autorisation de...

— Pourquoi obtenir l'autorisation ? Nous discuterons dix minutes, et je vous déposerai devant votre porte.

Je secouai la tête.

— Non. Nous avons des règlements.

L'agacement la gagnait.

— Je commence à regretter d'être venue ici, Frère Bénédict. Peut-être que mon frère a raison à votre sujet, peu importe ce qu'il pourra bien vous arriver.

— Je vais demander, dis-je. J'agitai le journal, et le montrai, en disant, je vais rapporter ceci, et demander au Frère Oliver.

Elle m'observa attentivement, les sourcils froncés, comme si elle essayait de juger si mon insistance était de la faiblesse ou de la force. Et puis brusquement elle acquiesça et répondit :

— D'accord. Je vous attendrai devant la porte.

Je trouvai le Frère Oliver dans le caléfactoire, occupé à regarder les Frères Peregrine et Quillon disputer un match de boxe. Le but était salutaire plutôt que belliqueux, ceci faisant partie de la campagne d'exercice physique lancée par le Frère Mallory, l'ancien poids welter, qui en cet instant quadruplait dans les rôles simultanés d'arbitre, d'entraîneur et de double soigneur. Le Frère

Peregrine, notre ancien directeur de théâtre estival, avait tout simplement l'air saugrenu dans sa longue robe brune avec ses énormes gants de boxe de quatre cents cinquante grammes, empêtré comme une marionnette dans ses fils entremêlés, mais le Frère Quillon, lui, avait l'air bizarre. Ils se tournaient autour comme une étoile binaire, et le Frère Mallory sautillait et tournicotait avec une vive attention autour d'eux, comme si un incroyable déploiement de coups de poing avait lieu quelque part. En vérité, le Frère Quillon reculait en grands cercles excentriques, les yeux très ronds et la bouche très ouverte, les deux gants de boxe en suspens devant lui, tandis que le Frère Peregrine avançait avec raideur dans son sillage, distribuant de confuses rafales de coups de poing dans les gants de son adversaire.

J'attendis qu'un round se termine avant d'attirer l'attention du Frère Oliver. Pendant que le Frère Mallory bondissait d'un coin à l'autre, dispensant à ses boxeurs de bons conseils et un solide réconfort, je racontai au Frère Oliver ce que j'avais trouvé dehors.

— Hmmm, fit-il, et il fronça les sourcils. Que voulait-elle ?

Je rapportai la conversation, et son invitation, et la menace qu'elle pourrait changer d'avis d'ici demain.

— La question est, conclus-je, devrais-je y aller ?

Le Frère Oliver y réfléchit. Le round suivant avait commencé, et il le suivit des yeux tout en songeant. Au milieu de la piste le visage du Frère Peregrine devenait très rouge, tandis que celui du Frère Quillon était d'une pâleur mortelle.

— Je crois, finit par déclarer le Frère Oliver, que vous devriez y aller.

— Vraiment ?

— Je n'y vois pas de mal, assura-t-il.

Moi si. Je n'étais pas précisément certain de quel mal il s'agissait, mais je le voyais ou le ressentais ou en discernais le goût ; je le saisissais avec un sens ou un autre, et j'étais déchiré quant à la conduite à suivre. J'avais espéré que le Frère Oliver aurait refusé de me laisser sortir, ôtant ainsi la décision d'entre mes mains. Mais il me donnait l'autorisation, et maintenant qu'allais-je faire ?

— D'accord, Frère Oliver, répondis-je, sans joie, et je quittai le théâtre de la bataille.

Ainsi, je Voyagerais. C'était bien là que se trouvait mon devoir, si par mes Voyages je pouvais continuer à sauver le monastère. Et, je dois l'admettre, c'était aussi ce que je *voulais* vraiment, malgré les idées de notre Ordre sur le sujet, malgré les avertissements du Père Banzolini, et malgré la conscience que j'avais de devenir très gravement intoxiqué. Très gravement intoxiqué. «Dieu a jugé préférable de dégager le bien du mal plutôt que de permettre que le mal n'existe pas,» a écrit Saint Augustin dans *Enchiridion*. Ou, en d'autres termes, «Je peux résister à n'importe quoi,» a dit Oscar Wilde, «sauf à la tentation.»

Je montais dans la voiture avec maladresse. Par je ne sais quel miracle du design, le siège parvenait à se retrouver plusieurs centimètres au-dessous du niveau du trottoir, et l'ouverture de la porte était un parallélogramme bizarrement conçu, au travers duquel il aurait été difficile de glisser quoi que ce soit de plus gros qu'un beignet. J'exécutai pourtant mon entrée, quoique sans beaucoup de grâce ; à la fin je dus lâcher tous mes points d'appui et me laisser simplement tomber en arrière les derniers quelques centimètres sur le capitonnage blanc. Puis je glissai mes genoux sous mon menton, glissai ma robe sous mes jambes, et dus presque ressortir de la voiture pour attraper la poignée et réussir à fermer la portière.

Mme Bone — je trouvai plus prudent de penser à elle sous cette désignation — observait mes progrès avec amusement.

— J'imagine que vous n'êtes pas habitué à ce genre de voiture, remarqua-t-elle, quand je vins enfin à bout de mes travaux.

— Je ne suis habitué à aucun genre de voiture, lui répondis-je. C'est mon premier tour en voiture depuis plus de dix ans.

Elle haussa un sourcil étonné.

— C'est vrai ? Comment vous trouvez-vous pour l'instant ?

Je changeai de position, et remarquai :

— Je ne me souvenais pas que les sièges étaient aussi inconfortables.

Plus d'étonnement, avec de l'amusement.

— *In*confortable ? Les gens de chez General Motors seront désolés de l'apprendre.

— J'imagine qu'on s'y habitue, dis-je.

— Sans doute, convint-elle, elle passa la vitesse, et nous quittâmes le bord du trottoir.

La sensation était agréable, même si elle était plus intimidante que le Voyage en train. Le monde extérieur était tout près, presque aussi près qu'à pied, mais il approchait et s'éloignait beaucoup plus vite. Les mains fines de Mme Bone procédèrent à de petits ajustements du volant et nous ne percutâmes aucun des obstacles qui jaillirent sur notre passage.

Aucun de nous deux ne parla au début. Mme Bone se concentrait sur sa conduite, et moi aussi. Nous Voyageâmes vers le nord jusqu'à la 55ème Rue, où nous tournâmes à gauche sous un feu de signalisation qui me sembla être déjà passé de l'orange au rouge, nous eûmes un feu vert à Madison Avenue, et nous nous arrêtâmes plutôt à contrecœur devant un feu rouge à la Cinquième. Pendant ce temps j'étudiai son profil dans les moments où je pouvais relâcher mon attention de notre conduite, et je me rendis compte que dans mes rêves je l'avais en somme transformée. Je l'avais en somme rendue plus éthérée, plus liquide, plus douce et indolente et moins totalement présente.

Le processus de comparaison ramena à ma mémoire le contenu de ce rêve — tout comme mes pensées au réveil le lendemain matin — et je crains d'avoir eu une expression plutôt ambiguë sur le visage quand elle se tourna pour me regarder en attendant que le feu de la Cinquième

Avenue passe au vert. Son expression à elle devint perplexe, et elle dit :

— Oui ?

— Rien, répondis-je, et je regardai ailleurs. De l'autre
côté du pare-brise, quelque part, les yeux fixés sur les
lumières et l'obscurité du samedi soir. Où allons-nous ?

— Faire un tour en voiture.

Les feux ayant changé, elle nous fit avancer en
douceur.

Comme nous poursuivions vers l'est sur la 55ème Rue,
je m'obligeai à concentrer mon attention sur la voiture.
C'était un de ces petits véhicules de luxe dont je voyais
de temps en temps des publicités à la télévision — une
impression de forme imposante et massive, et pourtant,
dans la réalité, très près du sol et n'offrant assez de place
que pour deux personnes. Il y avait un siège arrière, mais
il ne risquait pas de servir à quelqu'un qui aurait des jambes. Pourtant, de la façon la plus gaspilleuse, préten-
tieuse, transitoire possible, elle suggérait bien cette association de richesse et de sybaritisme que l'on nomme le
luxe.

Et Mme Bone, évidemment, ressemblait en tous points
aux filles filmées en général avec ces voitures à la
télévision.

Un feu rouge à la Sixième Avenue. La voiture s'arrêta,
Mme Bone me jeta un nouveau coup d'œil, et Dieu du
ciel *je la* regardai, pas de doute, avec la même expression équivoque que tout à l'heure. Et moi qui avais *essayé*
de penser à la *voiture*.

Elle fit une moue.

— Depuis combien de temps êtes-vous moine ?

— Dix ans.

Le feu changea ; elle tourna le volant et nous virâmes
à droite sur la Sixième Avenue.

— Eh bien, remarqua-t-elle, les yeux sur la route, c'est
ou trop ou pas assez.

Il n'y avait vraiment rien que je puisse répondre, alors
je me détournai, et regardai la circulation, et devant nous

un taxi jaune avec sur le pare-chocs un autocollant qui disait *Rendez la Messe au Messie*. Un excellent sentiment, juste un peu gâché par le fait que les lettres étaient colorées en rouge, blanc et bleu, comme si le Messie était un Américain grand teint faisant campagne pour renouveler son mandat électoral. Mais c'est l'intention qui compte, même peu claire.

J'en terminai avec l'autocollant du pare-chocs et regardai par ma vitre les activités du monde. Il n'était pas encore vingt-trois heures, samedi soir, le treize décembre, et les rues étaient pleines de gens, la plupart en couples, la plupart main dans la main. Les icônes païennes de Noël — des images de ce gros dieu de l'abondance costumé de rouge — étaient partout disposées dans les vitrines des magasins, mais la plupart des piétons semblaient occupés par des plaisirs plus personnels : des films, le théâtre, une boîte de nuit, un souper en ville. Aucun de nos dieux occidentaux — le Christ et le Père Noël, l'ascète et le voluptueux — ne semblait beaucoup occuper les pensées des citadins ce soir.

Rendez la Messe au Messie. Leur prochaine formule sera, *Retrouvez Jehovah dans Justice.* Pensez-y une petite minute.

Comme les dieux changent. Ou, pour s'exprimer avec plus d'exactitude, comme notre image de Dieu change. Il y a longtemps, les êtres humains se sont trouvés mal à l'aise face à ce sévère et impitoyable Dieu le Père, la foudre qui frappait de façon si violente et imprévisible. L'homme occidental L'a remplacé par le Christ, un Dieu plus humain, une sorte de Meilleur Ami surnaturel, un Copain qui paierait les pots cassés pour nous. (Le Saint Esprit a toujours été trop... spirituel, pour réunir beaucoup de fans. Quelle est Sa personnalité, où est le truc du personnage, où est l'identification du fidèle ?)

Mais même le Christ porte avec Lui ce sens de l'austérité, cette implication de devoir et de risque, et l'éventualité d'une perte vraiment horrible. Alors voilà qu'arrive le joyeux Père Noël, un dieu si accommodant qu'il ne nous demande même pas de croire en lui. Avec ce ventre et ce nez, sûrement qu'il mange trop et qu'il boit trop, et aussi qu'il ne se gêne pas pour pincer les fesses de la serveuse. Mais ça n'a pas d'importance, tout ça c'est des jeux innocents, le gamin turbulent en chacun de nous. Petit à petit à travers les siècles nous avons humanisé Dieu jusqu'à ce que nous L'ayions enfin abaissé à notre niveau, et pas qu'un peu ; aujourd'hui, avec le Père Noël, nous pouvons non seulement adorer notre image mais aussi l'aspect le plus ridicule de notre image.

— Trois sous pour savoir tout.

Surpris, je tournai la tête pour regarder bouche bée Mme Bone.

— Quoi ?

— C'est l'inflation, expliqua-t-elle. Vous réfléchissiez à quelque chose.

Je me frottai le visage avec ma main.

— Je pensai au Christ, dis-je.

— Je vois à votre costume que vous êtes un cowboy.

— Quoi ?

— Rien, dit-elle. Je cite les Smothers Brothers*. Nous pourrions parler maintenant, si vous êtes prêt à revenir à l'Eglise militante.

Je regardai autour de moi, et nous n'étions plus en ville, ce qui était absolument insensé. Il est vrai qu'au fil des années ma pratique de la méditation s'est améliorée au point que je peux presque automatiquement chasser tout le monde naturel, mais je garde la conscience du temps, du moins en gros. Et je n'avais pas pensé aux manifestations de Dieu pendant plus que trois ou quatre minutes, ça j'en étais sûr.

Pourtant nous étions à la campagne. Ou pas tout à fait à la campagne. Des arbres et de la verdure nous entouraient, mais nous étions aussi au cœur d'une circulation

---

* Jumeaux très populaires qui avaient une émission télévisée dans les années soixante-dix et qui fustigeaient le gouvernement à travers des folk songs humoristiques (N.d.T.).

assez intense, qui s'écoulait toute dans le même sens, et l'obscurité là dehors était trouée par de fréquents feux de signalisation.

— Où sommes-nous ?

— Sur le Drive dans Central Park, dit-elle. Nous pouvons tourner en rond ici et papoter sans être dérangés par la circulation.

— Vous voulez parler tout en Voyageant ?

— Pourquoi pas ?

— Bon, dis-je, je veux bien essayer.

— Parfait. Elle rectifia sa position, comme si elle s'installait pour une activité sérieuse, et garda les yeux sur les voitures qui nous précédaient pendant qu'elle parlait. Votre situation est, commença-t-elle, que votre bail avec mon père a expiré, et mon père a vendu le terrain, et vous autres vous serez expulsés pour que le nouveau propriétaire puisse démolir le monastère.

— C'est la situation, tout à fait.

— Pourquoi devrait-il en être autrement ?

— Je vous demande pardon ?

Elle haussa les épaules, les yeux toujours sur la route.

— Mon père est un brave homme, déclara-t-elle. A sa façon. Il possède une propriété et il veut la vendre. Rien de mal à ça. Ces autres gens — comment s'appellent-ils ?

— Dwarfmann.

— Non, le petit mot.

— Dimp.

— Oui. Dimp est une partie utile et fonctionnelle de notre système social, qui fournit des emplois aux ouvriers, met du capital au travail, augmente la valeur de la ville et de l'Etat et de la Nation. Rien à reprocher de leur côté non plus. Maintenant, vous autres, jamais vous ne semez ni récoltez, non ? Vous êtes braves, vous aussi, vous ne faites de mal à personne, mais qu'avez-vous à offrir qui soit à la fois plus fort que les droits de propriété de mon père et l'utilité de Dimp à l'égard de la société ?

— Je ne sais pas, avouai-je. Je n'ai pas une seule idée en tête.

— Alors pourquoi ne pas faire vos bagages et déménager ? Pourquoi toutes ces histoires ?

Je ne savais pas comment me débrouiller avec de telles questions.

— Si vous me demandez, dis-je, de justifier mon existence sur la base de mon utilité, alors j'imagine que je n'ai pas la moindre justification.

— Quelle autre base existe-t-il ?

— Oh, vous ne pouvez pas penser une chose pareille, protestai-je. Pensez-vous vraiment que l'utilité soit la seule chose qui importe ?

Elle jeta un coup d'œil vers moi, un prompt sourire ironique aux lèvres, et se tourna à nouveau vers la circulation.

— Et avez-vous vraiment l'intention de parler de beauté et de vérité ?

— Je ne sais pas ce dont j'ai l'intention de parler, répondis-je. Et puis, je remarquai, c'est une jolie voiture.

Elle fronça les sourcils, mais ne me regarda pas.

— Ce qui veut dire ?

— Une voiture meilleur marché, moins élégante, remplirait la même fonction.

Là elle me regarda, et son sourire était presque féroce.

— Bon. Vous l'admettez. Vous *êtes* un luxe.

— Vous croyez ?

— Nous sommes tous des luxes, assura-t-elle, comme vous venez de le démontrer. Mais ne devriez-vous pas reconnaître qu'en cas de conflit entre luxe et fonction, c'est le luxe qui doit céder le pas ?

— Mme Bone, je ne...

— Appelez-moi Eileen, coupa-t-elle.

Je respirai à fond.

— Je crois que je préfère vous appeler Mme Bone, lui avouai-je.

De nouveau elle détourna les yeux de la circulation, et cette fois-ci pour me lancer un regard inquisiteur. D'une voix plus douce elle demanda :

— Suis-je une occasion de péché pour vous, Frère

Bénédict ?

Je ne répondis pas aussitôt. Elle regarda à nouveau la route et moi je regardai son profil.

— Jusqu'à ce que je vous rencontre, Mme Bone, déclarai-je, je n'avais jamais vraiment su ce que l'expression «occasion de péché» signifiait.

Elle rit, mais avec chaleur, et dit :

— Je ne sais pas trop, mais je crois que c'est le plus joli compliment qu'on m'ait jamais fait. Et puis elle se pencha subitement sur le volant, la détermination crispant ses traits, et la voiture bondit en avant. Nous tanguâmes autour d'une calèche sonore, nous faufilâmes dans un champ de mines d'automobiles en mouvement, et soudain prîmes un virage, pour nous arrêter dans un parking vide excepté nous. L'obscurité nous enveloppait, mais j'aperçus quand même son visage quand elle se tourna vers moi, en disant :

— Vous devez m'aider, Frère Bénédict. Je tiens à vous aider, je vous le jure, mais d'abord vous devez m'aider.

— Comment ? De quelle façon ? (Je répondis à sa véhémence par ma propre et impuissante véhémence.) Je ne sais pas ce que vous me voulez.

— Ne comprenez-vous pas, reprit-elle, que ce sont là les arguments de mon père ? Je veux que vous les démolissiez, Frère Bénédict, je veux que vous emportiez la bataille pour gagner mon allégeance. Je suis la plus sincère des Flattery, je veux vous aider mais je ne peux pas m'y résoudre tant que je ne suis pas convaincue que c'est *juste* d'aller contre mon père.

— Je suis désolé, je ne suis pas un as de l'argumentation. Et j'avoue que je le regrette bien.

— Je ne demande pas qu'on me dupe, rétorqua-t-elle. Je ne veux pas que vous sortiez de votre manche un Jésuite astucieux qui me vende des indulgences. Je veux de l'honnêteté. Je *peux* aider votre monastère, Frère Bénédict, croyez-moi je le peux, mais vous devez me convaincre que je le *dois*.

— Comment pouvez-vous nous aider ? Que pourriez-vous faire ?

— Ne vous inquiétez pas. Croyez-moi sur parole, c'est tout. Et persuadez-moi, Frère Bénédict.

Et elle resta assise là, inclinée vers moi, ses yeux brûlants fixés sur moi dans l'obscurité.

Jamais je n'avais eu la tête aussi vide. La persuader ? Démolir les arguments de son père à propos de l'utilité de l'utilité, et le luxe de tout le reste ? Il n'y avait pas de mot dans mon esprit, pas un seul mot, et bien sûr pas un mot dans ma bouche. Le regard rivé à son visage, sur ces yeux qui ne cillaient pas, je ne pouvais que prier qu'arrive une diversion.

Dieu répondit à ma prière presque aussitôt. Nous fûmes agressés.

Ils ouvrirent les deux portières à la volée au même instant, deux jeunes noirs grands et maigres avec des couteaux étincelants à la main.

— Allez, Paulo, gicle, dit l'un d'eux, et l'autre dit : Sors de là, mon bijou, si tu veux voir un homme.

Sauf qu'*Eileen* était celle qu'ils appelaient Paulo, et moi celui qu'ils appelaient mon bijou.

L'erreur n'était pas surprenante. Eileen conduisait, elle portait un pantalon, et ma soutane ressemblait beaucoup à une robe dans la lumière incertaine.

Mais cette découverte je la fis plus tard, quand j'eus un peu plus le loisir de réfléchir à la situation. Sur le coup, tout ce que je réussit à penser fut, *Ils ne vont pas faire de mal à Eileen !*

C'était aussi compliqué de quitter cette voiture que d'y entrer. Je sortis en me tortillant, m'agrippai ici et là pour me hisser au niveau du sol, et quand enfin je fus dehors et debout j'écrasai le pied de mon attaquant. Un pied chaussé d'une tennis.

Il n'aurait pas été si inattentif s'il n'avait pas cru que j'étais une fille. Il aurait gardé ses distances. Mais comme il avait probablement des projets indécents à mon endroit, il était resté très près pendant que je sortais de la voiture, et voilà pourquoi maintenant il sautillait sur un pied, en tenant l'autre à deux mains et en jappant comme un chien qui a été frappé par une pierre.

Et maintenant à l'autre, celui qui menaçait Eileen. Il y avait un avantage avec une voiture aussi basse ; en cas d'urgence, inutile de la contourner. Remontant mes jupes, je passai sur le capot et m'abattis sur l'autre agresseur comme la Mer Rouge sur les armées d'Egypte.

Eh bien, cette sale bête, il essaya de me bloquer avec son couteau. Moi, un membre du clergé. Je le boxai deux ou trois fois, en regrettant de ne pas avoir la science du Frère Mallory en matière de coups de poing, et puis il se dégagea en se tortillant, se mit sur ses pieds et disparut presque aussitôt dans l'obscurité environnante.

Je me relevai tant bien que mal, trébuchai sur ma robe et me cognai dans le pare-choc arrière. La seconde fois, je regrimpai sur l'automobile, retombai sur mes pieds et regardai au-delà du toit de la voiture pour voir l'autre qui se sauvait lui aussi en clopinant. Il jeta un sale regard par-dessus son épaule — vexé, voilà ce qu'il était — et puis il disparut à son tour.

Haletant, abasourdi, je regardai autour de moi et vis Eileen s'affaisser contre le flanc de la voiture. Ses yeux semblaient fermés. Je fis deux pas précipités vers elle, l'attrapai par les épaules, et hurlai :

— Eileen ! Eileen !

Ses yeux s'ouvrirent. Sous mes mains son corps tremblait.

— Bon sang, souffla-t-elle, d'une voix bien plus jeune et fluette que je ne lui avais jamais entendue.

— Ça va ?

— ...Je... Elle était plus abasourdie que moi, plus ahurie. Je ne suis pas... blessée ni rien, je... Oh ! Et elle referma les yeux, les paupières serrées, et le tremblement empira terriblement.

— Eileen, murmurai-je, et je l'attirai contre moi, la serrai dans mes bras pour réprimer le tremblement. Mon visage était enfoui dans ses cheveux.

Nous sentîmes tous les deux le changement. Ce corps

mince dans mes bras... le parfum de cette chevelure...
Il n'y *a* rien de tel sur terre, et j'avais été célibataire très
très longtemps.

Nous nous éloignâmes l'un de l'autre. Elle détourna
résolument les yeux, et je ne fus pas mécontent de ne pas
avoir à croiser son regard. Elle s'éclaircit la gorge et
déclara :

— Je, euh, vais vous raccompagner à la maison. Je
veux dire, au monastère.

— Oui, soufflai-je.

— Au monastère, répéta-t-elle, et avec des gestes mala-
droits elle se réinstalla dans la voiture.

7.

Messe du dimanche. Nous n'avions pas d'officiant atti-
tré, et différents prêtres de St Patrick venaient à tour de
rôle dire la messe dans notre petite chapelle. L'un des
plus nouveaux jeunes ecclésiastiques du clergé de l'office
diocésain officiait aujourd'hui, et après la lecture de
l'évangile il nous demanda à tous, à la requête du Frère
Oliver, de rester après la messe écouter une annonce.

Même au travers du marais enfiévré qu'était devenu
mon cerveau depuis les événements de la veille avec Eileen
Flattery Bone, je réussissais à percevoir l'atmosphère de
tristesse qui emplissait la chapelle tandis que nous atten-
dions tous la fin de la messe. Ceux d'entre nous qui
savaient déjà ce que serait cette annonce étaient bien sûr
attristés et abattus d'avoir à en arriver là, et ceux qui ne
connaissaient pas encore les détails voyaient très certainement, sur les visages du Frère Oliver et de notre petit
groupe, qu'elle serait pénible.

A moi, elle apparaissait doublement pénible. J'avais le sentiment de perdre ce foyer de deux façons, à la fois par le boulet du démolisseur et par ma faiblesse. Ni Eileen ni moi n'avions prononcé un mot pendant le trajet de retour la nuit précédente, sauf qu'au moment où je me hissais hors de la voiture elle avait quand même fini par dire, d'une petite voix atone, «Merci.» J'avais été incapable de répondre quoi que ce soit, j'étais simplement rentré d'un pas chancelant, et j'avais plaidé la fatigue et l'émotion auprès du Frère Oliver, qui bien sûr m'avait attendu, anxieux d'apprendre ce qu'était venue chercher la fille de Dan Flattery. Je ne lui avais encore rien raconté, mais le ferais après la messe et son annonce. Il devrait m'aider à prendre une décision.

C'était étrange tout d'un coup d'avoir à réfléchir à mon avenir. Depuis dix ans mon avenir avait simplement été le présent en répétition limitée, et j'avais vécu heureux et content. Maintenant, sans le moindre avertissement, j'affrontais un avenir inconnu et impossible à connaître. Toute ma vie tombait en miettes. Ce monastère serait-il démoli, mis à bas ? Serais-je contraint par des changements de mentalité de quitter le monastère, que le bâtiment soit d'ailleurs sauvé ou non ? Qu'arriverait-il demain ? Que *voulais*-je qu'il arrive demain ?

Je n'avais pas beaucoup dormi la nuit précédente, et ces questions n'avaient pas quitté mon esprit, pourtant j'étais toujours très loin de tenir une réponse. La pratique de la méditation, qui m'avait donné un cerveau (j'aime à le penser) aussi ordonné que ma chambre, m'avait abandonné en cette heure de besoin. Mon cerveau aujourd'hui était comme du caramel mou. C'était pire que du caramel mou ; c'était la salade de macaroni de l'automne dernier oubliée par hasard dans la villa d'été et retrouvée seulement au printemps suivant.

La messe touchait à sa fin. Quand j'aurais terminé de raconter toute la vérité au Frère Oliver, comme il faudrait bien sûr que je le fasse, me dirait-il de m'en aller ? Il en aurait le droit, je ne l'en blâmerais pas. Il aurait

123

le droit de me renvoyer au monde extérieur jusqu'à ce que j'aie raffermi ma vocation. C'était une éventualité à laquelle j'avais déjà réfléchi, sans le moindre petit frisson de plaisir ni d'impatience.

Qu'est-ce que je voulais — qu'est-ce que je voulais en vérité pour moi ? Je voulais que la semaine passée cesse d'exister ; je voulais qu'elle soit supprimée de l'histoire. Je voulais passer directement du samedi soir à une semaine plus tôt quand j'avais dans une ignorance bienheureuse rapporté ce journal dans ces murs, directement de ce samedi-là à ce dimanche-ci, ce matin, sans rien entre. Pas de Voyage, pas d'Eileen, pas de menace contre le monastère, rien de tout ça. C'était ce que je voulais, et si je ne pouvais pas l'obtenir je n'avais tout simplement pas d'idée de remplacement.

— Allez, la messe est terminée. Mais nous restâmes. Le prêtre s'en alla, et le Frère Oliver se leva de sa place au premier rang et se tourna pour nous faire face. Il paraissait plus lourd, plus vieux, plus rongé par les soucis qu'à son habitude, et quand il parla, sa voix était si basse que je l'entendis à peine.

En vérité, je n'écoutais pas. Je savais ce qu'il avait à dire, ce noyau dur, les faits, qu'il entourerait de couches rembourrées de doute et d'éventualité, et je choisis de passer le temps à regarder autour de moi les lieux et les gens qui s'y trouvaient.

Notre chapelle, comme le reste de notre bâtiment, fut conçue par Israel Zapatero et prévue pour être occupée par un maximum de vingt hommes. Cette longue pièce étroite comme une boîte à chaussures, son sol dallé, ses murs de pierres, le plafond de planches raboteuses et les étroites fenêtres verticales, tout ça faisait partie du plan originel, mais d'autres éléments avaient été ajoutés durant les deux siècles suivants. Le seul vitrail de l'Abbé Jacob qui ait échappé au grenier était ici, placé au centre au-dessus de la table toute simple servant d'autel à l'avant de la pièce ; c'était un motif floral abstrait aux multiples couleurs qui avait apparemment été exécuté très peu de temps après qu'un parent bien intentionné ait envoyé à l'Abbé Jacob un compas et un rapporteur.

Autres adjonctions. Le bas-relief Chemin de Croix couvrant les deux murs latéraux était l'œuvre d'un Abbé d'autrefois dont je n'ai jamais su le nom, mais certainement aussi responsable du bas-relief de St Christophe portant l'Enfant Jésus au-dessus des eaux qui ornait notre salle de bains du premier. L'électrification dans cette aile avait été différée jusqu'au milieu des années vingt, quand ces espèces de casques façon cuivre avaient été fixés aux quatre coins du plafond, nous dispensant un doux éclairage indirect qui imitait presque à la perfection la lumière des bougies qu'il remplaçait. A cause de l'étroitesse des fenêtres latérales, et du caractère non-fonctionnel du vitrail de l'Abbé Jacob — il avait été collé sur un mur de pierre aveugle — l'éclairage s'avérait aussi nécessaire de jour que de nuit.

Les bancs étaient une adjonction assez récente ; jusque vers 1890 on ne s'asseyait pas du tout ici, et ceux qui assistaient à la messe étaient soit debout soit agenouillés sur les dalles de pierre. A cette époque, d'après une histoire que m'avait un jour racontée le Frère Hilarius, une église de Brooklyn avait subi un grave incendie, et les restes roussis de plusieurs bancs avaient été donnés à notre monastère. Le Frère Jerôme de cette époque avait récupéré des longueurs de banc suffisante chacune pour accueillir deux personnes et en avait installé dix ici, cinq de chaque côté d'une travée centrale. Comme nous n'étions que seize, désormais, le dernier rang ne servait pas.

J'étais assis au quatrième rang, contre le mur de droite, d'où je pouvais voir tous mes frères religieux. Au premier rang, le Frère Dexter se trouvait à l'extrême gauche, son visage de banquier moins assuré qu'à l'habitude tandis qu'il regardait et écoutait le Frère Oliver, auparavant assis à côté de lui. De l'autre côté de la travée, de mon côté, se trouvaient les Frères Clemence et Hilarius, Clemence le visage tourné vers le Frère Oliver, Hilarius la tête penchée et le visage caché.

Au second rang commençaient ceux qui entendaient l'histoire pour la première fois. Les Frères Valerian et Peregrine à gauche, Mallory et Jerôme à droite. Valerian, dont j'avais souvent trouvé jouisseur le visage charnu et à qui par dépit j'avais volé le feutre Stabilo orange, semblait si abasourdi que je ne pus m'empêcher de lui pardonner d'avoir rempli cette grille de mots croisés. Peregrine, dont le visage était un peu trop délicatement ciselé, trop cabot de théâtre, mais qui en fait avait été décorateur de théâtre et directeur d'un théâtre estival plutôt qu'un acteur, semblait incapable de croire ce qu'il entendait ; comme si on lui annonçait que finalement le spectacle n'allait pas continuer. De ce côté de la travée je ne voyais que les dos et les épaules larges des Frères Mallory et Jerôme, l'ex-boxeur et l'homme à tout faire de la maison, comme deux joueurs de football assis sur le banc.

Au troisième rang, les visages étaient plus expressifs. Les Frères Quillon et Leo se trouvaient à gauche, et Quillon semblait anéanti ; je suis désolé, mais il semblait anéanti de façon efféminée ; Leo, au contraire, semblait furieux, comme s'il allait très bientôt soulever son avant-bras gros et gras et se mettre à enfoncer quelqu'un dans le sol. A droite, juste devant moi, se trouvaient les Frères Silas et Flavian. Silas, autrefois cambrioleur et pick-pocket, autrefois auteur de son autobiographie criminelle, se voûtait de plus en plus au fur et à mesure que le Frère Oliver parlait, comme s'il venait d'être ramassé sur une fausse accusation et se raidissait pour tenir le coup sans dire un mot. Le Frère Flavian, le fauteur de troubles, se mit presque aussitôt à bondir sur son siège, se leva au trois-quarts, dévoré par le besoin de parler ; avec la même attitude qu'à l'époque où il avait dénoncé ma «censure» et où le Frère Clemence l'avait mangé tout cru à la sauce avocat.

Plus loin sur ma gauche, de l'autre côté de la travée, se trouvaient nos deux très vieux frères, Thaddeus et

Zebulon. Thaddeus, un homme grand et trapu qui avait été marin marchand pendant des années et des années était devenu un peu branlant, ballotant, confus dans ses vieux jours, comme une vieille voiture qui n'a pas été très bien entretenue. Le Frère Zebulon, lui, avait rétréci avec l'âge, devenant presque chaque jour plus petit et plus fragile. Tous deux regardaient et écoutaient les sourcils froncés par la concentration, comme s'ils étaient incapables de saisir vraiment ce qui se disait.

De mon côté de la travée, assis à côté de moi, se trouvait le Frère Eli, dont le visage présentait l'impassibilité d'un badaud face à un accident de voiture, mais sous laquelle je croyais détecter le fatalisme, le nihilisme contre lequel il luttait tant, cette conviction pessimo-défaitiste de sa génération que la bêtise et la destruction sont inévitables, qu'il est inutile de se battre. La foi du Frère Eli, je le voyais, était tout aussi indispensable et pourtant tout aussi ténue que la mienne.

Le Frère Oliver termina en disant, comme il le devait :
— Et s'il vous plaît joignez vos prières aux nôtres. Et avant qu'il ait pu s'asseoir, ou reprendre sa respiration, le Frère Flavian avait bondi sur ses pieds, avec tant de précipitation qu'il plongea presque par-dessus le banc et atterrit sur le Frère Jerome.
— Des prières ! hurla-t-il. Bien *sûr* que nous allons prier ! Mais nous devons faire *plus* que ça !
— Nous faisons plus que ça, mon Frère, assura le Frère Oliver. Je viens de vous expliquer ce que nous avons fait jusqu'ici.
— Il nous faut l'opinion publique avec nous ! cria le Frère Flavian en agitant les bras dans tous les sens.
— Brandir le poing à l'église n'est pas vraiment ce qui convient, Frère Flavian, lui dit avec douceur le Frère Oliver.
— Nous devons faire quelque chose, insista le Frère Flavian.

Le Frère Clemence se leva avec lassitude, comme Clarence Darrow* dans Tennessee.

— Si vous voulez bien m'excuser, Frère Oliver, dit-il. Frère Flavian, nous *faisons* quelque chose, comme le Frère Oliver l'a déjà souligné. Voulez-vous que je reprenne au début, avec un autre résumé point par point ?

Le Frère Flavian repoussa la proposition de ses mains fébriles — mais poings desserrés.

— Nous devons faire plus. Pourquoi ne pas installer un piquet de grève ? Contacter les médias, descendre dans la rue avec des banderoles, porter notre message au public. Ils n'*oseraient* pas lever le petit doigt contre nous ! Des moines dans un monastère ?

— Je crains bien que si, répondit le Frère Oliver. M. Snopes m'a assuré qu'il se fichait de l'opinion publique parce qu'il ne poursuivait pas une carrière politique, et je crains bien que ce ne soit vrai.

Le Frère Peregrine sauta en l'air.

— Ne pourrions-nous pas réunir l'argent d'une façon ou d'une autre, acheter le terrain nous-mêmes ? Ne pourrions-nous pas, oh, je ne sais pas, peut-être monter un spectacle ?

— Il y a trop d'argent en jeu, répondit le Frère Oliver, et il se tourna vers le Frère Dexter pour qu'il confirme ses dires.

Le Frère Dexter ne se leva pas, mais il se tourna à demi sur son banc pour nous adresser à tous un signe de tête affirmatif et déclarer :

— La valeur du terrain dans ce quartier se situe aux alentours de vingt mille dollars le pied de façade. Notre seule parcelle coûterait plus de deux millions de dollars.

C'était là un chiffre qui dégrisa tout le monde, et il y eut un bref silence attristé, interrompu par le Frère Leo, qui demanda :

---

* N.d.T. : Clarence Seward Darrow (1857-1938). Très célèbre avocat américain. Défenseur des intérêts des Syndicats d'ouvriers, il se lança ensuite dans le pénal. Aucun de ses clients ne fut condamné à mort.

— Mais comment cette histoire est-elle arrivée ? Si le bail est arrivé à expiration, pourquoi ne l'avons-nous pas su à l'avance ?

— La faute me revient, répondit le Frère Oliver, et il écarta les mains dans un geste d'impuissance.

— Non, assura le Frère Hilarius. Il se mit debout, et s'adressa directement au Frère Leo par-dessus nos têtes. Un bail de quatre-vingt dix-neuf ans, ce ne sont pas les trois minutes d'un œuf à la coque.

Le Frère Leo ne fut pas rasséréné.

— Quelqu'un aurait dû le savoir, insista-t-il. Et d'ailleurs où est ce bail ? Qui l'a ?

— Je devrais l'avoir, admit le Frère Oliver, mais il a disparu. J'ai cherché dans tous les coins.

— Si l'un d'entre vous sait où il se trouve, ajouta le Frère Clemence, j'aimerais que vous nous le disiez. Je veux absolument jeter un coup d'œil sur ces termes.

Le Frère Silas, trahissant son passé, suggéra :

— Peut-être qu'il a été volé.

Le Frère Clemence se tourna vers lui les sourcils froncés.

— Pour quelle raison ?

— Pour que vous ne puissiez pas jeter un œil à ses termes.

Le Frère Valérian intervint, avec impatiente :

— Voyons, mes Frères, il n'y a pas de raison de tomber dans la paranoïa. Vu la situation, nous avons bien assez d'ennuis comme ça.

Le Frère Thaddeus, que ses années de Voyage au sein de la Marine Marchande avait peut-être aguerri plus que nous tous à l'idée des transitions brutales, demanda :

— Frère Oliver, qu'arrivera-t-il si nous ne sauvons pas notre maison ? Où irons-nous ensuite ?

Le Frère Quillon se retourna vers le Frère Thaddeus, secoua la tête et dit, d'un ton de désapprobation :

— C'est très défaitiste, mon Frère. Nous devrions réfléchir de façon positive.

— Nous devons tenir compte de la météo qu'on nous

annonce, lui répondit le Frère Thaddeus d'un ton bourru, qu'elle soit bonne ou mauvaise.

Le Frère Oliver intervint :

— C'est juste. Et Dimp s'est engagé à nous trouver une structure de remplacement convenable, et à nous aider à procéder au déménagement. Ils ont d'abord proposé un campus universitaire au nord de l'Etat, et ce matin un coursier a apporté des photographies et une proposition pour un bâtiment en Pennsylvanie qui a en fait été quelque temps un monastère.

Le Frère Flavian, furieux et méfiant, demanda :

— Où, en Pennsylvanie ?

— Une petite ville nommée Highpen.

Le Frère Silas s'écria :

— Highpen ? Vous voulez dire l'Abbaye de Lancaster ?

Le Frère Oliver demanda :

— Vous connaissez l'endroit ?

— J'y ai passé un moment. Ça ne vaut rien, croyez-moi.

Après ici, c'est de la camelote.

Le Frère Quillon cria :

— Racontez-nous ça, mon Frère.

— Avec plaisir.

Le Frère Silas se mit debout et se tourna à demi pour que nous puissions tous le voir. Il était un peu plus petit que la moyenne, ce qui apparemment lui avait servi dans sa carrière de cambriolage-cum-pickpocket, et son visage était un assemblage serré de traits petits et pointus. Il avait le physique que j'avais toujours imaginé aux pronostiqueurs de champs de courses.

— Cette Abbaye de Lancaster, nous expliqua le Frère Silas, appartenait à l'Ordre Dismal. Vous savez, dédié à St Dismas, le Bon Voleur, celui qui pendait à la droite du Christ.

Nous inclinâmes tous la tête quand fut prononcé le Nom.

— Je me suis joint à eux, continua le Frère Silas, au

130

début quand je me suis rangé. Ils avaient l'air d'être des gens de mon genre, ils avaient tous trempé dans les rackets. Mais il s'est avéré que tout ce qu'ils faisaient, ces types, c'était de s'asseoir en rond et de se raconter quels cerveaux fantastiques ils avaient été, parler des coups qu'ils avaient montés et comment ils s'étaient sortis de ceci et comment ils avaient piqué ça etc, etc. J'ai commencé à penser, ces types, ils ne se sont pas amendés, ils ont plutôt pris leur retraite, vous voyez ? Alors j'ai mis les bouts et je suis venu ici.

Le Frère Oliver s'éclaircit la gorge.

— Je crois que notre intérêt principal pour l'instant, Frère Silas, suggéra-t-il, réside dans le bâtiment.

— Très juste, mon Frère. Il secoua la tête, et reprit, ce n'est pas pour vous. Vous savez, ces types, ils ont passé le plus long de leur vie adulte à tirer leur temps, vous voyez ce que je veux dire ? Quand ils pensaient à leur foyer, ils pensaient à quelque chose avec des portes de cellules et une cour pour la promenade. Alors ce qu'ils se sont construit là-bas en Pennsy c'était un mini Sing Sing. Des murs gris, des portes en fer, une cour en terre battue. Ça ne vous plairait pas du tout.

— Merci beaucoup, mon Frère, dit le Frère Oliver.

L'information semblait l'avoir découragé, mais il se tourna bravement vers nous autres et ajouta : bien sûr, Dimp a promis de continuer à chercher jusqu'à ce qu'ils trouvent quelque chose que nous acceptions.

Le Frère Quillon, la voix plutôt perçante, cria :

— Mais comment pouvons-nous accepter *quoi que ce soit,* mon Frère ? Après *ceci.* Notre *foyer.*

— Nous sommes tous du même avis, lui assura le Frère Oliver.

Le Frère Clemence intervint :

— Excusez-moi. Permettez-moi de soulever encore une fois cette question du bail. N'y a-t-il pas quelqu'un qui l'ait vu, ou qui ait la moindre idée d'où il pourrait être ?

Il y eut un silence, tout le monde se dévisageait en attendant que quelqu'un d'autre prenne la parole.

Le Frère Clemence étendit les mains.

— Bien, c'est tout, alors, dit-il.

Et puis le petit Frère Zebulon se fit entendre.

— Pourquoi que vous regardez pas la copie ? demanda-t-il.

Ceci lui valut plus d'attention qu'il n'en avait jamais reçu en quarante-cinq ans. Le Frère Clemence s'avança aussitôt dans la travée et fit un pas dans la direction du Frère Zebulon.

— La copie ? Quelle copie ? demanda-t-il.

— La copie du Frère Urban, bien sûr, répondit le Frère Zebulon. Quelle autre copie y a-t-il ?

— La copie du Frère Urban ?

Le Frère Clemence nous regarda les uns après les autres, son expression égarée clamant aussi clairement que des mots qu'il n'y avait pas de Frère Urban parmi nous.

Et puis le Frère Hilarius prit la parole.

— Un Ancien Abbé, déclara-t-il. Celui d'avant Wesley, je crois.

— C'est ça, ! s'écria le Frère Valerian. Maintenant je me souviens ! Il faisait des manuscrits enluminés. Il y en a un dans un cadre suspendu dans la cuisine, à côté de l'évier, une version enluminée de I corinthiens V, 7 : *A chacun la manifestation de l'Esprit est donnée en vue du bien commun.*

Le Frère Clemence avait l'air groggy.

— Des manuscrits enluminés ?

— Il faisait des manuscrits enluminés sur *tout,* gazouilla le Frère Zebulon, qui éclata soudain de rire. Vous auriez dû voir sa version enluminée de la première page du *Daily News* le jour où Lucky Lindy a atterri à Paris !

Le Frère Clemence secoua la tête.

— Voulez-vous dire, demanda-t-il, que ce Frère Urban a fait une version manuscrite enluminée par notre *bail ?*

— Bien sûr ! cria le Frère Zebulon. Il se donnait des tapes sur les genoux et gloussait comme s'il était sur un

pas de porte je ne sais où et pas du tout dans notre chapelle. Je suppose que dans l'excitation il devait avoir complètement oublié où il se trouvait. Ce Frère Urban,
s'exclama-t-il, était le plus cinglé de tous, et cinglés, ils
l'ont *tous* été ! S'il voyait un bout de papier avec quelque chose d'écrit dessus, il faisait une copie, en entier
avec des images et des grandes lettres majuscules fantai-
sie et du doré tout autour et je ne sais quoi encore.

Je remarquai qu'aucun de nous ne regardait le Frère
Oliver. Moi non plus je ne regardai pas le Frère Oliver,
alors je ne sais pas exactement comment il prit ce qu'il
entendait. Mais je sais comment le prit le Frère Clemence ; avec la joie ébahie d'un grippe-sou qui a reçu
un lingot d'or sur le coin de la figure.

— Où *est* cette copie ? demanda-t-il. La copie du bail,
où est-elle ?

Le Frère Zebulon étendit ses mains osseuses, haussa
ses épaules osseuses.

— Comment voulez-vous que je le sache ? Avec toutes les autres, j'imagine.

— Parfait, où sont-*elles* ?

— J'en sais rien, non plus.

Mais le Frère Hilarius le savait.

— Frère Clemence, dit-il, et quand Clemence se tourna
vers lui il ajouta, Frère Clemence, *vous* savez où elles
sont.

Clemence fronça les sourcils. Nous fronçâmes tous les
sourcils. Et puis le front de Clemence se dérida.

— Ah, fit-il. Le grenier.

— Où d'autre, dit le Frère Hilarius.

Le grenier. Comme le toit s'abaissait des deux côtés,
le seul endroit où l'on pouvait tenir droit était au beau
milieu, juste en dessous du faîte. Et même là on ne pouvait tenir droit que si l'on mesurait moins d'un mètre
soixante-huit. Et pieds nus.

La zone centrale la plus haute avait été laissée déga-
gée pour servir de passage, mais les espaces triangulaires
de chaque côté étaient envahis par la plus invraisembla-

ble collection d'objets artisanaux. Les crèches en allumettes de l'Abbé Ardward — et ses trois cathédrales en
allumettes partiellement endommagées — formaient une
sorte de cité Lilliputienne tentaculaire, mêlée aux vieilles valises de cuir crissantes, aux taillis et aux bosquets
de candélabres ternis, aux exemples penchés et assom-
brissants de l'art du vitrail de l'Abbé Jacob, aux liasses
d'agrandissements rebiquées des études photographiques
de l'Abbé Delfast sur le passage des saisons dans notre
cour, aux piles de vêtements, aux cartons à chaussures,
aux petites collines de cafetières cassées et de vaisselle
ébréchée, et qui sait quoi d'autre encore. Vers le fond
s'empilaient les quatorze volumes du roman de l'Abbé
Wesley basé sur la vie de St Jude l'Obscur, désormais un
H.L.M. à souris. Des vieilles chaises, des petites tables,
un banc taillé dans un tronc et ce que je pris pour un
poteau d'amarrage. Des lampes à kérosène pendant à des
clous plantés dans les vieilles poutres, des bas-reliefs à
sujets religieux entassés dans tous les sens, et un tapis
roulé sans Cléopâtre à l'intérieur. Les errances des Juifs
étaient reproduites en mosaïques de carreaux minuscules collés sur de larges planches ; une partie de la colle
avait séché et les carreaux étaient tombés, pour finir tristement écrasés sous les pieds. Des vieux journaux, des
vieilles gravures sur bois de bateaux à voiles, de vieux
chapeaux mous, de vieilles lanternes magiques et de vieilles cravates de collège.

— On peut vraiment remplir un grenier en cent quatre-
vingt dix-huit ans.

En totale ébullition nous montâmes dans ce grenier,
tous les seize, comme des prisonniers de guerre en cavale.
Et hop tout le monde monte, et hop tout le monde
s'égaille, et hop tout le monde se penche, et hop tout le
monde cherche. Carreaux, boules de naphtaline et crot-
tes de souris craquaient tristement sous les pieds. Les têtes
binguaient dans les poutres, entraînant des cris de dou-
leur ou des marmottements indistincts. L'ampoule de
quarante watts au sommet des escaliers, notre seul éclai-

rage, donnait déjà assez peu de lumière, et nous empirions la situation en jetant sans arrêt des ombres soit sur notre passage soit sur celui de quelqu'un d'autre. Le Frère Leo s'agenouilla par mégarde sur une cathédrale en allumettes, le Frère Thaddeus s'entailla la tempe sur un clou, le Frère Jerome se cogna contre le roman de l'Abbé Wesley, et le Frère Quillon fondit en larmes. Le Frère Valerian trouva un morceau de bougie, le planta dans un candélabre, l'alluma, et la bougie tomba et roula enflammée dans un petit faubourg de journaux et de chemises. Un tohu-bohu s'ensuivit, mais le feu fut éteint avant qu'il ait pu causer beaucoup de dégâts.

Et la poussière. Un seul homme là-haut, qui jetterait un simple coup d'œil, soulèverait assez de poussière en cinq minutes pour redescendre en catastrophe. Nous seize, tous plus ou moins frénétiques, tous fouillant et furetant dans les renfoncements les plus profonds bourrés de bric-à-brac, produisions la plus proche réplique de l'atmosphère sur la planète Mercure jamais vue sur la planète Terre. Nous toussions et éternuions, notre transpiration se transformait en boue, nos robes de laine grattaient, nos yeux brûlaient, et la moitié des trucs que nous ramassions tombaient en morceaux dans nos mains. Provoquant encore de la poussière.

Dans la peine, dans l'inconfort, le bon Catholique peut offrir ses souffrances afin qu'elles soient créditées au compte des âmes du Purgatoire, pour raccourcir leurs châtiments et leur gagner une entrée plus rapide au Paradis. Si nous seize n'avons pas vidé le Purgatoire ce jour-là, c'est à désespérer.

— Ici !

La voix était celle du Frère Mallory, et en regardant à travers l'obscurité tourbillonnante je vis son corps de lutteur dans une pose accroupie de lutteur sous les poutres menaçantes. Il brandissait et agitait un grand morceau de papier rigide.

Nous nous faufilâmes tous dans sa direction, écrasant d'anonymes articles écrasables sous nos pieds. Le Frère

Clemence toussa, crachota et cria :

— Le bail ? C'est le bail ?

— Pas encore ! hurla le Frère Mallory. Mais c'est ça.
Et il y en a un tas ici ! Puis il tendit son morceau de papier
pour que nous l'inspections.

Jamais je n'avais vu *No Smoking* si magnifiquement
rendu. La sinuosité de ce S, suggérant la fumée, était
superbement mise en valeur contre les vrilles de lierre vert
qui l'encerclaient, et l'effet d'épais tronc d'arbre de ce
N si volontaire était adouci par la rangée de belles-d'un-
jour dans lequel il était enchâssé. Les lettres plus petites
étaient rendues avec une calligraphie claire mais d'un noir
velouté, le tout entouré de vignes et de feuilles et d'arran-
gements floraux. Des petits dessins rectangulaires d'artisans dans leurs ateliers exerçant leurs métiers — écrire,
tisser, fabriquer des chaussures — étaient joliment disposés autour des marges, et l'on remarquait aussitôt
qu'aucun de ces artisans ne fumait.

— Il y a tout un paquet de ces trucs, nous dit le Frère
Mallory. Tous différents. En se tournant pour nous en
montrer d'autres, il s'envoya un grand coup de poutre
sur la tête et lâcha le panneau *No Smoking*.

— Sacrée poutre, s'écria-t-il, et puis il se tourna vers
le Frère Oliver pour préciser : dans un sens uniquement
théologique.

— Le bail, dit le Frère Clemence, en se penchant en
avant plein d'impatience. Qu'importe tout le reste, trouvez ce bail.

Comme une demi-douzaine des autres, il avait remonté
son capuchon pour se protéger un peu la tête des coups
de poutre, et soudain voilà que je me rendis compte, dans
cette lumière jaune saturée de poussière et de fumée, dans
ces lieux étroits tout en bois encerclés par un étrange bric-
à-brac, nous seize, silhouettes vêtues de robes, la moitié
d'entre nous les visages dissimulés sous des capuchons,
devions ressembler à l'un des tableaux les plus tourmen-
tés de Pieter Brueghel l'Ancien. Des moines en Enfer,
tout du moins. Je m'attendais à demi à ce qu'un petit

diablotin, mi-crapaud mi-homme, sorte en trottinant de cette cathédrale en allumettes à deux pas de moi.

Mais non ; il resta à l'intérieur. Le Frère Mallory, pour sa part, arriva avec une double brassée de papiers.

— Je ne sais pas à quoi ressemble votre bail, se plaignit-il. On n'y voit rien, de toute façon, pas avec cette lumière, et toute cette poussière dans mes yeux.

— Nous allons les descendre, décida le Frère Clemence, les trier en bas.

— Ce n'est pas tout ce qu'il y a, dit le Frère Mallory. Il en reste des centaines là derrière. Et fourrant cette première pile dans les mains du Frère Leo, il dit, tenez, prenez ça, je retourne chercher le reste.

Le Frère Leo attrapa le paquet de papiers et se cogna la tête contre une poutre. Il grogna, et j'attendis qu'il dise quelque chose de bien pire que le commentaire théologique du Frère Mallory. Mais rien du tout. Pendant quelques secondes il resta là à se mordre les lèvres, et puis il se tourna pour demander :

— Frère Hilarius, le Bienheureux Zapatero était-il un homme grand ?

— Petit, je crois, répondit le Frère Hilarius. En dessous d'un mètre cinquante.

— Dommage, dit le Frère Leo.

Le Frère Mallory avait sorti une autre brassée, qu'il passa au Frère Peregrine. Des feuilles voletaient de-ci de-là. Je remarquai une version magnifiquement rendue d'une affiche annonçant le combat Louis-Schmeling, les lettres étant astucieusement entrelacées avec des cordes de ring nouées. Une copie géante de ce qui semblait être une ordonnance médicale s'ornait de stéthoscopes, de caducées, de colonnes de lit en cuivre et de bouteilles à bouchons de liège en style libre autour de l'écriture illisible soigneusement reproduite. D'autres feuilles étaient trop lourdement incrustées de dessins, de lettres majuscules festonnées de lierre, de fioritures calligraphiques et de grumeaux généraux pour être compréhensibles sans y regarder de plus près. Mais tout était très intéressant.

Et il y en avait des tonnes. Quand enfin nous redescendîmes à tâtons, les Frères Mallory, Leo, Jerôme, Silas, Eli et Clemence transbahutaient des brassées de ces papiers, tandis que je restai derrière pour réunir la demi-douzaine de feuilles qui avaient glissé et s'était échappée des bras des Frères. Aucune ne s'avéra être le bail recherché, mais je les emportai quand même, et suivis les autres tout du long jusqu'au rez-de-chaussée et le bureau du Frère Oliver, en ramassant d'autres feuilles perdues en chemin.

C'est vraiment merveilleux combien une intense activité de groupe peut vous aider à sortir de vous-même. A partir du moment où cette grande chasse au bail avait commencé, j'avais tout oublié de mes problèmes personnels, mes doutes et mes incertitudes au sujet de mon avenir. Ce ne fut que lorsque je me retrouvai à nouveau seul, à suivre la piste de papier laissée par les autres, que la pensée de ma situation me revint en tête. Je sentis la mélancolie s'abattre, le malaise et la perplexité, et je me dépêchai de rejoindre le paisible anonymat de la foule.

Le bureau du Frère Oliver ressemblait au Paradis Bureaucratique : des papiers partout, vacillant et oscillant sur les chaises et les tables, s'écoulant sur le sol, empilés sur le classeur. Les Frères Clemence, Oliver, Flavian, Mallory et Leo essayaient tous simultanément de créer l'ordre, ce qui signifiait qu'à eux tous ils créaient le chaos. Les Frères Valerian, Eli, Quillon et Thaddeus agitaient tous des feuilles de papier plus ou moins dans la direction du Frère Clemence et hurlaient, pas du tout en chœur :

— C'est ça ?

Le Frère Dexter me lança un regard par-dessus la scène de foule, secoua la tête, et roula des yeux. Je ne pouvais que lui donner raison.

Ce fut le Frère Peregrine qui finalement réussit à tout canaliser. Il bondit sur la table du réfectoire comme s'il allait se lancer dans un numéro de claquettes effréné — le Frère Oliver lui lança un regard ahuri et pas du tout

138

content — le Frère Peregrine tapa dans ses mains et cria, exactement comme le chorégraphe dans tous les films de comédies musicales :

— Messieurs ! Messieurs !

Je crois que ce fut d'être appelés «Messieurs» plutôt que «Mes Frères» qui réussit. Le silence tomba, deux ou trois syllabes plus tard, et tout le monde leva les yeux vers Peregrine, qui meubla aussitôt le silence en disant, d'une voix tonitruante :

— Ecoutez, il nous faut un peu d'organisation ici ! Deux ou trois personnes auraient recréé le chaos en exprimant leur accord de façon simultanée, mais il cria plus fort qu'elles et poursuivit inexorablement : Voilà, le Frère Clemence est le seul d'entre nous qui sache *exactement* ce que nous cherchons. Il montra du doigt le Frère Clemence et dit : Mon Frère, si vous voulez bien passer de l'autre côté de cette table... Approchez, approchez.

On ne discute pas avec le chorégraphe. Je pus voir le Frère Clemence commencer vaguement à le comprendre tandis que, après une courte pause, il se frayait un chemin dans la foule et allait docilement se placer tout au bout de la table de réfectoire.

— Parfait. Le Frère Peregrine contrôlait d'un coup si bien la situation qu'il n'avait même pas besoin de *demander* quoi que ce soit à qui que ce soit. Il tendit le bras, énonça les noms, et déclara : voilà, le Frère Oliver, le Frère Hilarius, le Frère Bénédict et moi-même, allons trier ces papiers. Inutile de s'y mettre à plus de quatre. Je sais que les autres aussi sont intéressés, mais si nous essayons tous d'aider nous n'arriverons à rien du tout. Maintenant, si vous voulez regarder, s'il vous plaît reculez et alignez-vous près de la porte. Frère Flavian ? Près de la porte, s'il vous plaît.

Magnifique. En un tournemain le Frère Peregrine avait choisi sa distribution *et* créé son public. (Je remarquai qu'il s'était attribué un rôle majeur, mais comme il en avait fait de même pour moi, je n'allais pas me plaindre.)

L'obéissance fut prompte et totale. Même le Frère Flavian, pourtant hésitant, choisit finalement de la fermer et de se joindre aux spectateurs. Tandis que ces concurrents non sélectionnés s'entassaient dans un coin à côté de la porte, le Frère Peregrine finit sa mise en scène.

— Bon, dit-il, nous quatre allons prendre chacun une pile de manuscrits et les trier un par un. Si vous trouvez quelque chose qui semble pouvoir être ça, apportez-le au Frère Clemence pour inspection. Tout est clair ?

Je remarquai qu'il ne nous demanda pas si nous étions d'accord : il nous demanda si nous comprenions bien. On ne peut pas répondre à une question que l'on ne vous a pas posée, aussi nous hochâmes tous la tête et marmonnâmes nos ouis, et puis le Frère Peregrine sauta gracieusement au bas de la table de réfectoire, et la recherche démarra.

Le Frère Hilarius et moi travaillions sur des piles côte à côte, et très vite le Frère Hilarius perdit complètement de vue l'objectif. L'historien en lui prit le dessus, et *il* pensa que nous étions là pour admirer les manuscrits.

— Très joli, commenta-t-il, en brandissant une représentation de l'avant d'une boîte de Kellogg's Pep. Inhabituelle combinaison d'éléments Carolingiens et Byzantins. Ou, devant un tract de supermarché vantant le steak à quarante-neuf cents la livre : bel exemple de Renaissance Ottonienne.

Du coup il m'était difficile de me concentrer sur ma pile, mais je fis de mon mieux. Et quelle plume infatigable, cet Abbé Urbain ! N'importe quel imprimé, *n'importe quel* imprimé, qui était passé devant les yeux de cet homme avait été copié dans un style ou un autre d'enluminure. Page après page après page je triai, sans rien trouver, m'arrêtant sur un menu dans lequel les majuscules étaient élaborées autour des animaux dont on offrait les morceaux : poisson, bœuf, mouton.

— Regardez, dit le Frère Hilarius. Regardez ces grotesques.

Je ne les trouvai pas burlesques du tout. Pendaisons,

crucifixions, électrocutions et autres formes de mort violente institutionnelle étaient représentées par des petits personnages stylisés dans les marges d'un avis de recherche. Je dis :

— Burlesques ?

— Grotesques, me corrigea-t-il. C'est le terme exact, c'est une caractéristique du style Gothique, du début du seizième siècle.

— Oh, fis-je, et je retournai à ma collection de grotesques.

— Ce Frère Urbain, remarqua le Frère Hilarius, était un fameux érudit en plus d'être un fameux artiste. Il connaissait les différents styles et les différentes périodes de l'enluminure, et il avait l'astuce de les combiner pour ses formulations.

— C'est merveilleux, dis-je, et je rejetai une liste de blanchisserie, toute en rouge et or.

— C'est ça ? Le Frère Peregrine bondit, éparpillant les feuilles de papier posées sur ses genoux, et se précipita vers le Frère Clemence sa trouvaille à la main. Nous attendîmes tous, tendus, les yeux fixés sur le visage du Frère Clemence. Il étudia les termes qui, comme beaucoup dans tout ça, étaient horriblement difficiles à lire, et secoua la tête sans cérémonie.

— Moins sept cents sur les Chocos, annonça-t-il.

Accablé, son rôle de star réduit à un numéro de comique, le Frère Peregrine tourna les talons sans un mot et retourna à sa place. Ma propre humiliation suivit presque aussitôt.

J'étais sûr de l'avoir trouvé, sûr, mais le Frère Clemence y jeta à peine un coup d'œil avant de l'écarter.

— Certificat de naissance, annonça-t-il. Quelqu'un appelé Joseph je-ne-sais-quoi.

Alors nous continuâmes, plus prudemment désormais, personne ne voulant gagner la troisième place dans la course des tocards, et puis je tombai sur quelque chose que je ne pus absolument pas déchiffrer. Il y avait des caractères là-dessus — ça je le voyais — mais je n'arrivais pas à repérer un seul mot. Etait-ce un L ? Des vignes s'entrelaçaient autour du treillis des lettres, des feuilles voltigeaient, des oiseaux au long bec tendaient le cou vers le ciel, des soleils et des lunes étaient semés à la volée d'une main généreuse, et l'un dans l'autre à force de le regarder je ne réussis qu'à attraper une migraine.

Finalement je dus demander de l'aide. Mais pas au Frère Clemence, pas tout de suite.

— Frère Hilarius, demandai-je. A votre avis qu'est-ce que c'est que ça ?

Il le regarda, et éclata de rire. Oh, ça n'a pas de prix, s'écria-t-il.

— Vraiment ?

— C'est très drôle, m'informa-t-il. Quelle superbe plaisanterie. Vous ne voyez donc pas ce qu'il a fait ?

— Pas le moins du monde.

— Il a combiné le style Irlandais, m'expliqua le Frère Hilarius, tiré tout droit du Livre de Durrow — regardez-moi ce S ici...

— C'est un S, ça ?

— Bien sûr que c'est un S. Le Frère Hilarius se pencha, en gloussant, pour étudier la plaisanterie en gros plan. Il a combiné le style Irlandais, reprit-il, avec l'Art Nouveau !

— Oh, vraiment ?

— L'Art Nouveau ! Vous ne voyez donc pas ? L'Art Nouveau a moins d'un siècle, il arrive bien *plus* tard que l'âge de l'enluminure. *Regardez* la courbe de cette vrille, ici.

— Un anachronisme, suggérai-je, en essayant de trouver une prise sur cette prétendue plaisanterie.

— *Merveilleuse* juxtaposition.

— Sans doute, admis-je. La question est, est-ce le bail ?

Le Frère Hilarius me regarda en fronçant les sourcils, détourné de son admiration pour l'humour de l'Abbé Urbain.

— Quoi ?

— Est-ce le bail ?

— Le bail ? Il prit un air ahuri, comme s'il ne savait absolument pas qu'il était censé y avoir un bail là-dedans. Bien sûr que non.

— Oh !

— Regardez ! Regardez ! Lisez donc vous-même. Son doigt ondula à travers le labyrinthe feuillu. Lindy Est Là, dit-il.

— Lindy Est Là ?

— Lindberg. C'est la première page du *Daily News !*

Le Frère Zebulon, avec cette négligence à l'égard des réglements caractéristique des vieillards, s'était éloigné nonchalamment du public pour arriver sur la scène.

Maintenant il se tenait de l'autre côté du Frère Hilarius, penché en avant pour regarder le manuscrit sur mes genoux et confirmer :

— Ouais, c'est ça. Lindy avait eu le temps de rentrer jusqu'ici avant que le Frère Urbain ait enfin terminé *celui-ci.*

— Ça ne m'étonne pas, dis-je.

Et puis le Frère Zebulon regarda autour de la pièce, les yeux plissés, manifestement à la recherche de quelque chose.

— Où sont les rouleaux ? demanda-t-il.

Le Frère Hilarius et moi, dans un chœur parfait, nous écriâmes :

— Les rouleaux ?

Des visions de rouleaux durs dansèrent dans ma tête.

Le Frère Zebulon plaça les extrémités de ses doigts les unes contre les autres, et puis écarta très largement les mains, comme quelqu'un qui étire du caramel.

— Les rouleaux, insista-t-il. Le Frère Urbain copiait toutes les choses longues sur des rouleaux.

Le Frère Hilarius demanda :

— Des rouleaux de *papyrus ?*

— Des rouleaux de papier, c'est ça, dit le Frère Zebulon. Il scotchait des morceaux de papier ensemble, et puis il les roulait.

Le Frère Clemence, qui était resté assis à la table de réfectoire à se tourner les pouces — au vrai sens du terme, physiquement, à se tourner les pouces — fronça les sourcils vers nous, et demanda :

— Qu'y a-t-il ?

— Il devrait y avoir des rouleaux, expliqua le Frère Hilarius.

Le Frère Clemence écarta les bras pour inclure toute la pièce encombrée de papiers éparpillés.

— Vous voulez dire qu'il en a d'*autres* ?

C'était sur l'un des rouleaux. Un groupe de recherche choisi, composé des Frères Hilarius, Mallory, Jerôme et Zebulon avait découvert les rouleaux parmi un tas de stores et de tringles à rideaux, derrière le roman en quatorze volumes inspiré de la vie de St Jude L'Obscur, et il ne fallut pas longtemps pour trouver celui qui commençait par un somptueux B majuscule roman en forme de tour ou de tourelle tapissée de lierre, menant aux A, I et L délicatement gravés, en surimpression sur des petites représentations en deux dimensions très fouillées de bâtiments de communs.

— Très bien, déclara le Frère Clemence. Déroulons-le, et voyons ce qu'il a à nous révéler.

Plus facile à dire qu'à faire. Le rouleau tenait à rester un rouleau, et non pas à s'étirer comme une langue. Dès qu'on en lâchait le bout, il repartait d'un coup sec rejoindre l'ensemble. Si l'on tenait juste le bout, l'ensemble voulait aussitôt se réenrouler et se refermer. Si l'on tenait les deux bouts, les côtés décidaient in petto de rouler l'un vers l'autre par-dessus le texte.

Finalement, nous dûmes nous mettre à quatre pour le maintenir ouvert, comme un marin que l'on ampute d'une jambe dans un film de pirates. Je retins un bout du haut et un bout du côté, avec le Frère Peregrine en face de moi et les Frères Mallory et Jerôme plus loin retenaient le tout.

Le manuscrit ainsi déployé, le Frère Clemence put commencer sons inspection. Avec lenteur il lut, un mot laborieux après l'autre, avançant à travers une orthographe vieille de deux siècles, des formules juridiques vieilles de deux siècles, et une calligraphie vieille de neuf.

Je commençai à me fatiguer, mais je refusai de lâcher, et en fait je sauvai la mise quand le Frère Peregrine glissa et rien qu'une seconde perdit sa prise de l'autre côté. Je continuai à tenir, et le Frère Peregrine rattrapa en vitesse le coin qui s'enroulait, mais le Frère Clemence eut le temps de lui lancer un regard agacé, et de dire :

— Tenez bon, mon vieux.

— Désolé.

Le Frère Clemence continua à lire. L'assistance se pressait tout autour, les yeux fixés sur le visage du Frère Clemence. Il n'y avait pas un bruit dans la pièce.

Et puis le Frère Clemence dit :

— Hm.

Nous le regardâmes tous avec plus d'attention. L'assistance se dressa sur la pointe des pieds. Le Frère Clemence, qui suivait le texte du doigt, relut lentement le même passage, et arrivé à la fin il hocha la tête.

— Oui, commenta-t-il, et il leva la tête pour nous regarder tous à tour de rôle avec un sourire sardonique.

— Je l'ai, déclara-t-il.

C'était au Frère Oliver de poser les questions maintenant, et instinctivement nous nous en remîmes tous à lui. Il demanda :

— *Qu'avez*-vous, mon Frère ?

— Laissez-moi vous lire ceci, répondit le Frère Clemence. Il revint au bail, eut un peu de mal à trouver l'endroit, et puis finit par le retrouver, et lut à haute voix, l'option de renoufellement refient exclusifement au preneur.

Le Frère Oliver inclina un peu la tête d'un côté, comme pour donner l'avantage à une meilleure oreille.

— Elle fait quoi ?

— Je vais le relire, proposa le Frère Clemence. Et c'est ce qu'il fit : l'option de renoufellement refient exclusifement au preneur. Et puis le Frère Clemence sourit. Il

145

tourna ce sourire vers le Frère Oliver, et demanda, vous voyez ce que ça fait ?

— Non, avoua le Frère Oliver.

Le Frère Dexter intervint :

— Ça dit que nous pouvons renouveler.

— Ça dit, déclara le Frère Clemence, que c'est à *nous* de renouveler l'option. Exclusivement.

Avec des hochements de tête, le Frère Oliver remarqua :

— Il y a ce mot option de nouveau.

— Choix, lui expliqua le Frère Clemence. Dans ce cas, Frère Oliver, cela veut dire choix. Ce bail dit que *nous* avons le choix de décider si nous voulons renouveler ou non.

L'espoir brilla dans les yeux du Frère Oliver.

— Vraiment ?

— Je *me disais* qu'il devait y avoir quelque chose dans ce genre, expliqua le Frère Clemence. Comme il n'y a pas eu de document enregistré au moment du premier renouvellement, en 1876, je me suis dit qu'il pouvait bien y avoir une option de renouvellement automatique, et je voulais voir avec précision ce que cette option nous dirait. Il tapota le bail, que nous quatre maintenions écartelé comme un malade sous éther sur une table, et dit, et ces termes vont bien plus loin que je ne l'espérais. Au mieux, j'espérais qu'il dirait que le renouvellement était automatique à moins qu'une des deux parties ne donne une notification écrite de son intention de ne pas renouveler dans un délai précis avant la date prévue. Et cela aurait suffi, puisqu'on ne nous a jamais donné aucune espèce de notification. Mais ceci est encore mieux. Ce bail stipule que le bailleur, le propriétaire du terrain, *ne peut pas* refuser de renouveler le bail si nous désirons rester.

— Alors nous sommes sauvés ! s'écria le Frère Oliver, et dans le hosannah général qui s'éleva après ça, le bail nous échappa et se referma comme un piège à ours sur la main du Frère Clemence. En s'extirpant de là, le Frère Clemence cria pour que nous lui accordions notre attention, et puis il déclara :

— Non, pas du tout. Je suis désolé, mais pas du tout.

Le Frère Hilarius demanda :

— Pas du tout quoi, mon Frère ?

— Nous ne sommes pas du tout sauvés. Il brandit le bail, sous forme désormais de double rouleau serré, et précisa, ceci n'est pas le véritable bail. Il ne porte pas les signatures des participants. Pas plus qu'il n'est, dans aucun sens légal, une véritable copie. Il n'est pas notarié et il n'y a pas d'original auquel le comparer en cas d'inexactitudes. Il n'aurait même pas assez de poids dans un cour de justice pour nous faire gagner l'affaire.

Le Frère Flavian, toujours aussi fauteur de troubles, s'écria :

— Mais il montre que nous sommes dans notre *droit* ! Pourrions-nous *mentir* ?

— Des hommes sont connus pour l'avoir fait, lui répondit sèchement le Frère Clemence. Même des ecclésiastiques ont parfois malmené la vérité.

Le Frère Quillon, manifestement de nouveau au bord des larmes, demanda :

— Vous voulez dire que nous nous sommes épuisés pour rien ? Tout ce que nous avons fait, c'est découvrir que nous sommes les victimes d'une erreur judiciaire.

— Pas exactement, corrigea le Frère Clemence, et le Frère Oliver soupira. Puis le Frère Clemence poursuivit, nous ne disposons pas du bail original, mais nous disposons de cette version, et il se pourrait qu'elle nous aide. Les cours ont établi un précédent qui pourrait nous être très utile ici. Quand un document primaire n'est pas disponible, le contenu de ce document peut être reconstitué par hypothèse à partir de documents secondaires et la question traitée comme si le document primaire avait été produit.

— Oh, Frère Clemence, soupira le Frère Oliver d'un ton las, et il s'assit à la table de réfectoire, en secouant la tête.

— Ceci est un document secondaire, déclara le Frère

Clemence, en agitant de nouveau le bail enluminé. Dans ces tiroirs de classeur en désordre, Frère Oliver, il doit y avoir d'autres documents secondaires qui se rapportent soit directement soit par inférences aux points du bail original. Des lettres, des déclarations d'impôts, des livres de comptes, je ne sais quoi encore. Ce que je vais faire, maintenant que je dispose de cette copie pour me dire quoi chercher, c'est passer en revue tous les documents que nous possédons et élaborer le profil le plus solide du bail original. Je demanderai ensuite à un de mes amis, un avoué qui s'est porté volontaire l'autre jour pour nous aider sans demander d'honoraires, de se mettre en rapport avec l'avoué des Flattery, de présenter notre affaire, et de proposer de traiter à l'amiable.

Le Frère Oliver demanda :

— Et vous croyez vraiment qu'il y a une chance ?

— Cela dépend, lui répondit le Frère Clemence, des documents secondaires que je pourrai trouver.

— Et vous allez commencer à chercher tout de suite ?

— Dès que je me serai lavé, assura le Frère Clemence, et que j'aurai rompu mon jeûne.

— Oh ! s'exclama le Frère Oliver. Bien sûr.

Bien sûr. Nous avions tous été tellement absorbés par cette quête que tous les détails plus terrestres de la vie s'étaient trouvés égarés et oubliés. Le petit déjeuner ; oui, bien sûr. Nous ne mangeons jamais après la messe du matin, évidemment, et aujourd'hui nous n'avions pas mangé du tout. Je me rendis compte soudain que je mourais de faim, et je pus remarquer la même réaction sur tous les visages poussiéreux qui m'entouraient.

Ce qui constituait l'autre point mentionné par le Frère Clemence : se laver. Après avoir farfouillé là-haut dans ce grenier moisi, nous être couverts de poussière, coupés et cognés, sévèrement crottés et ensanglantés, nous ressemblions maintenant moins à des moines qu'aux occupants d'un quelconque asile de fous médiéval.

Tout comme ce qui nous environnait. Cette pièce, le bureau du Frère Oliver, était un tourbillon à hauteur de genoux de papiers incompréhensibles. De la poussière, descendue avec nous, flottait dans l'air, ou s'était déjà posée sur les diverses surfaces de la pièce. Le Frère Quillon déclara alors :

— Ecoutez, vous ne trouverez rien du tout ici avec ce désordre. Je vais ranger.

— Je vais vous aider, proposa le Frère Valerian.

— Formidable.

Le groupe se répandit en conversations séparées. Le Frère Leo, notre cuisinier, remarqua :

— Je ferais mieux d'aller à la cuisine. Qui est de service avec moi ce matin ?

Il s'avéra que c'étaient les Frères Thaddeus et Peregrine.

— Bon, venez, alors, bougonna le Frère Leo.

— Une seconde, s'écria le Frère Clemence, et quand nous nous tournâmes tous vers lui pour lui accorder notre attention, il déclara : j'espère que tout le monde comprend l'implication de cette découverte.

Le Frère Oliver dit :

— L'implication ? Outre l'évidence ?

— Cela signifie, affirma le Frère Clemence, exécutant un grand geste avec le bail roulé, que le Frère Silas avait peut-être raison après tout. Le bail original a bien pu être vraiment volé, pour nous empêcher de prouver que nous avons le droit de rester ici. Aussi je pense qu'aucun de nous ne devrait parler à personne de cette copie que nous avons trouvée.

Nous acquiesçâmes tous, plutôt sombres, et puis le trio de la cuisine partit préparer le petit déjeuner pendant que le reste d'entre nous montait au premier se laver et se changer.

Le Frère Oliver m'arrêta un instant en haut des escaliers.

— Nous parlerons après le petit déjeuner, annonça-t-il.

— Oui, mon Frère, répondis-je.

Et tout en me débarrassant de la crasse du grenier, je me demandai si le Frère Clémence — ou n'importe lequel des autres — avait réfléchi à l'autre implication de notre découverte. Si le Frère Silas avait raison, si le bail avait été volé par quelqu'un qui travaillait soit pour les Flattery soit pour Dimp, qui pouvait l'avoir volé ? Qui, sinon l'un d'entre nous ?

8.

Notre discussion eut lieu après le petit déjeuner, en flânant dans le cloître, devant le réfectoire et la cuisine, avec la cour du côté opposé. Le haut mur qui nous séparait de la rue marquait une limite de notre promenade, la chapelle et le cimetière marquaient l'autre, un symbolisme qui me frappa pour être à la fois à propos et obscur.

Nous fîmes côte à côte un tour en silence. Je sentais de temps à autre les regards obliques que me lançait le Frère Oliver, mais il resta très patient, et ne souffla mot avant que nous ayons repassé notre point de départ, alors il a dit :

— Oui, Frère Bénédict ?

— Je ne sais par où commencer, avouai-je.

— Pourquoi pas comme il est de coutume ?

— Oui, bien sûr. Je fronçai les sourcils, et plissai tout le visage. Je retins ma respiration pendant plusieurs secondes, et à la fin je lâchai ma bombe : Frère Oliver, je suis émotionnellement lié à cette femme !

— Femme ?

— Eileen Flattery.

— Je sais *quelle* femme, Frère Bénédict, m'informat-il. Mais que voulez-vous dire par l'expression «émotionnellement lié» ?

Ce que je voulais dire par là ? N'était-ce pas la question que je n'avais cessé de me poser ? Nous marchâmes jusqu'au mur de devant, puis repartîmes en sens inverse.

— Je veux dire, déclarai-je enfin, que mon esprit est désemparé. Elle ne quitte pas mes pensées, que je veille ou que je dorme. C'est à peine si je sais encore qui je suis.

Le Frère Oliver écouta cette définition en silence, son regard sombre posé sur les orteils à apparition alternée de ses pieds chaussés de sandales qui glissaient de sous sa robe au rythme de notre marche. Quand je terminai, il hocha la tête avec lenteur et conclut :

— En d'autres termes, elle a attiré votre attention.

— Oui, dis-je.

Il hocha encore la tête, en continuant à regarder ses pieds, et nous fîmes une longueur de cloître jusqu'au porche menant à la chapelle et au cimetière. Puis encore une fois nous repartîmes en sens inverse, et il demanda :

— S'agit-il d'un sentiment sexuel ?

— Je le suppose, répondis-je. J'ai envie de la toucher comme un nouveau-né désire toucher une montre en or.

J'avais dû parler avec une certaine ardeur. Le Frère Oliver me jeta un petit coup d'œil ébahi, mais ne souffla mot.

Je continuai.

— Hier soir, dis-je, je l'ai vraiment touchée.

Il s'arrêta net, et me regarda.

— Pas beaucoup, précisai-je.

— Vous devriez peut-être me raconter ça, suggéra-t-il. Il ne reprit pas sa marche, alors moi non plus.

— Hier soir, repris-je, elle m'a emmené faire un tour à Central Park. Elle a arrêté la voiture et deux jeunes hommes ont essayé de nous voler. Après que je les ai mis en fuite, elle était...

— Vous les avez mis en fuite ?

— Ça s'est trouvé comme ça. Et après elle tremblait, et je l'ai entourée de mes bras.

— Je vois, dit-il.

— Ça ne m'était pas arrivé depuis très longtemps, assurai-je.

151

— Non, admit-il. Et vous en êtes restés là ?

— Oui, mon Frère.

— Je vois. Il tourna et se remit à marcher, je formai le rang à côté de lui, nous marchâmes tous deux en silence jusqu'au mur de devant, et puis repartîmes en sens inverse.

Je dis :

— Je crois qu'elle aussi est émotionnellement liée à moi. Et puis je fronçai les sourcils, j'agitai les bras, je fixai la cour sur notre gauche, et ajoutai : du moins je le crois. Je n'en suis pas sûr, mais c'est ce que je crois.

Le Frère Oliver secoua la tête, et remarqua :

— Si vous pouviez connaître une expression plus courte que «émotionnellement lié,» Frère Bénédict. On croirait parler à une version légère du Frère Clemence.

— Je connais une expression plus courte, Frère Oliver, lui assurai-je, mais j'ai peur de l'employer.

— Oh ! Il me lança un rapide coup d'œil spéculatif, et puis se remit à observer ses pieds avec attention. Bon, très bien, conclut-il. Comme vous jugerez bon. Sa voix parut étouffée tout à coup, comme s'il parlait dans un pull à col roulé.

— Merci, Frère Oliver, dis-je.

Nous marchâmes côte à côte. Nous atteignîmes le porche du cimetière et repartîmes en sens inverse. Le Frère Oliver remarqua :

— Ainsi vous pensez qu'elle aussi est émotionnellement liée.

— Je n'en suis pas sûr, admis-je. Peut-être est-elle seulement désemparée, comme moi.

— Et était-ce de cela qu'elle voulait vous parler hier soir ?

— Oh, non, pas du tout. Elle voulait parler du monastère.

— Et en dire quoi, Frère Bénédict ?

Je répondis :

— Elle m'a donné les arguments de son père pour justifier la vente.

152

— Ses arguments ? Le Frère Oliver parut plus intrigué que surpris. Il remarqua : je ne m'étais pas rendu compte qu'il avait des arguments à ce sujet.

— Apparemment si, mon Frère. Du moins vis-à-vis de sa famille.

— Ah.

Ceci parut éclaircir les choses.

Je poursuivis :

— Son argument est surtout la fonction, d'ailleurs.

— Hein ?

— La fonction, répétai-je. L'affirmation que l'utilité est la vertu essentielle, que toute autre considération est secondaire, et que cet espace serait employé de manière beaucoup plus utile par un immeuble de bureaux.

— Une échelle de valeurs barbare, nota-t-il.

— Oui, mon Frère.

Il réfléchit, puis demanda :

— Melle Flattery rapportait-elle cet argument de façon favorable ?

— Non. Elle voulait que je le neutralise.

Il haussa un sourcil.

— Vraiment ? Et pourquoi ?

— Elle a assuré qu'elle pourrait nous aider, expliquai-je, mais qu'elle s'y refusait tant qu'elle ne serait pas convaincue qu'il était juste d'aller contre son père.

— Nous aider ? Mais comment ?

— Je ne sais pas, mon Frère. Elle n'a pas voulu donner d'autres précisions, elle a simplement assuré qu'elle pouvait vraiment nous aider si elle le décidait. Mais d'abord je devais démolir l'argument de son père.

Il acquiesça.

— Et vous l'avez fait ?

— Non, mon Frère.

Nous avions de nouveau atteint le mur de devant. Nous repartîmes en sens inverse, et le Frère Oliver demanda :

— A cause de votre liaison émotionnelle, Frère Bénédict ?

— Probablement, admis-je. Et puis nous avons été

agressés, ajoutai-je, comme si ce forfait m'avait interrompu au beau milieu d'un brillant débat.

— Oui, bien sûr, dit-il. Et lui avez-vous suggéré de
s'adresser plutôt à un autre résident ?

— Oui, mon Frère.

Cette réponse le surprit.

— Vraiment.

— Je n'avais vraiment pas envie que tout ceci arrive,
Frère Oliver, assurai-je.

— Je le sais, répondit-il, sa compassion refaisant surface. Tout ceci vous est tombé dessus de façon bien trop
inattendue et trop violente. Vous n'y étiez pas préparé.

— Le Père Banzolini appelle cela le choc culturel, lui
expliquai-je.

— Vous en avez discuté avec le Père Banzolini ?

— Juste certains aspects de la question, précisai-je. En
confession.

— Oh.

— Le Père Banzolini pense que je souffre de folie
temporaire.

Le Frère Oliver me lança un regard de complète
stupéfaction.

— Il quoi ?

— Enfin, il ne l'a pas exprimé comme ça, corrigeai-
je. Il a simplement dit que je n'étais pas responsable de
mes actes ces temps-ci.

Le Frère Oliver secoua la tête.

— Je ne suis pas absolument convaincu qu'un prêtre
freudien soit un hybride viable.

— Je ne suis peut-être pas vraiment fou, concédai-je,
mais je suis sans aucun doute désemparé. Je n'ai pas la
moindre idée de ce que je devrais faire.

— Faire ? A quel sujet ?

J'écartai les mains.

— Au sujet de mon avenir.

Il s'arrêta. Il me regarda en fronçant les sourcils et dit :

— Envisagez-vous sérieusement une liaison avec cette
femme ? Et je ne parle pas d'une liaison émotionnelle,

je parle d'une *liaison*.

— Je ne sais pas, répondis-je. Je veux rester ici, je veux que tout soit comme avant, mais je ne sais vraiment pas quoi faire. J'ai besoin que vous me le disiez, Frère Oliver.

— Vous le dire ? Quoi faire de votre vie ?

— Oui, s'il vous plait.

Nous arrivâmes au porche. Le Frère Oliver s'arrêta, mais ne repartit pas en sens inverse. Non, il resta planté là une bonne demi-minute, à fixer les dalles des résidents depuis longtemps disparus. Il y avait environ trente tombes dans notre petit cimetière, qui dataient toutes du dix-neuvième siècle. De nos jours, nous enterrons nos résidents décédés dans un cimetière catholique de Queens, à côté du Long Island Expressway. Les liens avec le Voyage sont affligeants, mais inévitables.

Le Frère Oliver soupira. Il se tourna vers moi et déclara :

— Je ne peux pas vous dire quoi faire, Frère Bénédict.

— Vous ne pouvez pas ?

— Personne ne le peut. Votre esprit doit vous le dire.

— Mon esprit est incapable de me dire quoi que ce soit, protestai-je. Pas dans l'état où je suis en ce moment.

— Mais comment quelqu'un d'autre pourrait donc décider si vous avez perdu ou non la foi ? Cette femme teste la force de votre engagement à l'égard de Dieu et de cette existence. La réponse doit venir de l'intérieur, c'est obligatoire.

— Il n'y a rien d'autre en moi que de la bouillie, assurai-je.

— Frère Bénédict, répondit-il, vous n'êtes pas lié par les mêmes vœux qu'un prêtre. Cela vous donne plus de liberté, mais aussi plus de responsabilité. Vous devez prendre vos décisions seul.

— J'ai prononcé un vœu d'obéissance, remarquai-je.

— Mais c'est le seul, souligna-t-il. Vous n'avez fait ni vœu de pauvreté ni vœu de chasteté. Vous avez simplement fait le vœu d'obéir aux lois de Dieu, de cet Ordre, et de l'Abbé.

— C'est vous, dis-je.

— Et je vous ordonne, déclara-t-il, d'explorer votre esprit et votre cœur, et d'agir dans votre meilleur intérêt. Si cela implique une séparation temporaire ou définitive d'avec cet Ordre, vous devriez agir en conséquence. La décision vous revient.

Et personne derrière à qui refiler la responsabilité.

— Oui, mon Frère, dis-je.

Il y a un flux, un mouvement cyclique dans la vie du monastère, et les moments du cycle concernent essentiellement la religion et le travail. Nos activités religieuses, la messe, la prière, les périodes de méditation se répètent pour la plupart sur une base quotidienne, mais nos affectations aux corvées tournent à un rythme plus solennel. Alors que certaines tâches sont à la charge permanente de résidents particulièrement doués pour elles — le Frère Leo est notre cuisinier, par exemple, le Frère Jerôme notre responsable entretien-homme à tout faire, le Frère Dexter s'occupe de notre paperasserie — la plupart des corvées alternent entre nous tous. J'avais été libre de corvées depuis presque deux semaines quand soudain ce fut mon tour coup sur coup. Pour le dîner ce dimanche, quelques heures après mon entretien avec le Frère Oliver, j'étais de service à la cuisine avec le Frère Leo et Eli, et le mardi j'avais mon tour au bureau.

Le travail en cuisine était simple mais peu attrayant ; on obéissait à tous les ordres aboyés par le Frère Leo pour battre la pâte, bouillir l'eau, etc. et à la fin du repas on lavait la vaisselle. Ce genre de tâches laissaient beaucoup de temps pour la méditation, et tout d'un coup j'avais plus qu'assez de sujets de méditation. Laver des épinards pour la salade devrait certainement inciter, plus que tout, à une réflexion objective.

Le monde extérieur mange trois repas par jour, bien sûr, mais nous sommes satisfaits avec deux. Nous ne prenons jamais le petit déjeuner avant d'être debout depuis au moins trois heures, et ce premier repas est assez copieux pour nous mener jusqu'au soir, où nous prenons un second repas au moins aussi copieux. C'est un régime sain, et il garantit que nous ayions bon appétit à chaque fois que nous pénétrons dans le réfectoire.

Le Frère Leo prépare tous les repas, non pas parce que nous autres ne voulons pas faire notre part du travail mais parce qu'il ne veut pas manger une seule bouchée de ce que l'un de nous pourrait préparer. Il a mis ce point au clair au cours de quelques conversations inoubliables peu de temps après son entrée dans l'Ordre (inoubliables pour ceux présents à l'époque, qui ont répété les remarques du bon Frère presque mot pour mot aux derniers arrivants tel que moi), par contre, il a toujours voulu prendre des aides et les tyranniser. Thaddeus et Peregrine aujourd'hui au petit déjeuner, par exemple, et Eli et moi au dîner.

Je me mis le Frère Leo tout de suite à dos, pour ce qu'il appela en bougonnant «bayer aux corneilles». Et bon sang, il avait raison. Je n'avais même pas ressassé mes ennuis ; loin de là. En fait, j'étais resté planté là, la tête ailleurs, à regarder le Frère Eli éplucher des carottes. Il avait les mêmes gestes que pour tailler le bois, les petits rouleaux de carotte tombaient autour de lui exactement comme des copeaux de bois, et je commençai à me persuader que les douze Apôtres allaient bientôt émerger de cette botte de carottes ; douze petits Apôtres oranges, comestibles et croquants.

— *Frère Bénédict ! Vous bayez aux corneilles !*

— Ak ! Et adieu les corneilles, retour illico aux épinards.

Finalement les Apôtres n'apparurent pas, pas plus que la solution à mon problème. Le repas se prépara, et se mangea, la vaisselle se lava, mais ma tête resta une horrible pagaille. Chaque fois que j'essayai de penser à Eileen Flattery Bone mon cerveau commençait à tressauter et à grésiller comme le poste de télévision quand un avion passe au-dessus. Et chaque fois que j'essayai de m'imaginer dans un avenir en dehors des murs de ce monastère, mon cerveau se transformait tout simplement en neige, et puis la neige fondait. Autant pour la méditation et autant pour dimanche.

Lundi était un jour de liberté pour moi, c'est-à-dire un jour pendant lequel je pus tourner en rond dans la cour et ne pas réussir à réfléchir. Je pus aussi entrer dans la chapelle pour demander son aide à Dieu, et puis me rendre compte que j'ignorais quel genre d'aide je désirais. La force de rester ? Ou la force de partir ?

Pour les autres dans notre communauté, lundi fut le jour où nous apprîmes que nous n'avions rien à espérer de la Commission des Sites. Le Frère Hilarius sembla passer presque toute la journée au téléphone, et il nous fit à tous part du résultat au dîner. Le Frère Leo et les boniches du jour — Clemence et Quillon — sortirent de la cuisine les bras couverts de savon pour écouter, et le Frère Hilarius commença par nous expliquer que nous ne devions pas espérer que la Commission des Sites nous classe monument historique parce qu'ils nous avaient déjà refusé sept ans plus tôt.

Un tas de gens s'exclama :

— C'est impossible.

Le Frère Oliver remarqua :

— Nous l'aurions su. Pourquoi ne l'aurions-nous pas su ?

— Nous ne sommes pas les propriétaires, souligna le Frère Hilarius. Les Flattery en furent informés, et ils assistèrent à l'audience pour s'opposer à la classification. J'imagine qu'ils auraient dû nous informer eux-mêmes, mais nous n'irons pas loin avec cet argument, sept ans plus tard.

Le Frère Clemence essuya ses mains et ses bras couverts de savon dans les serviettes des uns et des autres, et demanda :

— Quelle était la raison du refus ?

Le Frère Flavian croyait déjà le savoir.

— Ainsi les Flattery ont des amis en haut lieu, hein ?

— Ce n'était pas la raison, lui répondit le Frère Hilarius.

— Alors quelle était-elle ?

— Nous avons un front sans intérêt.

Tout le monde le regarda. Le Frère Peregrine observa :

— Nous sommes un *monastère*, pas un guignol.

— Mais la raison était celle-ci, intervint le Frère Hilarius. Et si l'on y réfléchit, nous avons *vraiment* un front sans intérêt.

Quel chef d'accusation : un front sans intérêt. Le Frère Quillon, qui lui n'avait pas un front sans intérêt, demanda :

— Qu'est-ce que cela *signifie ?* front ? Je n'y comprends rien.

— La loi des Sites à cette époque, expliqua le Frère Hilarius, limitait la commission à la prise en considération du front d'un bâtiment, les murs extérieurs faisant face à la rue. A l'intérieur, vous pouviez transformer l'endroit en piste de patins à roulettes, pourvu que vous préserviez ce joli front fédéral, tout allait bien.

Le Frère Oliver intervint :

— Attendez, donnez-moi le temps de comprendre ça. La Commission des Sites sauvegarde-t-elle les bâtiments ou les murs sur rue ?

— Les murs sur rue. Le Frère Hilarius écarta les mains. La Commission voudrait aller plus loin, mais les promoteurs s'en mêlent et font pression sur les lois, alors elle s'en sort par des compromis. Et celui-ci a spécifié que la Commission des Sites *ne* pouvait classer un bâtiment sur toute autre base que son front sur rue. Pas sur un intérieur architecturalement intéressant, pas sur une fonction utilitaire, sur rien du tout sinon le front. Et notre front est sans intérêt.

Maintenant qu'il l'avait expliqué, personne ne voulait plus discuter la question. En vérité, notre front *était* sans intérêt. Vu que le Bienheureux Zapatero avait construit une retraite hors du monde, lui et ses compagnons constructeurs avaient porté toute leur attention sur l'intérieur de notre bâtiment. Sur Park Avenue s'étirait un triste mur de pierres grises de trente mètres de long et sept mètres cinquante de haut. Il y avait deux portes au rez-de-chaussée et trois fenêtres assez petites au premier, et c'était tout. De la rue on ne pouvait pas voir, on ne pouvait même pas deviner l'existence de notre cour, nos cloîtres, notre chapelle, notre cimetière ni quoi que ce soit d'autre.

Le Frère Clemence, qui avait joué le casse-pied dégoulinant avec les serviettes de tout le monde, rompit maintenant notre silence lugubre en s'écriant :

— Attendez une minute. Hilarius, n'avez-vous pas dit que c'était la loi *à l'époque* ?

— Oui.

— C'est-à-dire qu'on l'a changée ?

— Pas de façon qui puisse nous aider.

— Quel est le changement ?

Le Frère Hilarius énonça :

— En 1973, la loi a été changée pour permettre la prise en considération de *certains* intérieurs.

Le Frère Clemence s'épanouit, et dit :

— Oh, vraiment ? J'aimerais entendre les termes d'une loi qui pourrait étendre son jugement à *certains* intérieurs et ne pas comprendre *cet* intérieur.

Ses bras écartés (et secs) suggéraient une magnificence dans notre environnement qui était peut-être un tout petit peu exagérée.

Bon nombre d'entre nous pensaient de même, et je pus voir l'espoir se glisser sur les visages qui m'entouraient. Mais le Frère Hilarius secouait déjà la tête.

— Les intérieurs à prendre en considération, énonça-t-il, dans les termes exacts de la loi, sont ceux ouverts ou accessibles à la clientèle ou au public. S'il y a quelque chose que nous ne sommes pas, Frère Clemence, c'est ouvert ou accessible au public.

— Alors on dirait bien, remarqua le Frère Clemence, qu'il va falloir que je nous sauve tout seul, avec mes documents secondaires.

Plusieurs d'entre nous se tournèrent pour lui demander comment il s'en sortait, et il nous donna de fermes garanties.

— Ça avance, nous assura-t-il. C'est simplement une question d'élaborer le profil le plus solide.

Mais son air assuré avait un petit quelque chose de pas tout à fait convaincant.

Mardi j'étais de service au bureau, une autre tâche qui laissait l'esprit libre de méditer. Quoique dans mon cas le terme n'était pas méditer. Dans mon cas le mot était *mijoter*.

Il y a en fait deux bureaux dans le monastère, le Bureau de l'Abbé et le Bureau de l'Abbaye. Le Bureau de l'Abbé était l'endroit où nous avions tenu nos réunions et où le Frère Clemence explorait maintenant le chaos de notre système de classement. Le Bureau de l'Abbaye, aussi nommé le scriptorium (inexactement, je dois dire : un scriptorium autrefois était une pièce où les moines copiaient à la main les manuscrits), se trouvait à l'avant du bâtiment, et contenait une table de travail, un téléphone et un banc pour les visiteurs. Nos rares appels téléphoniques de l'extérieur et visiteurs en chair et en os étaient reçus dans cette pièce. Notre menue monnaie (toute notre monnaie était menue) était aussi gardée ici, pour que j'y puise tous les samedis soirs le prix du *Times* du dimanche. L'un de nous était habituellement de garde ici tous les après-midi et tous les soirs, et mardi c'était mon tour.

Je passai la première heure environ assis à la table, à feuilleter les magazines d'aviation que le Frère Leo garde dans le tiroir du bas, et de temps en temps les yeux dans le vide, mon cerveau tournant en cercles effrénés comme un chien qui essaie de trouver dans quel sens se coucher.

Toute cette cogitation était entièrement égocentrique, concernée en totalité par mon avenir. J'avais en fait abandonné toute réflexion au sujet de Dimp et de la date limite de la démolition qui approchait à grands pas. Il ne nous restait plus que seize jours pour nous sauver, mais j'y accordais à peine une pensée.

Pas plus que je n'avais essayé de confirmer mes soupçons à propos du vol du bail original par l'un de nos résidents. Je n'avais parlé de cette idée à personne, et en fait je n'y pensais pas moi-même. C'était une perspective bien trop sinistre.

Qui soupçonnerais-je, parmi mes quinze frères religieux ? Le Frère Oliver ? Les Frères Clemence ou Dexter ou Hilarius ? Le Frère Zebulon ? Les Frères Mallory ou Jerôme ? Les Frères Valerian ou Quillon ou Peregrine ? Les Frères Leo ou Flavian ? Les Frères Silas ou Eli ou Thaddeus ? Il n'y en avait pas un seul que je puisse soupçonner. Comment pouvais-je envisager une chose pareille ?

Et mes problèmes personnels semblaient tellement plus graves. Tandis que je les ruminais, il me vint à l'idée tout d'un coup que je n'avais pas réfléchi à l'état d'esprit d'Eileen Flattery dans tout ça. Ne devrais-je pas m'inquiéter de ce qu'*elle* pensait ? N'était-ce pas important que je risque de quitter ce monastère et que je découvre ensuite qu'après tout elle ne voulait pas de moi ?

Eh bien, non. D'une étrange façon, ce n'était pas elle le plus important. Le Frère Oliver ne s'y était pas trompé ; son existence était la *forme* de l'épreuve que je passais, mais ma vocation en était le sujet. Qu'Eileen Flattery veuille de moi ou non n'avait finalement rien à voir avec le fait que je reste ou que je parte. La question était, allais-je demeurer Frère Bénédict, ou reviendrais-je à Charles Rowbottom ? Tout le reste n'était que chaos et hors sujet.

C'était bon de cerner la question, bien sûr, mais cela aurait été encore meilleur si elle avait été livrée avec sa réponse. Je continuai à considérer cette petite tache noire dans ma réflexion quand tout à coup la porte de la rue s'ouvrit et voilà qu'entra un tas de vacarme de circulation et un tout petit homme énergique qui claqua la porte au nez du bruit et puis déclara :

— Très bien, me voici. Je suis un homme très occupé, finissons-en tout de suite.

J'avais déjà été tiré de ma méditation par le monde

extérieur, mais jamais vraiment comme *ça*. D'abord, cette porte sur la rue, presque personne ne l'ouvrait, la plupart d'entre nous préférant plutôt utiliser la porte de la cour lors de nos rares expéditions à l'extérieur. Ensuite, j'avais cru que la porte de la rue était fermée à clef, vu qu'elle l'était d'habitude. Et enfin, qui *était* ce petit homme énergique ?

Je devais être bouche bée. Le petit homme me regarda en fronçant les sourcils et demanda avec brusquerie :

— Z'êtes un pauvre idiot ? Il lançait des coups d'œils rapides et impatients tout autour de la pièce, cherchant apparemment quelqu'un de plus vif à qui s'adresser. Où est le chef ? Oliver.

— Le Frère Oliver ? Qui êtes *vous* ?

Son regard devint encore plus impatient.

— Dwarfmann, dit-il. Cet abbé veut un face à face, me voici.

Il donna une chiquenaude à une montre qui affichait nerveusement des chiffres rouges et maigres sur un fond noir : 2:27, elle tremblota, les petits doigts vifs donnèrent une chiquenaude, elle changea d'idée. 2:28.

— Le temps s'envole, commenta Dwarfmann.

Dwarfmann ?

Dwarfmann ! Je bondis sur mes pieds, et envoyai valdinguer les magazines d'aviation.

— *Roger* Dwarfmann ?

Il n'en revenait pas de ma façon de gâcher son temps qui s'envolait.

— Combien de Dwarfmann vous attendez aujourd'hui ?

— Aucun, répondis-je. Et puis, Attendez, Oui, oui bien sûr ? M. Dwarfmann. Pourquoi ne pas, euh, vous asseoir. Je regardai autour de moi, mon cerveau en ébullition, essayant de trouver quel genre de meuble les gens utilisent pour s'asseoir. Là-dessus, dis-je, en montrant, en découvrant le banc. Et puis je me souvins de son nom. Ce banc, ajoutai-je. Je vais prévenir, euh, je vais chercher le Frère... je reviens de suite.

Il me regarda sortir de la pièce comme un bolide en fronçant les sourcils. Je n'y pouvais rien s'il pensait que j'étais un pauvre idiot : j'avais été surpris, c'était tout. Je ne suis pas un champion de la surprise. Ces dix dernières années, avant que toute cette folie ne démarre, j'avais perdu tout mon entraînement contre la surprise. Il n'arrive pas grand chose de nature soudaine dans un monastère. Une fois, il y a à peu près six ans, le Frère Quillon buta sur le montant de la porte en entrant dans le réfectoire et déversa sur moi un plateau contenant douze assiettes de crème glacée, et bien sûr la semaine précédente le Frère Jerôme avait lâché ce chiffon mouillé sur ma tête, mais à part ça ma vie avait été fort tranquille depuis très très longtemps. Ce n'est pas comme si j'avais été un chauffeur de taxi ou un truc dans ce genre.

Le Frère Oliver n'était pas dans son bureau, bien que les Frères Clemence et Dexter y fussent, tous les deux plongés jusqu'aux coudes dans la paperasse, avec un air légèrement hystérique. Je leur demandai s'ils savaient où se trouvait le Frère Oliver, et le Frère Clemence répondit :

— Essayez la bibliothèque.

— Très bien.

— Ou le caléfactoire, intervint le Frère Dexter.

Le Frère Clemence le regarda.

— Le caléfactoire ? Que pourrait-il bien faire *là-bas* ?

— Je l'ai vu là-bas l'autre jour, répondit le Frère Dexter.

Le Frère Clemence reprit :

— Mais que pourrait-il bien faire là-bas *maintenant* ?

— Merci, leur dis-je à tous les deux.

Ils m'ignorèrent. Le Frère Dexter dit au Frère Clemence :

— J'ai simplement suggéré qu'il *pourrait* être là-bas.

Je repartis en hâte, en entendant leurs voix monter quelque peu derrière moi.

Le Frère Oliver ne se trouvait pas dans la bibliothèque. Le Frère Silas y était assis, plongé dans son livre — à son entrée dans l'Ordre, il avait fait don à notre bibliothèque de quinze exemplaires invendus de *Je Ne Suis Pas Un Saint*, l'histoire de sa vie de criminel professionnel, et il venait souvent ici jeter un coup d'œil à certains exemplaires — quand je lui parlai du Frère Oliver il répondit :

— Il *était* ici. Je crois qu'il est en haut.

— En haut. Parfait.

Je rebroussai chemin au bout du vestibule, et puis je me rendis compte qu'il faudrait que je retraverse le bureau — celui qui contenait Roger Dwarfmann — pour prendre l'escalier. Bon, il n'y avait pas d'autre solution.

Le bruit des Frères Clemence et Dexter en pleine dispute déboulait en cascade de leur porte quand je repassai devant. Je revins au petit trot au bureau de devant et trouvai Roger Dwarfmann pas le moins du monde assis. Il était debout, et il faisait les cent pas, et il regardait sa montre aux chiffres rouges et tremblotants. Il s'arrêta pour abaisser ses sourcils vers moi, mais je ne m'arrêtai une seconde.

— En haut, dis-je, *en passant*. Je reviens de... Et hop je montai l'escalier.

La chambre du Frère Oliver était la deuxième à gauche. Je pus voir qu'elle était vide par la porte ouverte, mais je frappai quand même, et le Frère Quillon sortit de sa chambre à lui, en diagonale de l'autre côté du vestibule, pour demander :

— Vous cherchez quelqu'un ?

— Le Frère Oliver.

— Je crois qu'il est dans le caléfactoire.

Deux voix pour cette suggestion.

— Ah, dis-je.

Le Frère Quillon rentra dans sa chambre, laissant la porte ouverte. En repartant vers l'escalier, je m'arrêtai pour le regarder et demander :

— Qu'est-ce qu'il fait là-bas ?

Le Frère Quillon prit un air perplexe.

— Je vous demande pardon ?

— Le Frère Oliver. Dans le caléfactoire.

165

— Oh. De la gymnastique, répondit-il.

— De la gymnastique ? Dans le caléfactoire ?

— Le Frère Mallory a jugé qu'il faisait désormais un froid un peu froid dans la cour.

— Ah. Merci.

Et je me précipitai en bas de l'escalier, en me demandant avec nervosité quels petits chiffres rouges apparaissaient maintenant sur la montre de Roger Dwarfmann. Mais je ne tenais vraiment pas à le savoir.

De nouveau il faisait les cent pas. Il s'arrêta pour me foudroyer du regard, fronçant les sourcils comme une faille de rocher, et j'annonçais :

— Caléfactoire. Je vais, euh... et je retraversai le vestibule.

Les Frères Clemence et Dexter étaient furieux l'un contre l'autre. Je m'arrêtai en chemin pour fermer cette porte, afin d'éviter que Roger Dwarfmann entende des moines se disputer avec cette violence, et puis je traversai le vestibule ventre à terre en direction du caléfactoire.

L'idée de départ d'un caléfactoire en faisait une pièce que l'on gardait chaude en hiver. Jusqu'à ce siècle, la plupart des pièces de la plupart des bâtiments demeuraient sans chauffage, et le caléfactoire dans un monastère était le lieu où l'on pouvait trouver de la chaleur quand il était besoin. La grande cheminée adossée à un mur prouve que cette pièce était employée à l'origine comme son nom l'indique, mais plus récemment elle est devenue un salon commun, notre parloir communautaire. C'est peut-être en été que nous l'aimons le plus, quand c'est l'un des endroits les plus frais du bâtiment.

Et le Frère Mallory semblait vouloir l'investir, le transformer petit à petit en gymnase. Samedi dernier il y avait organisé ses matches de boxe, et maintenant sa classe de gymnastique était étalée sur le sol, levant une jambe après l'autre dans un grand frou-frou de robes. Les Frères Valerian, Peregrine et Hilarius, qui avaient l'air de poupées mécaniques la tête en bas, et le Frère Mallory qui marchait autour d'eux en comptant la cadence.

Mais pas de Frère Oliver. Je hurlai ma question, coupant le décompte du Frère Mallory, et tandis que les trois sur le sol laissaient leurs jambes s'effondrer et haletaient à qui mieux mieux, le Frère Mallory réfléchit un moment et déclara :

— Je crois que je l'ai vu entrer dans la chapelle.

N'en finirai-je jamais ?

— Merci, mon Frère, dis-je, et je sortis au petit trot du caléfactoire par la porte latérale, traversai le vestiaire au-delà de la sacristie, et entrai dans la chapelle par la porte derrière l'autel, où l'explosion d'une paire de genoux m'apprit que le Frère Zebulon se trouvait là bien avant que je ne l'aperçoive vraiment.

Oui, il était là, qui balayait par terre, et exécutait une génuflexion à chaque fois qu'il franchissait la travée centrale. Crac ! Bang ? Kapow ! On aurait dit une bataille de la Guerre Civile.

Le Frère Oliver n'était pas là, évidemment. Je me précipitai vers le Frère Zebulon — ajoutant mon crépitement de mitraillette, quand au passage je fis ma génuflexion — et chuchotai :

— Où est le Frère Oliver ?

Il m'ignora. Je ne pense même pas qu'il ait su que j'étais là.

Bon. On doit chuchoter à l'église, mais s'adresser en chuchotant à un sourd est vain, alors j'élevai la voix :

— Frère Zebulon !

Il lâcha son balai et sursauta. Il se tourna, et dit :

— Quoi ? Quoi ?

— Le Frère Oliver, articulai-je. Savez-vous où il est ?

Il était furieux contre moi, et du coup il ne me répondit pas avant d'avoir ramassé son balai. Et puis il déclara :

— Essayez la cuisine, et il me tourna le dos.

Je ressortis par la porte du fond de la chapelle, avec l'intention de traverser le cimetière en direction du cloître et d'arriver ainsi dans la cuisine, mais en passant le porche du cimetière je m'arrêtai, fronçai les sourcils, et décidai que non. Au train où allaient les choses le Frère Oliver ne serait *pas* dans la cuisine mais le Frère Leo si, et il me dirait d'essayer le réfectoire, où un autre Frère me dirait d'essayer le premier étage de ce côté — il y a deux premiers étages séparés, qui ne communiquent pas — ou encore un autre Frère me dirait d'essayer la tour, où un pigeon passant par là me proposerait d'essayer la champignonnière, c'est-à-dire la cave, tout à fait à l'opposé. Exactement en dessous, en réalité, des pieds qui faisaient les cents pas de Roger Dwarfmann.

Non. Assez. Je quittai le cimetière, et choisis d'aller tout droit dans la cour, un grand espace herbeux entre-croisé de chemins dallés et parsemé de platanes, quelques arbustes à feuillage persistant tenaces, une ou deux vasques à oiseaux, un jardin de fleurs qui n'était pas à son mieux à cette époque de l'année, et le long du mur de la chapelle, notre treille. Je m'avançai à grands pas au milieu de cet aire, levai la tête, et criai :

— FRERE OLIVER !

— Oui, Frère Bénédict ?

Il était juste à côté de moi. Il sortit doucement de derrière l'arbuste à feuilles persistantes le plus proche, son pinceau et sa palette dans les mains, et me regarda gentiment en clignant des paupières, se demandant ce que je voulais.

— Enfin, dis-je. Il doit être 2:43 maintenant, peut-être même 2:44.

— Frère Bénédict ? Ça va ?

— Ça va très bien, mentis-je. Roger Dwarfmann est ici. Le Frère Oliver parut agréablement surpris, sans plus.

— Il a appelé ?

— Il est venu ! Il est ici, à l'instant, il fait les cent pas dans le bureau !

— Il est ici *maintenant* ? Le Frère Oliver tripotait son pinceau et sa palette, ne sachant pas où les poser. Dans mon bureau ?

— Non, l'autre. Le scriptorium. Le Frère Clemence est dans votre bureau, je n'ai pas cru bon de...

Je m'arrêtai de parler, parce que le Frère Oliver avait de nouveau disparu derrière cet arbre. Je le suivis et le vis déposer son pinceau et sa palette aux pieds de sa dernière et morose Vierge, qui de façon assez bizarre semblait avoir été influencée par Picasso — je suppose que le traitement des yeux était voulu — et puis il rassembla ses jupes et trottina vers la porte latérale, qui menait via un bref couloir au scriptorium. Je suivis en petites foulées.

Dwarfmann avait continué à faire les cent pas. Il s'arrêta à notre arrivée et j'essayai de lire ces chiffres rouges et fugitifs à son poignet, mais ses mains et ses bras étaient constamment engagés dans des gestes exubérants.

— Bon ? dit-il, me foudroyant du regard par-dessus l'épaule du Frère Oliver. Bon ?

Apparemment, j'étais chargé de faire les présentations.

— Frère Oliver, dis-je. Voici Roger Dwarfmann.

— Alors vous voilà, s'exclama Dwarfmann. Il sautilla sur la demi-pointe de ses pieds, comme pour se grandir, et d'un air sévère fronça les sourcils vers le haut à la corpulence du Frère Oliver.

— Vous ai-je fait attendre ? Je suis absolument désolé, s'exclama le Frère Oliver. Je peignais dans la cour. Cette lumière d'hiver est si parfaite pour...

Dwarfmann chassa ceci d'une impatiente chiquenaude de son poignet numérique ; je ne pus voir les chiffres.

— Mes jours, déclara-t-il, ont couru plus vite que la navette. Venons-en à nos affaires.

Je suis sûr que le Frère Oliver fut aussi interloqué que moi. Les images, dans le style de discours express de Dwarfmann, semblaient furieusement déplacées. Puis le Frère Oliver demanda, avec un étonnement très net :

— C'était Job ?

— Chapitre sept, verset six, répondit Dwarfmann d'un ton brusque. Allons, allons, si vous avez quelque chose à me dire, dites-le. Oui, nos jours sont le passage d'une ombre.

— Je ne connais pas les Apocryphes, dit le Frère

169

Oliver.

Dwarfmann lui adressa un mince sourire.

— Vous les connaissez assez pour les reconnaître. Sagesse de Salomon, chapitre deux, verset cinq.

— Alors je peux seulement citer le UN Thessaloniens, déclara le Frère Oliver. Chapitre cinq, verset quatorze. Ayez de la patience envers tous.

— *Courons* avec patience, dit Dwarfmann ou quelqu'un d'autre, l'épreuve qui nous est proposée.

— Je ne crois pas, lui dit le Frère Oliver, que c'était là vraiment l'implication de ce verset dans son contexte original.

— Hébreux, douze, un. Dwarfmann haussa les épaules. Alors que dire de Paul à Thimotée, avec sa signification intacte ? «Insiste à temps et à contretemps.» De nouveau il donna une chiquenaude à ces petits chiffres rouges, et maintenant je les vis : 2:51. Je ne sais pas pourquoi je me sentis si soulagé de savoir l'heure exacte — quelque chose à voir avec la présence de Dwarfmann, je suppose. Et il disait :

— Je suis un homme très occupé. *Ça*, ça ne pouvait pas être biblique. Mon employé Snopes vous a dit tout ce que vous aviez besoin de savoir, nous vous accorderions toute l'aide possible pour le relogement, étant donné les circonstances nous irons même plus loin que la loi ne l'exige. *Beaucoup* plus loin. Mais ça ne vous a pas suffi, il fallait que vous l'entendiez de ma bouche. Très bien, vous l'entendez de ma bouche. Nous construisons sur cet emplacement.

— Il y a une construction sur cet emplacement, souligna le Frère Oliver.

— Pas pour longtemps.

— Pourquoi ne pas y jeter un coup d'œil ? Le Frère Oliver fit des gestes d'hospitalité, invitant notre hôte à venir visiter les lieux. Maintenant que vous êtes ici, pourquoi ne pas voir l'endroit que vous avez l'intention de détruire ?

— Vanité, la beauté, cita Dwarfmann. Proverbes,

trente et un, trente.

Le Frère Oliver commença à paraître quelque peu contrarié. Il dit :

— Ignorez-vous ce que dit l'Ecriture, Romains, onze.

Avec de nouveau ce sourire inattendu, Dwarfmann répondit :

— Que dit l'Ecriture, Galates, quatre.

— L'arrogance précède la ruine, lui dit le Frère Oliver, et l'esprit altier la chute. Proverbes, seize.

Dwarfmann haussa les épaules, et répliqua :

— Faisons le mal, pour qu'en sorte le bien. Romains, trois.

— Malheur à ceux qui appellent le mal bien et le bien mal, Isaïe, cinq.

— Le péché n'est pas imputé quand il n'y a pas de loi, insista Dwarfmann. Romains, cinq.

Le Frère Oliver secoua la tête.

— Celui qui se hâte de s'enrichir ne sera pas innocent.

— Tout obéit à l'argent, dit Dwarfmann, avec beaucoup d'assurance.

— Il entasse les richesses, dit le Frère Oliver avec mépris, et ne sait pas qui en profitera.

— A celui qui possède on donnera encore, et il aura l'abondance. Dwarfmann laissa son propre air de mépris errer tout autour de notre pièce, et puis conclut : Mais à celui qui n'a rien on prendra même ce qu'il a. (Un autre coup d'œil rapide à sa montre.) Je crois que nous avons assez joué, déclara-t-il, et il se tourna vers la porte.

Le Frère Oliver avait deux cercles roses sur les joues, et ses mains potelées étaient plus ou moins serrées en poings inefficaces.

— Le diable est venu à toi, annonça-t-il, avec grande colère, parce qu'il sait que son temps est compté.

La main de Dwarfmann était posée sur notre poignée de porte. Il se retourna vers le Frère Oliver, lui lança encore une fois son mince sourire comme pour dire qu'il était heureux que tout le monde se comprenne enfin, et avec un autre rapide coup d'œil à la pièce laissa tomber.

Il ne revient pas habiter sa maison, et sa demeure ne le connaît plus. Job, chapitre sept, verset dix. Et il partit.

Le Frère Oliver expulsa sa respiration longtemps retenue avec un long et soudain Pfiuuu. Je secouai la tête, et remarquai :

— Le diable peut citer L'Ecriture pour ses fins.

Le Frère Oliver me lança un regard perplexe.

— Est-ce le Nouveau Testament ? Je ne le reconnais pas.

— Euh, non, répondis-je. C'est du Shakespeare. *Le Marchand de Venise*. Je m'éclaircis la gorge. Excusez-moi, dis-je.

9.

Les tirés-à-part du Père Banzolini étaient peut-être la pénitence la plus ardue qu'il m'ait jamais imposée. Quel écrivain consciencieux ! Ses articles étaient manifestement l'œuvre d'un homme lent mais sérieux, qui très sincèrement désirait expliquer le moindre détail du sujet qu'il avait décidé de ronger comme un os. Malheureusement, il ne connaissait qu'un style de phrase — celui qui a un sujet et un verbe et une virgule et un autre sujet et un autre verbe et un point — et cette phrase, il l'utilisait pour nous dire *tout*. Une phrase composée avec simplicité est absolument parfaite, bien sûr, mais sept mille les unes derrière les autres, ça peut devenir lassant. Au bout d'un moment, la seule question qui demeurait était de savoir si le mot qui venait après la virgule serait «et» ou «mais» ou «ou.»

Mais il fallait que je les lise. Le Père Banzolini m'avait donné ces tirés-à-part à la confession avec une sorte de fierté timide, et je savais que non seulement il faudrait que je les lise, mais qu'il faudrait aussi que je les *apprécie*. Ou du moins que je trouve dans chacun d'eux un point que je pourrais juger appréciable lors de ma prochaine rencontre avec leur auteur.

Parce que j'étais en proie à un dilemme, un véritable dilemme. Si je mentais au Père Banzolini, je devrais ensuite lui avouer en confession que j'avais proféré ce mensonge. En termes abstraits cela pourrait constituer ce que les mathématiciens appellent un joli problème, mais dans la vie réelle cela constituait un problème vraiment affreux.

Donc je lus. J'en appris plus que je n'en voulais savoir sur les problèmes missionnaires dans les états africains nouvellement indépendants, l'attitude de l'Eglise à l'égard de «l'Ethique Protestante,» le Mouvement de Libération des Femmes pour Catholiques, le féodalisme contre le transit des masses, les difficultés de traduction de la Bible, et plusieurs autres sujets sacrés et profanes. Quand je fus arrivé au bout je me sentais moi-même sacré et profane.

Bon, du moins je fus distrait un moment de mon dilemme à moi, qui aurait pu de façon très claire être défini à la Manière Père Banzolini : «Je vais rester au monastère, ou je vais quitter le monastère.» La méditation ne me menait nulle part sur ce sujet, alors peut-être que la distraction serait d'un quelconque secours. Comme le Père Banzolini l'avait lui même souligné dans *Le Subconscient et le Saint Esprit*, «Nous pensons que nous pensons à autre chose, mais nous continuons à penser au Sujet A.»

Ainsi je lus tous les articles, et commençant mardi soir je terminai mercredi en début d'après-midi. Puis j'allai me promener dans les cloîtres, en essayant de penser à un commentaire qui soit à la fois sincère et flatteur. Je pourrais les qualifier «d'intéressant,» ce qui était vrai au moins pour quelques-uns — *Les Grands Boxeurs Catholiques*, par exemple, et *Pourquoi Les Animaux N'ont Pas D'Ame*. Je pouvais dire de tous qu'ils étaient «bourrés

173

de faits,» je m'entendais déjà déclarer avec enthousiasme au Père Banzolini. «Je ne savais pas que   .» (Je remplirais le blanc comme il me semblerait approprié à ce moment-là.)

Mais il faudrait aller plus loin ; je le sentais tout au fond de moi. Je doutai que le Père Banzolini, dans sa vie de tous les jours, ait été tellement submergé de louanges pour ses efforts d'écrivain, au point de s'être lassé ou blasé. Je le soupçonnai très fort, en fait, d'être avide de parler boutique et de «réaction positive,» comme il l'avait exprimé dans *Le Confessionnal : Une Rue A Double Sens*. Il faudrait plus que deux ou trois phrases ambiguës formulées avec soin pour satisfaire cette avidité.

Plus j'y pensais, plus je me rendais compte que j'aurais besoin d'une aide professionnelle — ou du moins semi-professionnelle. Le Frère Silas lisait avec assiduité la Revue Littéraire du *Times* du dimanche, et je soupçonnai qu'il demeurait encore quelque chose de criminel profondément enfoui en lui. Pourrait-il me venir en aide ? Pas tant avec des phrases précises qu'avec une attitude générale vague. J'avais fermement l'intention de parler pour ne rien dire, mais je n'étais pas tout à fait sûr de la technique à employer.

A bien y repenser, pourtant, le Frère Silas ne m'apparaissait pas comme le type même qui parle pour ne rien dire. Il était peut-être criminel et littéraire, il y avait quand même quelque chose chez lui de très direct dans son approche de la vie. J'en discuterais sans aucun doute avec lui, mais je doutais qu'il fût l'expert qu'il me fallait.

Qui d'autre, alors ? J'arpentai le cloître dans un sens et dans l'autre, en essayant de penser à quelqu'un qui pourrait m'aider, et jetai un regard vers la cour où plusieurs de mes frères résidents étaient justement en vue à ce moment-là. Le Frère Oliver, par exemple, assis sur un tabouret à trois pieds, travaillait dur sur sa dernière Vierge à l'Enfant ; mais non, il n'avait pas la tournure d'esprit tortueuse que je cherchais. Les Frères Mallory et Jerôme entassaient des paillis autour de quelques arbustes près du mur sur rue, mais ils étaient encore plus loin de cette indispensable subtilité d'approche. Et qui d'autre y avait-il ?

Quelqu'un sortit du bureau du Frère Oliver à l'autre bout, et tourna pour longer le cloître de ce côté-ci. Sa cagoule était relevée, rendant l'identification difficile, mais sa carrure et ses mouvements me firent penser au Frère Peregrine.

Mais bien sûr ! Le Frère Peregrine avait dirigé des théâtres estivaux ! Qui donc serait plus rompu à l'art du compliment ambigu, au tendre traitement de talents encore timides ?

— Frère Peregrine ! criai-je, en agitant une main au-dessus de ma tête, et démarrant en flèche je traversai la cour dans sa direction.

Il ne parut pas m'entendre. Il avançait à grands pas décidés vers le mur sur rue, plus ou moins dans la direction des Frères Mallory et Jerôme, et quittait maintenant l'abri du cloître pour traverser la cour en direction des portes d'entrée.

— Frère Peregrine ! Frère Peregrine ! Je changeai de trajectoire pour couper la sienne, au petit trot entre les vasques à oiseaux et les platanes, et lui continua à avancer. Une telle concentration, je l'aurais normalement respectée, mais ces temps-ci je ne pouvais penser à rien d'autre qu'à mes problèmes personnels, alors quand je fus tout près j'avançai la main pour attraper son avant-bras, sa tête pivota dans ma direction, et sous la cagoule ce n'était pas le Frère Peregrine.

Un visage familier, mais pas...

— Frank Flattery ! Je hurlai son nom à tue-tête, plus par surprise qu'autre chose. Le fils célibataire de Dan Flattery, le frère d'Eileen.

Le frère d'*Eileen*, mais pas le nôtre.

— Que... balbutiai-je, abasourdi, et puis tout arriva en même temps. Flattery se dégagea, avec une imprécation qui ne s'accordait pas à son costume. Le Frère Clemence jaillit en trombe du bureau du Frère Oliver, en criant. «Au Feu !» Et Flattery se précipita vers les portes.

— Frère Mallory ! hurlai-je. La cagoule de Flattery était retombée en arrière, révélant qu'il était ici un étranger et simplifiant donc grandement le message que j'avais à transmettre. Quand le Frère Mallory leva les yeux de ses paillis, je désignai l'imposteur qui courait et hurlai, assommez-le, Frère Mallory !

Eh bien, il essaya, mais des années dans un monastère entament les instincts belliqueux. Le Frère Mallory se rua entre Flattery et les portes, feinta de la gauche et balança une droite de haut en bas. Flattery s'avança, envoya au Frère Mallory une courte gauche dans la bedaine et un rapide uppercut droit au menton, et tandis que le Frère Mallory reculait en tournoyant, Flattery se lança vers les portes, les ouvrit à la volée, et s'enfuit ventre à terre.

Je me lançai à sa poursuite. Des taxis, des camions, des piétons, cet autre grand monde agité et bouillonnant était en pleine effervescence là dehors, et Flattery s'y précipita comme un homme en costume d'amiante traverse un feu à toute allure. Le camion de livraison d'un fleuriste était garé le long du trottoir, Flattery le contourna en un éclair et disparut. Je lui donnai la chasse, mais quand j'arrivai de l'autre côté du camion, il s'était volatilisé. Dans un taxi qui passait par là, peut-être, ou en zig-zag de l'autre côté de cette rue encombrée. Volatilisé, en tous cas. Volatilisé.

Tout comme le bail. Le bail enluminé de l'Abbé Urbain, son vieux papier desséché réduit en cendres, avec une douzaine d'autres documents.

— Tout notre dossier, observa avec amertume le Frère Clemence.

Les faits pratiques s'exposaient facilement. Frank Flattery s'était travesti avec une robe semblable aux nôtres et était entré dans la place par l'une ou l'autre de nos portes d'entrée — nous étions très très négligents pour ce qui était de les fermer. Il avait traîné autour du bureau du Frère Oliver jusqu'à ce que le Frère Clemence, qui y travaillait seul aujourd'hui, fut appelé au dehors par

176

la nature. Alors Flattery était entré, avait entassé tous les documents précieux sur la table de réfectoire, y avait jeté une allumette, et était ressorti. Si je ne l'avais pas pris pour le Frère Peregrine, il serait reparti sans dommage.

Enfin, apparemment il était bien reparti sans dommage. Quand cinq minutes après l'événement nous tînmes notre réunion, tous les seize, dans le bureau enfumé du Frère Oliver, il s'avéra que j'étais le seul à pouvoir identifier l'incendiaire, et le Frère Clemence m'assura que mon témoignage non confirmé ne suffirait pas dans un procès criminel.

— Particulièrement, souligna-t-il, alors que vous êtes déjà partie dans un litige civil contre sa famille.

Le Frère Flavian qui en était presque à ronger la menuiserie dans sa frustration et sa rage, cria au Frère Mallory :

— Sûrement que *vous* savez à quoi il ressemble ! Ce type vous a fichu par terre !

Le Frère Mallory, la mâchoire enflée, l'air penaud, vira au rouge terne et marmonna :

— C'est arrivé trop vite. Nous nous démenions trop. Je ne le reconnaîtrais pas s'il entrait par cette porte là-bas. Tout ce que je sais c'est qu'il était blanc.

— Eh bien, *ceci* limite la question, railla le Frère Flavian.

De toute évidence le Frère Mallory se serait avec plaisir entraîné sur le Frère Flavian pour préparer son match retour contre Frank Flattery, mais il ne souffla mot.

Le sujet principal, en tous cas, était la perte, qui s'avéra considérable ; le Frère Oliver demanda au Frère Clemence :

— Touchiez-vous au but ?

— Toucher ? Le ton du Frère Clemence associait la mortification et la lassitude dans un équilibre très subtil. Nous le tenions, assura-t-il. Nous le tenions dans le creux de la main.

Le Frère Dexter intervint :

— Nous en parlions justement ce matin, Frère Oliver.

Clemence et moi, dans cette pièce, avec les papiers tout autour de nous.

— Il fallait presque une douzaine de documents secondaires différents, expliqua le Frère Clemence, et une bonne dose de raisonnement inductif *très* imaginatif je dois l'avouer, mais nous avions élaboré un profil du bail dont je suis certain qu'il aurait été valable dans n'importe quelle cour du pays.

— Tout ce qu'il nous fallait, ajouta le Frère Dexter, c'était assembler les documents dans le bon ordre et rédiger notre résumé.

— C'est ce à quoi j'étais occupé quand c'est arrivé, précisa le Frère Clemence. J'écrivais tout noir sur blanc, classant chaque document à sa place, démontrant ce que chacun signifiait, comment ils s'étayaient les uns les autres, comment les implications de *ce* papier-ci soutenaient les implications de *ce* papier-là, et m'assurant que le tout était parfaitement inébranlable.

— Ce travail prenait une tournure superbe, nous confia le Frère Dexter.

Le Frère Clemence secoua la tête.

— La fin de la journée pour terminer le brouillon, dit-il. Demain j'avais l'intention de le revoir avec vous, Frère Oliver, et avec quiconque aurait été intéressé. D'ici vendredi mon ami aurait pu rencontrer les avocats des Flattery.

Nous considérâmes tous en silence le gâchis d'eau et de cendre sur la table de réfectoire. Le Frère Oliver déclara :

— N'y a-t-il aucune façon de tout recommencer à zéro ?

— Aucune, répondit le Frère Clemence. Les documents secondaires ont disparu. Toutes nos preuves sont parties en fumée.

— Ne pourraient-elles pas être rebâties ?

Le Frère Clemence macula son front de sa main maculée.

— Utiliser des documents tertiaires pour rebâtir les

documents secondaires, et puis par implication rebâtir le document primaire ? Frère Oliver, je doute qu'il y ait un cerveau humain sur cette planète qui puisse accomplir un tel exploit, et certainement pas en deux semaines.

Le Frère Peregrine intervint dans la conversation, et dit :

— Mais ils ne vont pas commencer à démolir les bâtiments dans deux semaines, non ? Ils attendront que la vente soit conclue.

— Une fois que la vente sera conclue, lui répondit le Frère Clemence, ce sera trop tard. Rien ne peut nous sauver à moins que nous empêchions la vente d'avoir lieu, c'est notre seul espoir.

Le Frère Eli, qui n'avait presque jamais rien à dire, assura :

— Ils viendront avec les bulldozers. Dès l'aube, le premier janvier.

Nous nous tournâmes tous vers lui. Le Frère Peregrine demanda :

— Qu'est-ce qui vous fait penser ça ?

— Nous sommes des empêcheurs de tourner en rond, déclara le Frère Eli. Plus nous resterons longtemps dans les parages, plus nous pourrons créer des ennuis, mais dès que ce bâtiment sera démoli, les ennuis s'envoleront.

La génération du Vietnam n'a pas tout à fait la même vision de la vie que nous ; plus froide, et j'imagine plus juste. Le Frère Oliver dit :

— Alors selon vous, qu'ils démarrent la construction tout de suite ou non, ils se débarrasseront de nous pour le seul avantage de se débarrasser de nous.

Le Frère Eli acquiesça.

Le Frère Oliver secoua la tête.

— Ce n'est pas le monde que le Christ avait en tête, observa-t-il. Puis se tournant vers le Frère Clemence il demanda, et était-ce là notre dernière chance ? Devons-nous abandonner maintenant ?

La tristesse dans l'attitude et la voix du Frère Clemence semblait indiquer que la réponse à cette question était oui,

179

mais il répondit :

— Pas obligatoirement. Il y a peut-être des choses que nous pouvons faire, des manœuvres dilatoires au moins, et peut-être quelques…

— Excusez-moi, coupai-je.

Le Frère Clemence se tut, et me regarda.

— Mon Frère ?

— Je ne crois pas, commençai-je avec prudence, et navré d'avoir à parler ainsi, que vous ayiez intérêt à dévoiler vos plans, Frère Clemence.

Il ne me comprit pas.

— Vous voulez dire que ça porte malheur ? De la superstition, Frère Bénédict ?

— Non, ce n'est pas ce que je veux dire, corrigeai-je. Je veux dire, comment Frank Flattery savait-il ce qu'il fallait brûler ? Comment savait-il qu'il y *avait* quelque chose à brûler ?

L'attention de tous était centrée sur moi, désormais. Le Frère Oliver intervint :

— Mais que voulez-vous donc nous dire par là, Frère Bénédict ?

— Je dis ce que le Frère Silas a dit l'autre jour, expliquai-je. Et le Frère Clemence l'a dit aussi. Que *notre* copie du bail original a été volée. Et qui l'a volée ?

— Frank Flattery, répondit le Frère Clemence. Il est sans aucun doute entré de la même façon qu'aujourd'hui.

— Comment savait-il où chercher ? Et comment savait-il aujourd'hui *où* chercher et *quoi* chercher ?

Le Frère Hilarius s'adressa à moi :

— Dites-le carrément, Frère Bénédict. Ne mâchez pas vos mots.

— Il fallait qu'il soit aidé par l'un de nous, dis-je.

Quelle triste soirée nous passâmes. Le silence pesa sur le réfectoire pendant tout le dîner du soir. Et dans la cuisine aussi : on n'entendait même pas le Frère Leo engueuler ses bonniches à sa manière habituelle.

Pas de gymnastique ce soir, pas de match de boxe. Pas de conversation, pas de parties d'échecs. Personne non plus n'eut le cœur d'allumer la TV. Nous ruminâmes chacun de son côté, la plupart d'entre nous seul dans sa chambre, et comme c'était étrange de voir toutes ces portes fermées, que presque toujours nous laissions ouvertes.

D'abord, la plupart des autres s'étaient opposés à ce que j'avais à dire, ou du moins ils avaient essayé. Mais quel contre-argument y avait-il ? Le bail original *avait* été volé, cela ne semblait plus mis en doute. Frank Flattery avait de toute évidence brûlé la copie et les documents qui l'étayaient, et donc avait *dû* connaître à l'avance leur existence. Aurait-il risqué le scandale en pénétrant dans ces murs pour tenter une expédition au petit bonheur la chance ? Non, il ne serait entré ici que parce qu'il savait déjà qu'il s'y trouvait une menace grave pour les intérêts des Flattery.

Comment pouvions-nous nous soupçonner les uns les autres ? Et pourtant, comment ne pas nous soupçonner ? Et en soupçonner un c'était automatiquement les soupçonner tous, car s'il était impossible de croire en la culpabilité d'aucun de nous, il devait être également impossible de croire en l'innocence d'aucun de nous.

Disons, le Frère Jerôme. Impensable ? Plus ou moins impensable que le Frère Quillon ? Et le Frère Quillon était-il plus ou moins impensable que le Frère Zebulon ?

Oh, c'était *tout* impensable.

Vaincus, notre communauté détruite par une idée plus complètement qu'elle ne pourrait jamais être détruite par les bulldozers de Dimp, nous nous divisâmes en gros amas de substance silencieuse, malheureuse et méfiante. Personne ne pouvait croiser le regard d'un autre ; personne ne voulait poser les yeux sur un visage soupçonneux, ou être surpris avec cette expression. Et chacun passait furtivement comme si nous étions *tous* coupables.

Alors que j'étais le plus coupable de tous. Ce qui était ridicule. Je sais, mais c'était comme ça. Quoique je ne fus pas celui qui nous avait trahi aux Flattery, j'étais celui qui avait apporté les mauvaises nouvelles et je me sentais coupable de leurs effets. Assis dans ma chambre après

181

le dîner, à écouter le silence malheureux tout autour de moi, je regrettai amèrement de ne pas avoir gardé mes déductions pour moi.

Je ne dormis pas beaucoup cette nuit-là. Si je n'avais pas déjà eu le dilemme Père Banzolini auquel réfléchir, et si je n'avais pas déjà eu le dilemme Eileen Flattery auquel réfléchir, et si je n'avais pas déjà eu mon avenir ici auquel réfléchir, et si je n'avais pas déjà eu l'anéantissement imminent du monastère auquel réfléchir, j'avais de toute façon ce damné traître auquel réfléchir.

Dans le sens théologique, ce *damné*. Oh, vraiment dans le sens théologique.

— Frère Oliver, dis-je, le lendemain matin.

Il avait l'œil aussi las et rougi par la nuit sans sommeil que moi. Il était assis sur son tabouret à trois pieds devant sa dernière Vierge à l'Enfant, mais ses mains étaient vides et il s'était à demi détourné de son tableau pour méditer dans le vague. Maintenant il loucha vers moi dans la lumière froide et claire de l'hiver qu'il laissait perdre, soupira et dit :

— Oui, Frère Bénédict ?

D'un ton qui semblait me demander quelles terribles nouvelles j'avais à lui apporter cette fois-ci.

Je demandai :

— Puis-je avoir la permission, mon Frère, de Voyager ?

Ceci attira son attention, quoique marginalement.

— Voyager ?

— Je réfléchissais la nuit dernière, expliquai-je, et il soupira encore pour acquiescer. Je me sens responsable de l'atmosphère qui règne ici, poursuivis-je, c'est moi qui vous ai dit que c'était obligatoirement l'un...

— Oh, non, mon Frère, coupa-t-il. Il quitta son tabouret, essaya de se secouer pour exprimer son intérêt, posa une main sur mon bras et ajouta : vous n'avez pas de reproche à vous faire, mon Frère. Vous avez simplement signalé quelque chose que nous pouvions tous constater. J'aurais dû le constater moi-même, mais c'était par trop,

trop... Il fit un geste désemparé, en manière de conclusion à sa phrase.

— Oui, je sais, admis-je. Mais je veux faire quelque chose, je veux faire amende honorable.

— Il n'y a pas à faire amende honorable, mon Frère.

— Je veux faire ce que je peux, insistai-je.

De nouveau il soupira.

— Très bien. Et quelle est votre idée ?

— Voir Eileen Flattery.

Il recula de surprise.

— La *voir* ? Mais pour quoi donc ?

— Je crois qu'elle m'a dit la vérité la dernière fois que je l'ai vue, répondis-je. Je ne crois pas que ce soit une hypocrite, comme son frère et son père. Je crois qu'elle essaierait vraiment de nous aider, si elle était convaincue que son père a tort.

— Nous aider, comment ? Comment pourrait-elle agir ?

— Je ne sais pas, avouai-je. Mais si j'allais la voir, si je lui racontais ce que son frère a fait, elle se rangerait peut-être de notre côté. Au moins je pourrais essayer.

Il y réfléchit.

— Et qu'en est-il... de votre dilemme, mon Frère ?

— Etant donné les circonstances, assurai-je, je crois que je pourrai le sublimer.

De nouveau il me tapota le bras.

— Soyez béni, Frère Bénédict, dit-il. Vous avez ma permisison, et mes remerciements.

J'étais un vieux de la vieille du Voyage désormais, presque un habitué de tous les jours. Bien que ce fût ma première expérience hors des murs absolument tout seul, je traversai à grandes enjambées la 51ème Rue presque sans appréhension. Je me rendis à Penn Station sans incident, re-exhumai le Long Island Railroad sans difficulté, et montai dans un train pour Sayville presque aussitôt.

Pendant la première partie du trajet, dans le train à deux étages avec les tout petits compartiments, je fis route avec un Père Noël qui buvait quelque chose à l'odeur douceâtre dans une bouteille d'un demi-litre qu'il rangeait dans la poche de son manteau rouge de Père Noël. La barbe blanche, le nez rouge, la grosse bedaine semblaient tous bien vrais, mais au lieu d'une grosse voix grave il avait un truc grinçant et craquetant, comme si on l'avait laissé dehors dans l'humidité pendant bien trop de nuits. Il but, s'essuya la bouche sur sa manche rouge, me tendit la bouteille — je secouai la tête, avec un petit sourire de remerciement — il déclara :

— Dur métier.

— Je vous crois, acquiesçai-je.

Il glouglouta encore, me tendit encore la bouteille.

— Pas changé d'avis ?

— Merci quand même, dis-je.

Il haussa les épaules, vissa la capsule sur la bouteille, et la fourra dans sa poche.

— Saloperies de moutards, grogna-t-il.

— J'imagine, dis-je.

Il hocha la tête, médita sur son reflet dans la vitre. Nous étions encore dans le tunnel, avec la seule obscurité à l'extérieur du train. Puis il me regarda de nouveau et demanda :

— Qu'est-ce tu fous hors-saison ?

— Je vous demande pardon ?

Il fit un grand geste, d'une main aux phalanges épaisses.

— Ben, tu sais. Après Noël.

Comprenant alors le malentendu, je souris et répondis :

— Je continue à être un moine.

Il eut l'air intéressé.

— Ah ouais ?

— Un vrai moine, précisai-je.

Et puis il pigea, lui aussi, et il sourit largement, découvrant des chicots brunis derrière sa barbe d'un blanc de neige.

— Merde alors, s'exclama-t-il. T'es un vrai moine ?

— C'est ça, assurai-je.

Il rit de cette découverte, les mains sur les genoux. Ce

n'était pas un rire de Père Noël, mais c'était un rire.

— Un vrai moine, répétait-il.

Je hochai la tête, en lui souriant.

Il se pencha en avant, et me tapa sur le genou.

— Qu'esse tu crois, fit-il. Peut-être j'suis le vrai Père Noël.

— Peut-être bien, dis-je.

Il tira sur sa barbe.

— C'est pas du faux, tu sais.

— Je le vois.

— Putain, c'est vrai. Il se carra sur son siège, en m'observant, content de lui, et demanda tout à coup, alors qu'esse tu veux pour Noël ?

— Quoi ?

— Ben ouais, dit-il. Qu'esse tu veux pour Noël ?

Son sourire était immense.

Je lui souris à mon tour.

— Je veux qu'on me rende mon monastère, déclarai-je.

Il hocha la tête, en gloussant dans sa barbe. Puis il posa un doigt sur une de ses narines et dit :

— Tu l'as.

Et il me cligna de l'œil.

Ils me dirent qu'elle n'était pas là. Je parlai d'abord à sa mère, et elle déclara :

— Oh, Eileen est partie pour les vacances. N'êtes-vous pas le moine qui est venu ici la semaine dernière avec l'autre, le gros ?

— C'était le Frère Oliver, précisai-je.

— Oh, il a mis Dan *très* en colère, déclara-t-elle. Elle ne m'avait pas proposé d'entrer, et je voyais bien qu'elle n'en avait pas l'intention. Je crois que Dan serait *très* contrarié s'il vous voyait ici, remarqua-t-elle.

— Je suis désolé que nous l'ayions mis en colère, assurai-je. Pourriez-vous me dire quand Eileen rentrera ?

— Oh, pas avant le premier de l'an, assura-t-elle. Mais je vous promets de lui dire que vous êtes passé. Frère... comment déjà ?

— Bénédict, répondis-je. Mais je pensais que notre

date limite était le premier de l'an. A quinze jours d'ici. Après ce serait trop tard.

— Frère Bénédict, reprenait la mère. Je vous promets de lui dire. Et elle commençait déjà à fermer la porte.

— Euh, Mme Flattery. Attendez.

— Oui ? Elle ne voulait pas être impolie — ça se voyait — mais d'autre part elle n'avait aucune envie que cette conversation se poursuive plus longtemps.

Je demandai :

— Où est-elle ? Elle est partie où ? En pensant que c'était peut-être quelque part dans les environs, que je pourrais encore me mettre en contact avec elle.

Mais Mme Flattery répondit :

— Oh, aux Caraïbes. Elle adore descendre là-bas deux ou trois fois chaque hiver. Je vous promets de lui dire que vous êtes passé. Et elle ferma la porte résolument.

Les Caraïbes. Elle aurait pu aussi bien être partie dans la Lune. Encore un Voyage raté. J'étais venu ici pour rien. Tristement, je tournai le dos à la porte.

Pour voir une petite voiture vert sombre tourner dans l'allée, avec une femme au volant. Madame Flattery m'avait-elle menti ? J'attendis, l'espoir palpitant dans ma gorge, et quand l'automobile s'arrêta ce fut la belle-sœur d'Eileen qui s'en extirpa. Peggy, c'était son nom, mariée au frère d'Eileen, Hugh. Pas le frère qui avait brûlé les papiers, celui-là c'était le célibataire, Frank.

Peggy était une fille plutôt agréable, et elle me reconnut aussitôt.

— Alors, Frère Bénédict, s'écria-t-elle, avec un grand sourire chaleureux, qu'est-ce qui vous amène jusqu'ici ?

— Je voulais voir Eileen, expliquai-je. Mais si j'ai bien compris elle est partie.

— A Porto Rico pour les vacances, reconnut Peggy. Elle était si ouverte et amicale avec moi que je n'arrivais pas à croire qu'elle trempait dans le complot contre nous, ou en sut quoi que ce fût.

— Porto Rico, hein ? La vague idée de lui écrire une lettre me passa par la tête, et je demandai, connaissez-

186

vous son adresse ? J'aimerais, euh, lui envoyer une carte de vœux.

— Comme c'est gentil, s'écria-t-elle. Oui, je vais vous la donner ; attendez, hum... Elle fouilla dans son sac à bandoulière, en sortit un bout de crayon et une enveloppe avec LILCO inscrit en gros caractères pour la réexpédition, et en s'appuyant sur le capot de sa petite automobile verte écrivit soigneusement au dos de l'enveloppe l'adresse d'Eileen aux Caraïbes. Voilà, dit-elle.

— Merci beaucoup.

— Ravie de vous avoir revu, me dit-elle.

— Moi aussi, répondis-je, avec un sourire et un salut. Je commençai à faire des ravages auprès des femmes.

10.

Mon voyage inutile n'aida pas à améliorer l'atmosphère au monastère, mais je doute qu'arrivé à ce point quoi que ce fût ait pu y parvenir. Je rentrai sans incident, fis mon rapport au Frère Oliver, et replongeai aussitôt dans le silencieux marasme qui continuait à envelopper tous les autres. Il semblait n'y avoir rien à faire, aucune démarche que quelqu'un puisse entreprendre pour nous sortir de ce trou dans lequel nous étions.

Les Frères Flavian et Silas avaient d'abord parlé de mener une enquête, et pendant un petit moment ils avaient même réussi à gagner l'adhésion du Frère Clemence, mais quand tout fut dit et fait que restait-il à rechercher ? Il n'y avait pas de secret dans nos vies ; nous nous connaissions les uns les autres aussi bien que nous nous connaissions nous-mêmes. Pouvions-nous nous interroger les uns les autres ? «Où étiez-vous la nuit du premier décembre ?» Ou n'importe quelle date qu'on ait pu choisir, la réponse serait toujours la même : «Ici, et vous le savez, parce que vous m'avez vu. Parce que vous auriez remarqué mon absence.» Nous ne pouvions pas établir des emplois du temps des allées et venues des gens, parce que nous n'*avions* pas d'allées et venues. Nous ne pouvions pas arrêter les associés du suspect, parce que nous ne nous associons avec personne sinon nous-mêmes. Sans aveu du coupable, que restait-il à faire ?

Rien.

Et sans cet aveu, sans savoir de façon sûre et définitive qui était le coupable, comment pouvions-nous continuer à vivre les uns avec les autres ? Nous ne le pouvions pas, point final. Nous pouvions simplement rester assis là, nous morfondre, et attendre qu'une force extérieure modifie la situation.

Jusqu'à mon illumination.

Que peut-on appeler une illumination sinon une illumination ? Il y a deux formes de raisonnement, et l'illumination c'est l'autre. La première forme, le raisonnement déductif, le processus qui permet d'arriver à D en partant de A et B et C, est facile à expliquer et à percevoir, mais le raisonnement inductif, le processus qui permet d'arriver à D quand tout ce que vous avez comme élément est 7, B et K, est absolument impossible à décrire. Quand les gens demandent aux écrivains ou aux inventeurs, «Où trouvez-vous vos idées ?» en fait ils leur demandent d'expliquer le raisonnement inductif.

Sir Arthur Conan Doyle, le créateur de Sherlock Holmes, devait en quelque sorte s'essayer à une définition du raisonnement inductif, aussi écrivit-il, dans *Le Signe des Quatre.*, «Quand vous avez éliminé l'impossible, ce qui reste, aussi improbable que cela paraisse, doit être la vérité.» Bien qu'il n'ait pas été jusqu'à nous expliquer comment tirer ce trait mince et onduleux entre l'impossible et l'improbable, la définition comporte une certaine solidité confortable, et je suppose qu'on pourrait l'utiliser pour expliquer mon illumination. Par exemple, je suppose qu'un coin de mon cerveau avait pu se tenir ce genre de discours :

1/ Il est impossible qu'aucun des Frères de ce monastère nous ait trahi aux Flattery.

2/ Il est impossible que Frank Flattery ait pu penser venir ici et brûler ces papiers sans avoir été mis au courant de leur existence, leur importance et leur emplacement.

3/ Il est impossible que Frank Flattery ait pu être mis au courant de tous ces points par quiconque *sauf* un membre de cette communauté.

4/ Aussi improbable que cela puisse paraître, Frank Flattery avait dû être mis au courant par quelqu'un qui ne savait pas qu'il le mettait au courant.

Tout ceci étant rétrospectif. Aucun de ces éléments n'habitait mon esprit conscient antérieurement à l'illumination. Cette idée me frappa, c'est tout, alors je me levai de mon lit et descendis au rez-de-chaussée, où je trouvai le Frère Oliver, le nez long, à la porte de son bureau.

— Puis-je entrer ? lui demandai-je.

Il parut un peu surpris.

— Vous vouliez me parler, Frère Bénédict ?

— Non, je voulais simplement être seul dans votre bureau pendant quelques minutes, répondis-je. Seul, parce que quoique je fusse sûr de moi d'une façon non rationnelle, au niveau rationnel je pensais que j'étais peut-être fou.

Le soupçon passa sur son visage — quelle drôle de chose à voir là — et puis s'évanouit. Etait-ce parce qu'il se rendait compte qu'il pouvait me faire confiance, ou parce qu'il s'était souvenu qu'il n'y avait plus rien à sauver ?

— Bien sûr, mon Frère, dit-il, en essayant de sourire comme s'il n'avait pas hésité, et il s'effaça, en m'invitant d'un geste à profiter de son bureau. Allez-vous méditer ?

— Fumiger, lui répondis-je, et j'entrai.

189

Je trouvai le mouchard, collé à l'arrière d'une Vierge à l'Enfant. Il ressemblait à un gros bouton, et pourtant n'y ressemblait pas. Ce à quoi il ressemblait le plus c'était à ces photos agrandies du globe oculaire d'une mouche, et il me fit le même effet inquiétant et inhumain. La race humaine a perdu quelque chose quand les gens ont cessé de s'assommer les uns les autres avec des bâtons et ont commencé à utiliser la technologie dans leurs litiges, et ce qu'ils ont perdu c'est leur humanité. Nous allons tous nous réveiller un matin et découvrir que *nous sommes* les Martiens.

Mais ces trucs-là n'avaient-ils pas besoin de fils ? Apparemment non. Il était tout seul ici, un petit avant-poste des Flattery parmi nous. Et où pouvait se trouver le récepteur, le nid d'oreilles qui écoutaient chaque mot prononcé dans cette pièce ?

Eh bien, peut-être que ce camion de fleuriste était aussi garé dans mon subconscient au moment de l'illumination. Consciemment, pourtant, ce ne fut qu'à ce moment-là que je me rendis compte qu'il était bien trop souvent garé devant notre porte. Chaque fois que j'étais sorti il avait été là, des fois je l'avais remarqué des fois non. Frank Flattery l'avait contourné à toute allure et avait disparu ; à l'intérieur, évidemment.

La révolte n'est pas une émotion à laquelle je suis habitué, et dans ce cas elle me fit réagir bêtement. Sans attendre une seconde, je sortis en coup de vent du bureau du Frère Oliver par la porte extérieure ouvrant sur le cloître, traversai la cour à grandes enjambées, ouvris à la volée les grandes portes donnant sur le monde extérieur, ignorai la cohue des piétons et de la circulation du milieu d'après-midi, fonçai tout droit sur l'arrière du camion de fleuriste, ouvris ses portes arrières d'un coup, et Alfred Broyle m'envoya un rude coup de poing sur le nez.

Je m'assis sur le trottoir. Le «jeune ami» d'Eileen referma les portières, et le camion de fleuriste démarra en trombe.

— Vous avez commis une très grave erreur, me dit le

Frère Clémence.

— Je sais, admis-je. J'étais malheureux comme les pierres. Non seulement j'avais commis une très grave erreur, mais j'avais reçu un coup de poing sur le nez pour ma peine et ça faisait encore mal. J'étais bouffi autour des yeux, je ne pouvais pas respirer par le nez, et je parlais comme un opérateur téléphonique interurbain.

Le Frère Oliver s'écria :

— Oh, Frère Clemence, ne soyez pas dur avec lui. Il a fait un travail *splendide* cet après-midi ! Ce nuage de suspicion, cette tristesse...

— Je le sais, répondit le Frère Clemence. Vous avez tout à fait raison. Nous devons tous au Frère Bénédict notre plus profonde gratitude pour ce qu'il a fait. J'aurais simplement voulu qu'il ait pris un témoin avec lui quand il s'est précipité sur ce camion de fleuriste.

Cette conversation se déroulait une heure plus tard, dans le bureau du Frère Oliver, sans microphone. (Le mouchard était dans la sacristie, sous une pile de nappes d'autel.) Les Frères Clemence, Oliver, Dexter et moi avions été rejoints par un vieil ami du Frère Clemence, un avocat à l'allure distinguée du nom de Remington Gates qui arborait à la fois un chapeau *et* une canne, et qui pinçait beaucoup les lèvres pour marquer son incrédulité.

Le déroulement des événements avait été désormais clairement analysé. Les Flattery avaient sans aucun doute prévu cette vente depuis plusieurs années, du moins depuis l'audience de la Commission des Sites, et avaient simplement attendu que le bail arrive à expiration. Leur problème avait été cette clause nous donnant à nous l'option de renouvellement. Apprenant que le bail n'avait pas été enregistré par le Secrétariat du Comté, et que nous en détenions les seuls exemplaires, ils s'étaient introduits ici à un moment ou à un autre, avaient pillé nos dossiers — quelle entreprise *cela* avait dû être — et volé notre exemplaire du bail. Soit à ce moment-là soit plus tard ils avaient posé ce mouchard, afin de savoir si nous organisions quoi que ce soit pour nous sauver. Ils avaient espéré que nous n'entendrions pas parler de la vente avant le premier janvier suivant, quand tout serait fini et bien fini, et que Dimp rencontrerait peut-être quelques petites difficultés avec nous mais que les Flattery seraient sortis d'affaire. Or nous avions tout découvert, alors ils nous avaient placés aussitôt sous surveillance constante, juste pour ne pas prendre de risques. Evidemment ils nous avaient entendus découvrir la copie du bail, et ils avaient entendu le Frère Clemence exposer son idée d'utiliser les documents secondaires, et ils avaient attendu jusqu'à ce que le Frère Clemence ait déclaré au Frère Dexter — en leur présence — que nous disposions maintenant de toutes les preuves documentaires dont nous avions besoin. Alors ils s'étaient introduits ici et avaient brûlé les papiers.

Et nous ne pouvions pas le prouver. J'étais le seul qui puisse identifier Alfred Broyle comme étant l'homme du camion de fleuriste. J'étais aussi le seul qui puisse identifier Frank Flattery comme étant l'incendiaire. Si au moins j'avais emmené quelqu'un d'autre avec moi aujourd'hui, un second témoin pour attester de la présence de ce camion et de la présence à l'intérieur d'Alfred Broyle, nous aurions maintenant un cas présentable. Au lieu de quoi, nous avions M. Remington Gates qui pinçait les lèvres en disant :

— Je ne crois vraiment pas que nous ayons assez.

Le Frère Oliver protesta :

— Mais nous avons *tant*. Nous avons ce, cet espèce de microphone, et plusieurs d'entre nous ont vu l'homme s'enfuir après qu'il ait mis le feu à nos papiers.

M. Gates rétorqua :

— Mais aucun de vous ne peut l'identifier, à part le Frère Bénédict ici présent. Et le Frère Bénédict a trouvé le microphone. C'est tout le Frère Bénédict. Savez-vous ce que je dirais si j'étais l'avocat de la partie adverse ?

Le Frère Clemence répondit d'un ton plutôt lugubre :

— Je sais ce que tu dirais, Rem.

— Et oui, tu le sais, Howard, lui dit M. Gates. (Ainsi

le prénom civil du Frère Clemence avait été Howard : comme c'est étrange. Je le regardai en louchant, pour essayer de le voir comme un Howard, mais en vain.) Mais permets-moi, poursuivit M. Gates, d'essayer de l'expliquer à tes amis ici présents. Et tournant un œil sévère vers moi, pinçant ses lèvres de façon monstrueuse, il déclara, je suis maintenant l'avocat de la partie adverse, Frère Bénédict.

— Oui, monsieur, dis-je.

— Et je vous déclare, Frère Bénédict, que vous êtes heureux dans ce monastère.

— Bien sûr.

— Vous ne voulez pas quitter ce monastère.

Le voulais-je ? Oh mais ce n'était pas de cela qu'il parlait ; il parlait de toute cette autre affaire. Après seulement la plus légère des hésitations, je répondis :

— Bien sûr que non.

— Vous seriez presque prêt à tout pour sauver le monastère, n'est-ce pas, Frère Bénédict ?

— Tout ce qui serait en mon pouvoir, admis-je.

— Alors permettez-moi de vous suggérer, Frère Bénédict, déclara-t-il, son œil sévère devenant plus sévère à chaque seconde, que ce que vous *avez* fait pour aider à sauver le monastère c'est dissimuler une preuve, présenter un cas frauduleux et forgé de toutes pièces, et diffamer et calomnier mes clients, la famille Flattery, des membres honorables et respectés de la société.

Je m'écriai :

— *Quoi ?*

Autour de moi le Frère Clemence hochait la tête d'un air morose, comme s'il avait toujours su que j'étais capable d'horreurs pareilles, tandis que les Frères Oliver et Dexter avaient tous deux l'air aussi choqué que je l'étais.

— Je vous déclare, Frère Bénédict, poursuivit cet horrible bonhomme, que *vous* avez dissimulé ce microphone dans le bureau, *afin de le retrouver*. Et je vous déclare en outre qu'il n'y avait pas de camion de fleuriste garé dehors, et que vous n'avez pas vu et n'avez pas reçu d'Alfred Broyle un coup de poing sur le nez.

— Ah non ? Regardez mon nez !

— A trois semaines d'ici au tribunal ? De plus, Frère Bénédict, le coup que l'on s'inflige à soi-même est un cliché de la profession juridique.

— Mais...

— Et je vous déclare en outre, Frère Bénédict, continua-t-il impertubablement, que l'homme qui a brûlé ces papiers était un de vos complices, qu'il l'a fait à votre demande et parce que vous pensiez qu'un dossier pas assez solide pour votre partie serait élaboré avec ces documents, et que vous avez délibérément et sciemment pris cet homme pour mon client, Frank Flattery. Et pour finir je vous déclare, Frère Bénédict, que vous n'avez pas la moindre parcelle de preuve pour étayer aucune de vos affirmations et que vous n'avez pas la plus petite possibilité de réfuter ma version des faits.

— Mais, protestai-je, et puis, sans que personne ne m'interrompe, je m'arrêtai. Je n'avais rien à dire.

L'œil sévère de M. Gates devint bienveillant et compatissant.

— Je suis désolé, Frère Bénédict, s'excusa-t-il. Mais vous voyez la situation.

— Oui, répondis-je.

M. Gates se tourna vers le Frère Oliver.

— J'ai proposé de vous aider de toutes les façons que je pourrai, déclara-t-il, et maintenant que je constate à quel niveau d'ignominie ces gens sont prêts à s'abaisser, je suis plus que jamais à votre disposition. Et j'irai défendre votre cas devant l'avocat des Flattery si vous y tenez, mais je dois avouer que j'ai horreur que l'on se moque de moi dans le bureau d'un confrère.

Je pris ma décision le vendredi 19 décembre à dix heures trente du matin. Il n'était pas 10:30 à la montre rouge et noire de Roger Dwarfmann ; il était dix heures trente à l'horloge de parquet du scriptorium, qui est toujours un peu décalée dans un sens ou dans l'autre, alors il n'était sans doute pas du tout dix heures trente exactes.

Mais c'était une décision, et je m'y tins.

L'atmosphère au monastère avait changé à nouveau. De cette stagnante dépression nourrie de méfiance mutuelle nous avions sauté à une soudaine joie de réconciliation, qui n'avait duré qu'un moment, le temps que nous réfléchissions chacun à notre situation présente. La confiance et la fraternité étaient peut-être revenues dans nos vies, mais le monastère était toujours menacé de mort, et notre état actuel était plus précaire qu'il ne l'avait jamais semblé auparavant. Une réponse nous était parvenue d'Ada Huxtable du *Times*, elle répondait à ma lettre en nous assurant de son soutien, nous conseillait vivement d'engager un bon avocat et de nous mettre en contact avec la Commission des Sites, et signalait avec raison qu'il n'y avait rien que personnellement elle pût ou même devrait entreprendre. Mais nous savions désormais que la Commission des Sites ne pouvait pas nous aider, que la loi ne pouvait pas nous aider, que le bail ne pouvait pas nous aider, et que ni les Flattery ni Dimp n'étaient prêts à nous aider. Le Frère Clemence travaillait comme un forcené sur des documents tertiaires, le Frère Flavian écrivait des lettres enflammées à son député et aux Nations Unies et à la plupart des autres politiciens du monde, le Frère Mallory boxait à vide à travers tout le caléfactoire dans l'espoir d'un match retour contre Frank Flattery, le Frère Oliver étudiait la Bible en cas de match retour contre Roger Dwarfmann, le Frère Dexter téléphonait à sa famille et à des amis de sa famille pour voir si personne n'avait d'influence sur les deux banques en question, et le Frère Hilarius lisait le roman en quatorze volumes de l'Abbé Wesley inspiré de la vie de St. Jude L'Obscur au cas où il pourrait s'y trouver quelque chose d'utile pour nous : mais aucune de ces activités n'était accomplie dans un esprit positif. Un sentiment de défaite nous envahissait tous, et ceux qui luttaient contre ne faisaient que ça, et rien de plus ; ils n'essayaient pas vraiment de sauver le monastère mais luttaient simplement contre leur propre sentiment de défaite.

Les autres avaient abandonné le combat. Le Frère Leo préparait des petits déjeuners et des dîners d'une telle opulence et d'une telle variété que chacun d'eux était de toute évidence censé être notre dernier repas. Le Frère Silas s'était retiré dans la bibliothèque et entouré de son livre. Le Frère Eli sculptait des personnages du jeu de Tarot ; des pendus, des tours en ruines. Et le Frère Quillon s'était mis au lit avec un rhume de cerveau, peut-être fatal.

Nous avions douze jours. Mais le secours n'allait pas nous venir de la famille du Frère Dexter ni du roman de l'Abbé Wesley ni des vieilles factures de mazout du Frère Clemence. Le secours ne pouvait venir que d'un côté.

Moi.

— Frère Oliver, dis-je, je voudrais deux cents dollars et l'autorisation de Voyager.

Je l'avais trouvé assis à la table de réfectoire dans son bureau. Il leva les yeux vers moi, surpris à juste titre, plongé qu'il était dans le Deutéronome : («Alors la femme de son frère s'approchera de lui en présence des anciens, lui ôtera sa sandale du pied, lui crachera au visage et prononcera ces paroles. Ainsi fait-on à l'homme qui ne relève pas la maison de son frère. Et sa maison sera ainsi appelée en Israël la maison du déchaussé.») Le Frère Oliver me regarda bouche bée du fond des siècles, entendant apparemment ma question d'arrière en avant. Il s'exclama :

— Oui ? Voyager ? *Quoi* ? Deux cents *dollars* !

— Transport et divers, expliquai-je.

Il ferma le livre sur sa main. Puis l'ouvrit à nouveau, retira sa main, et le referma.

— Vous nous quittez, Frère Bénédict ? Il paraissait attristé, mais pas surpris.

Les quittais-je ? Ce n'était pas la question que je m'étais posée, et je n'étais pas préparé non plus à y donner une réponse.

— Je ne sais pas, avouai-je. Mais je crois que je peux aider à sauver le monastère.

— Eileen Flattery encore, observa-t-il.

— Oui, mon Frère.

— Et maintenant vous allez me dire que vous voulez partir en Voyage à Porto Rico.

— Oui, mon Frère.

Il recula, et me dévisagea comme si j'avais quelque chose de contagieux.

— *Oui*, mon Frère ? Comment ça, *oui*, mon Frère ?

— Je veux partir en Voyage à Porto Rico, Frère Oliver, et parler à Eileen Flattery face à face, et essayer de la persuader de nous aider.

Il y réfléchit. Il regarda par-delà mon épaule, dans la direction générale des fenêtres et de la cour, et quand il reposa ses yeux sur moi son expression était profondément troublée. Il demanda :

— Etes-vous sûr de vouloir vraiment faire ça, Frère Bénédict ?

— Oui, mon Frère.

— Et vous vous sentez... émotionnellement assez solide ? Vous êtes sûr de pouvoir vous sortir de tout ça ?

— Non, mon Frère.

Il pencha la tête sur le côté, observa mon visage.

— Non ?

— Frère Oliver, répondis-je. Je n'ai pas vraiment envie de le faire. Je n'ai aucune envie d'aller nulle part, je n'ai aucune envie de m'engager plus à fond avec Eileen Flattery, je n'ai aucune envie de me perdre dans la distraction, je n'ai aucune envie de rompre avec un agréable mode de vie, mais je n'ai pas le moindre choix. Si nous pouvons encore sauver le monastère c'est notre dernière chance, et personne ne peut nous aider, absolument personne ne peut nous aider, sauf Eileen Flattery.

— Qui pourrait décider de s'en abstenir, Frère Bénédict.

— Je le sais. Mais elle n'en reste pas moins notre dernier espoir. Je m'assis sur le fauteuil qui lui faisait face, et posai mes coudes sur la table de réfectoire. J'ai pensé à lui écrire une lettre, dis-je, mais je sais que ça ne servirait à rien. Parce que je sais pourquoi elle est partie. Elle est partie parce que la chose qui est arrivée l'autre nuit l'a bouleversée tout autant qu'elle m'a bouleversé. Elle ne le veut pas plus que moi, et si je lui envoyais une lettre il est très probable qu'elle la jetterait sans l'ouvrir. Certainement qu'elle ne répondrait pas, qu'elle ne déciderait pas de s'engager à nouveau.

Il acquiesça.

— Oui, je suis d'accord. Si elle a pris la fuite, cela signifie qu'elle veut oublier.

— Mais si je *vais* là-bas, repris-je, si je la rencontre en face à face, alors nous pourrons analyser *de a à z* cet engagement émotionnel, nous pourrons le dépasser et *alors* elle acceptera peut-être de nous aider.

— Et si elle ne veut même pas vous voir ? me demanda-t-il. Et si jamais elle refuse de vous parler ou d'avoir affaire à vous ?

— Alors ce sera raté, dis-je.

Nous nous regardâmes l'un l'autre, et j'imagine que mon expression était aussi troublée que la sienne. Je n'avais rien d'autre à dire, et il n'avait pas encore décidé ce qu'il dirait, alors nous restâmes assis là deux ou trois minutes en silence, chacun de nous ruminant ses pensées. Les pensées du Frère Oliver concernaient ma requête, bien sûr, tandis que les miennes concernaient ce que je ferais s'il arrivait à la conclusion que pour une raison ou pour une autre je ne devais pas partir. Je connaissais la réponse ; je la connaissais avant d'entrer ici. Je partirais.

J'y serais contraint. Le monastère et la paix de mon esprit étaient tous deux trop importants à mes yeux. Je n'avais aucune idée de la façon dont j'irais à Porto Rico sans argent — à part que c'est trop loin pour y aller à pied. Porto Rico est une île entourée d'eau — mais d'une façon ou d'une autre j'y arriverais.

— Très bien, déclara le Frère Oliver.

— Quoi ?

Il n'avait pas l'air joyeux.

— C'est bien à contrecœur, dit-il, mais je vais accepter.

Un poids sur mes épaules et mon dos, que je n'avais

pas senti jusque-là, s'envola tout d'un coup. Incapable de réprimer mon sourire, je dis :

— Merci, Frère Oliver.

— Je vais vous expliquer pourquoi, ajouta-t-il.

— Oui ?

— Si j'avais dit non, m'expliqua-t-il, vous seriez parti quand même.

Je pris sans doute un air penaud.

— Oui, mon Frère, reconnus-je.

— Plutôt que de vous contraindre à rompre votre vœu d'obéissance, Frère Bénédict, je vais vous donner mon autorisation.

Nous sourîmes tous les deux.

— Merci, Frère Oliver, dis-je.

La plupart des autres ne savaient pas exactement pourquoi j'entreprenais ce voyage, mais tout le monde voulait m'aider. La notion de Voyage est manifestement une notion profonde ; même parmi un groupe tel que le nôtre, qui a abjuré le Voyage sauf dans les circonstances les plus extrêmes, la perspective d'un Déplacement fit naître des ondes d'excitation, une étincelle dans chaque œil, et le spectre inexprimé mais évident de la jalousie générale. Le Père Banzolini entendrait parler de tout ça plusieurs fois demain soir.

L'envie, toutefois, se mua en participation sous une forme ou une autre, si bien que le Frère Leo sortit chercher une agence de voyages où il pourrait acheter mon billet, le Frère Valerian grimpa au grenier dénicher un bagage convenable, et le Frère Quillon quitta son lit rhiniteux pour proposer de faire ma valise. Le Frère Mallory, qui avait bossé à San Juan autrefois, et le Frère Silas, qui s'était planqué à Mayaguez pendant six mois à un moment de sa carrière criminelle, avaient tous deux une quantité infinie de tuyaux et d'informations générales à me donner. L'espagnol est la langue principale à Porto Rico, et il s'avéra que les Frères Thaddeus et Hilarius le parlaient tous les deux, ou du moins le prétendaient. Ils m'apportèrent tous les deux des listes de vocabulaire, et puis tombèrent dans une polémique à propos de nuances de sens et de prononciation.

Le Frère Leo revint de son propre et court Voyage plutôt cramoisi et échevelé mais triomphant. Il s'avéra que la période des vacances jouissait d'une grande popularité auprès des Voyageurs — je ne vois pas pourquoi — et toutes les places sur tous les avions pour Porto Rico en partance de New York pendant les quelques semaines à venir avaient déjà été réservées à l'avance. Quelle quantité de Voyage ! Mais le Frère Leo avait utilisé un mélange de son affiliation religieuse, sa ténacité de bouledogue et son mauvais caractère naturel pour obtenir en ma faveur l'annulation de dernière minute de quelqu'un d'autre : j'avais une place sur un avion des American Airlines partant ce soir même, vendredi, à minuit. Ou presque minuit ; selon la montre de Roger Dwarfmann, l'avion décollerait à 11:55.

— J'ai dû laisser le retour open, m'expliqua-t-il, en me tendant le billet qui avait coûté à notre communauté presque deux cents dollars. Ça sera à vous de vous en occuper quand vous serez là-bas.

— Merci, Frère Leo, dis-je.

— C'est un sept-cent sept, me prévint-il. J'ai essayé de vous avoir un sept-cent quarante-sept, mais je n'y suis pas arrivé.

— Je suis sûr que ça sera parfait. Et merci encore.

Le Frère Eli avait réglé mon autre problème de transport, c'est-à-dire la façon dont je me rendrais d'ici à Kennedy International Airport, où je m'embarquerais dans l'avion. De sa voix douce, comme un guerillero urbain décrivant un raid, il m'expliqua la marche à suivre :

— Il y a une bouche de métro au coin de Lexington Avenue et de la Cinquante-troisième Rue.

— C'est vrai, dis-je. Je l'ai vue.

— Vous y allez, dit-il. Vous prenez le quai indiqué «Downtown.»

J'acquiesçai.

— Downtown.

— Prenez le train E, recommanda-t-il. *Pas* le F.

— Le train E, dis-je.

— Jusqu'à West Fourth Street.

— West Fourth Street.

— Là vous changerez et prendrez le train A, sur le même quai.

— Même quai.

— Train *A*, même quai.

J'acquiesçai.

— Train *A*, même quai.

— Assurez-vous que le train dit qu'il va à Lefferts Avenue.

Je le regardai, les sourcils froncés.

— Le train *dit* ?

— Il y a des panonceaux, m'expliqua-t-il. Des petits panonceaux sur le côté de chaque wagon.

— Oh. D'accord.

— Il vous faut le train qui va à Lefferts Avenue.

— Lefferts Avenue. C'est le même que le train E ?

— Vous venez de *descendre* du train E. C'est le train A.

— C'est vrai, dis-je. Descendre du train E, prendre le train A, même quai.

— Parfait.

— Lefferts Avenue, dis-je.

— Parfait, commenta-t-il. Bon, vous allez prendre ce train jusqu'au bout de la ligne.

— Où ça se trouve ?

Il me regarda d'un air bizarre.

— Lefferts Avenue, dit-il.

— Oh ! Je comprends, c'est le train qui va à Lefferts *Avenue*.

— Oui, dit-il. Le train A.

— C'était une chanson de Billy Strayhorn, remarquai-je. *Day*-yam, oh, take the A train, that's the only way to get to Harlem. Est-ce que je vais à Harlem ?

— Non, Frère Bénédict, répondit-il. Il n'y a pas d'aéroport à Harlem. Vous allez à l'opposé.

— Je comprends. Au bout de la ligne. Machinchose

201

Avenue.

— Lefferts Avenue.

— Je savais que ça commençait par un L, remarquai-je. Lefferts Avenue, ça y est.

— Très bien, dit-il. Bon, quand vous serez là-bas, vous serez à l'intersection de Lefferts et de Liberty. Vous devrez tourner à droite.

— Okay.

— Pas au quai, à droite. Tournez à droite, et suivez Lefferts vers le sud.

— Vers le sud.

Il ferma les yeux une seconde, et hocha la tête.

— Oui, dit-il. Vous marcherez jusqu'à ce que vous arriviez à Rockaway Boulevard. Ça fait cinq grands pâtés de maisons.

— Rockaway Boulevard.

— Tournez à gauche dans Rockaway Boulevard.

J'acquiesçai.

— Tourner à gauche dans Rockaway Boulevard.

— Et marchez jusqu'à la Cent-trentième Rue.

— Cent-trentième Rue.

— Ça fait onze petits pâtés de maisons.

— Onze petits pâtés de maisons.

Il me regarda.

— Vous n'avez pas besoin de répéter ça, observa-t-il.

— Oh, fis-je. Je comprends. Est-ce que ça vous ennuie si je répète tout après vous ?

— Un petit peu, admit-il.

— Très bien, dis-je. C'est un aide-mémoire, rien de plus. Je ne l'utiliserai que pour les points essentiels.

— Les points essentiels, dit-il.

— Oui.

Il acquiesça.

— Okay. Vous êtes au coin de la Cent-trentième et de Rockaway Boulevard.

— Oui, j'y suis, répondis-je, comme substitut de la répétition.

— Vous tournez à droite.

— Okay.

— Vous passez sur un pont au-dessus du Belt Parkway.

— Ouais, marmonnai-je.

Il me gratifia d'une rapide grimace de suspicion, comme s'il me soupçonnait de l'avoir eu d'une répétition mais ne fit aucun commentaire.

— Juste de l'autre côté du pont, continua-t-il, c'est la Cent-cinquantième Avenue. Vous tournez à gauche.

— Attendez une minute, coupai-je. C'est l'intersection de la Cent-trentième et de la Cent-cinquantième Avenue ?

— Oui.

— Je crois que je vais adorer, dis-je. Où est-ce ?

— Dans Queens, à South Ozone Park.

— South Oz — pardon.

— Ça va, dit-il. Bon, vous avez tourné dans la Cent-cinquantième Avenue. Vous marchez juste un petit bout, et vous êtes à l'aéroport.

— Enfin, dis-je.

— Mais pas tout à fait, me prévint-il. Vous devrez prendre la route de l'aéroport à droite en direction des terminaux.

— Est-ce très loin ?

— A peu près encore aussi loin que la distance déjà parcourue.

— Ça doit être un grand aéroport !

Il acquiesça, pas du tout impressionné.

— C'est un très grand aéroport. Il m'observa, et demanda : Vous y êtes ?

— Pas de problème, assurai-je.

Il y réfléchit quelques secondes, et puis conclut :

— Je vais vous le noter par écrit.

— Bonne idée, dis-je.

Le Frère Valerian avait trouvé au grenier un petit sac de toile qui avait autrefois appartenu au Frère Mallory, et le Frère Quillon l'avait préparé. En me le donnant, il précisa :

— J'y ai mis de l'aspirine, au cas où vous attraperiez mal à la tête.

— Merci.

— Et une savonnette, enveloppée dans du papier aluminium.

— C'est plein d'attentions.

— On ne sait jamais ce qu'on va trouver, m'expliqua-t-il. Oh, et j'ai mis vos affaires de toilette, brosse à dents et dentifrice, rasoir, et tout ça.

— Parfait. Merci.

— Et des Kleenex de secours.

— Bien. C'est gentil.

— Et je dois avouer que je n'ai pas été enthousiasmé par vos chaussettes, alors je vous ai mis deux paires des miennes.

— Ce n'était pas la peine.

— Vous savez, vous nous représenterez tous là-bas, alors vous vous devez d'être vraiment au mieux. Je repriserai les autres paires de chaussettes pendant votre absence.

— Je m'en occuperai, Frère Quillon, je remettais simplement à plus tard, j'avais l'intention de...

— Oui, oui, dit-il, je sais tout ça. Mais je les repriserai simplement pendant votre absence, et comme ça ce sera fait.

— Bon... merci.

— Ce n'est rien, je vous assure. Il me tendit le sac rempli, et renifla ; à cause de son rhume de cerveau, j'imagine. N'ayez aucun... désastre ou accident d'avion ni rien, dit-il.

— J'essaierai.

Je partis après dîner, autour de neuf heures. La dernière chose que je fis avant mon départ fut d'aller prendre les tirés-à-part du Père Banzolini et de les confier au Frère Peregrine, en lui demandant de les rendre de ma part au Père Banzolini quand il viendrait le lendemain soir. Il me le promit.

— Dites-lui que je les ai trouvés très intéressants, recommandai-je. Et bourrés de faits.

— Comptez sur moi, assura-t-il.

Je lui tapotai le bras, l'encourageai.

— Vous saurez bien quoi dire.

11.

Que ressentais-je tandis que je remontais Park Avenue dans l'obscurité, passais devant le Boffin Club et là, euh, boutique et tournais au coin vers la 52ème Rue, en laissant le monastère derrière moi, hors de vue ? Que ressentais-je ? Rien.

Je ne me sentais pas apeuré, inquiet, mal assuré, inadapté aux exigences du Voyage. J'avais tant Voyagé ces deux dernières semaines que je me sentais un vétéran des campagnes désormais. Pourquoi devrait-il y avoir des terreurs dans les simples mouvements transitionnels d'un Trajet ?

Je ne me sentais pas excité, dans l'expectative, curieux, en émoi dans l'attente de l'aventure. Je n'avais jamais désiré l'aventure, alors pourquoi l'embrasserais-je quand on me l'imposait ?

Je ne me sentais pas attendri, rougissant, ardent, pressé de me trouver en présence d'Eileen Flattery Bone. Comme pour l'aventure, je n'avais jamais désiré son existence, alors pourquoi l'embrasserais-je maintenant que...

Bon. La formulation était peut-être malheureuse, mais le fait est que je ne voulais pas d'Eileen, ou du moins que je ne voulais pas la vouloir. Ce que je désirais d'elle, ou ce que je désirais désirer d'elle, c'étaient deux saluts, et rien de plus : Je voulais qu'elle sauve le monastère, et je voulais qu'elle me sauve *pour* le monastère. J'avais un billet aller et retour dans ce sac gentiment rempli, et je voulais de tout cœur l'utiliser en entier.

Je suppose, en vérité, que je ressentais réellement toutes ces émotions que je viens de dénier, et d'autres encore : le doute, une rage immense, un léger dérangement digestif. Mais le résultat de tout ceci était une surcharge émotionnelle, une annulation réciproque, l'effet que l'on obtient si l'on jette une goutte de peinture de chaque couleur imaginable dans un bac et que l'on mélange ; tout se mêle pour donner un gris neutre et sans grand intérêt.

Protégé, j'imagine, par ce manteau de gris, je partis pour ma Quête.

Le métro est-il toujours plein de gens comme ça ? Quand je montai dans ce train E à Lexington Avenue et la 53ème Rue — après être d'abord monté dans un train F et puis en être ressorti d'un bond au moment où les portières se refermaient sur les pans de ma robe — il était plein de gens salement propres qui donnaient l'impression qu'ils s'étaient mis sur leur trente et un pour assister à une exécution publique. Comme il était maintenant neuf heures et quelques un vendredi soir, c'étaient sans aucun doute des banlieusards de Queens qui venaient à Manhattan passer la soirée en ville, mais avaient-ils vraiment besoin que l'on croie que leurs parents avaient tous été cousins germains ?

Pendant les quelques arrêts suivants la plupart de ces gens descendit, et fut remplacée par un groupe plus pauvrement mis mais plus attachant : des hommes et des femmes d'un certain âge, qui avaient terminé leur travail quelque part et rentraient chez eux. (Trois d'entre eux étaient des Pères Noël.) Cette transition était totale arrivé à la 14ème Rue, et l'arrêt suivant était le mien. West 4th Street, exactement comme les indications longues et détaillées rédigées de l'écriture en patte de mouches de Frère Eli le sculpteur l'avaient promis.

C'était une station beaucoup plus vaste, avec deux grands quais de béton, chacun flanqué d'une paire de rails. Le long des deux quais des volées de marches de béton descendaient dans les entrailles de la terre où, me

206

signalèrent des panneaux, les trains D et F se trouvaient. Les trains F ? N'avais-je pas rejeté un train F là-bas à Lexington Avenue et la 53ème Rue ? Alors que faisait-il ici ?

Bon, peut-être y avait-il des complications avec le train F et le Frère Eli n'avait-il pas voulu m'embrouiller les idées. J'étais ici, c'était le principal.

Mais où était donc le train A ? Des trains ne cessaient d'entrer dans la station, tous avec des lettres code et leur destination inscrite dans des petites fenêtres sur leurs flancs, ils arrivaient en rugissant sur les deux quais — et des entrailles de la terre montaient aussi le grondement et le grognement intermittents des fiévreux trains F et D — mais où était mon train A ? Peut-être qu'il avait été volé à Harlem.

Non, le voilà qui arrivait, couvert de sobriquets et de chiffres peints à la bombe en couleurs vives. Il s'arrêta, les portes s'ouvrirent en glissant latéralement — cela continuait à me surprendre, des portes qui s'ouvraient sans que personne ne les touche — et je montai. Je m'assis à côté d'un jeune homme noir en pantalons pattes d'éléphant prune, souliers à semelles compensées vert Chartreuse avec des lacets à rayures blanches et rouges, une chemise moutarde qui se fermait par devant avec une fermeture éclair et une paire de dés qui pendaient à la tirette, un pardessus cintré à panneaux de deux tons de vert, et une grande casquette molle dans un motif à carreaux blanc et noir. Il portait aussi des lunettes de soleil, ce à quoi je ne trouvai rien à redire.

Ce train était plus plein, et ses occupants plus variés. Je regardai leurs visages et leur habillement, encore bien peu habitué à voir des foules d'inconnus, tandis que le train cahotait de station en station. Après quelques arrêts, je commençai à remarquer les noms des stations, en commençant par Jay Street-Boro Hall, et puis Hoyt-Schermerhorn. Les gens étaient bizarres, les noms étaient bizarres, tout était déjà étranger et inconnu et j'avais à peine quitté Manhattan. Je serrai mon sac sur mes genoux et me sentis irrésistiblement entraîné au loin.

Quand j'émergeai du train au bout de la ligne, des panneaux m'informèrent que l'autobus Q10 m'emmènerait à Kennedy Airport, mais je ne vis pas l'intérêt de gaspiller de l'argent ni les indications du Frère Eli. Elles m'avaient été très utiles jusqu'ici.

Mon seul problème pendant le trajet en métro avait été le nom des stations. Kingston-Throop ? Euclide ? Ralph ? Peut-être que la ville de New York avait engagé Robert Benchley* pour dénommer ses arrêts de métro.

Un problème plus grave avait été les noms qui faisaient écho aux instructions du Frère Eli. Je devais bientôt m'engager sur Rockaway Boulevard, par exemple, et j'avais ressenti un choc passager quand une station jaillit de la nuit — le métro était devenu aérien entretemps — qui *s'appelait* Rockaway Boulevard. (Déjà, quand nous étions encore sous terre, une station du nom de Rockaway Avenue m'avait fait sursauter de la même façon.) Liberty Avenue figurait aussi dans mes instructions de marche, et avait également fleuri sur le chemin, quelque part où le train s'arrêtait et les portières s'ouvraient d'une façon bien tentante. Après coup, il me semblait que je n'avais rien fait d'autre tout le long du trajet que tâtonner dans ma robe pour trouver les indications, agripper mon sac, me lever à demi de mon siège, et à la dernière minute ne pas me jeter en trombe sur le quai.

Von Clausewitz a dit un jour, «la carte n'est pas le terrain,» et il avait raison. Le Frère Eli avait travaillé sur des cartes, évidemment, pour préparer ces indications, et lorsque je descendis dans la rue j'appris que Lefferts Avenue s'appelait désormais Lefferts Boulevard. Toutefois, devenu un vétéran du Voyage, j'ignorai l'anomalie. Tournant à droite, selon ma feuille de route, je me mis en chemin.

* Ndt : (1889-1945) Ecrivain, humoriste et critique dramatique au New Yorker et Life.

Je me trouvai dans une zone de résidence ouvrière à la lisière de la ville, des pâtés de maisons étroites à un étage serrées les unes contre les autres, toutes avec des porches qui avaient été transformés en pièce supplémentaire des années et des années auparavant. Certaines avaient des garages séparés à l'arrière, avec une allée étroite prévue souvent pour deux voisins. La plupart des minuscules pelouses étaient défendues par une clôture métallique, et il y avait une foule de panneaux «Chien méchant.» Il y avait aussi beaucoup de statuaire de pelouse, divisée à peu près à égalité entre des oies et des Saintes Vierges. Il était maintenant autour de dix heures du soir, mais un bon nombre des maisons étaient déjà plongées dans le noir, et la plupart des autres laissaient voir par la fenêtre de devant la lumière bleue et tremblotante d'une télévision. J'étais le seul piéton sur l'étroit trottoir, mais sur la chaussée la circulation automobile battait comme un pouls régulier.

Tourner à gauche dans Rockaway Boulevard. Une artère plus animée, avec une circulation plus intense, cette rue était presque entièrement consacrée à l'automobile, vu qu'elle était flanquée de stations-service, de marchands de voitures d'occasion, de garages automobiles et tout. De nouveau j'étais le seul piéton, et l'étrangeté de cette situation me fit comprendre que c'était *moi* l'étranger et que *ceci* était la vie normale. Bien sûr j'étais habitué aux automobiles dans Manhattan, qui est d'ordinaire coincé dans un énorme grondement de circulation, mais Manhattan est aussi plein de piétons. Les gens continuent à marcher sur cette île étroite, comme ils ne le font absolument plus partout ailleurs. Ici, à South Ozone Park dans Queens, se trouvait la limite du monde réel ; des gens qui soit prenaient le volant de leur automobile soit restaient chez eux.

Bon, il y avait là une question à propos du Voyage qui méritait considération. Notre attention au monastère s'était presque exclusivement attachée aux usages sacrés du Voyage, mais ne devait-il pas y avoir aussi des distinctions entre diverses formes de Voyage Terrestre ? Si une personne se limite à Voyager en voiture ou ne pas Voyager du tout, y a-t-il un mérite quelconque à ce qu'elle reste chez elle ? Si l'asservissement à l'automobile est une simple habitude, un tic, est-ce que le choix d'un mode de vie — habiter un endroit où il est indispensable de conduire pour aller au travail, ou à l'école, ou au supermarché — ne fait pas lui aussi partie de cette habitude ? D'une personne qui choisit un endroit où habiter qui lui rend sans cesse *indispensable* de Voyager en automobile, on pourrait dire qu'elle subit le Voyage même quand elle se trouve à l'intérieur de sa maison. Son existence alors est Transitoire, composée de Voyage Latent (à la maison) et Voyage Cinétique (sur la route). Si le Voyage est trop profond pour être entrepris à la légère — comme nous le croyons fermement — d'une personne comme celle-là on pourrait dire qu'elle est une Camée du Voyage, accrochée de façon aussi inconditionnelle à son habitude que n'importe quel drogué à sa drogue, et ressentant à coup sûr bon nombre des mêmes effets débilitants.

Physique d'abord : l'homme qui alterne être assis chez soi et être assis au volant de sa voiture se détruit d'une manière aussi sûre, et probablement aussi sale que s'il prenait de l'héroïne. Emotionnel : malmené par les tensions causées jour après jour par le pilotage de son véhicule, ses émotions ne peuvent que devenir à vif ou anesthésiées, l'un ou l'autre cas le diminuant de toute façon. Culturel : l'existence Transitoire, alternant Voyage Latent et Cinétique, est l'existence du nomade, et doit en fin de compte priver petit à petit sa victime de racines et d'un sens de la communauté viable, d'un héritage tribal ou culturel auquel il puisse faire appel dans l'adversité. Et finalement, l'aspect moral : un homme physiquement infirme aux émotions anesthésiées et sans aucun sens solide de la communauté a fort peu de chances de jouir d'une conscience morale à toute épreuve.

Je commençais à m'exciter ; c'était tout juste si je pouvais attendre de rentrer et d'exposer ceci aux autres, de recueillir leurs sentiments sur le sujet. Disposais-je d'autres informations menant aux conclusions que je semblais tirer ? Eh bien, il y avait la tendance grandissante parmi ces gens, quand ils atteignaient l'âge de la retraite, d'acheter un mobile home et de passer leurs années de déclin à rouler d'un camp de caravaning à l'autre ; l'ultime Transitoirité, *combinant* Voyage Latent et Cinétique, en contraignant son foyer à Voyager avec soi !

Et puis il y avait Los Angeles.

Et voici que c'était la 131ème Rue. Etait-ce bon ? Sous un réverbère je consultai l'écriture miniature et parfaitement formée du Frère Eli, et vis que j'avais fait un pâté de maisons de trop. Tourner à droite à la 130ème Rue. Absorbé dans mes méditations, j'avais perdu mon chemin un court instant.

Alors je retournai sur mes pas jusqu'à la 130ème Rue. Tourner à droite. Bon, venant dans l'autre sens, il faudrait que je tourne à gauche. Après m'être orienté dans diverses directions, avoir tendu le doigt d'un côté puis de l'autre, revérifié les instructions du Frère Eli, et attiré la (Transitoire) attention de plusieurs conducteurs qui passaient, je décidai de quel côté je devais prendre la 130ème Rue, et me remis en marche encore une fois.

J'étais de retour dans une zone de résidence, les maisons étant un petit peu plus neuves, un petit peu plus petites, et juste un peu plus écartées les unes des autres. Mais je m'approchais aussi de l'aéroport ; un gigantesque avion à réaction plongea soudain du ciel au bout d'un fil invisible, passa au-dessus de ma tête à peine plus haut que le sommet d'un immeuble de huit étages, et je ne pus croire à la violence insupportable de son bruit. C'était un cri perçant, un hurlement, on aurait dit un ongle griffant un tableau noir amplifié mille fois. Et ce truc avançait si lentement ! Comment pouvait-il avancer si lentement et ne pas simplement s'écrouler sur le sol comme un poste de télévision lâché d'une fenêtre ? Je rentrai ma tête dans mon cou, je tirai mon capuchon autour de mes oreilles, mais le hurlement dura encore et encore jusqu'à ce que l'avion ait fini de passer, descendant en diagonale au-delà des maisons à l'autre bout de la rue.

Et personne n'apparut. Ces maisons auraient dû se vider, des gens en manches de chemise auraient dû surgir en courant et en hurlant de chaque porte, se boucher les oreilles, regarder autour d'eux pleins d'effroi et de surprise, se crier les uns aux autres, «Qu'est-ce que c'est ? La fin du monde ?»

Mais personne ne sortit. Il y avait de la lumière à plusieurs fenêtres, des postes de télévision étaient allumés, sûrement que des êtres humains se trouvaient à l'intérieur de toutes ces constructions en imitation briques, mais pas une seule personne n'en sortit.

Je continuai à marcher, toutes pensées de Voyage Transitoire et d'asservissement par l'automobile s'évanouissant de ma tête, et je méditai plutôt sur l'adaptabilité de l'Homme. Deux autres avions à réaction suivirent cette même route invisible qui descendait du ciel, avec ce même hurlement à vous glacer les sangs, confirmant le sujet de ma méditation, et puis je passai sur un pont assez petit enjambant une autoroute importante. Le Frère Eli l'avait mentionnée, dans ses indications ; voilà : Traverser le Belt Parkway.

Belt Parkway. Trois voies d'automobiles lancées à toute allure dans ce sens-ci, trois voies d'automobiles lancées à toute allure dans ce sens-là. Cela avait une beauté passagère la nuit, le ruban de phares avant blancs à côté du ruban de phares arrière rouges, mais le vroum-vroum-vroum des voitures disparaissant sous le pont détournaient de cette vue et je ne m'arrêtai pas, non, je poursuivis ma route.

Tourner à gauche à la 150ème Avenue. Il s'avéra que se trouvait ici un garage du Service Sanitaire, plus une zone ouverte où s'alignaient des bennes à ordures peintes en blanc qui ressemblaient à des cafards géants habillés en pisteurs de ski. Il n'y avait plus de circulation, il n'y avait toujours pas de piétons, il y avait de rares réverbères, et après le bâtiment du Service Sanitaire il n'y avait pas de trottoir. D'autres autoroutes s'étendaient quelque part devant moi, aperçues par intermittence dans le noir. Je dépassai une agence de location de voitures, et la rue que je suivais vira sur la droite et s'engagea dans un passage souterrain sous une quelconque autre route. Des immeubles devant, une espèce de désordre sous-éclairé. Je m'approchai, vis un panneau disant «Tous Véhicules» avec une flèche dirigée vers ma gauche ; je regardai de ce côté et aperçus une autoroute un petit peu plus loin, surmontée par d'énormes et immenses pancartes vertes. L'une d'elles signalait quelque chose au sujet de l'aéroport, alors je me dirigeai dans cette direction.

Oui, c'était la grande route menant à l'aéroport, celle empruntée par toutes les voitures et les taxis. «JOHN F. KENNEDY INTERNATIONAL AIRPORT» disait la plus grosse pancarte, et juste en dessous de ça, «PRINCIPAUX TERMINAUX PASSAGERS 3 KMS.»

Trois kilomètres ? Ceci était l'entrée, et les terminaux se trouvaient trois kilomètres plus loin ? Je secouai la tête, me dis que c'était une bonne chose que je me sois octroyé beaucoup de temps pour arriver ici, changeai mon sac de main, et continuai à marcher.

Il y avait un carré d'herbe entre moi et l'autoroute. Je le traversai, puis tournai dans la direction des terminaux, et marchai sur le bas-côté, avec la circulation juste à ma gauche. Elle allait très très vite, en soulevant ses propres tourbillons d'air, et je me tins aussi loin que possible du béton, mais devant moi j'apercevais déjà un passage souterrain un peu étroit pour un piéton comme moi.

Jamais je ne parvins jusque là, du moins pas à pied. Un véhicule, juste devant moi, heurta l'herbe avec ses roues et ralentit jusqu'à s'arrêter à une bonne distance de là.

C'était, je le vis, une voiture de police, et je ne fus pas surpris quand une paire de phares blancs s'allumèrent à l'arrière et que la voiture recula dans ma direction. Je me serrai sur le côté, permettant à la voiture de venir s'interposer entre moi et la route, et attendis.

Ils sortirent tous deux de la voiture, deux jeunes flics méfiants au visage dur avec des moustaches ridicules à la Groucho Marx.

— Okay, Paulo, dit l'un d'eux, c'est quoi *ton* histoire ?

— Je vais à l'aéroport, dis-je.

Il prit un air méprisant, comme s'il pensait que je pensais qu'il était né de la dernière pluie.

— A *pied* ?

Je baissai les yeux vers les objets en question : chaussés de sandales, les orteils plutôt salis après toute cette marche dans le monde extérieur.

— Ce sont mes pieds, répondis-je. Il ne me vint aucune autre réponse adaptée aux circonstances.

L'autre policier désigna l'autoroute qui passait bruyamment derrière nous, comme si c'était une importante preuve à charge contre moi.

— Vous marchez sur le Van Wyck Expressway ?

— C'est comme ça qu'elle s'appelle ?

Le premier policier claqua des doigts sous mon nez.

— Sortez-moi une c'est i.

— Je vous demande pardon ?

— Carte d'identité, expliqua-t-il. Quoique l'on n'aurait pas dit une explication, mais plutôt un ordre supplémentaire.

— Carte d'identité, répétai-je, et je fronçai les sourcils d'un air de doute en regardant mon sac. Y aurait-il quelque chose dans mes affaires avec mon nom dessus ? Mon initiale — B — était inscrite au feutre de blanchisserie dans le col de la robe que je portais, mais cela paraissait bien mince pour des hommes aussi sérieux et suffisants que ceux-ci.

Le policier qui avait claqué des doigts me regardait en fronçant les sourcils d'un air de plus en plus sévère.

— Pas de c'est i ?

— Je n'en sais rien, avouai-je. Je pourrais regarder, mais je ne crois pas...

L'autre policier demanda :

— Et le sac, c'est pour quoi ?

— Je m'en vais en Voyage, lui expliquai-je. J'avais cru que c'était évident.

— Vous prenez un avion ?

— J'aurais pu essayer le sarcasme, mais ça ne serait sans doute pas passé avec lui.

— Oui, c'est ça.

— Vous avez votre billet ? me demanda-t-il, et son plan me devint enfin clair.

— Bien *sûr* ! m'écriai-je, très content de lui. Là-dessus il y aura mon nom ! Et je tombai sur un genou, tirai sur la fermeture éclair du sac.

Un mouvement me fit lever la tête. Les deux policiers avaient reculé d'un pas, s'étaient rapprochés l'un de l'autre et rapprochés de leur voiture. Tous deux me fixaient avec une intensité assez effrayante, et tous les deux laissaient errer leur main autour de leur holster.

— Hum, fis-je. J'ai assez regardé la télévision pour ne pas être *complètement* ignorant du monde extérieur, et alors je compris aussitôt que mon intention de glisser ma main à l'intérieur de ce sac avait effrayé et irrité ces policiers. Il m'incombait de les rassurer, vite. Mon billet, dis-je, et je pointai mon doigt vers le sac. Je fis très attention de ne pas le pointer vers eux. Il est là-dedans.

Ni l'un ni l'autre ne bougea ni ne parla. Ils ne semblaient pas très bien savoir que faire dans cette situation.

Je demandai :

— Voudriez-vous vous en charger, de sortir le billet ? Voulez-vous que je vous donne le sac ?

— Sortez simplement le billet, lança l'un des deux, et je vis qu'il s'était un peu détendu ; son partenaire, par contre, était toujours raide de méfiance à l'idée que je pouvais être un plastiqueur ou un fou ou un assassin en cavale.

Le billet, heureusement, avait été le dernier objet rangé dans le sac et il était toujours sur le dessus. Je le trouvai, laissai le sac la fermeture ouverte, et le tendis à celui qui au départ avait demandé à le voir (et qui avait été le premier à se détendre). Il l'examina, pendant que son partenaire continuait à m'examiner moi, et derrière eux leur voiture se mit soudain à parler d'une voix incompréhensible et éraillée comme un perroquet. Ils l'ignorèrent. Le policier qui avait mon billet demanda :

— Vous êtes le Frère Bénédict ?

— C'est ça.

— Qu'est-ce que c'est ça, là ? C-O-N-M.

— Ça c'est l'Ordre auquel j'appartiens, l'Ordre Crépinite du Novum Mundum.

L'autre policier demanda :

— C'est quoi, ça ? Catholique ?

— Catholique Romain, oui.

— Je n'en ai jamais entendu parler. Il semblait trouver ce fait révélateur.

L'autre dit :

— Vous allez à Porto Rico, hein ? Travail de missionnaire ?

— Non, euhh, pas exactement. Non.

— Vacances ?

— Je dois voir quelqu'un, précisai-je, pour une affaire de monastère.

Avec mon billet, il désigna mon sac.

— Ça ne vous ennuie pas que je jette un coup d'œil là-dedans ? C'était formulé comme une question, mais la rudesse de leur attitude laissait supposer que je n'avais pas grand choix dans ma réponse.

— Bien sûr, dis-je. Je veux dire bien sûr que *non*. Je veux dire oui, allez-y. Tenez. Je ramassai le sac, la fermeture éclair toujours ouverte, et le lui tendis.

— Merci.

Une autre déclaration démentie par son attitude.

Il déballa mon sac sur la surface plane du coffre de la voiture de police, pendant que son partenaire continuait à froncer les sourcils et me lancer de longs regards soupçonneux et que les voitures qui passaient sur le Van Wyck Expressway ralentissaient pour s'offrir une vision fugitive et sans aucun doute alléchante de ce spectacle de bord de route. Les chaussettes du Frère Quillon, roulées avec soin, roulèrent de la voiture et furent récupérées par le policier.

Son partenaire, l'observateur, demanda de but en blanc :

— C'est quoi l'Assomption ?

Surpris, je dis :

— Quoi ?

Il répéta sa question.

— Oh, fis-je. L'Assomption. Eh bien, dans les circonstances présentes, c'est l'attitude que vous êtes censés avoir à l'égard de mon innocence, mais je pense que ce à quoi vous faites référence est l'Assomption de Marie au Paradis. Pour le Christ ce fut une *ascension*, parce qu'étant Dieu Il avait le pouvoir de s'élever seul, mais pour Marie, humaine et sans pouvoir Divin, ce fut une assomption, elle fut soulevée par le pouvoir de Dieu. Essayez-vous de vérifier si je suis vraiment un catholique ?

Il ne me répondit pas. L'autre, après avoir rangé mon sac, me le rendit, en remarquant :

— Nous ne voyons pas beaucoup de marcheurs à pied par ici, mon Frère. Surtout habillés comme vous l'êtes.

— J'imagine que non, reconnus-je.

Il avait gardé mon billet. Il y jeta encore un coup d'œil et remarqua :

— American Airlines.

— Oui c'est ça.

Et puis en me tendant le billet il ordonna :

— Montez, nous allons vous y emmener.

— Merci beaucoup, dis-je.

Je fis le trajet sur le siège arrière, tenant mon billet dans une main et mon sac dans l'autre. Le policier le plus méfiant conduisait, jetant des regards furieux aux autres voitures et marmonnant dans sa barbe de temps à autre, pendant que son partenaire parlait dans un microphone. Je suppose qu'il parlait de moi, mais je ne réussis pas à comprendre ce qui se disait, et quand la voix de perro-

217

quet de la voiture répondit, je ne compris pas un traître mot non plus.

Quand je fus certain que la communication avec la radio était tout à fait terminée, je me penchai vers le siège avant.

— Vous savez, dis-je, en m'adressant au plus doux des policiers, il y avait une histoire de Ray Bradbury exactement pareille il y a des années et des années. L'histoire d'un homme qui marchait, et qui se faisait arrêter par la police parce que marcher était devenu une activité suspecte.

— Tiens donc, répondit-il, sans me regarder, et il se mit à feuilleter des papiers sur un porte-documents à pince. Ce fut tout ce qui fut dit dans la voiture — à part la radio, qui de temps à autre braillait de façon incohérente — jusqu'à ce qu'ils s'arrêtent au terminal et alors je lançai :

— Merci encore.

— Bon vol, dit le policier, mais sans avoir l'air d'y croire.

Est-ce que mon vol fut bon ? Je ne le sais pas vraiment, vu que je manquais de point de comparaison.

Ce fut une expérience, c'est tout. Je fus rassemblé avec une grosse foule de gens, et l'on nous traîna tous à travers un «point de contrôle» où mon sac fut fouillé pour la seconde fois ce soir et un appareil à rayons X fut utilisé pour découvrir les armes que j'aurais pu dissimuler sous ma robe. Ensuite on nous traîna le long d'un interminable couloir plein de virages à gauche et à droite, et tout à coup nous fûmes à bord de l'avion.

Comment était-ce arrivé ? Je m'étais attendu à une marche sur du béton d'un bâtiment jusqu'à un avion, mais le couloir *finissait* à l'avion. En fait, il était difficile de dire exactement où le couloir s'arrêtait et où l'avion commençait. Je regardai tout ça autour de moi quand une hôtesse — au jeu agréable, mais un peu rondelette — demanda :

— Mon Père, puis-je voir votre carte d'embarquement ?

Carte d'embarquement : le morceau de carton que l'on m'avait donné au comptoir où j'avais d'abord montré mon billet.

— Frère, murmurai-je, et je le lui tendis.

— Oui, dit-elle, avec le même sourire. Elle regarda ma carte d'embarquement, la déchira en deux, m'en rendit une moitié, et dit :

— Aux trois-quart de l'allée vers l'arrière, sur votre droite.

— Merci, dis-je.

— Pas de quoi, mon Père. Son sourire guilleret frôla ma joue et vint frapper le passager de derrière. Pourquoi me rappelait-elle tant ce policier, celui qui avait dit : «Bon vol» ?

Aux trois-quart de l'allée vers l'arrière une autre hôtesse, un peu plus âgée, plus ravagée, plus humaine, m'indiqua ma place au beau milieu d'une *gigantesque* famille Porto Ricaine qui rentrait chez elle pour les vacances. (Quand je dis gigantesque, je ne veux pas laisser supposer qu'aucun d'eux était grand.) (Pas plus que je ne veux laisser supposer, par cette dénégation, qu'aucun d'eux était mince. J'étais un peu serré.)

C'était une famille merveilleuse. Leur nom était Razas, leur vrai foyer se trouvait «près» de la ville de Guanica sur la côte sud, et ils m'accueillirent dans leur sein (ou leurs abords ; j'avais été placé sur un fauteuil contre la paroi, à côté d'une fenêtre) comme s'ils venaient juste de me sauver d'une tempête de neige. Trois ou quatre d'entre eux m'aidèrent à ajuster ma ceinture, mon cale-pied et le dossier de mon fauteuil, mon sac fut successivement rangé dans une demi-douzaine d'endroits judicieux, et il me devint absolument impossible de ne pas accepter un oreiller.

Et puis nous fûmes dans le ciel, et les lumières de l'aéroport à l'extérieur de ma petite fenêtre ovale avaient été remplacées par l'obscurité, maigrement peuplée d'étoiles lointaines. J'avais pensé que je serais peut-être nerveux au cours du décollage, puisque c'est l'instant classique pour les frousses du premier vol, mais tout était arrivé si brusquement, pendant que j'essayais de comprendre le *spanglish* que me hurlaient joyeusement aux oreilles les trois Razas à la fois, qu'au moment où je pensais à avoir peur, l'occasion était déjà passée.

Il s'avéra alors que les Razas avaient plutôt l'impression d'être partis pour un pique-nique qu'un trajet en avion. Des paniers de nourriture, des sacs plastique de nourriture, des boîtes de nourriture, tout ceci prit corps comme dans une parodie du miracle des pains et des poissons. De gros sandwiches épais, des cuisses de poulet, des fruits, de la bière, des sodas, du fromage, des tomates — tout cela ne cessait d'affluer. La bouche de tout le monde était pleine, et tout le monde continuait quand même à parler.

Il y avait d'autres groupes familiaux semblables autour de nous, mêlés à des Anglos souriant nerveusement. On chantait des chansons, on racontait des histoires, on fessait les enfants qui couraient en tous sens, on rendait des visites à l'avant et à l'arrière, et de façon éloquente les hôtesses se tenaient à distance.

D'une façon ahurissante, cet environnement de plastique dur avec ses rangées de trois fauteuils et son étroite allée avait été changé en perron, une série de perrons, et décembre avait été changé en printemps. Enveloppé dans cette atmosphère, pleine de poulet, de bière et de bienveillance, apaisé par la clameur autour de moi, je me carrai enfin dans mon petit coin, la tête posée sur mon oreiller, et mes pensées se tournèrent à nouveau vers le Voyage et ses innombrables manifestations.

Il me semblait que les Razas étaient en quelque sorte l'opposé de la gent automobile, ceux qui étaient en état de Voyage Latent même chez eux et qui finissaient leur vie à errer de caravaning en caravaning, traînant un simulacre de maison derrière eux. Les Razas, au contraire, avaient une identité si forte, des liens si vitaux les rattachaient les uns aux autres et à leur héritage, que sans effort conscient ils mettaient en échec le Voyage, ils

220

balayaient au loin ses qualités d'isolement, d'interruption, de séparation. Quand les autres Voyageaient même chez eux, les Razas étaient chez eux même quand ils Voyageaient. L'environnement qu'ils savaient créer était vainqueur de l'environnement extérieur. Ils avaient trouvé une réponse à la question du Voyage à laquelle je ne pense pas qu'aucun des membres de notre communauté ait jamais rêvé. A demi endormi, je me dis que j'aurais beaucoup à raconter aux autres sur mes aventures. Tout à ces pensées, je plongeai doucement dans le sommeil.

Notre avion devait atterrir, heure-Dwarfmann, à 4:26 ; c'est peut-être ce qui se passa. Le soleil n'était pas encore levé, c'est tout ce que je sais, et je me sentais brumeux d'avoir trop mangé et pas assez dormi. Et aussi à cause du changement de climat ; New York avait été frisquet, tirant sur le froid, mais San Juan était chaud et humide. Le pull de laine que je porte d'habitude sous ma robe en hiver était devenu un instrument de torture, chaud, rêche et étouffant.

Les Razas furent accueillis par plusieurs pelotons de parents, et après beaucoup de cris, de sourires et de poignées de mains échangées avec moi, ils s'éloignèrent tous ensemble, une vraie scène de foule portative. Ils me proposèrent tous de m'emmener, mais je savais qu'ils partaient dans la direction opposée de la ville que je voulais atteindre, et je refusai de les autoriser à faire un détour de trente kilomètres.

Après que je me fus rasé et lavé les dents dans les toilettes hommes de l'aéroport, et que j'eus retiré ce gros pull-over, je commençai à me sentir plus humain, mais une tasse de café au café voisin me valut une rechute. Une charmante jeune fille derrière un comptoir d'information me donna une carte de l'île, sur laquelle elle souligna au feutre Stabilo rouge l'itinéraire pour Loiza Aldea.

— Prendrez-vous une voiture de location, mon Père ?
— Frère, corrigeai-je. Non, je serai à pied.
— Mais c'est à trente kilomètres !

— Rien ne presse. Merci pour la carte.

12.

On ne pouvait pas voir la maison avant d'être presque le nez dessus, en débouchant du chemin de terre sinueux qui passait à travers les épaisses broussailles de jungle. Et quand on la voyait pour la première fois, elle était loin d'être impressionnante, une lourde construction sans étage au toit plat avec des murs de stuc gris et des petites fenêtres à persiennes. Elle était assez propre, tout comme le bout de pelouse et de jardin taillé dans la jungle tout autour, mais j'imagine que je m'étais attendu à un château de conte de fées. C'était simplement une petite maison carrée coincée dans un repli de la côte, avec l'Océan Atlantique juste devant, léchant avec retenue une petite plage de sable blanc.

J'avais très chaud et j'étais très fatigué, et je suis sûr que mon visage était suant et poussiéreux, mais maintenant que j'étais ici je ne pensais qu'à en finir avec cette entrevue. Non, en vérité, je n'avais aucune envie d'affronter Eileen. Je voulais tant y échapper que la seule méthode était de bondir en avant, de me propulser sur la scène et d'espérer pour le mieux.

Le chemin de terre, qui avait approché la maison par le côté, la contournait maintenant pour atteindre l'avant. Je le suivis, avec quelques regards d'envie vers l'océan — j'aurais aimé me prélasser dans cette eau à l'aspect frais pendant une petite demi-heure, tout habillé — et puis je grimpai les marches de ciment jusqu'au petit porche carrelé. Des bourdonnements produits par le derrière des climatiseurs qui dépassaient de deux fenêtres, laissaient penser qu'il y avait quelqu'un à la maison. La porte d'entrée était principalement constituée de persiennes de verre dépoli, hermétiquement fermées. Il n'y avait pas de sonnette, alors je frappai à la partie métallique de la porte.

Je dus frapper deux autres fois avant d'obtenir une réponse, et puis ce fut une voix masculine endormie qui cria à travers les persiennes :

— Qui est-ce ?

J'élevai la voix sans pourtant crier, et annonçai :

— Je cherche Eileen Flattery.

— Et qui êtes-*vous* ? La porte resta bien fermée.

— Le Frère Bénédict.

— Vous êtes *quoi* ?

— Dites-lui que c'est le Frère Bénédict.

Les persiennes s'ouvrirent d'un tour de manivelle, et une tête bouffie loucha vers moi.

— Bon sang de bois, s'exclama-t-elle. Les persiennes se refermèrent, et pendant un bon bout de temps rien ne se passa. Durant cet intermède, j'eus tout à fait le loisir de me demander si oui ou non la tête bouffie était un autre «jeune ami» d'Eileen, et de décider que c'était impossible. Impossible.

Je contemplais la mer, en essayant de ne pas penser combien j'avais chaud. Je me sentais mal (et plein d'appréhension), quand les persiennes se rouvrirent brusquement. Je me retournai, mais trop tard. J'eus une vision fugitive d'une paire d'yeux surpris qui regardait dehors, mais les persiennes se rabaissaient déjà, une fois de plus, comme un gag dans un numéro musical de Busby Berkeley.

Avais-je vu Eileen ? Probable, mais ne je pouvais en être sûr, et quand une minute plus tard la porte s'ouvrit en grand, découvrant un intérieur sombre meublé d'osier qui laissa échapper une bouffée d'air aussi confiné que celui d'un tombeau, la personne qui sans élégance me fit signe d'entrer tout en disant : «Entrez donc,» était encore tête-bouffie.

— Merci.

Passant d'un motif de carrelage à un autre, j'entrai dans la maison, avec son air froid et mort et son éclairage d'un gris de gaze, et ma robe trempée de transpiration givra immédiatement.

Tête-bouffie ferma la porte et me tendit une main bouffie. Comme il ne portait rien d'autre qu'une veste en éponge blanche ouverte, un slip de bain rouge étriqué et des socques de plastique rose, je pus constater qu'il était bouffi de partout, un grand jeune homme qui s'était complètement laissé aller avec vingt ans d'avance sur le programme.

— J'm'appelle McGadgett, déclara-t-il, Neal McGadgett.

— Frère Bénédict, répétai-je, et j'acceptai sa poignée de main. Sous la bouffissure, sa main était puissante.

— Eileen va venir dans une minute, annonça-t-il. Il n'avait l'air ni hostile ni amical, il déguisait simplement une curiosité impersonnelle. Est-ce que je peux vous offrir quelque chose ? Un café ? Un Coca ?

Je commençais à frissonner dans ma robe gelée.

— Un café, avec plaisir, répondis-je. Si ce n'est pas trop vous déranger.

— Pas du tout, assura-t-il, avec un haussement d'épaules. Asseyez-vous. Et il sortit par une porte voûtée tout au bout de la pièce, en criant : Sheila ! Un autre café ! Et puis il se pencha de nouveau dans la pièce. Comment le prenez-vous ?

Je lui dis avec du sucre et du lait, il beugla l'information à Sheila, et je fus laissé seul. Je m'installai dans le fauteuil en osier le plus proche, en essayant d'éviter que les parties les plus froides et les plus mouillées de ma robe ne touchent mon corps, et j'inspectai du regard cette vaste pièce aux allures dépouillées qui semblait avoir été meublée plus par recherche d'un fonctionnalisme d'entretien minimum que celle d'un style personnel ou d'un aspect général. Des affiches de lignes aériennes étaient punaisées aux murs, il n'y avait pas de bibelots personnels sur les petites tables disséminées parmi les fauteuils en osier, et le climatiseur qui me couvrait de son souffle glacé avait une façade de métal gris rudimentaire. Donc ceci devait être une maison de location plutôt que la propriété d'Eileen ou d'un de ses amis. Je ne sais pas pourquoi ça aurait dû avoir une importance, mais pour une raison quelconque mon inconfort augmenta de savoir que j'allais la rencontrer dans une petite gare de Voyageurs et non dans un foyer ; le foyer de quelqu'un.

Une porte dans le mur latéral s'ouvrit brusquement et Eileen apparut, pieds nus, avec un peignoir bleu pâle à hauteur du genou. Elle me lança un regard pensif et préoccupé, puis se détourna pour fermer la porte derrière elle, et quand elle me fit de nouveau face elle était revenue à sa vieille expression amusée. Mais je n'y crus pas.

Elle marcha vers moi et remarqua :

— Eh bien, si je m'imaginais vous voir ici.

Je me mis sur mes pieds, incapable de décider si mon visage voulait sourire ou être solennel. Je le laissai se débrouiller tout seul, alors j'imagine qu'il eut l'air patraque, et c'était bien ainsi que je me sentais.

— Je suis aussi surpris que vous l'êtes, assurai-je.

— Asseyez-vous, asseyez-vous. Est-ce qu'ils nous apportent du café ?

— Je crois bien, oui.

Nous nous assîmes dans des fauteuils d'osier perpendiculaires l'un à l'autre, et elle remarqua :

— Je croyais que vous autres ne croyiez pas au voyage.

— Seulement en cas de nécessité, répondis-je.

— Ce voyage est-il nécessaire ? Elle sourit, mais c'était encore le masque.

— Vous m'avez dit que vous pouviez nous aider à sauver le monastère, lui rappelai-je.

— Vraiment ? Un demi-sourire toujours accroché à ses lèvres elle me fit face quelques secondes, puis détourna les yeux.

— Voilà pourquoi je suis ici, assurai-je.

Son regard revint se fixer brusquement au mien, et elle

se pencha en avant, soudain tendue, et soudain très en colère.

— C'est pas un peu fini ces airs de Sainte Nitouche, hein ?

Je clignai des paupières.

— Quoi ?

— Je vous fais bander, espèce de petit salaud, et vous le savez.

— Oui, dis-je.

— *Quoi* ?

— J'ai dit oui.

— Oui ? C'est tout, juste oui ?

— Je n'ai pas été capable de mettre deux idées ensemble depuis que je vous ai rencontrée, avouai-je. Mais ce n'est pas...

— Vous voulez dire que vous m'aimez ? Elle lança cela aussi sauvagement que si c'était un javelot.

— Vous aimer ? Je crois que je *suis* vous, répondis-je. Un petit morceau cassé de vous, qui essaie de retrouver sa place.

— Vous êtes cinglé, dit-elle. Regardez-vous, dans cette robe, qui me parlez comme ça. Vous êtes un *moine*.

— Ça ne me plait pas plus qu'à vous, lui assurai-je.

— Alors pourquoi ne sortez-vous pas de ma vie ?

— Ne croyez-vous pas que je le veux ? Tout d'un coup nous nous étions mis à crier, nous nous lancions des regards furieux, et pourtant je sentais un sourire inepte trembler sur mes lèvres, cherchant de toutes ses forces à se dévoiler. Même si j'étais dans une colère monstre, furieux contre cette fille idiote qui me transformait en une pareille loque ridicule et ahurie, je savais que ce n'était pas vraiment de la colère que je ressentais. Mon cerveau était plein d'émotions réprimées, contradictoires, embarrassantes et même effrayantes, et la colère était simplement l'unique façon de les laisser sortir.

Et il en allait de même pour Eileen. Je pouvais le voir et le sentir, ce même sourire de soulagement qui luttait pour se montrer sur ses lèvres, et (Dieu m'aide) je me

226

réjouissais de cette certitude. Je m'en réjouissais avec colère, évidemment.

Elle criait :

— Vous bousillez ma vie, vous le savez ?

— Eh bien, ripostai-je, vous faites de même avec la mienne. Et moi j'étais *heureux* dans *ma* vie.

Elle baissa vivement la tête, pour mieux me fusiller du regard.

— Ce qui veut dire ?

— Ce qui veut dire que vous étiez malheureuse, lui expliquai-je. N'importe quel idiot pouvait s'en rendre compte.

— Et c'est pour ça que vous êtes venu jusqu'ici, pour me dire que je suis malheureuse ? La joie de la colère l'avait quittée maintenant, et elle semblait à deux doigts des larmes de rage.

— Non, protestai-je, je ne voulais pas...

— Et pourquoi êtes-vous ici, en tous cas ? Qui vous a appelé ?

— Le monas...

— Oh fermez-la avec ce stupide monastère !

— Très bien, dis-je, et j'attrapai le revers de son peignoir pour la tirer d'un coup sec vers moi, et quand Mac-Gadgett entra pour annoncer le petit déjeuner la fille dans le peignoir de bain bleu était embrassée par le moine fugitif.

La grande et irascible blonde qui maniait la spatule dans la cuisine me fut présentée comme Sheila Foney, «la copine de Neal.» La copine de Neal ; ce qui voulait dire que Neal n'était pas le jeune ami d'Eileen. Et comme il y avait quatre couverts dressés pour le petit déjeuner, et que l'un d'eux avait un indéfinissable air de rajouté, je ne fus pas du tout surpris quand il s'avéra que c'était là ma place. Donc il n'y avait pas d'autres occupants dans la maison que ces trois-là, Eileen et Neal et la copine de Neal, et j'étais une quatrième roue, non une cinquième.

Ceci était devenu soudain très important pour moi. Instinctivement et pour me protéger je me refusai à toute réflexion sur la signification réelle de cette scène du baiser au salon, et restai le plus longtemps possible au niveau de la délectation ahurie : heureux de l'avoir embrassée, heureux qu'elle n'ait pas de petit ami ici. Il était absolument impossible de penser à mon avenir, alors je me vautrai dans les plaisirs du présent.

La copine de Neal, Sheila Foney, était d'aussi méchante humeur que la mienne était bonne, mais il semblait que c'était chez elle un trait de caractère et pas de la rogne dirigée contre aucun de nous. Elle marchait de long en large en tapant du pied comme quelqu'un qui vient de se faire injurier par un chauffeur d'autobus, et elle était bien trop absorbée par les injustices de sa propre existence pour faire beaucoup attention à un moine en robe et capuchon arrivé subitement à sa table. McGadgett, pour sa part, ignorait la hargne de sa petite amie et pensait qu'Eileen et moi étions tous les deux très amusants. Tout en ingurgitant des quantités énormes d'œuf brouillé, de saucisse frite et de muffin anglais grillé, il ne cessait de nous lancer des petits sourires obliques de conspirateur, comme si nous complotions quelque chose tous les trois.

Quant à Eileen, elle paraissait surtout gênée. Elle évitait mon regard la plupart du temps, adoptant une attitude calme et impassible, comme si elle était résolue à défendre sa dignité face à quelque humiliation ridicule, mais quand d'aventure nos yeux se rencontraient elle rougissait et devenait soudain troublée et maladroite et en même temps tendre, comme si elle fondait de l'intérieur.

Moi, je gelais de l'extérieur. Le petit déjeuner fut pris dans une vaste synthèse de cuisine-salle à manger en carrelage-et-plâtre-et-formica équipée de son climatiseur soufflant un air glacé, et ma robe mouillée devenait de plus en plus moite et froide quelle que soit la quantité de nourriture chaude que je mette dans mon estomac. A mi repas, je commençai à éternuer.

Voilà qui apparemment fournit une excuse à Eileen pour me regarder.

— Qu'est-ce qu'il y a ? Vous grelottez !

— Ma robe est un peu humide, admis-je. A cause de la marche.

— Neal, lança-t-elle, trouve-lui quelque chose à se mettre sur le dos, le temps que nous allions au magasin.

— Bien sûr, répondit-il, et il tourna son regard amical vers moi. Tout de suite ?

— Finissez d'abord le petit déjeuner, lui dis-je. Ce n'est pas si grave que ça. Pourtant ça l'était. Je me sentais pas loin de vomir, pris de vertige, et je ne savais pas trop si cela signifiait que j'étais amoureux ou grippé. Les symptômes semblaient les mêmes.

Tous les habits de McGadgett étaient trop grands et informes. J'étais devenu très soucieux de mon apparence tout à coup, et je passai un long moment à essayer différents vêtements devant la glace de la penderie avant de finir par me décider pour un maillot de bain rouge style boxer short et une chemisette blanche qui ne faisait pas trop mauvais effet dans le genre bouffant. Et puis je lambinai encore deux ou trois minutes, hésitant à me montrer.

Mais il n'y avait pas de raison d'atermoyer plus longtemps. A contre-cœur, gauche, timide, je sortis mon corps presque nu de la chambre et entrai au salon, où Sheila Foney, vêtue d'un ahurissant bikini string rose, était irasciblement au téléphone, et disait :

— Tu ne sembles pas te rendre compte que tu as certaines responsabilités. Quand elle m'aperçut, elle dit au téléphone, ne quitte pas, couvrit le microphone avec sa paume, et m'annonça, ils sont à la plage.

— Merci, répondis-je, et je me hâtai de sortir, pour ne rien entendre de plus de sa conversation.

McGadgett était sur la plage de poche devant la maison, étendu sur le dos sous le soleil, vêtu d'un cousin multicolore du maillot de bain qu'il m'avait prêté. De grandes lunettes noires couvraient ses yeux et presque tout le reste de son visage, et sa chair rosâtre brillait de lotion solaire ou bien de transpiration. Dans l'eau, Eileen flottait sur le dos dans la houle tranquille, son corps divisé en trois parties par d'étroites bandes lavande de maillot de bain.

La chaleur et l'humidité semblaient bien pire maintenant que je m'étais habitué à l'air conditionné. Pieds nus, j'avançai péniblement dans le sable ; je me sentis de nouveau devenir moite, et je pensai déjà au froid la prochaine fois que j'irais à l'intérieur. Pourquoi les gens se soumettaient-ils à de telles épreuves ?

McGadgett leva la tête un tout petit peu à mon arrivée, souriant de son sourire trop familier.

— Bienvenue dans la vie civile, claironna-t-il.

— Merci. Je crois que je... Et je désignai d'un geste vague l'océan et Eileen.

— Je vous en prie. Et il abaissa de nouveau sa tête souriante vers sa serviette de plage.

Je retirai la chemisette et courus dans l'eau, qui était froide mais rafraîchissante. Je n'avais pas nagé depuis des années, mais les mouvements me revinrent sans effort, et je me dirigeai en brasses régulières vers l'endroit où Eileen battait maintenant l'eau de ses jambes et regardait ma progression avec une expression d'incrédulité sur le visage.

— Vous ressemblez à n'importe qui, déclara-t-elle, quand j'arrivai là-bas.

Je ne pus m'empêcher de rire.

— Vous voulez dire que vous ne m'aimez que dans mon uniforme ?

— Peut-être, dit-elle, et elle s'éloigna à la nage.

Je ne savais pas comment prendre ça — je ne savais pas comment prendre *tout* — alors je ne la suivis pas. Non, je flottai un moment comme elle l'avait fait, mes yeux fermés tournés vers le soleil, et mon esprit commençant juste à gratter expérimentalement la croûte de mes récentes expériences. Qui étais-je désormais, et qu'allais-je faire de moi ?

— Ecoutez, vous.

J'ouvris les yeux, elle était revenue. Je ramenai les jambes vers le bas pour pédaler dans l'eau, et fis :

— Mm ?

Elle grimaçait avec résolution à cause du soleil, comme si elle était arrivée à la ferme décision d'*assumer*.

— Allez-vous vraiment rester à traîner par ici avec moi ?

— Si vous voulez de moi, répondis-je.

— Ne me mettez pas ça sur le dos, petit salaud, protesta-t-elle.

Je précisai :

— Je veux dire que j'ai envie de rester avec vous, mais si vous me demandez de m'en aller, je m'en irai.

Elle fut écoeurée, je ne sais pour quelle raison.

— Oh, allez-vous en, lança-t-elle, et elle se retourna comme pour partir à la nage dans un autre coin de l'océan.

— Non, dis-je.

Elle nagea en cercle et revint près de moi, les sourcils froncés.

— Je croyais que vous aviez dit que vous partiriez si je vous demandais de partir.

— Seulement si vous le disiez sérieusement, expliquai-je. Seulement si vous ne voulez vraiment pas de moi. La mauvaise humeur ne compte pas.

Elle barbota dans le coin une minute, en réfléchissant à la question, puis revint et déclara :

— Je suis de mauvaise humeur presque tout le temps.

— Pourquoi ?

Elle me fusilla du regard.

— Si vous devenez mon petit ami, dit-elle, vous feriez mieux de ne plus me parler comme un vieux prêtre sentencieux.

— Désolé, répondis-je. Je ne me sens ni vieux ni sentencieux.

— Et puis autre chose, ajouta-t-elle. Que le diable m'emporte si je consens à vous appeler Frère Bénédict.

— Je suis d'accord.

— Alors, quoi d'autre, Ben ? Benny ?

— Mon véritable nom, dis-je, la phrase entière pesant lourd dans ma bouche, est Charles. Euh, Rowbottom.

— Charles. Comment avait-on l'habitude de vous appeler ? Chuck ? Charley ?

— Charlie, répondis-je.

— Lequel des deux ? Charlie I E ou Charley E Y ?

Je réfléchis, surpris par la question et essayant de me souvenir. Les surnoms sont surtout dits, mais de temps en temps il y avait eu des petits mots... «I E,» décidai-je.

— Bon, dit-elle.

— Quelle est la différence ?

— Les Charley E Y sont des irresponsables, énonça-t-elle, et puis elle déclara, je commence à me fatiguer ici. Sortons un moment.

McGagdett avait disparu, emportant sa serviette de plage et laissant derrière lui la chemisette et une autre serviette de plage.

— Je vais vous chercher une serviette, déclara Eileen.

— J'y vais, dis-je, et je partis vers la maison, mais elle leva une main à la manière d'un agent de la circulation et lança :

— Attendez ici, je sais où elles sont. En plus, ils sont peut-être en train de baiser là-dedans et nous ne voulons pas vous faire brûler les étapes.

Alors elle alla chercher la serviette, et je restai debout sur la plage et pensai à la baise. Je n'étais pas entré au monastère à l'âge de vingt-quatre ans sans la moindre expérience, mais dix ans c'est long, et maintenant je me tenais devant le concept de baise comme un petit enfant se tient devant un ciel nocturne plein d'étoiles, ressentant son vaste mystère et son intense fascination en petits tremblements derrière les genoux.

Le temps qu'elle revienne j'étais une loque et tout retourné, incapable de la regarder dans les yeux et sans doute incapable de regarder toute autre partie de son corps. Mais elle ne le remarqua pas, ou du moins ne donna aucun signe de l'avoir remarqué.

— Vous feriez mieux de ne pas rester là dehors trop

longtemps, conseilla-t-elle, en me tendant une serviette pliée. C'est votre premier jour au soleil.

— Ça, c'est vrai, reconnus-je. La serviette, dépliée, représentait un couple souriant dans les bras l'un de l'autre sur un voilier. Je m'assis dessus, et Eileen s'assit à côté de moi sur sa serviette, et pendant un moment nous restâmes ainsi dans un silence amical.

Et puis Eileen déclara :

— Je crois que ça suffit pour le soleil. Nous allons prendre la voiture et vous chercher quelques vêtements.

— Je ne vois pas comment, répondis-je.

— Quoi ? Je ne vous suis pas.

— Eh bien, expliquai-je, j'ai dépensé l'argent du monastère pour venir ici. Je ne peux pas continuer comme ça, et je n'ai pas un sou à moi.

— Ne vous inquiétez pas pour ça, dit-elle.

— Mais il faut que je m'en inquiète. Il faut de l'argent pour vivre dans ce monde.

— Ecoutez, Fr... Elle secoua la tête, avec une contra-riété feinte, et reprit, ne vous inquiétez pas. Je vais y arri-ver. *Charlie*. Ecoutez, *Charlie*.

Je lui souris : elle me ravissait.

— Je répondrai à n'importe quel nom qu'il vous plaira d'employer, assurai-je.

Elle me lança un regard ironique.

— Vous avez stocké ces bobards depuis des années, hein ? En attendant de les balancer tout d'un coup à quelque pauvre malheureuse.

— Peut-être bien, dis-je.

— Mais le sujet, reprit-elle, est l'argent.

— Et le fait que je n'en ai pas.

— Vous n'en avez pas besoin.

— Bien sûr que si.

— Ecoutez, Charlie, dit-elle, et elle hocha la tête toute contente. J'y suis arrivée cette fois-ci. Et puis elle conti-nua : je vis aux crochets de mon père. Neal vit aux cro-chets de sa mère, et Sheila vit aux crochets de son ex-mari. Vous pouvez aussi bien vivre à nos crochets un moment, rien que pour rétablir un peu la balance.

Je protestai :

— Je ne peux pas accepter d'argent d'une...

Elle m'arrêta d'un doigt tendu et sévère.

— Je vous ferai remarquer que je suis une Mme, déclara-t-elle, alors prenez garde à la façon dont vous aller finir cette phrase.

Je refermai la bouche.

— C'est bien ce que je pensais, observa-t-elle, elle se leva et ramassa sa serviette. Venez, sale type, lança-t-elle.

— Venir où ?

— D'abord nous vous sortons de sous ce soleil pendant que j'enfile mes vêtements de ville, et puis nous allons en voiture à San Juan pour vous habiller correctement.

J'avais l'impression qu'il y avait des arguments que j'aurais dû opposer, mais pas un seul ne me vint en tête. En plus, Eileen se dirigeait déjà vers la maison, et le soleil me chauffait en effet très fort les épaules. Alors je la suivis.

Après l'expédition achats, nous allâmes prendre un verre dans un des hôtels du front de mer. Je portais maintenant des pantalons blancs, une chemise bleu pâle et des sandales qui étaient beaucoup plus légères et moins solides que celles que j'avais toujours portées au monastère. Mais celles-là bien sûr avaient été fabriquées à la main par le Frère Flavian, qui fabriquait tous nos souliers.

Quant à Eileen, elle était aussi en pantalons blancs et sandales, plus un dos nu orange. L'intérêt qu'elle éveillait chez les autres hommes confirma mon sentiment qu'elle n'était pas la première venue, quelqu'un d'ordinaire.

Nous nous assîmes dans un salon ombreux et climatisé, dans un coin avec des fenêtres des deux côtés. D'un côté nous pouvions voir la piscine pleine de monde et de l'autre côté la grande plage vide. Nous buvions tous les deux une espèce de mixture au rhum, rose et sucrée et pleine de jus de fruit. J'avais déjà le vertige, à cause du soleil et des événements de la journée, et je doutais que cette boisson produise beaucoup d'effet sur moi.

Il semblait que nous n'ayions pas de menus propos à nous tenir, Eileen et moi, mais nos silences n'en étaient pas pour autant agréables. Nous étions tous les deux nerveux, fébriles, nous nous jetions de rapides coups d'œil, puis nous détournions le regard, et après nous nous mettions brusquement à parler. Par exemple, après que notre deuxième tournée soit arrivée je demandai :

— Comment était-il, Kenny Bone ?

Elle me regarda.

— Etait ? Je ne suis pas veuve, je suis divorcée.

— Je voulais dire, comment était-il pendant le mariage ?

— Comme vous, répondit-elle.

J'ouvris de grands yeux.

— Quoi ?

— Ne le prenez pas pour un compliment, dit-elle. C'était un cinglé imprévisible. Un coup pour le pire, un homme fou et compliqué.

— Oh, fis-je.

Elle dessina des cercles mouillés sur la table avec sa boisson, et les considéra avec une grande concentration.

— J'ai cru que je pourrais m'occuper de lui, poursuivit-elle. Le protéger du monde. Ses lèvres se retroussèrent, peut-être en un sourire, et elle ajouta, être son monastère.

— Qu'est-ce qu'il était ?

— Un fêlé.

— Je veux dire, que faisait-il ?

— Je sais bien ce que vous vouliez dire, répondit-elle, et elle vida son verre à moitié. Des fois, dit-elle, il prétendait être un poète, des fois un auteur dramatique, des fois un auteur-compositeur. Et il était capable de tout cela comme un vrai, tant qu'il avait la pêche.

— Et autrement ?

— Cinquante pour cent bouillie et cinquante pour cent décapant.

235

— Et vous trouvez que je suis comme ça ?

— Non. Elle secoua la tête, mais sans grand enthousiasme. Je ne sais pas quel genre d'enfer vous êtes, lança-t-elle, mais j'ai mes soupçons.

— Où est-il maintenant ?

Elle haussa les épaules.

— Sans doute à Londres. Mais ça n'a pas d'importance, il a refusé de me donner ses coordonnées.

— C'est lui ou vous qui aviez demandé le divorce ?

— C'est moi, dit-elle, en partie parce que je ne voulais plus jamais parler de lui.

— Oh. Désolé.

Elle tendit le bras pour poser sa main non-buveuse sur ma main non-buveuse.

— Je n'ai pas l'intention d'être de mauvaise humeur, m'avoua-t-elle. Ça me vient comme ça, vu la situation.

Je demandai :

— Et quelle est la situation ? Ça vous ennuierait de me dire ce que nous faisons ?

— Vous posez trop de questions, flicard, gronda-t-elle, et elle finit son verre. Venez, rentrons à la maison.

C'était étrange de filer à toute allure dans le soleil sur la route que j'avais parcourue à pied dans le noir. Etrange, mais pas du tout instructif. La lumière me montrait de la campagne, des marais, des arbres rabougris et ici et là des maisons affaissées, mais elle ne me montrait rien que j'aie besoin de savoir.

L'automobile dans laquelle nous roulions, une voiture de location partagée entre tout le monde dans la maison, s'appelait une Pinto, même si elle n'était que d'une couleur ; jaune. A un moment sur le chemin du retour je demandai :

— Une Pinto ne devrait-elle pas être de deux couleurs ? Celle-ci serait plutôt une Safran, non ? Mais Eileen ne comprit pas de quoi je parlais, alors je laissai tomber. Et puis, je ne me sentais pas très bien.

Nous avions à peine quitté la route principale pour tourner sur la route de Loiza Aldea, que je dis :

— Eileen.

— Oui ? Elle tourna à demi son visage vers moi, mais garda les yeux sur les bosses devant nous.

Je demandai :

— Est-ce qu'un adulte peut avoir mal au cœur en voiture ?

Elle me lança un regard surpris, puis freina pile.

— Vous avez une mine impossible !

— Impeccable. Je ne voudrais pas me sentir comme ça et avoir une mine merveilleuse.

Elle effleura mon front mouillé et observa :

— Vous êtes tout moite. Vous nous avez attrapé quelque chose.

— Je vais aussi vous lâcher quelque chose, dis-je, et je m'extirpai de la Safran et mis ma menace à exécution.

Peut-être qu'il y a quelque chose à dire sur cette affaire de la psychosomatique. Si oui, Sheila Foney s'en chargea. Elle me raconta toute l'histoire, à sa manière bourrue et raisonneuse, quand je fus remis — que les maladies du corps reflètent les troubles de l'esprit.

— Un nez qui coule est une façon de faire passer des pleurs inexprimés, affirma-t-elle, avec son visage assuré qui semblait ne jamais avoir connu ni morve ni larmes.

Mais peut-être que oui. Je n'avais presque jamais été malade pendant mes dix années au monastère, et à peine avais-je enfilé des vêtements séculiers que j'avais la grippe, accompagnée de vomissements, de diarrhée, de suées et d'une incroyable faiblesse. Peut-être bien, comme l'expliqua sans détour Sheila, que je me punissais avec tout ça, et que j'exprimais en même temps ma peine et mon trouble.

D'un autre côté, il y avait eu la nuit sans sommeil dans l'avion, le passage brusque de la froidure de décembre à New York à la chaleur et la moiteur de Porto Rico, les trente kilomètres à pied dans l'air humide de la nuit, les alternances entre chaleur et air conditionné, ma robe humide gelant sur mon dos pendant le petit déjeuner, le plongeon inhabituel dans l'océan...

Bon. Quelle qu'en soit la cause, je passai le reste du samedi, toute la journée du dimanche et une partie de lundi au lit, à dormir presque tout le temps à l'exception de quelques sprints chancelants jusqu'aux toilettes, et avec la sensation globale d'être un truc mâchouillé par un chien. (Ce qui résolut on ne peut mieux, d'ailleurs, le problème que m'aurait posé la messe du dimanche, et voilà encore un argument en faveur de la théorie psychosomatique.)

Vers la fin je fis un rêve où j'étais des jumeaux, l'un brûlant et l'autre glacé, et quand je m'éveillai j'avais très chaud parce qu'Eileen était endormie à côté de moi avec un bras et une jambe jetés par-dessus mon corps, qui m'écrasaient, et elle grelottait de froid parce que le climatiseur était (inévitablement) branché et qu'elle reposait sur les couvertures.

— Hé, fis-je, et elle grognonna et bougea un petit peu, mais ne se réveilla pas, alors pendant un moment je restai tout désemparé.

Et puis je pris le temps de me rendre compte que je ne me sentais plus aussi mal foutu que d'habitude. J'étais tellement faible que j'avais toujours l'oreille basse, mais la transpiration moite et froide avait cessé de m'envelopper, mon estomac avait cessé de ressembler à un nœud de marin, et je ne ressentais pas le besoin impérieux de me précipiter à la salle de bain. La grippe avait disparu, laissant à la population locale la tâche de la reconstruction.

Et Eileen grelottait dans son sommeil. Ce serait vraiment idiot qu'elle attrape la grippe juste quand j'arrivais enfin à m'en débarrasser, alors je tirai un bras de sous les couvertures et passai un moment à lui secouer l'épaule, pour tenter de la réveiller. Elle grogna, battit des bras et des jambes, et exhala des bouffées de saveur sucrée de rhum, mais elle refusa catégoriquement de reprendre conscience, alors je m'arrêtai et regardai autour de la pièce, en essayant de trouver une bonne idée.

C'était la chambre d'Eileen, plongée dans le noir le plus

profond. Il n'y avait aucun son nulle part dans la maison, donc McGadgett et Sheila étaient sans doute endormis eux aussi. Ils avaient sans doute tous bu ensemble, et Eileen avait oublié que je me trouvais ici jusqu'à ce qu'elle soit entrée pour se mettre au lit, et puis elle avait dû être trop endormie ou trop ivre pour décider d'une autre organisation. (J'appris plus tard qu'elle avait passé la nuit du samedi sur un canapé d'osier au salon.) Donc elle s'était endormie sur les couvertures, en short et dos nu, et maintenant sa peau était glacée.

Bon, je ne pouvais pas la laisser comme ça. Je réussis à repousser ses membres, et puis, très las, je sortis du lit et m'adossai au mur jusqu'à ce que la probabilité d'évanouissement soit passée. Puis je poussai les couvertures de mon côté vers le milieu du lit, découvrant le drap du dessous, et poussai Eileen jusqu'à ce qu'elle roule en râlant par-dessus le paquet de couvertures et sur le drap ; sa tête tomba lourdement sur mon oreiller. Je l'arrêtai avant qu'elle ne roule complètement hors du lit, et tirai de nouveau les couvertures vers le haut, les ramenant sur elle et les bordant sur le côté. Et puis je contournai le lit d'un pas vacillant, m'allongeai de l'autre côté, et me rendormis presque aussitôt.

Nos bras, nos jambes, nos nez étaient entremêlés. La lumière du petit matin filtrait à travers les lattes des volets de bambou, et l'œil droit ouvert d'Eileen était si gros et si près que je le voyais tout flou.

Nous bougions tous les deux un peu frénétiquement, pour essayer de trouver une position confortable. Et puis nous continuâmes à bouger tout simplement, et l'inconfort parut devenir une question secondaire.

— Je crois que nous allons faire quelque chose, déclarai-je.

— Vous avez intérêt, dit-elle.

13.

Arrivé le lundi après-midi j'avais quitté le lit, mais j'étais toujours très faible pour tout un tas de raisons, et je passai les quelques heures suivantes sur la plage, à m'imprégner de soleil à travers une épaisse couche de lotion solaire appliquée par Eileen. Ça, plus une énorme quantité de nourriture, et quand vint le soir je me sentis presque redevenu moi-même, alors tous les quatre nous montâmes dans la Pinto — Eileen et moi blottis confortablement l'un contre l'autre à l'arrière, tandis que Neal conduisait et que Sheila dispensait des critiques expertes — et nous roulâmes vingt-cinq kilomètres jusqu'à une autre maison de plage occupée pour le moment par de riches Irlandais de Long Island : Dennis Paddock, Kathleen Cadaver, Xavier et Peg Latteral, plus quelques autres qui arrivèrent plus tard et dont je ne saisis pas les noms.

Ces gens avaient tous fréquenté les mêmes écoles paroissiales sur la côte sud de Long Island, les mêmes lycées catholiques, et jusqu'aux mêmes facultés catholiques : Fordham et Catholic University. Leurs parents avaient aussi grandi ensemble dans les mêmes cadres, et pour certains les liens remontaient aux grands-parents. Les pères étaient dans le bâtiment ou l'immobilier ou la banque, et les fils dans la publicité ou le droit ou les moyens de communication. C'était là la génération qui avait coupé l'ultime lien avec son héritage — ils étaient seulement sentimentalement Irlandais et seulement religieux pour la forme — et l'on m'avait averti en chemin de ne pas mentionner le fait que j'étais, ou avais été (toute la lumière sur ce point restait encore à faire), un moine. J'avais promis de ne pas en souffler mot.

En fait, je ne parlai presque pas. Comme la plupart des groupes de gens dont les relations remontent presque au berceau, cette bande-là passa la plus grande partie de la soirée à parler de ceux de leurs amis qui avaient été assez imprudents pour ne pas être présents. Des oreilles avaient dû siffler ce soir-là à Patchogue et Islip. Je restai assis dans un coin au cœur de la conversation, à siroter du rhum-plus-un-truc-sucré et en profitai pour rétablir mes forces et méditer sur les ressemblances et les différences entre un groupe social séculier comme celui-ci et le groupe plus uni et cohérent du monastère. Nous les moines cassions aussi du sucre sur le dos des autres, bien sûr, mais cela me semblait une part moins importante de nos relations là-bas que ça ne l'était de la structure sociale ici. Si le groupe en entier était un jour réuni au même endroit, par exemple, sans ami absent de qui discuter, de quoi diable pourraient-ils bien parler ?

(Je finis par poser cette question à Eileen — mais pas cette nuit-là — et elle répondit : «Des morts.»)

Je n'étais pas le premier moine à m'en aller dans l'histoire longue de deux siècles de l'Ordre Crépinite, mais j'étais le seul que je connaisse et je ne savais pas du tout comment envisager l'événement du point de vue du groupe. J'essayai de visualiser les uns ou les autres décidant de partir — Flavian, disons, ou Silas — et de deviner quelle serait ma réaction, mais c'était impossible. Même si je surmontai la difficulté due au fait que je ne *pouvais* visualiser aucun de ces deux-là, ni aucun des autres quittant le monastère, je restai toujours avec le problème que ma réaction serait différente selon l'identité du frère qui aurait décidé de s'en aller.

Bon, c'était moi qui étais parti, alors que penseraient et diraient les autres de moi ? Quinze visages ahuris défilèrent dans mon imagination, mais pas un seul mot ne sortit de ces bouches ouvertes, pas plus que je ne réussis à imaginer d'autres émotions plus profondes que l'effet de première surprise ou de ses conséquences.

Peut-être était-ce en partie parce que ma propre réaction n'avait pas encore dépassé la stupéfaction. En fait, j'avais l'impression qu'aucun tournant décisif n'avait vraiment été pris, et pourtant d'une façon ou d'une autre je me trouvais ici, de l'autre côté de la barrière. Quand avais-je décidé que j'en avais fini avec ma vocation religieuse ? Quand en étais-je arrivé à la conclusion que je pouvais être en paix avec Dieu hors des murs du monastère ? Quand avais-je choisi de me rejeter dans le fleuve du monde ?

Je ne le savais pas. Mais j'y étais, submergé par-dessus tête.

Ma seule autre réaction à l'égard de moi-même, outre la stupéfaction, était une grande et fébrile nervosité. Dès que j'essayais d'imaginer le futur au-delà des cinq minutes suivantes — ce que je ferais, où j'habiterais, comment je gagnerais mon pain quotidien, qu'est-ce qui en fin de compte se passerait entre Eileen et moi — je me mettais aussitôt à me tortiller et avoir des démangeaisons, à gigoter et à me gratter, à avoir la gorge serrée et envie de vomir. Ma solution à ce problème était d'éviter autant que possible de penser à l'avenir, et j'appris rapidement que les omniprésentes boissons au rhum étaient d'une assistance considérable dans ce sens. Et si une pensée pour le lendemain infiltrait de temps à autre mes défenses rhumicoles, le rhum au moins aidait à atténuer la frousse qui en résultait.

Il m'aidait aussi à penser avec plus de calme à Eileen. La glace s'était rompue entre nous, pour ainsi dire, et j'avais appris que la nage n'était pas la seule pratique que l'on n'oublie pas après plus de dix ans d'arrêt, pourtant quand j'étais complètement sobre et dans mon état correct — ou mon état habituel — je me sentais encore embarrassé par la lubricité de mes pensées lorsque je la regardais. Un petit coup de rhum m'aidait à me détendre et accepter le fait que, par exemple, sur le siège arrière de la Pinto, je mourais d'envie de lui caresser la jambe. Et d'autres trucs dans le genre.

Ce que je pouvais être nerveux le matin ! Mais il n'était pas admis de commencer à boire du rhum avant le déjeuner, alors je me distrayais grâce à un maximum d'activité : nager, parler, faire des courses, sortir en voiture.

Et ma tendance était d'éviter Eileen tant que je n'avais pas pris un petit quelque chose pour me calmer.

Je commençais à répondre maintenant quand les gens disaient, «Charlie.» La plupart du temps je répondais, «Hein ?» Et il y avait toujours, semblait-il, des tas de gens dans les parages. Le groupe que je rencontrai le lundi soir continua à faire partie de notre paysage, un regroupement fluctuant et décontracté qui avait tendance à se retrouver après le dejeuner et plus ou moins rester ensemble jusque tard dans la nuit. Je me joignis à eux avec le visa d'Eileen, et les accompagnai nager à Luquillo Beach, jouer à San Juan et boire dans l'une ou l'autre de leurs maisons en location. Les journées étaient bien plus pleines — et pourtant plus vides — que dans ma vie précédente au monastère, et j'étais un néophyte, en train d'apprendre cette vocation-ci. Je restai silencieux, regardai et écoutai, et laissai au consensus du groupe le soin de décider de mon temps.

Mardi soir je passai trois heures à la table de zanzi, à parier contre le lanceur, et je gagnai deux cent soixante dix dollars. Eileen refusa de prendre l'argent.

Mercredi matin Sheila Foney passa une heure sur la plage à m'expliquer pourquoi un Cancer comme moi était absolument parfait pour un Scorpion comme Eileen. Et puis elle m'en raconta plus sur Kenny Bone que je n'aurais jamais voulu en savoir, y compris des détails sexuels qui ne me regardaient certainement pas et elle encore moins. Selon elle, Kenny Bone était une sorte de croisement entre Brendan Behan [1] et Reinhard Heydrich [2], mais sans le talent de Behan ni l'efficacité de Heydrich.

Un fait intéressant sortit de cette discussion : Kenny Bone n'avait pas été un membre de ce groupe social. «Vous valez certainement mieux que le premier type

---

NdT : (1) (1923-1964) Ecrivain et auteur dramatique irlandais, connu pour son esprit satirique et paillard.
(2) (1904-1942) Dirigeant nazi connu pour sa cruauté. Chef de la Gestapo de 1934 à 1939.

qu'elle nous a ramené,» fut la remarque de Sheila qui me mit la puce à l'oreille. Quand je la pressai de s'expliquer, elle me révéla qu'Eileen avait toujours été un peu décalée avec le reste du groupe, «même au cours privé.» Elle avait eu tendance tout au long de son enfance à trouver ses amis ailleurs, dans les écoles publiques locales, et elle confirma cette habitude plus tard en ne se rendant pas dans l'une des universités habituelles mais à Antioch, dont Sheila pour une raison ou une autre avait l'air de penser que c'était juif.

Kenny Bone avait été l'un des résultats d'Antioch. Comme avec ses chéris de l'enseignement public, il avait aussitôt paru évident à son noyau d'amis que cette relation ne pouvait que mal finir.

— Depuis qu'elle a douze ans, déclara Sheila, avec un ton de satisfaction absolue, «elle n'a pas cessé de s'en aller, de s'en aller encore, et elle est toujours revenue. En général la queue entre les jambes.

Ce dernier point, j'avais du mal à le croire ; il me semblait que l'orgueil d'Eileen devait l'empêcher de manifester toute réaction émotionnelle devant l'échec. Mais je devais prendre en compte les réactions émotionnelles de Sheila en jugeant le choix de ses mots. Sa tristesse bien camouflée face à ces perpétuelles rebuffades d'Eileen était associée et soutenue par sa conviction sans aucun doute sincère que le noyau *était* l'endroit idéal, où se trouvaient les meilleurs amis possibles, les meilleures valeurs possibles, les meilleurs moments possibles à passer ensemble. Eileen était à la fois un affront et une énigme pour Sheila, et certainement pour les autres aussi.

Sheila ne l'exprima pas, mais l'impression que j'avais de l'opinion qu'elle avait de moi — et par extension l'opinion du groupe, vraisemblablement — était que je ne devais pas être pris au sérieux, mais que j'étais à coup sûr un degré au-dessus de Kenny Bone et sans nul doute un intermède thérapeutique pour Eileen jusqu'à ce qu'elle soit prête à se fixer enfin avec l'un des hommes du groupe actuellement disponibles. (Ces gens étaient assez éloignés de leur héritage pour que le divorce soit aussi courant entre eux que dans la société du dehors.)

J'appris aussi de cette conversation qu'Eileen n'avait pas été exclusivement seule pendant son séjour ici. En fait, elle avait été accompagnée par un homme jusqu'à la veille de mon arrivée — pas l'infâme Alfred Broyle, mais un certain Malcom Callaban, «un type formidable dans les journaux télévisés à New York.» Une furieuse dispute avait éclaté, qui avait duré pendant les trois derniers jours du séjour de Callaban dans l'île, jusqu'à ce que fou de rage il finisse par partir, et reprenne l'avion pour New York l'après-midi qui avait précédé mon arrivée. Les colères d'Eileen étaient apparemment aussi célèbres dans le groupe que ses tentatives ratées de vivre loin d'eux, quoique je devais l'avouer je n'avais encore rien vu. J'aurais demandé plus de détails — était-elle du genre qui hurle, qui jette, qui bout en silence, qui se venge insidieusement — mais Eileen en personne nous rejoignit à ce moment-là, suivie par le déjeuner, et le sujet fut abandonné.

— Hé, Charlie, tu prends un verre ?

— Dès que j'aurai fini celui-ci.

Nous étions seuls à El Yunque, Eileen et moi, à admirer la végétation du haut de la tour, quand je soulevai le problème du monastère et de la vente à Dimp. Je n'avais vraiment pas beaucoup pensé à ça depuis que j'étais venu dans cette île, pourtant l'urgence ne manquait pas, il ne restait plus qu'une semaine avant que la vente soit définitive et tout espoir perdu. Mais ma vie émotionnelle chaotique avait chassé la question de mon esprit, et quand de temps en temps elle avait par hasard traversé ma conscience, je l'avais résolument évitée, me sentant impuissant. La tour d'El Yunque, pourtant, me remit tout ça en mémoire, d'une façon trop insistante pour que je l'ignore.

El Yunque est une forêt pluviale dans les montagnes de Porto Rico, dont une partie a été à demi aménagée par le Service du Parc National en Forêt Nationale Caribéenne (Secteur de Luquillo). On quitte la route principale vers le sud, et au bout d'un kilomètre et demi de paysage plat et quelconque, la route commence à grimper, à tourner, à zigzaguer, à tirebouchonner sur les flancs de la montagne abrupte et pénètre enfin la forêt pluviale. La plus grande partie de la route est maintenue dans un crépuscule humide permanent par d'énormes fougères qui la surplombent, et des arbres inquiétants se pressent des deux côtés le long du macadam, leurs racines enroulées au-dessus du sol comme des serpents gris. Partout les arbres, les plantes grimpantes, les buissons sont tout enchevêtrés comme l'un des manuscrits enluminés du Frère Urbain — deux fois dans la montée en voiture je crus lire «LINDY EST LA» dans la végétation — et de temps en temps nous dépassâmes des petits torrents étroits et furieux cascadant sur de gros rochers sombres et luisants.

Et huit kilomètres plus loin, derrière un énième virage en épingle à cheveux, on tombe brusquement sur la tour. Coquine, silencieuse, ridicule, sans nom, inutile, elle se dresse sur une des rares parties planes de la forêt, une tour ronde bleu-gris d'environ douze mètres, surmontée par un mur crénelé de forteresse à la Camelot. Il n'y a rien tout autour sauf la jungle et une petite aire de parking, et rien à l'intérieur sinon un escalier en colimaçon qui monte au sommet, d'où il est possible par temps clair de voir jusqu'aux Iles Vierges.

Mais pas aujourd'hui. Un écriteau près de l'entrée de la tour nous avait averti que lorsque les feuilles des arbres sur le flanc de la montagne d'en face étaient toutes retournées, découvrant leur envers d'un vert-gris-pâle, il pleuvrait bientôt, et quand nous atteignîmes le sommet de la tour les feuilles exécutaient en effet leur mystérieux mouvement de bascule, et on aurait dit que cette montagne-ci parmi toutes les montagnes des alentours avait été décolorée par le soleil. Vers le sud, d'épais nuages noirs comme de gros oreillers s'arrondissaient autour des cimes des montagnes, et une odeur d'humidité suintante flottait dans l'air. Au nord et à l'est, les vallées enchevêtrées dégringolaient au loin, s'arrêtant à une étroite limite de plage brune avant l'océan bleu et lisse.

Mais ce fut la tour qui attira mon attention ; un rappel de tant d'autres tours, tourelles, châteaux, et pourtant si uniquement et ridiculement elle-même, déplacée et inexplicable et pourtant sereine vis-à-vis de son rôle dans le système universel. Insistante, plutôt amicale, vaguement comique, comment ne pouvait-elle pas me rappeler mon monastère ?

— Ça me rappelle le monastère, remarquai-je.

— Alors partons, répondis Eileen. Elle prit ma main et se dirigea vers l'escalier.

— Non, attendez. (Je la tirai en arrière, l'empêchant de descendre, et le regard qu'elle me lança était contrarié, impatient, agacé.) Je veux en parler, insistai-je.

L'agacement prit le dessus.

— C'est le passé, Charlie. Est-ce que je parle de Kenny Bone ?

— Mais ils ont encore des ennuis, et il ne reste pas beaucoup...

— Très bien, coupa-t-elle. Elle retira sa main de la mienne, s'adossa à un merlon — un parapet crénelé est formé de créneaux et de merlons alternés — et dit : vous voulez parler de cet endroit, parlons-en.

Son visage se ferma ; était-ce le début de la fameuse colère ? Quoiqu'il en soit, je n'avais pas le choix sinon d'aller de l'avant et c'est ce que je fis.

— Ils ont des ennuis, insistai-je.

— Un huh. La seule neutralité du ton était hostile.

— Si quelque chose ne se passe pas d'ici le premier de l'an, continuai-je, il ne restera plus un seul espoir. La vente aura lieu, le bâtiment sera démoli, et nous — *ils* devront déménager.

— Où ça ?

Cela paraissait une question bizarre, vu les circonstances, et encore plus bizarre dans son expression, cette façon de me la lancer en pleine figure comme un défi. Je

247

répondis :

— Je ne sais pas. Les gens de Dimp essaient de trouver un endroit, mais ils ne pensent à rien d'autre qu'à nous caser, pas au cadre de vie. Un quelconque collège désaffecté au centre de l'Etat, des endroits comme ça.

— Etes-vous allés le visiter ?

— Quoi ? Le collège ? Non, nous en avons simplement entendu parler, c'est tout. Et ça a suffi.

— Ça n'a aucune importance, pourtant, n'est-ce pas, lança-t-elle. Dimp pourrait trouver le plus bel endroit au monde, le problème n'est pas là.

— Exactement, acquiesçai-je, ravi de la trouver de façon si inattendue de mon côté.

— Ils pourraient vous proposer le Waldorf Astoria, vous n'en voudriez pas pour autant.

Je ne corrigeai pas son emploi des pronoms.

— Ils sont heureux où ils sont, assurai-je. Et le bâtiment en soi...

— Le bâtiment je l'emmerde, Charlie, grogna-t-elle.

— Ah, m'exclamai-je. Les gens vous parlent vraiment sur un ton différent quand vous êtes en chemise et en pantalon, non ?

— Le *problème* est que, déclara-t-elle, avec le ton d'un juge à la potence facile donnant ses instructions au jury, oui, le *seul* problème est que vos moines adorés *ne veulent pas bouger*.

— Eh bien, c'est à cause de leur point de vue philosophique à l'égard du Voyage, toute la question de...

— Ils ne veulent pas bouger.

J'hésitai. Tout expliquer en long et en large. Non, le moment semblait mal choisi.

— Oui, reconnus-je.

— La belle affaire, railla-t-elle.

— Quoi ?

— Pourquoi *ne pas* bouger ? dit-elle. Un changement de rythme de temps à autre est excellent pour tout le monde. Se lever et sortir, chasser les toiles d'araignées qui encombrent le cerveau, voir la vie autrement. Pourquoi tant d'histoires à cause de cette bande de moines, qu'on ne peut pas déplacer ? En quoi sont-ils, en porcelaine ?

— Ils forment une communauté, répondis-je, avec sa vision de la vie, et on ne devrait pas s'opposer à leur destinée. Le monde peut certainement faire la place à des points de vue différents.

— Au centre de l'Etat, dit-elle. Dans ce collège désaffecté.

— Où ils sont, insistai-je. C'est leur cadre, ça a été leur cadre depuis deux siècles, ils appartiennent...

— Il est temps qu'ils déménagent, annonça-t-elle. Ce n'est pas le bon endroit pour eux, Midtown Manhattan. Au départ c'est une idée ridicule.

— C'est leur droit d'être là.

— Mais *non*. Mon père détient des droits de propriété, ils sont parfaitement légaux et respectables...

— Non, pas du tout.

Elle me regarda les sourcils froncés.

— Ne jouez pas à la Sainte Nitouche avec *moi*, Frère Bénédict.

— Mais non. Je vous informe simplement que votre père ne détient pas de droits de propriété légaux et respectables. Il n'y a rien de légal *ni* de respectable dans toute cette histoire.

— Bien sûr que si. Le bail est à expiration et...

— Le bail nous a été volé, m'écrai-je. Je n'avais pas eu l'intention de m'aventurer dans cette histoire — ce n'est pas agréable d'accuser la famille de sa copine d'être une bande de voleurs et d'incendiaires — mais son aplomb imperturbable devenait agaçant. Et quand nous en avons trouvé une copie, continuai-je, votre frère Frank y a mis le feu.

Elle me regarda, comme si je venais d'annoncer que je pouvais sauter de cette tour et voler.

— Vous êtes cinglé ? Avez-vous la moindre idée de ce que vous racontez ?

— Absolument, assurai-je. Il y a une clause dans le bail

qui donne au monastère le droit exclusif de renouveler, et nous avons été escroqués de ce droit parce que notre exemplaire du bail a disparu dans de mystérieuses circonstances, et qu'il n'y a pas de copie dans les dossiers administratifs du Comté, et quand nous avons trouvé une copie non officielle, celle que cet autre Abbé avait exécutée, votre frère a débarqué chez nous déguisé en moine et l'a brûlée. Je l'ai vu.

— Mon *frère* ? Elle continuait à me dévisager, comme s'il venait de me pousser un deuxième nez.

— Votre frère Frank, précisai-je.

— Quelle idiotie, je n'arrive même pas à l'imaginer. Elle secoua la tête pour me montrer combien elle était ahurie, et écarta les mains. Pourquoi raconter une histoire pareille ?

— Parce que c'est vrai.

— Mon frère Frank ne ferait jamais... Et comment voudriez-vous qu'il *sache* que vous aviez une copie ?

— Ils ont posé des micros dans le monastère.

Elle me lança un regard vide.

— Vous êtes cinglé, dit-elle.

— Ils ont mis un microphone dans le bureau du Frère Oliver, ripostai-je, et ils cachaient leur équipement dans un camion de fleuriste garé devant chez nous. Quand j'ai découvert le microphone j'ai couru dehors, j'ai ouvert l'arrière du camion et j'y ai trouvé votre ami Alfred Broyle. Il m'a flanqué un coup de poing sur le nez.

Elle avait secoué la tête pendant toute la durée de ce récit, et maintenant elle répliqua :

— Je ne vois pas ce que vous espérez y gagner. Pensez-vous que cette histoire est tellement dingue que je n'arriverai pas à croire que vous avez pu l'inventer ? Mon frère Frank, et maintenant Alfred, il y a...(Et puis elle s'arrêta net, fronça les sourcils, et regarda au loin du côté des feuilles retournées.)

— Tout ce que je vous ai raconté...

— Taisez-vous une minute. (Elle réfléchissait très fort.) Camion de fleuriste, énonça-t-elle, et elle me regarda à nouveau. Quel était le nom du fleuriste ?

— Comment voulez-vous que je le sache ? Ce n'était rien qu'un camion de fleuriste, il était garé dehors tout le temps, et finalement il m'est venu à l'idée...

— Vous avez dû le regarder, insista-t-elle. Vous avez vu le mot *fleuriste*. Qu'y avait-il écrit d'autre ?

— Quoi d'autre ? (J'imitai son manège, regardai au loin, fronçai les sourcils, en essayant de me représenter ce camion dans ma mémoire. Bleu clair, des fleurs mal peintes dans un vase blanc, et un nom suivi par le mot *fleuriste*.) Je crois que ça commençait par un C, dis-je. Quelle différence cela fait-il ?

— Un C ? Vous êtes sûr ?

— Non, je n'en suis pas sûr, je... Une seconde. Grynn. C'était ça, Grynn Fleuristes.

Elle me lançait des regards prudents.

— Si au moins vous pouviez être sûr de vous, observa-t-elle.

— Sûr de moi à quel propos ?

— Si oui ou non vous saviez qu'Alfred travaillait chez Grynn. Venez, dit-elle, et elle tourna les talons.

Les premières gouttes de pluie, énormes et fraîches, s'écrasèrent autour de nous.

— Venir où ? demandai-je.

— A la maison. Je vais appeler mon cher père.

Quand j'eus troqué mes vêtements mouillés contre un maillot de bain sec et que je retournai au salon, Eileen était déjà au téléphone. A la tour la pluie annoncée avait soudain dégringolé comme si quelqu'un avait ouvert d'un coup d'épée les ventres noirs des nuages, et le temps que nous dévalions l'escalier en colimaçon jusqu'au rez-de-chaussée, le monde n'était plus que de l'eau. C'était comme de se trouver dans la tour miniature d'un bocal à poisson. Courir de là jusqu'à la voiture, dont nous avions laissé les vitres ouvertes, nous valut d'être trempés jusqu'aux os et peut-être jusqu'à la moëlle, et comment Eileen réussit-elle à voir assez pour nous conduire hors de là, je l'ignore encore. La pluie s'arrêta trois kilomètres plus loin — ou peut-être avions-nous simplement roulé en bordure de l'averse — l'air resta humide, nous restâmes trempés, et je me changeai aussitôt arrivé à la maison.

Mais pas Eileen. L'impatience l'avait poussée vers le téléphone, et elle était assise là avec ses cheveux mouillés qui pendaient raides autour de sa tête, et ses vêtements mouillés collés à son corps mince, et elle répétait mon histoire à quelqu'un à l'autre bout du fil, probablement son père.

Le plus gros avait déjà été raconté, et elle en était à la partie concernant le camion de fleuriste et le coup de poing d'Alfred Broyle sur mon nez. Elle semblait donner un compte-rendu plutôt scrupuleux et impartial, mais je n'appréciai pas la façon dont elle insérait sans arrêt des remarques telles que, «*Il* dit,» et, «Selon *lui*.» Je regrettai de ne pas avoir été là pour tout entendre depuis le début.

A la fin de son récit elle prononça un seul mot — «Alors ?» — et puis se carra dans son fauteuil pour écouter, me lança un regard aigu mais énigmatique et me fit signe avec irritation de m'asseoir. Je m'exécutai, et la regardai écouter. Avec ses cheveux mouillés moulant son crâne elle paraissait plus jeune, plus vive, plus dure, plus intelligente, moins réceptive.

— Non, pas du tout, dit-elle, et elle continua à écouter. (Son père avait très certainement souligné que les activités décrites ne «ressemblaient» pas aux activités habituelles de la famille Flattery.)

Je percevais faiblement le crépitement de la voix qui parlait dans l'oreille d'Eileen. Que disait-il ? Nierait-il tout ? Le croirait-elle ?

— Ce n'est pas le problème, coupa-t-elle. Je fronçai les sourcils, les yeux fixés sur elle, incapable de deviner ce qui avait été dit pour provoquer cette réponse. Puis elle dit : «je sais très bien ce que je suis. Personne n'a jamais prétendu que je ne le devrais pas.» Le crépitement continua, passionné, impatient, et elle l'interrompit, en disant, «tu veux que je rentre à la maison sur le champ ? Je prendrai un boulot.» Crépitements frénétiques. Elle me jeta un coup d'œil, secoua la tête, détourna le regard, et quand elle reprit la parole je compris qu'elle décrivait la situation autant dans mon intérêt que pour poursuivre la conversation avec son père. «Ecoute, Papa,» dit-elle.» Peut-être que nous sommes fauchés, je ne sais pas. Premières nouvelles.» Crépitements. «Non, laisse-moi parler une seconde.» Crépitements. «Je m'en fiche, je veux dire ceci. Si nous sommes fauchés quelqu'un aurait dû me prévenir. Et peut-être que c'*est* une excuse valable, et j'ignore aussi quel droit ces sacrés moines ont de se trouver en plein cœur de Manhattan, si nous devons mettre le feu à leurs papiers et leur flanquer des coups de poing dans le nez, pourquoi pas. Ce que je veux savoir c'est si nous *l'avons fait* ?

Puis il y eut le silence pendant un bon moment, et quand le crépitement recommença il était plus bas et plus lent. Eileen l'interrompit : «Tu as déjà dit, et j'ai déjà dit que j'étais d'accord avec toi.» Encore des crépitements. «C'est une bonne question, je vais lui demander.» *Crépitement* ? «Bien sûr qu'il est ici, répondit-elle avec calme. «Ne quitte pas.» Et sans couvrir le microphone elle dit, «Mon père demande, s'il y a eu incendie criminel, voies de fait, pose illégale de micros et tout ça, pourquoi personne n'a-t-il appelé la police ?

— Parce que nous ne pouvions pas le prouver, répondis-je.

— Pourquoi pas ? Vous pouviez identifier Alfred, non ?

— Oui, mais j'étais le seul dans ce cas. Personne d'autre ne l'a vu.

— Et mon frère, alors ? Est-que personne d'autre ne *l'*a vu ?

— Pas son visage.

Elle me lança un long regard circonspect.

— Et ensuite, lança-t-elle, vous allez me raconter que c'est vous qui avez trouvé le micro.

Est-ce que je rougissais d'un air coupable ? Pourquoi me *sentais-je* coupable, quand je savais que j'étais innocent ?

— Oui, reconnus-je, et j'eus du mal à affronter son regard.

Dans le téléphone elle dit :

— Une petite minute, Papa, et cette fois-ci elle posa sa main sur le micro, pour que notre conversation reste privée. Elle m'observa, et jamais elle n'avait eu l'air si belle, mais c'était une beauté très inhumaine. Sa peau était fine et tendue, presque bleue sur les pommettes, et ses yeux étaient enfoncés profondément au centre de sa tête. Je rencontrai son regard — avec difficulté — en essayant d'avoir l'air innocent et finalement elle demanda, est-ce que toute cette histoire est une combine, Charlie ?

— Non ! Bien sûr que non, pourquoi aurais-je... qu'est-ce que je *gagnerais*, qu'y a-t-il là dedans... que... ?

— Ça non plus je n'y comprends rien, admit-elle. Qu'espérez-vous tirer de tout ça ?

— Ecoutez, dis-je. Je ne peux rien prouver, je n'avais même pas l'intention de parler de cette histoire avec vous, je voulais juste savoir ce que vous vouliez dire quand vous avez déclaré que vous pouviez nous aider et je me suis emmêlé dans, dans, dans *tout ça*, et je ne sais plus où j'en suis.

— Mon père assure que nous avons besoin de cet argent, m'expliqua-t-elle. Quand j'ai dit que je pouvais vous aider, je voulais dire que je savais qu'il était embêté de vendre le monastère, il a tempêté devant nous et essayé de se justifier, et je sais comment le manœuvrer quand il est dans cet état-là. Mais pas si la famille est à sac. Je ne serais pas capable de le convaincre de changer d'avis même si je le voulais, et pourquoi le voudrais-je ? Si la famille est à sac, je *suis* à sec. Je ne reçois pas de pension alimentaire de Kenny Bone, croyez-moi.

— Mais si c'est malhonnête ? insistai-je. Et si les moines ont le *droit* de rester là, c'est dans le bail, et qu'on

254

les escroque juste pour que vous ayiez les moyens de continuer à traîner avec ces, ces, ces *gens* avec qui vous traînez ?

— Qu'est-ce qu'ils ont de mal ces gens ? Là elle se rebiffait.

— Rien, assurai-je avec vigueur. Je les trouve tous formidables.

Le téléphone avait crépité avec irritation depuis un bon moment, comme un moustique enfermé dans une armoire à pharmacie, et Eileen s'adressa à lui brusquement, d'un ton sévère :

— Veux-tu bien *attendre* rien qu'une *minute* ?

Je demandai :

— Est-ce qu'il nie cette clause ? Lui avez-vous posé la question de la clause ?

Elle ignora mon interruption. La paume de nouveau sur le téléphone, elle me lança :

— Alors, c'est quoi cette sortie sur les gens d'ici ? Ils *vous* ont bien traité, non ?

— Ce sont des gens charmants, assurai-je. (Moi et ma grande gueule.) Et ils n'ont rien à voir avec rien de tout ça. Le problème est...

— Le *problème* est, coupa-t-elle, que ceci n'a rien à voir avec des gens qui se flanquent des coups de poing et toutes ces inepties de film policier à propos de micros, d'incendie criminel et toutes ces imbécillités. Vous pensez simplement que vous valez *mieux* que nous.

— Non, pas du tout, je...

— Vous pensez que nous sommes des gens stupides et inutiles qui n'ont aucune raison d'être en vie, et que *vous êtes* une espèce de *saint*. Toute une bande de *saints* là-bas sur Park Avenue.

Savoir qu'elle m'accusait d'une attitude envers ses amis qui était aussi la sienne — ou sinon pourquoi essaierait-elle sans cesse de leur échapper ? — ne m'était d'aucun secours.

— Je n'ai jamais prétendu être un saint, ni qu'aucun de nous l'était...

Elle rabattit avec violence le récepteur sur ses fourches, mettant fin à la conversation, et sauta sur ses pieds.

— Vous croyez que vous pouvez me faire honte pour m'obliger à vous aider ?

— La clause ! dis-je avec un gémissement, en désignant le téléphone. Vous ne lui avez pas parlé de la clause !

— Mais regardez-vous un peu ! me lança-t-elle avec défi. Quel saint faites-*vous* ? Vous débarquez ici comme n'importe quel escroc, vous foncez au plumard avec moi, vous essayez de me monter contre ma propre famille, de me monter contre mes amis, et vous êtes le plus imposteur de tous !

— Je n'ai jamais essayé de...

Mais je gâchais ma salive. Elle tourna les talons, partit vers sa chambre d'un pas furieux et claqua la porte derrière elle, faisant trembler toute la maison. Et le clic que j'entendis un instant plus tard était celui du verrou.

J'étais toujours planté-là, à essayer de m'imaginer quels mots exactement je voulais essayer de prononcer à travers cette porte fermée, quand le téléphone sonna. Je le regardai, regardai la porte, et il sonna de nouveau.

Non, elle ne sortait pas. Ni pour moi, ni pour un téléphone qui sonne, ni pour rien du tout.

A la troisième sonnerie je décrochai le combiné.

— Allo ?

— Est-ce que ma fille est là ? Eileen, passez-moi Eileen. C'était une voix épaisse et furieuse et pourtant hésitante.

Je répondis :

— Je ne suis pas sûr que, euh... Ne quittez pas, je vais...

— Une minute, coupa-t-il. Est-ce que c'est le moine ?

— Oui, monsieur.

— Mais qu'est-ce que vous combinez, bon sang ? Vous êtes un sacré petit malin, hein, d'attaquer un homme à travers sa famille.

— Je *quoi* ? J'étais tellement sidéré que pas une seule réponse ne me vint à l'esprit.

— Appelez-vous ceci une attitude chrétienne ?

— Moi !

— Ecoutez, dit-il, je n'ai jamais prétendu être un saint. Je ne suis qu'un type qui essaie de s'en sortir. Cette affaire avec Dwarfmann, ça pourrait vraiment me tirer d'un sacré pétrin.

— Le bail stipule...

— Ouais, le bail, cracha-t-il. Est-ce que le bail vous dit où je trouve mes paiements d'intérêts ? J'ai des prêts impayés. J'ai de l'équipement en bulldozers, j'ai de l'équipement de construction lourd, tous ces trucs doivent être payés. Vous croyez que je vais chez Mack Truck, que je vais chez Caterpillar, que je sors soixante-douze mille dollars de ma poche et que je dis, «Donnez-moi un de ces gros trucs jaunes là-bas avec les pneus ? Vous croyez que ça marche comme ça ?

— Je n'ai aucune idée de comment...

— Non, bien sûr que non, ça je le sais bien. Vous ne fichez rien, vous brûlez des cierges, vous priez toute la sainte journée, pour vous c'est du tout cuit. Moi, je suis dans la trésorerie jusqu'au cou. J'ai de l'équipement lourd, les intérêts *seuls* me coûtent quatre cent dollars par mois, et je n'ai pas de chantier sur lequel le mettre. Je ne verse pas les traites, ils viennent récupérer la marchandise, je perds tout l'investissement. Et quand un autre boulot important se présente, est-ce que je peux me mettre sur les rangs ? Sans équipement ? Me faites pas rigoler.

— Je n'essaie pas de vous faire...

— L'inflation me lessive, ajouta-t-il. Ça ne suffit pas que j'aie soutenu les mauvais candidats dans tout le Comté de Nassau, il n'y a pas un sou d'hypothèque nulle part. Personne ne construit. Vous voulez que je vous parle des syndicats ?

— Non, je ne crois pas que je...

— Non, c'est vrai. Vous ne voulez rien entendre de toutes ces conneries. Mes globules rouges explosent comme des pétards, j'ai une espérance de vie de quinze minutes,

257

tout ce que vous voulez c'est pouvoir chanter du grégo-
rien sur Park Avenue. *Pourquoi sur Park Avenue* ?

— Nous ne chantons pas de grégor...

— POURQUOI SUR PARK AVENUE ? MAIS AU
NOM DU CIEL QUE FICHEZ-VOUS SUR PARK
AVENUE ?

— Nous y étions en premier, dis-je.

— Oh, mon cul, oui, riposta-t-il.

— Je suis navré d'apprendre vos problèmes financiers,
assurai-je. Je sais que vous ne prendriez pas des mesures
aussi extrêmes si ce n'était pas...

— La ferme, dit-il, mais il le dit d'une voix douce, presque calme.

— Quoi ?

— A propos de mesures extrêmes, reprit-il. Vous montez ma fille contre moi.

— Non, pas du tout. Je...

— Ne me dites pas ce que vous fabriquez, espèce de
crétin blafard, vous montez ma foutue gamine contre
moi !

— Vous voulez dire en lui racontant la vérité ?

— Espèce de salopard hypocrite.

— Je vais prévenir Eileen que vous êtes au bout du fil.

— Non, souffla-t-il, d'une voix encore plus douce et
plus calme qu'avant. Attendez une minute. Je veux vous
proposer un marché.

— Un marché ?

— Qu'est-ce que c'est qu'une entreprise de construction, hein ? Elle n'est dans la famille que depuis trois
générations, maintenant elle se casse la figure, et alors ?
J'ai une part dans une affaire de vente d'alcool en gros.
Je ne vais pas crever de faim, hein ?

Je n'avais pas la moindre idée de quoi il parlait.

— Si vous le dites, répondis-je.

— Alors voilà le marché, dit-il. Vous jurez à ma fille
que vous avez menti.

— Je ne pourrais absolument...

— Ecoutez-moi jusqu'au bout, coupa-t-il. Ma petite

258

fille j'y tiens comme à la prunelle de mes yeux, et ce qui me plairait par-dessus tout c'est de venir vous casser bras et jambes. Mais je n'aurais rien à y gagner.

— Moi non plus.

— Je me fiche bien de vous. Maintenant, écoutez. Vous lui jurez que vous avez menti, et vous faites tout pour qu'elle vous croie. Et puis vous rentrez dans votre foutu monastère, et vous n'approchez plus ma fille de toute votre vie.

— M. Flattery, je ne peux pas...

— Vous pouvez écouter. En contrepartie vous recevez une copie du bail.

Je restai silencieux. Je ne trouvais absolument rien à dire.

— *Avec* la clause d'option, précisa-t-il. Avant le premier de l'an.

Je continuai à me taire. Je ne trouvais toujours rien à dire.

— Alors ? Marché conclu ?

La femme ou le monastère.

— Hum, fis-je.

— Quoi ?

— Je... je ne sais pas.

— Pourquoi *ne* savez-vous *pas* ? Vous vous croyez *amoureux* d'elle ? Vous êtes un *moine* !

— Je sais ce que je suis, répondis-je, bien que ce ne fût pas l'exacte vérité.

— Combien de temps croyez-vous que vous resterez avec elle ? Ou elle avec vous ?

Je regardai la porte fermée de la chambre.

— Je ne sais pas, avouai-je.

Surtout si le prix pour la garder était la perte du monastère.

(Et le monastère ? Si le prix pour garder ça était la perte d'Eileen ?)

— C'est un marché intéressant, continuait Flattery, plus intéressant que ce que vous méritez. Vous allez l'accepter ?

— Je, euh, je vous rappellerai, balbutiai-je, et je rac-
crochai sur ses braillements.

— Rhum, dis-je, la tête ailleurs, et je me dirigeai vers
la cuisine.

14.

Et un très joyeux Noël à *vous,* dit une voix féminine,
et j'ouvris des yeux larmoyants pour voir Sheila Foney
assise sur la table basse à côté de moi, qui brandissait
un verre de mousse crémeuse dans ma direction.

Je désignai le verre avec plusieurs de mes mains droi-
tes potelées.

— Qu'est-ce que c'est ?

— Le remède, dit-elle. Pouvez-vous vous asseoir et
vous alimenter ?

— Je ne sais pas.

La veille, après la dispute avec Eileen et la conversation téléphonique avec son père, je m'étais lancé dans une
vaste ingurgitation de rhum. Après qu'Eileen eut soudain
jailli de la chambre, fut sortie en trombe de la maison,
puis eut sauté dans la Pinto et disparu, j'avais encore bu
du rhum. Et puis Sheila et Neal étaient revenus de Dieu
seul sait où, avaient appris de ma bouche le scoop
embrouillé de la dispute — je ne donnai aucun détail,
malgré leurs encouragements conjugués — et ils
m'avaient pris plus ou moins sous leur aile associée. Une
soirée de Noël était prévue dans la maison des Latteral,
et ils me pressèrent de m'y rendre avec eux, mais je
n'avais voulu aller nulle part sans Eileen. En plus, que
se passerait-il si je me rendais à une soirée et qu'elle revenait ici pour faire la paix ? Donc j'étais resté à la mai-

son, avec la bouteille de rhum, et je m'étais lancé dans un vaste programme de méditation à tort et à travers, dont il restait sur certains points quelques vestiges dans ma tête.

Et sur quoi m'étais-je arrêté ? Noël sous les tropiques, déjà, en commençant avec la réaction habituelle de l'habitant du nord qu'un Noël sans neige en pleine chaleur et sous les palmiers était en quelque sorte «faux,» suivi par la découverte soudaine que les palmiers étaient un accessoire presque inévitable de toutes les scènes de crèches, qu'il n'y avait pas eu de neige à Bethléem, et que le premier Noël de tous s'était déroulé dans un décor au moins semi-tropical.

Je méditai aussi sur le choix que l'on m'avait donné entre sauver le monastère et garder Eileen, sur la question générale de l'amour séculier, et sur la position ambiguë de l'Eglise à propos de la fornication. (La sexualité conjugale est sanctifiée et la sexualité adultère est condamnée, mais cela laisse beaucoup de la sexualité du monde dans les Limbes. Eileen, par exemple, n'avait jamais été mariée à l'Eglise et n'était actuellement mariée ni en son sein ni en dehors, alors ce que nous avions fait était moralement neutre, quoique la plupart des prêtres auraient froncé les sourcils rien que d'y penser.)

La méditation sous l'influence du rhum a tendance à être plus variée mais moins substantifique que la méditation à jeun. A part les sujets susnommés, j'avais de temps à autre réfléchi à quelques autres points moins essentiels, jusqu'à ce que j'aie fini par tituber jusqu'au salon et ce divan, me refusant à utiliser le lit avant d'avoir calmement réglé mon différend avec Eileen.

Qui n'était pas rentrée avant que je défaille, les dernières pensées dont je me souvienne ayant porté sur les textures comparées du verre et de l'osier. Etait-elle rentrée maintenant ? Je me mis sur mon séant, ce qui déclencha un violent mal de tête.

— Aïe ! m'écriai-je. Eileen est de retour ?

— Pas encore.

Quel incroyable mal de tête.

— Aïe, m'écriai-je encore, et je me serrai les tempes. Est-ce que nous avons un peu d'aspirine ?

Elle avança la main qui ne tenait pas le verre de mousse, deux comprimés blancs étaient posés sur sa paume.

— Ah, dis-je, (et je fis l'erreur de hocher la tête. Puis je fis l'erreur de grimacer.) Vous avez déjà vu ces symptômes, avançai-je.

— C'est une épidémie habituelle. Tenez. Avalez-les avec ça.

Je pris les aspirines avec joie, le verre de mousse plus soupçonneusement.

— Qu'est-ce qu'il y a dedans ?

— Buvez.

Alors je bus. Quelque part dans la mousse il y avait un liquide doux avec des goûts qui auraient pu être du lait, et de l'œuf, et du sucre, et... du rhum ? Non, Impossible.

— Buvez tout.

Je cherchai ma respiration, puis vidai le verre.

— Gaaaa, fis-je. Merci.

— De rien. Elle me prit le verre, se mit sur ses pieds et demanda :

— La recette vous intéresse toujours ?

— Pas le moins du monde, assurai-je.

— Je suis désolée, dit Eileen.

J'étais allongé sur la plage devant la maison, à absorber du soleil. En ouvrant les yeux, derrière l'abri de mes deux mains, je vis Eileen assise à côté de moi, l'air inquiet et contrit.

— Salut, dis-je.

— Je n'ai pas pu l'accepter, avoua-t-elle, alors j'ai provoqué la dispute.

— Ce n'est rien, assurai-je.

Elle me lança un sourire timide.

— On peut tout reprendre à zéro ?

— Bien sûr. Qu'est-ce que vous n'avez pas pu

accepter ?

— Toute l'histoire à propos de vous et de mon père. Elle se détourna et regarda la mer, en faisant couler du sable entre ses doigts. Je n'arrive pas à le supporter, dit-elle.

Je m'assis. L'après-midi était très avancé maintenant, je m'étais longuement consacré à manger, à me reposer, et j'étais presque remis de la nuit dernière, merci. Mais je n'étais pas remis d'Eileen. Je tendis la main pour toucher sa jambe, et demandai :

— Qu'est-ce que vous n'arrivez pas à supporter ? Racontez-moi tout.

Elle me regarda, préoccupée et tendue, puis de nouveau se détourna vivement.

— Vous voulez que je choisisse entre vous et mon père.

— Non, pas du tout. Vraiment pas du tout.

— Bien sûr que si. Quand elle se tourna à nouveau vers moi, je pus voir au contour de ses yeux qu'elle avait beaucoup pleuré. Vous dites qu'il ment et il dit que vous mentez, et moi je dois choisir lequel des deux croire.

Ce qui était l'exacte vérité, évidemment, alors que pouvais-je rétorquer ? Rien. Je n'essayai pas d'en dire plus.

— Comment puis-je faire un choix pareil ?

— Peut-être que c'est impossible, remarquai-je.

Elle se détourna à nouveau, cessa de me tenir sous son regard fixe, et dit :

— Je ne sais pas qui a raison ou tort au sujet de ce monastère, je ne sais pas s'ils devraient être autorisés à rester ou contraints de partir ou ce qu'il faudrait qu'il se passe. Tout ce que je sais c'est... Et elle se tourna à nouveau vers moi, et tendit le bras pour étreindre ma main. ... qu'il faut que ce soit sans nous. Si nous devons faire quelque chose de *nous*, Charlie et Eileen, vous et moi, nous devons rester en dehors de cette histoire.

— C'est juste, reconnus-je.

— Ça ne peut pas faire partie de nos vies, ajouta-t-elle.

— Vous avez raison, admis-je.

263

Mais maintenant le monastère hantait mes pensées. Si j'étais là-bas à tel moment, à tel moment, à tel moment, à quoi serais-je occupé, à quoi les autres seraient-ils occupés, que se passerait-il ? Le petit bruit du Frère Eli sculptant le bois me réveilla sur la plage, et quand je tournai la tête c'était Sheila qui se limait les ongles. Un avion passa au-dessus de nous, un point noir très haut dans le ciel bleu, et je pus presque *voir* la silhouette trapue du Frère Leo, se penchant en arrière pour pointer son nez et son menton vers les cieux. «Boeing,» annoncerait-il. «Sept-cent quarante sept.» Un des nôtres.

Le Jour de Noël. C'était *ça* le Jour de Noël ? Manger et boire avec un tas d'Irlandais païens sur une île tropicale qui n'avait même pas *existé* quand le Christ était né. «Or il advint en ces jours-là, que parut un édit de César Auguste, ordonnant le recensement de tout le monde habité,» Luc, chapitre deux, c'est pourquoi Marie et Joseph partirent pour Bethléem, où il n'y avait plus de place à l'auberge ; et Porto Rico ne faisait pas partie du monde.

Pas plus que New York, bien sûr, ni mon monastère, mais cela semblait n'avoir aucune importance. Noël était Noël à New York : ici c'était un appendice.

Je ne suis même pas certain de dire cela dans un sens religieux, quoique bien sûr au monastère nous respections le caractère sacré de la fête. Traditionnellement des places pas trop mauvaises nous étaient réservées pour la messe de minuit à la Cathédrale St. Patrick, une tradition qui remonte, je crois, à la naissance de la Cathédrale en 1879. Après la messe, nous avons toujours eu coutume de rentrer au monastère et de nous réunir dans la chapelle pour une méditation silencieuse jusqu'à l'aube, où nous déjeunons d'un peu de pain et de thé avant de nous mettre au lit. A onze heures nous nous levons, reprenons du pain et du thé, et passons les heures claires dans notre cour, quel que soit le temps, en prières et en hymnes d'ensemble. (De temps à autres ces dernières années *Rudolph the Red-Nosed Reindeer*, Rudolph le Renne au

Mufle Rouge, s'échappe d'un transistor qui passe et franchit le mur pour se mélanger à nos *Adeste Fideles*, mais jusqu'ici nous avons vaincu toutes les incursions de ce genre.) Et puis nous dînons.

Ah, le dîner. C'est le purgatoire pour le Frère Leo, l'enfer pour ses assistants, et le paradis pour tous les autres. C'est notre seul repas grandiose de l'année, et son souvenir nous soutient sans peine tout au long des trois-cent soixante quatre jours suivants. Le Frère Leo fournit le cochon de lait, le rosbif avec le Yorkshire pudding, les patates douces, les choux de Bruxelles, les brocoli au gratin, les asperges sauce hollandaise, les pommes de terre au four en robe des champs arrosées de beurre. Le Frère Thaddeus confectionne l'une ou l'autre de ses spécialités de fruits de mer pour l'entrée : huîtres Rockfeller, des fois, ou bisque de crevettes, ou truite au vin blanc. Et pour terminer, le Frère Quillon sort en papillonnant une tarte après l'autre comme un bègue en crise : tarte aux pommes, tarte aux fruits secs, tarte aux cerises, tarte au noix de pacane, tarte au potiron, tarte aux poires.

Et puis il y a le vin. Notre cave a été bien pourvue depuis des siècles, et ce n'est pas souvent que nous y puisons vraiment, mais y a-t-il moment plus joyeux pour les festivités que la naissance de notre Seigneur et Sauveur ? Ainsi donc le vin monte jusqu'à notre table : du blanc d'Allemagne avec l'entrée, du rouge de France avec le plat principal, des liqueurs italiennes avec le dessert, du cognac espagnol et du porto portugais avec le café du Frère Valerian.

Nous n'échangeons pas de cadeaux, bien entendu. Individuellement nous ne possédons rien, nous ne pouvons rien donner, et nous ne pouvons rien recevoir. De plus, ce dieu rouge et grassouillet n'est pas *notre* Dieu, et c'est notre Dieu Dont nous fêtons la naissance.

Cela fait tout drôle de parler de notre communauté dans un sens religieux. Nous sommes une confrérie religieuse, mais nous n'en faisons pas toute une histoire. De même, nous vivons tous dans un monde régi par la loi de la pesanteur, et chaque jour de notre existence nous prenons une ou plusieurs décisions basées sur cette loi de la pesanteur, mais combien de fois parlons-nous ou pensons-nous à la pesanteur ? C'est simplement un postulat donné, fondamental, de nos existences, et il y avait quelque chose de ridicule et de maladroit à se lancer dans une longue dissertation sur le sujet.

Ce n'est pas que je croie que Dieu *exige* de moi que je sois un moine Crépinite, quoique je croie vraiment qu'Il exige de nous tous de tenir nos promesses. Je crois simplement que Dieu existe, que ce monde est Sien, et qu'il a prévu une place dans Son monde pour chacun de nous si nous voulons bien la chercher. Ces dix dernières années, il m'avait semblé que la place que Dieu m'avait attribuée dans Son monde était sur Park Avenue entre les 51ème et 52ème Rues. J'ai été heureux là-bas, et j'ai été ravi, une fois par an, de fêter la naissance de Celui qui a fait tout ce qui nous entoure, d'honorer cette naissance par le rituel, la prière et le jeûne, de l'accueillir par le chant, et de la fêter par un festin communautaire.

Mais pas cette année. Cette année j'étais sur une île humide, au royaume des Gros Tas du Pôle Nord, dans ce grand monde extérieur où je ne sais pas *ce que* Noël est censé signifier.

Le dîner dans la maison en location sur la plage fut composé de morceaux de poulet sur un lit de tomates cuites à l'étouffée et de riz, de plantains frits, et un assez agréable vin blanc de Californie dans une grosse carafe en verre. Eileen et moi mangeâmes tout ceci seuls, Neal et Sheila ayant avec tact vidé les lieux pour que nous puissions nous embrasser et nous réconcilier. Ce *fut* un dîner agréable, mais quand après le café Eileen me tendit trois paquets enveloppés de papier-cadeau, je ne compris absolument pas de quoi il s'agissait.

— Vos cadeaux de Noël, gros béta, dut-elle m'expliquer, et alors je fus contraint de reconnaître que je n'avais rien acheté, ni fabriqué, ni inventé pour elle. Vous êtes mon cadeau de Noël, assura-t-elle, platement mais avec passion, et elle m'embrassa encore une fois.

Et puis je dus ouvrir les paquets. Je commençai par le plus petit, et apparut un réveil, un réveil de voyage qui se repliait et ressemblait alors à une praire carrée en simili-cuir fauve. Ouvert, c'était un réveil à remontoir avec un élégant cadran carré et, quand je l'essayai, avec une sonnerie discrète mais indubitablement efficace.

— C'est très joli, dis-je. Merci.

— Il vous plaît, c'est vrai ?

— Oui, c'est vrai, sincèrement. J'essayai de mettre autant d'enthousiasme que possible dans ma voix et sur mon visage.

— Vous avez été un vrai casse-tête, me confia-t-elle. C'est difficile de savoir quoi acheter à quelqu'un qui n'a rien.

Je poursuivis et ouvris le second paquet ; ce cadeau était un rasoir, un rasoir électrique muni d'une infinité d'accessoires.

— Ah, m'exclamai-je, affectant de nouveau la ferveur. C'est fini, je ne me couperai plus.

— Et vous pouvez l'utiliser sans prise, expliqua-t-elle, ses doigts se mélangeant aux miens tandis qu'elle dési-gnait les caractéristiques du rasoir. Vous pouvez soit le brancher comme n'importe quel rasoir, ou bien l'empor-ter avec vous quand vous voyagez, et il marchera des jours et des jours sans le recharger.

— C'est formidable, dis-je, et j'ouvris le plus gros des trois paquets ; c'était un bagage à main, un nécessaire de voyage en vinyl ocre. Ah hah, fis-je. Un truc pour met-tre tout le reste dedans.

— Tout ça vous plaît, c'est bien vrai ? me demanda-t-elle.

— Tout me plaît, lui répondis-je, et puis je lui avouai une vérité : et je suis amoureux fou de vous.

Désormais je vivais au présent immédiat, comme un aveugle qui descend d'une montagne. Je me réveillais cha-que matin plein de tension, d'incertitude, environné des volutes des mauvais rêves, je me calmais avec des bois-

sons au rhum chaque après-midi, et puis me consacrais
à la vérité de mon amour pour Eileen chaque soir et chaque nuit. Mes problèmes étaient critiques mais pas brûlants, graves mais pas insolubles. Il semblait qu'il n'y
avait rien que je puisse entreprendre pour me sauver moi
ou le monastère, aussi m'installai-je plutôt dans une frénétique inactivité, en essayant de ne pas penser.

Le dimanche nous allâmes à la messe, nous, les quatre
occupants de cette maison. Il y avait une petite et antique église couverte de vigne dans la ville voisine de Loiza
Aldea, mais assister à cette messe était autant une expédition touristique qu'un besoin religieux, aussi nous la
laissâmes de côté et roulâmes trente kilomètres de plus
jusqu'à San Juan et la Cathédrale de San Juan Bautista,
qui a pour vedette principale la tombe de marbre de
Ponce de Leon à l'intérieur, et une statue du même gars
sur le parvis, pointant un doigt plutôt languissant vers
l'avant. (A part sa célèbre quête de la fontaine de jou-
vence, au lieu de quoi il découvrit la Floride, Ponce de
Leon fut le premier gouverneur espagnol de Porto Rico.)

La messe que nous suivîmes là parut une cérémonie
plus ancienne et plus riche que ce à quoi j'étais habitué
à New York, en quelque sorte plus profondément catholique romaine et pourtant beaucoup plus indifférente.
J'avais pensé que je risquais d'être gêné là-bas, ou bien
que je pourrais profiter de l'occasion pour chercher conseil, mais cette version de Dieu semblait peu encline à jeter
un Oeil ou une Oreille dans la direction d'un quelconque moine pécheur obsédé par le sexe ; il faudrait le feu
et le sang pour attirer l'attention de ce Dieu du sud.

En revenant de la messe, nous nous arrêtâmes sur la
route pour le déjeuner et l'apéritif, puis repartîmes avec
Neal au volant et Eileen et moi enfournés à l'arrière. Je
lui touchai la jambe, une de mes habitudes, mais elle
repoussa ma main. Je demandai :

— Qu'est-ce qu'il y a ?

— Pas juste après la messe, répondit-elle. Elle évita de
me regarder, et, les sourcils froncés, considéra le paysage

derrière sa vitre. Peut-être demain.

— Vous voulez dire, jamais le dimanche ? Le rhum que j'avais bu au déjeuner me faisait tout voir sous un jour très drôle.

— Pas *ce* dimanche, spécifia-t-elle, et sa façon de froncer les sourcils lui donna l'air d'une inconnue.

Nous le fîmes, pour tout dire, tard ce soir-là, mais un petit quelque chose avait changé. Ma semaine de sexe avait éveillé en moi une faim restée en veilleuse pendant longtemps, et désormais mes mains semblaient toujours se tendre en direction d'Eileen ; je n'étais pas dans un état d'esprit à critiquer ou analyser les rencontres individuelles, mais même moi je pus sentir que cette séance-là manquait de quelque chose. Eileen se cramponnait plus et pourtant était plus lointaine, et je me sentais à la fois rassasié et affamé. Nous étions comme des acteurs qui avaient tourné avec une pièce des années auparavant, et qui, en remontant sur la scène après une longue absence, découvrent qu'ils se souviennent de toutes les répliques et de tous les détails de mise en scène mais qu'ils ont oublié pourquoi en premier lieu ils ont choisi de jouer cette pièce.

Le matin j'appelai American Airlines. Eileen n'était pas encore réveillée, et je parlai à voix basse pour demander une place sur le prochain avion en partance pour New York.

— Je suis désolée, monsieur, répondit la voix à l'accent espagnol, nous sommes complet pour aujourd'hui.

— Demain, alors.

— Archi-complet, monsieur, dit-elle. Elle s'arrangeait pour avoir l'air à la fois enjouée et désolée. Je pourrais vous mettre en standby, si vous le désirez, mais je ne crois pas qu'il y ait beaucoup d'espoir, pour être franche avec vous.

C'était absurde. Voilà que finalement je *voulais* Voyager, et les dieux du Voyage me le refusaient. Je demandai :

— Bon, pour quand *pouvez*-vous me faire une

réservation ?

— Attendez voir, monsieur. Mm-hm, mm-hum. Nous pourrions vous donner une place sur le vol du mercredi matin.

— Mercredi. (Et nous avions à peine entamé le lundi : qu'allais-je faire pendant les deux prochains jours ?)

— C'est ça, monsieur. Désirez-vous faire une réservation ?

— Oui, dis-je.

— Cela donnerait mercredi, le trente et un décembre, annonça-t-elle.

Le trente et un décembre. Le Réveillon du Jour de l'An, le dernier jour de la date limite pour le monastère.

— C'est ça, dis-je.

Donc je m'en allais ; mais où ? Je rentrais au monastère ?

Ils me reprendraient, je le savais, qu'importe ce que j'avais fait pendant mon temps à l'extérieur, mais pouvais-je, *moi*, accepter de nouveau ma présence là-bas ? Si le monastère, si son existence et sa destruction (et mon échec pour empêcher cette destruction), était une barrière perpétuelle entre Eileen et moi — et ça l'était — ne serait-ce pas autant une barrière entre l'Ordre et moi ? Quand mes frères, à un moment ou un autre au printemps prochain, seraient chassés de leur foyer et installés dans un quelconque campus désaffecté des Job Corps* ou une usine de sodas en faillite, comment pourrais-je jamais me compter parmi eux ? Comment pourrais-je vivre avec eux ? J'avais été leur ultime espoir, et j'avais échoué.

D'abord j'avais pensé que je devais choisir entre Eileen et le monastère, mais en vérité mon éventail d'options n'était même pas aussi large que ça. Je ne pouvais pas rester avec Eileen si la perte du monastère était un fait permanent entre nous, mais je ne pouvais pas non plus sauver le monastère en renonçant à Eileen. J'y renonçais,

* Association subventionnée par le Gouvernement pour procurer de petits emplois aux jeunes chômeurs (NdT).

270

oui, c'était bien ce que je faisais à l'instant, mais seulement parce que l'idée très ridicule de vivre ensemble avait fait son temps. Je devais partir, mais mes raisons étaient personnelles et je ne pouvais pas utiliser notre séparation pour sauver le monastère. Je ne pouvais pas me résoudre à accéder à l'autre demande de Dan Flattery. Je ne pouvais absolument pas lui raconter que j'avais menti.

Bien sûr, j'aurais dû le faire. Comme Roger Dwarfmann l'avait déclaré, en citant l'Ecriture à son profit, «Faisons le mal pour qu'en sorte le bien.» Mais je ne le pouvais pas, et c'était là mon échec. Je ne pouvais pas partir en lui laissant l'idée que j'étais un menteur et un escroc, qui l'avait dupée, qui ne l'avait pas aimée.

Elle se leva tard ce jour-là, pendant que j'étais assis sur la plage devant la maison — je ramènerai un bronzage vraiment étonnant dans notre nord-est sombre et froid — à répéter plusieurs façons de lui annoncer que je ne pouvais pas rester, que je n'étais pas fait pour ce monde ni aucun autre de ses mondes à elle. J'étais de nouveau un moine, que je retourne à l'Ordre Crépinite ou non. Il faudrait que je me trouve un autre de ces endroits ; voilà pour quoi j'étais fait. Peut-être que cet Ordre Dismal d'anciens gangsters dont le Frère Silas m'avait parlé m'accepterait — je pourrais me joindre à ces moines criminels dans l'ersatz de San Quentin qui les abritait désormais.

Mais que diable allais-je dire à Eileen ?

«Je vous aime mais je ne peux pas rester ?»

«J'étais heureux et content avant que tout ceci ne commence, et maintenant je suis perdu et malheureux. Peut-être ne suis-je qu'un lâche, mais je dois essayer de retourner là où je me trouvais auparavant.»

«Le monastère, ce simple et ridicule bâtiment, se dresse entre nous et pour toujours, et plus encore quand il sera démoli.»

«Vous ne voudrez pas de moi pour toujours. Je ne suis qu'une période de repos entre deux combats pour trouver comment vivre votre vie.»

«Vous saviez hier, vous saviez cette nuit, que nous deux c'est fini, que ce n'est plus qu'une question de temps.»

Elle sortit enfin de la maison, portant son maillot de bain lavande sous un peignoir en éponge bleu, et en la regardant je compris que le retour au célibat s'avérerait une dure transition. Mais cela avait été difficile la première fois, dix ans plus tôt, jusqu'à ce que petit à petit la démangeaison s'apaise, comme elle le ferait à nouveau ; l'abstinence rend le cœur plus paisible.

Elle avait un verre à la main, de toute évidence un de nos cocktails au rhum, ce qui était inhabituel aussi tôt dans la journée. Elle était très fripée autour des yeux et de la bouche, comme si elle avait perdu la capacité de résister au soleil et qu'il commençait maintenant à la ratatiner. Et l'expression de ses yeux était à la fois tendre et dure. Quand elle fut tout près, elle s'agenouilla à côté de moi sur le sable et déclara :

— Je veux vous parler.

— J'ai quelque chose à vous dire, annonçai-je.

— Moi d'abord. Vous devez repartir.

Soudain cela parut trop brusque. Mon estomac eut un sursaut, j'avais besoin que les choses ralentissent.

— Je vous aime vraiment, dis-je, et j'avançai le bras pour prendre sa main.

Elle ne me laissa pas la toucher.

— Je le sais, répondit-elle, mais vous ne pouvez pas rester. Ce n'est bon pour aucun de nous deux.

Puis elle ajouta :

— Tout ce que j'ai fait c'est vous fiche en l'air, vous perturber et vous rendre malheureux. Il faut que vous retourniez où vous étiez avant que j'arrive.

Puis elle ajouta :

— Ce monastère, cet endroit détestable, il ne nous laissera pas en paix tous les deux.

Puis elle ajouta :

— Je ne suis pas du style «pour toujours», mais vous si. Je suis sans cesse en train de courir vers quelque chose ou de courir pour échapper à quelque chose. Je serai comme ça toute ma vie. Si vous restez avec moi, un beau jour je vous laisserai tomber et c'est une culpabilité que je serais incapable d'assumer.

Puis elle ajouta :

— Vous savez que j'ai raison. Vous le saviez hier, que nous ne pouvons pas continuer.

Elle m'avait piqué toutes mes répliques. Je dis :

— J'ai une réservation sur l'avion du matin, mercredi.

Eileen me conduisit à l'aéroport. J'avais passé les deux dernières nuits sur ce divan en osier au salon, j'avais évité la plus petite goutte de rhum depuis que ma décision était prise, et j'avais retrouvé ma robe et mes sandales. J'étais aussi une épave côté physique à cause du manque de sommeil, une épave affective sur les principes généraux, et une épave morale parce que plus que jamais j'avais une envie maladive du corps d'Eileen. Plus. Nous avions passé une semaine ensemble, et fermer le robinet était plus facile à dire qu'à faire. Sa proximité dans la Pinto me faisait trembler.

Mais j'étais fort — ou faible, selon le point de vue — et je ne modifiai pas ma décision. Nous arrivâmes à l'aéroport, Eileen m'accompagna jusqu'au contrôle de sécurité, et nous dîmes au revoir sans un geste. Une poignée de main aurait été ridicule, et quoi que ce soit de plus bien trop dangereux.

A la fin, au moment où je m'apprêtai à la quitter, elle dit :

— Je suis désolée, Charl... Je suis désolée, Frère Bénédict. Pour tout ce que la famille Flattery vous a fait endurer.

— La famille Flattery m'a donné l'amour et l'aventure, répondis-je. Y a-t-il de quoi être désolée ? Je me souviendrai de vous toute ma vie, Eileen, et pas seulement dans mes prières.

Et puis elle m'embrassa, sur la bouche, et partit en courant. C'est une bonne chose qu'elle soit partie en courant.

273

15.

Mon voisin pendant le vol de retour était un homme maigre à l'air revêche, dans les cinquante ans, qui me lança un regard rapide et sec quand je m'installai dans mon fauteuil côté allée, et puis retourna à son examen buté du monde à l'extérieur de son hublot.

L'avion n'était même pas à moitié plein, et la plupart des passagers — comme celui à côté de moi — étaient des hommes voyageant seuls. Tous les Voyageurs des vacances étaient vraisemblablement arrivés à destination désormais, ne laissant que ces quelques vagabonds solitaires sans nul doute en Voyages d'Affaires.

L'avion décolla, l'hôtesse apporta à mon voisin un Jack Daniel's on the rocks et à moi une tasse de thé à peine infusé, et pendant un moment nous Voyageâmes en silence. Le Jack Daniel's était méthodiquement mis à profit et remplacé par un autre absolument identique ; j'aimais assez les petites bouteilles, mais ne voyais pas comment demander si je pouvais prendre les vides. Je lus le magazine interne de la compagnie d'aviation, en fis les mots croisés, et me demandai comment la famille Razas se portait. Ce voyage-ci était vraiment très différent.

Mon voisin ingurgitait imperturbablement son Jack Daniel's, vidant une petite bouteille après l'autre, mais pas comme s'il prenait plaisir à le boire, comme si c'était un devoir auquel il était contraint. Quelque chose à mi-chemin entre la médecine et le rite. Il buvait, et buvait encore, par petites gorgées régulières, qui n'étaient jamais ostentatoires, jamais de longues goulées assoiffées, mais qui dans leur inexorabilité suggéraient qu'il pourrait débarrasser le monde de son stock entier de Jack Daniel's si un beau jour il lui prenait cette idée.

Je terminai le magazine, le replaçai dans sa poche à l'arrière du fauteuil de devant, et mon voisin dit, sur le ton du plus profond dégoût :

— Le voyage. Beuh.

Je me tournai vers lui, un peu surpris, et le découvris fixant un regard sombre sur le fauteuil de devant, et semblant se demander si oui ou non il allait le mordre. Il ne m'avait sans doute pas adressé la parole, mais j'étais un peu curieux à son sujet, je m'ennuyais un peu (et j'essayais de toute mes forces de ne pas penser combien j'avais envie de sauter de cet avion et de nager comme un fou vers elle et de m'attacher à elle comme une chemise bourrée d'électricité statique), alors je demandai :

— Vous n'aimez pas le Voyage ?

— Je le déteste, répondit-il, d'une voix si plate et si rauque que je m'éloignai de lui instinctivement. Il continua à regarder droit devant lui d'un air furieux, mais maintenant son œil brillait comme si son seul plaisir dans la vie était la contemplation de sa haine du Voyage.

Je dis :

— J'imagine, pourtant, qu'on s'y habitue.

Maintenant il se tourna pour me dévisager, et je vis que ses yeux étaient quelque peu injectés de sang. Et puis, ses joues étaient tirées, ses cheveux clairsemés au sommet de son crâne étroit, et la chair autour de ses tempes semblait grise. Il me rappelait le heurtoir de Marley. Il dit :

— S'y *habituer ? Moi* j'y suis habitué, oh, oui, *moi* j'y suis habitué.

— Vraiment ?

— Je fais plus d'un quart de million de kilomètres par an, m'informa-t-il.

— Dieu Tout-Puissant ! Je veux dire, euh, ça alors. Pourquoi ?

— Obligé, dit-il. Il avala une de ses impitoyables gorgées de Jack Daniel's.

— Mais si vous haïssez tant le Voyage, pourquoi...

— Obligé !

La violence semblait très possible venant de ce monsieur, mais ma curiosité triompha de ma prudence.

— Mais pourquoi ? persistai-je.

Gorgée. Regard noir. Gorgée.

— Je suis agent de Voyages. Il s'exprima d'une voix plus calme, mais aussi plus désespérée. Les compagnies aériennes me transportent, les hôtels m'accueillent, les restaurants me nourrissent. Et je suis obligé d'y aller, il faut que je sache ce qu'il y a là dehors. Il tourna la tête pour lancer des regards furieux par le hublot, accablant de sa haine tout ce qui se trouvait «là-dehors».

— Je ne comprends pas, dis-je. Je ne sais presque rien du Voyage, et...

— Vous êtes un homme heureux, m'assura-t-il. Dans ma profession, c'est Voyager ou mourir. Le client entre, le client demande, «Quel est le meilleur hôtel à Quito ?» Bon, supposons que personne dans mon agence n'ait été à Quito depuis dix ans, et que nous lui répondions l'Asuncion. Alors il réserve là-bas, parce que nous ignorons que la famille qui dirige l'Asuncion l'a vendu il y a trois ans à une chaîne hôtelière brésilienne et que c'est la débâcle. Est-ce que c'est un client que je reverrai un jour ?

— J'imagine que non, admis-je.

— J'imagine que non, répéta-t-il en écho, mais sa raillerie — si c'en était une — semblait plus dirigée contre la vie en général que contre moi. Je vends le monde, reprit-il. Vous savez ce que ça signifie ? Il brandit une de ses mains osseuses entre nous, arrondit les doigts autour d'un globe imaginaire, soupesant ce globe imaginaire dans la paume de sa main. Le monde est ma marchandise, et je dois savoir ce que j'ai en magasin.

— Je vois, dis-je. Je le considérai maintenant avec un mélange de pitié et d'effroi respectueux. Et est-ce que *tous* les Agents de Voyages doivent subir ceci ?

— Bah ! répondit-il, et il fit s'entrechoquer les glaçons de son verre vide sous le nez de l'hôtesse qui passait.

— Oui, monsieur, dit-elle, et elle jeta un regard vers moi. Et vous, monsieur ?

— Bien sûr pour lui, gronda mon voisin.

— Oh, non, protestai-je. Vraiment je ne... je n'ai pas

276

d'argent.

— Vous êtes mon invité, me dit-il, et il jeta un regard de travers à l'hôtesse. Il est mon invité.

— Oui, M. Schumacher, répondit-elle, lançant en vain son sourire contre la falaise de granit de son visage à lui, et elle s'éloigna en hâte, ses cuisses frottant l'une contre l'autre dans sa minuscule jupe d'uniforme. Je la regardai descendre l'allée à grands pas, et compris avec fatalisme qu'au lit je nourrirai mes fantasmes avec les trois cents prochaines femmes que je croiserai, et je fus reconnaissant quand mon voisin, M. Schumacher, détourna mon attention en déclarant, d'un ton amer :

— Tout le monde me connaît.

Etait-il possible que ce soit un tel cauchemar d'être connu d'une fille aussi séduisante ? Regrettant que mes pensées ne soient pas ailleurs, je me tournai vers lui et rappelai :

— Vous disiez, à propos des autres agents de Voyages...

— Je disais. «Bah !» me dit-il. Des ronds-de-cuir qui se prennent pous Dieu sait quoi, pour la plupart. Remplir un billet d'avion pour Disneyworld est à peu près tout ce qu'ils sont capables de faire. *Je* suis un *Agent de Voyages*. Ma carte.

Il fit jaillir la carte d'une poche intérieure avec un geste virtuose, me la tendit entre l'index et le majeur, et je la pris pour découvrir un globe stylisé centré dans le rectangle, entouré par le nom de l'entreprise : *Schumacher & Sons*. En bas s'étiraient deux petites lignes de caractères imprimés annonçant. «Bureaux à New York, Londres, Los Angeles, Chicago, Caracas, Tokyo, Munich, Johannesburg, Rio de Janeiro, Toronto, Mexico City et Sydney.» En haut à droite, en simples petites majuscules d'imprimerie, était inscrit le nom, «Irwin Schumacher.»

J'étudiais toujours cette carte, qui réussissait à être absolument bourrée d'informations et pourtant absolument pas fouillis — à l'encontre, par exemple, des tirés-à-part du Père Banzolini — quand l'hôtesse revint avec nos boissons. Elle m'aida à abaisser ma tablette fixée au dossier du fauteuil de devant, ce qui nous valut une promiscuité que je trouvai à regret délicieuse, et puis elle me donna mon verre de glaçons et deux petits flacons de Jack Daniel's. Bon, c'était une façon d'avoir mes bouteilles vides : souvenirs de mes Voyages, à mettre à côté de l'horaire de train du Frère Oliver.

L'hôtesse retourna enfin à ses autres obligations, et je retournai à mon examen de la carte, en demandant :

— Vous êtes le père ou l'un des fils ?

— Un petit-fils, répondit-il d'un ton maussade. Tous les faits semblaient le rendre amer. Mon grand-père a fondé la société avec une petite boutique dans la section de Yorkville à New York, en vendant des passages aux Allemands sur les paquebots de la Lloyd Line.

— Je connais Yorkville, remarquai-je. Je vis pas très loin.

— Vous vivez quelque part, souligna-t-il. Il paraissait envieux, attristé, nostalgique.

— Dans un endroit magnifique, lui dis-je, oubliant pour le moment que je risquais de ne plus jamais y vivre.

Il me regarda comme un homme affamé pourrait regarder quelqu'un qui rentrerait tout juste d'un banquet.

— Parlez-m'en, demanda-t-il.

— Eh bien, c'est un monastère, vieux de deux siècles.

— Le quittez-vous souvent ?

— Presque jamais. Nous ne croyons pas au Voyage.

Il saisit mon avant-bras juste au moment où j'allais boire une gorgée.

— Vous ne croyez pas au Voyage ! Est-ce possible ?

— Nous sommes un Ordre contemplatif, expliquai-je, et l'un des souhaits de notre fondateur était que nous méditions sur le Voyage Terrestre. Nous l'avons trouvé dans la plupart des cas inutile et sans discernement.

— Nom de *Dieu*, monsieur ! (De l'animation brilla dans ses yeux pour la première fois. Je ne dirais pas vraiment qu'il sourit, mais sa véhémence parut tout à coup beaucoup plus positive, beaucoup moins désespérée.)

— Parlez-moi encore de cet endroit ! s'écria-t-il. Racontez-moi tout !

Je m'exécutai. Entre deux gorgées de Jack Daniel's — et un renouvellement constant de petites bouteilles pleines par la petite hôtesse aux formes pleines — je lui racontai tout. Je lui parlai de notre fondateur, Israel Zapatero, et de sa visitation par les Saints Crépin et Crépinien en plein océan. Je lui racontai l'histoire de ces saints, et l'histoire de Zapatero, et l'histoire de notre Ordre. Je décrivis nos réflexions sur la question du Voyage, nos conclusions, nos postulats, nos hypothèses. Je décrivis mes frères religieux, un par un, dans le plus grand détail.

Tout ceci prit plutôt longtemps, et une grande quantité de Jack Daniel's.

— On dirait le Paradis ! s'écria-t-il, à un moment, et je répondis :

— C'*est* le Paradis ! et me tournant vers lui je vis qu'il était en larmes. Bon, et moi aussi.

Il m'interrogea tandis que je poursuivais. Encore des détails, et encore, et encore. Et encore du Jack Daniel's, et encore, et encore. J'avais des bouteilles souvenirs vides pour toute notre Confrérie, et plus. Je décrivis notre traditionnel repas de Noël, je décrivis notre grenier, je décrivis notre cour et notre vigne et notre cimetière et notre chapelle et notre cave.

Et finalement, je décrivis notre fâcheuse situation présente. Les bulldozers, les promoteurs immobiliers, l'Errance dans les désert qui serait notre lot.

— Oh, non ! s'écria-t-il. Il ne faut pas que cela arrive !

— Tout espoir est perdu, lui expliquai-je. Et puis, l'estomac plein de Jack Daniel's, je le regardai en fronçant les sourcils, en me demandant si d'aventure Dieu n'avait pas envoyé cet homme au dernier moment — machina ex Deus ? — avec ce salut inattendu qui changerait tout.

Non. Je le vis secouer la tête, et compris que lui aussi

était mortel.

— C'est un crime, s'indigna-t-il.

— Absolument, admis-je, et je passai un petit moment à me battre avec la capsule d'une nouvelle bouteille de Jack Daniel's. Elles devenaient de plus en plus embêtantes pour je ne sais quelle raison.

— Mais vous allez emménager ailleurs, non ?

— Oh, oui, bien sûr. Nous ne nous disperserons pas.

— Et vous n'êtes pas des prêtres, dites-vous. Un homme pourrait venir de la rue et être accepté parmi vous. Comme ce Frère Eli dont vous m'avez parlé, le sculpteur sur bois.

— Absolument, répétai-je. (J'avais soudain découvert que c'était un mot que j'aimais dire à haute voix.) Je recommençai : Absolument.

M. Schumacher resta silencieux un moment, quand je me tournai vers lui il était plongé dans ses pensées, il mordillait sa lèvre supérieure. Je le laissai penser en paix, et à la fin il murmura (pour lui, pas pour moi), je ne vois jamais ma famille de toute façon. Ils ne remarqueront jamais la différence.

J'envisageai de dire «absolument,» mais me retins. La phrase ne m'avait pas été adressée, après tout, et je n'étais pas non plus entièrement sûr qu'«absolument» fût la bonne réponse à ce qui avait été dit.

M. Schumacher continua à méditer, mais sans plus exprimer ses pensées, et je terminai ma dernière petite bouteille de Jack Daniel's. Je levai les yeux, dans l'espoir de croiser le regard de l'hôtesse pour qu'elle me resserve, et je la vis descendre l'allée dans ma direction, s'arrêter tout du long pour dire quelque chose à chaque passager. Quand elle arriva près de nous elle le dit à nouveau :

— S'il vous plaît attachez vos ceintures, nous atterrissons dans un moment.

— Fini le Jack Daniel's ?

Elle me sourit et secoua la tête.

— Navrée, mon Père, répondit-elle.

— Mon Frère, corrigeai-je, mais elle était déjà passée.

280

Je cliquetais à chaque pas. Un tas de petites Jack Daniel's étaient stockées sur ma personne, et elles tintinnabulaient avec mes mouvements comme si j'étais une espèce de carillon éolien vivant.

Nous avions atterri, en nous laissant glisser vers New York dans le ciel de fin d'après-midi, jusqu'à l'arrêt complet. La porte de l'avion s'était ouverte, pour révéler un couloir de l'autre côté — ce couloir avait-il pu voler depuis Porto Rico avec nous ? — et M. Schumacher et moi nous étions mêlés aux autres passagers descendant d'avion pour descendre d'avion. Je portai mon nécessaire de voyage en vinyl, avec dedans mon rasoir neuf et mon réveil neuf et les chaussettes du Frère Quillon, et M. Schumacher portait un sac de toile fatigué zébré de fermetures éclair.

Il était resté silencieux pendant toute notre descente, et ne prononça pas un seul mot jusqu'à ce que nous soyions passé dans ce mystérieux couloir pour nous retrouver dans le bâtiment terminal. Alors il demanda :

— Vous avez des bagages ?

Je levai le nécessaire de voyage.

— Ça.

— Non, autre que ça. A récupérer. Il désigna une pancarte annonçant *bagages,* avec une flèche.

— Oh, non, dis-je. C'est tout ce que j'ai.

— Impec, commenta-t-il. Voyagez léger. Puis il fronça les sourcils, prit un air furieux et ajouta, si vous comptez encore Voyager.

— Non, assurai-je. Plus jamais.

— Brave garçon, dit-il. Bon, alors, allons-y.

— Allons-y ?

Il fut agacé par mon ébahissement.

— Qu'est-ce que vous croyez ? Je viens avec vous. Voyage, adieu !

Nous Voyageâmes, pourtant, en taxi, de l'aéroport jusqu'à Manhattan. Et assis à côté de lui sur ce siège arrière j'essayai avec douceur de lui suggérer que sa soudaine hâte n'était qu'un caprice passager, une passade causée par le Jack Daniel's et la lassitude du Voyageur.

Mais il ne voulut pas en démordre.

— Je sais de quoi je parle, assura-t-il. Vous m'avez décrit un endroit dont j'ai rêvé toute ma vie. Croyez-vous que j'aie *voulu* entrer dans cette profession ? Un petit-fils d'Otto Schumacher, quelle possibilité avais-je ? Voyager Voyager Voyager on m'a fait entrer ça de force dans la tête dès le jour où j'ai appris à marcher. Un jour, d'ailleurs, que j'ai maudit depuis lors.

— Mais votre famille. N'avez-vous pas une femme, des enfants ?

— Les enfants sont grands, m'expliqua-t-il. Ma femme me voit à peu près deux jours par mois, quand je lui apporte ma lessive. Elle dit : «Comment s'est passé le voyage ?» et je dis, «Très bien.» Et puis elle dit, «Bon voyage,» et je dis, «Oui.» Si jamais ça lui manque, je peux téléphoner.

— Votre travail ?

— Laissez mes frères s'en occuper. Et mes cousins et mes oncles. Aucun de mes fils ne marcherait sur mes pas — une expression épouvantable, ça — donc je quitte le monde la conscience limpide.

— Mais pas la tête limpide, rétorquai-je. Je sais que *je ressens* les effets de tout cet alcool.

— Si je change d'avis demain, me dit-il, je peux toujours m'en aller, non ? Vous autres n'allez pas m'enchaîner à un anneau dans le mur, hein ?

— Absolument pas ! m'écriai-je, trouvant un autre emploi pour mon mot favori.

— Très bien, alors. Et il regarda droit devant lui, avec un sourire joyeux, plein d'espoir et — pensais-je — un peu fou.

Le bâtiment était là, où je l'avais laissé, mais son avenir désormais pouvait se compter en jours, peut-être en heures. A minuit il commencerait à s'évanouir, comme le carrosse de Cendrillon. M. Schumacher, la joue contre la vitre du taxi, demanda :

— C'est ça ?

— C'est ça.

— Il est superbe.

Il paya la course et nous nous hissâmes sur le trottoir, libérant le taxi pour qu'il se rejette dans la mêlée. J'étais certainement pas plus saoûl qu'à ma descente d'avion, mais pour je ne sais quelle raison je me sentais moins stable sur mes pieds, et apparemment M. Schumacher était tout à fait dans la même situation. Nous nous appuyâmes l'un contre l'autre pour trouver un soutien, chacun de nous empoignant son sac, et nous nous arrêtâmes un moment sur le trottoir pour contempler le mur de pierre presque neutre — le front sans intérêt — que le monastère présentait au monde éphémère. Il était cinq heures passées maintenant, le soir approchait, et dans la lumière déclinante ce mur de pierres semblait en quelque sorte plus réel, plus considérable, que les érections de verre, d'acier et de chrome qui pointaient vers le ciel tout autour de nous. Celles-là en leur temps tomberaient d'elles-mêmes, mais ce mur de pierre devrait être assassiné.

— Il est superbe, répéta M. Schumacher.

— Superbe, reconnus-je. Et condamné.

— Oh, il ne le faut pas, protesta-t-il.

Des passants s'arrêtaient pour nous regarder, sans savoir s'il fallait froncer les sourcils ou rire. Je proposai :

— Et si nous entrions ?

— Absolument, répondit-il, ayant adopté mon mot préféré.

La porte de la cour était fermée — c'*était* important de fermer la grange après que le cheval se soit enfui — alors nous titubâmes vers la porte du scriptorium, qui était aussi fermée. Se jeter dessus à grand fracas, cependant, via mon poing et le soulier de M. Schumacher, fit apparaître un Frère Thaddeus effaré, qui d'abord regarda bouche bée M. Schumacher, puis moi :

— Oh ! Frère Bénédict !

— Frère Thaddeus, dis-je, trébuchant sur la marche, laissez-moi vous présenter M. Schumacher.

— Thaddeus, dit M. Schumacher. Il saisit la main du

283

Frère Thaddeus et le dévisagea avec attention. Le Marin Marchand, déclara-t-il, arrivé au port. Le navigateur, qui rentre chez lui.

— Eh bien, dit le Frère Thaddeus, en clignant des paupières, l'air ahuri. Eh bien, oui. C'est ça.

Je réussis à entrer dans le bâtiment et à fermer la porte derrière moi.

— Je l'ai rencontré au cours de mes Voyages, expliquai-je.

— Je veux me joindre à vous, lui déclara M. Schumacher.

— Ah, dit le Frère Thaddeus. C'est très gentil.

Pour je ne sais quelle raison, j'avais l'impression qu'il se moquait de nous deux.

Je demandai :

— Où est le Frère Oliver, vous avez une idée ?

— Dans la chapelle, répondit-il. Ils sont tous là-bas, une vigile, des prières pour une grâce de dernière minute. L'espoir entra dans ses yeux et il demanda, nous apportez-vous de bonnes nouvelles, Frère Bénédict ?

— Je suis désolé, m'excusai-je, et je compris que j'allais voir cet air accablé encore quatorze fois avant la fin de la journée. J'ai échoué, avouai-je.

— Ne dites pas cela. Vous avez fait de votre mieux, m'assura-t-il. Bien sûr que vous avez fait de votre mieux.

— Cela ne *doit* pas arriver, annonça M. Schumacher. Maintenant il regardait d'un air furieux tout autour de lui les boiseries du scriptorium, avec dans son expression un étrange mélange de défi et d'orgueil du propriétaire.

Je dis :

— Venez, M. Schumacher. Allons voir le Frère Oliver.

— Précisément, répondit-il.

Nous laissâmes nos bagages avec le Frère Thaddeus et traversâmes le bâtiment jusqu'à la chapelle. M. Schumacher aimait tout ce qu'il voyait en chemin, des chambranles de portes aux Vierges à l'Enfant.

— Merveilleux, s'exclama-t-il. Précisément.

La chapelle était silencieuse quand nous y pénétrâmes,

mais pas pour longtemps. Les visages pivotèrent, les robes et les sandales bruissèrent tandis que les frères quittaient leurs bancs, et d'abord la question fut posée à mi-voix : «Quelles nouvelles ?» «Avez-vous réussi, mon Frère ?» «Sommes-nous sauvés ?»

— Non, répondis-je. Non. Je secouai la tête et les têtes retombèrent, et ils s'agglutinèrent autour de M. Schumacher et moi au fond de la chapelle pour entendre le pire.

Quand le Frère Oliver s'approcha, je présentai M. Schumacher.

— Il veut se joindre à nous, annonçai-je, me sentant vraiment comme le gamin-au-petit-chien («Il m'a suivi jusqu'à la maison. Je peux le garder ?»), et j'ajoutai : il est agent de Voyages.

— Plus maintenant, intervint M. Schumacher. Je ne Voyagerai plus. Je suis rentré au bercail, mes Frères, si vous voulez de moi. Puis-je devenir l'un des vôtres ? Oui ?

Tout le monde semblait un peu interloqué par la véhémence de M. Schumacher, et aussi, peut-être, par le fait qu'à la fois M. Schumacher et moi titubions légèrement. Quant à moi je ne me *sentais* plus ivre, mais mon pas et ma langue étaient encore loin tous deux d'être assurés.

Pourtant, le Frère Oliver prit la situation en main, pensai-je, avec maestria, en déclarant à M. Schumacher :

— Eh bien, évidemment vous pouvez rester aussi longtemps qu'il vous plaira. Après un jour ou deux, il sera temps de parler de votre avenir.

— Précisément, répondit M. Schumacher. Apparemment, c'était là *son* mot préféré.

Le Frère Flavian éclata soudain :

— Et *notre* avenir, alors ? Allons-nous *perdre* ?

— Nous avons fait de notre mieux, lui répondit le Frère Oliver, et je remarquai que personne ne regardait ouvertement dans ma direction. Si c'est la volonté de Dieu que nous quittions cet endroit, alors elle doit...

— Mais ce *n'est pas* la volonté de Dieu ! insista Flavian. C'est la volonté de *Dimp* !

Le Frère Clemence intervint :

— Flavian, il vient un temps où il est inutile de se répandre en injures contre le destin.

— Jamais !

Le Frère Leo déclara :

— Je suis d'accord avec Flavian. Nous aurions dû être plus résolus dès le départ. Nous aurions dû être plus belliqueux.

Plusieurs Frères réagirent à ceci, pour ou contre, et il semblait que des discussions plutôt enflammées allaient démarrer quand le Frère Oliver lança d'une voix très forte :

— Dans la *chapelle ?* Et regardant autour de lui, il ajouta, il n'y a tout simplement rien d'autre à faire, voilà. Tout est terminé, et il n'y a rien à gagner à nous disputer entre nous. Surtout dans la chapelle.

— Précisément, dit M. Schumacher.

Il y eu un petit silence après cela, tous les visages étaient tristes ou amers et M. Schumacher secouait la tête comme s'il était mécontent de *lui* de ne pas nous sauver d'une façon ou d'une autre. Et puis j'inspirai à fond et lançai :

— Une dernière fois.

Tous me regardèrent. Le Frère Oliver demanda :

— Une dernière fois quoi, Frère Bénédict ?

— Une dernière tentative, dis-je. Nous avons jusqu'à minuit, la journée n'est pas encore terminée. Je vais aller parler à Dan Flattery.

— Flattery ? Le Frère Oliver étendit les mains. Quel bien *cela* peut-il apporter ? Nous avons déjà essayé de faire entendre raison à cet homme.

— J'ai été en pourparlers avec lui, expliquai-je, dans un certain sens, ces derniers jours. Je ne sais pas s'il y a quelque chose que je peux faire ou non, mais il faut que j'essaye. Il le faut. J'y vais tout de suite.

Le Frère Flavian déclara :

— Je viens avec vous.

— Non, je...

— Moi aussi, dit le Frère Mallory.

— Moi aussi, dit le Frère Leo.

— Moi *aussi,* dit le Frère Silas.

Le Frère Clemence remarqua :

— Je crois qu'il est temps que je voie en personne ce diable de Flattery.

— Allons-y tous, s'écria le Frère Peregrine. Tous jusqu'au dernier.

Le Frère Oliver nous regarda les uns après les autres, désemparé.

— Voyager ? La communauté entière ?

— Oui ! hurlèrent les Frères Dexter, Hilarius et Quillon.

— Mais... mais comment ? Le Frère Oliver sembla vaciller sous la complexité du problème. Nous tous ? En train ?

— Attendez ! dit M. Schumacher, et nous nous retournâmes pour l'apercevoir debout très droit, un doigt pointé vers le ciel. *Je* suis le doigt du Destin, proclama-t-il. Pour quoi ma vie m'a-t-elle préparé, si ce n'est pour ce moment ? Seize... dix-sept avec moi. Véhicule pour dix-sept, New York à... Où ?

— Sayville, dis-je, d'une voix étouffée. Long Island.

— Sayville, répéta-t-il. Est-ce un téléphone que j'ai vu, là où nous sommes entrés ?

— Oui.

— Précisément, dit-il, et il sortit d'un pas énergique, tout le reste de la troupe dans son sillage.

Dans le hall, tandis que nous avancions en groupe serré vers le scriptorium, le Frère Quillon s'approcha de moi et me souffla :

— Je vous ai gardé du gâteau.

— *Merci* à vous, dis-je, touché et ravi. Merci, mon Frère.

— Votre ami, remarqua-t-il, en pointant le menton vers M. Schumacher qui négociait les virages du hall, à l'air un peu bizarre.

— Je dois vous avouer, dis-je, qu'il a bu.

Le Frère Hilarius, de l'autre côté, remarqua :

— Frère Bénédict, je dois vous avouer que *vous* avez bu.

— Dans l'avion, admis-je, comme si ça excusait tout. C'était un retour plutôt déprimant.

— Sans doute, reconnut-il.

Derrière moi, le Frère Valerian demanda :

— Frère Bénédict, je m'excuse, mais ne cliquetez-vous pas ?

Cliqueter.

— Oh oui, m'exclamai-je, en me rappelant mes souvenirs. Tout d'un coup, l'idée de distribuer des bouteilles de whisky vides comme souvenirs de mon Expédition parut une idée rien moins qu'heureuse. Intelligente, peut-être, mais pas tout à fait appropriée.

— Ce ne sont que quelques bouteilles, dis-je, et à partir de là je marchai les bras plaqués sur les côtés, pour assourdir la musique.

Le Frère Thaddeus nous regarda avec des yeux ébahis entrer en troupeau dans le scriptorium. Pendant que plusieurs Frères lui expliquaient ce qu'il se passait, M. Schumacher s'avança vers le téléphone et de mémoire composa un numéro. Nous restâmes plantés là à regarder et écouter, conscients de participer à ce qui était pour nous un rite inconnu.

M. Schumacher sifflait doucement entre ses dents. Il pianotait avec les ongles sur le dessus du bureau. Il semblait moins saôul et plus efficace, et tout d'un coup il dit :

— Allo. Ici Irwin Schumacher de chez Schumacher et Fils. Harry est là ? Il écouta, sa bouche se tortilla d'agacement, et puis il dit, *je* sais que c'est le Réveillon du Nouvel An. Croyez-vous que je puisse être dans ce métier et ne pas savoir quand c'est le Réveillon du Nouvel An ? Passez-moi Harry. Un autre silence, avec encore des sifflotements discordants entre ses dents, et puis : Harry ? Irwin Schumacher. — Très bien, et toi ? — Formidable. Ecoute, Harry, j'ai besoin d'un autocar. — Tout de suite, aller et retour ce soir, New York à Long Island. — Non, mon cher, rien de tout ça, c'est un ordre religieux.

— Harry, as-tu jamais trouvé que j'avais le sens de l'humour ? — Bon. Prise en charge au monastère, Park Avenue et 51ème. Pour Sayville, Long Island. — Ce soir. — Précisément. Facture ça à la société, Harry. — Bon. Oh, au fait, Harry, c'est mon dernier appel. Je prends ma retraite. — Oui, je suppose que tu peux appeler ça une résolution de Nouvel An. J'en ai fini avec le Voyage, Harry — C'est ça, mon vieux. Le téléphone plaqué contre sa bouche et son oreille, il nous regarda tous et regarda cette pièce avec un grand sourire éclatant sur le visage. J'ai enfin trouvé mon chez-moi, déclara-t-il. Au revoir, Harry.

16.

C'était un vrai car, avec un vrai chauffeur dans un vrai uniforme. M. Schumacher signa quelques papiers sur le porte-documents à pince du chauffeur, le Frère Oliver donna l'adresse des Flattery, et nous montâmes tous à bord pour notre Expédition.

Il était maintenant presque sept heures. Dans l'intervalle, j'avais lavé la crasse du voyage, vidé mes poches de toutes ces petites bouteilles vides, mangé plusieurs morceaux du gâteau du Frère Quillon, et bu assez de café pour me rendre à la fois raisonnablement sobre et complètement sur les nerfs.

Quoique j'imagine que j'aurais été sur les nerfs de toute façon. Quand j'avais pris ma décision, là-bas dans la chapelle, d'essayer une dernière fois auprès de Dan Flattery, je nous avais vus en confrontation privée, tous les deux, et j'avais pensé possible que quelque part dans notre relation peu enthousiaste je puisse trouver une prise à empoigner pour retourner l'homme comme une crêpe. Mais ce dessein s'était perdu presque aussitôt, et maintenant avec dix-sept d'entre nous partis en goguette, je n'avais pas la moindre idée de ce que nous espérions entreprendre ou comment nous espérions l'entreprendre.

Nous n'étions pas les seuls Voyageurs au-dehors cette nuit-là. Notre car voguait comme une baleine à travers des bancs de voitures particulières avançant en files interminables sur la Long Island Expressway. Mes compagnons, novices du Voyage (comme je l'avais été jusqu'il y a quelques semaines), regardaient par les vitres bouche bée et les yeux béants, sans même essayer de paraître indifférents ou peu impressionnés. Je me souvins de m'être comporté de la même façon lors de cette première Expédition en train ; comme j'avais fait du chemin depuis, à la fois en kilomètres et en attitude !

Ce car était très confortable, avec des sièges à dossier réglable, une allée centrale spacieuse et une sensation de souplesse et de puissance à la conduite. Le chauffeur avait un pan de tissu noir drapé derrière le dos pour éliminer les reflets gênants, aussi pouvions-nous garder la lumière allumée et nous rendre visite de l'avant à l'arrière d'un siège à l'autre. Pour ma part je restai à ma place, à côté du Frère Oliver — qui m'avait gagné de vitesse pour profiter de la vitre — mais bon nombre des autres étaient apparemment trop surexcités pour rester tranquilles à leur place et résultat, l'allée fourmillait de monde.

Plusieurs Frères vinrent faire un brin de causette avec moi, ou avec le Frère Oliver. Le premier fut le Frère Mallory, qui s'assit sur l'accoudoir du siège de l'autre côté de l'allée et tourna une bonne minute autour du pot avant d'en arriver à l'essentiel :

— Frère Bénédict, demanda-t-il, quand nous arriverons là-bas, voudrez-vous me désigner ce Frank Flattery ?

Le Frère Oliver se pencha par-dessus moi pour dire, d'un ton choqué :

— Frère Mallory ! Vous n'avez pas l'intention de *combattre* cet homme ?

— Non, non, répondit Mallory. Je veux juste le voir, c'est tout, voir à quoi il ressemble.

— Nous sommes des hommes pacifiques, lui rappela le Frère Oliver.

— Bien sûr, dit Mallory, mais d'une certaine façon l'éclair dans son œil ne me parut pas tellement pacifique, alors je déclarai :

— Frère Mallory, ça ne sera pas dans notre intérêt de provoquer la bagarre là-bas.

— Loin de moi cette idée, insista Mallory, et il s'éloigna avant que nous continuions à le sermonner.

— Hmmmm, fis-je, en regardant son large dos redescendre l'allée.

Le Frère Oliver s'éclaircit la gorge.

— Le Père Banzolini, s'il était ici, suggéra-t-il, s'accorderait à dire qu'un mensonge, vu la situation, serait un péché très très véniel.

— Je ne réussirai pas à trouver Frank Flattery, consentis-je.

Le Frère Silas vint en second, se percha sur le même accoudoir, et commença l'air de rien à nous parler de la maison Flattery. Il semblait fasciné par les détails architecturaux, la disposition des pièces etc, et je ne saisis pas où il voulait en venir jusqu'à ce qu'il demande, toujours l'air de rien :

— Vous n'avez rien vu qui ressemblait à un coffre-fort mural, non ?

Le Frère Oliver plongea par-dessus moi à nouveau ; il semblait passer la plus grande partie de ce trajet sur mes genoux.

— Frère Silas, dit-il d'un ton sévère, nous n'avons pas l'intention de *voler* le bail.

Silas nous lança ce furieux regard de culpabilité outragée qu'il employait souvent pour affronter les policiers, les juges, les directeurs et d'autres représentants du pouvoir.

— Que voulez-vous dire, voler ? Ils *nous* l'ont volé. Le récupérer, récupérer notre propriété, ce n'est pas voler.

— C'est du sophisme, Frère Silas, lui dit le Frère Oliver.

— C'est du bon sens, voilà ce que c'est, grogna Silas.

Je dis :

— Nous n'avons pas vu de coffre-fort mural. En plus, ils gardent probablement les baux et ce genre de choses dans un coffre à la banque. La plupart des gens font ainsi, non ?

Silas acquiesça, à regret.

— Ouais, reconnut-il. En général ce qu'on trouve dans une maison ce sont les bijoux.

Le Frère Oliver intervint :

— J'espère que vous n'allez pas ensuite nous proposer une attaque de banque.

Silas jeta un coup d'œil aux autres frères autour de nous.

— Pas avec cette bande, dit-il, et il s'éloigna.

Le Frère Oliver le regarda partir en fronçant les sourcils.

— Que voulait-il dire par *là* ?

— Je ne sais pas trop, répondis-je.

Le Frère Flavian fut le suivant.

— Je crois que nous devrions appeler les média, déclara-t-il.

Tandis que le Frère Oliver s'écriait, «Quoi ?», je remarquai :

— Je ne crois vraiment pas, mon Frère. Les reporters, les caméras et ces trucs-là ne se prêtent pas le moins du monde à une discussion raisonnable.

— Discussion raisonnable ? Nous parlons de *pression*. Peut-être que Dwarfmann et Snopes se fichent de la pression publique, mais Flattery doit continuer à pouvoir vivre dans sa communauté.

Le Frère Oliver revint sur mes genoux, ayant apparemment rattrapé la conversation.

— Absolument pas, déclara-t-il. Nous ne sommes pas des pingouins savants, nous sommes un Ordre Monastique et nous devons nous comporter en tant que tel.

— Même si nous perdons le monastère ?

— Faire des pitreries devant les caméras de télévision, lui assura le Frère Oliver, ne résoudra rien du tout.

— Ça a mis fin à la guerre du Vietnam, nous assura Flavian.

— Oh, si peu, observai-je.

— Ça paraît peu probable, dit le Frère Oliver. Et même si c'était vrai, mettre fin à une guerre ce n'est pas pareil que renouveler un bail.

— Même si les média venaient, intervins-je, ce qui est peu probable, et même s'ils nous prenaient au sérieux, ce qui est peu probable, et même s'ils se rangeaient de notre côté...

— Ce qui est *probable* ! insista Flavian, et il agita son poing omniprésent.

— Et même, dis-je, notre dernier délai est minuit ce soir, et notre message ne *passerait* pas dans les média avant demain au plus tôt.

— C'est la *menace,* nous expliqua Flavian. Comment pensez-vous que ce Flattery réagirait s'il jetait un coup d'œil par sa fenêtre et voyait sa pelouse pleine de caméras de télévision ?

— D'après ce que j'ai vu de lui jusqu'ici, remarquai-je, je crois qu'il attraperait une carabine.

Le Frère Oliver acquiesça et déclara :

— Je suis plus que d'accord. Nous connaissons cet homme, Frère Flavian, et je dois dire qu'il est à peu de chose près aussi colérique et entêté que vous.

— J'ai foi en la justice !

— Je n'en doute pas, remarqua le Frère Oliver.

Flavian changea de vitesse tout d'un coup, et me demanda :

— Qu'avez-vous l'intention de dire à ce Flattery ?

— Je n'en ai pas la moindre idée, admis-je.

— Ça vous ennuie si *moi* je lui parle ?

Ceci ramena le Frère Oliver sur mes genoux en moins de deux.

— *Moi* oui, déclara-t-il. Je l'interdis absolument.

293

Je dis :

— Frère Oliver, tout ce que je demande c'est de lui parler en premier. Si j'échoue, quiconque voudra lui parler le pourra, en ce qui me concerne.

— Parfait, dit le Frère Oliver.

— Parfait, dit le Frère Flavian, et *il* s'éloigna.

M. Schumacher arriva ensuite. Une sorte de sourire hébété mais béat semblait s'être fixé de façon permanente sur son visage, et je ne pouvais m'empêcher de comparer cet air euphorique avec l'expression pincée et revêche qu'il avait lors de notre première rencontre. Il s'assit là où tous les autres étaient venus se percher, se pencha par-dessus l'allée et parla par-dessus ma tête au Frère Oliver.

— Abbé, dit-il, quand je me joindrai à vous, dois-je choisir mon nom ?

— Bien sûr, répondit le Frère Oliver. Pourvu que ce soit le nom d'un saint. Ou qu'il soit biblique d'une façon quelconque.

— Oh, il est tout à fait biblique, déclara-t-il.

— Vous savez le nom que vous voulez porter ?

— Pour sûr. Son sourire se fit un peu penaud, il haussa les épaules et dit, j'imagine que c'est la conséquence de toutes ces Bibles que j'ai lues pendant des années dans ces innombrables chambres d'hôtel, mais si personne n'y voit d'inconvénient, je crois que je veux être connu désormais comme le Frère Gideon.

Il y avait une réception chez les Flattery, le seul centre d'agitation dans un quartier autrement plongé dans l'obscurité. L'allée était pleine de voitures garées et l'air était plein de musique d'accordéon. De la lumière brillait dans la nuit s'échappant de toutes les fenêtres de la maison, en haut et en bas, et des bruits de fête exubérants faisaient des bulles et moussaient parmi les accords d'accordéon.

— Oh, ciel, s'écria le Frère Oliver, en regardant à l'extérieur du car.

— Une réception, observai-je.

294

— Pourquoi une réception, demanda-t-il d'une voix plaintive. Cette nuit, entre toutes les nuits.

— Euh, mon Frère, dis-je. C'est le Réveillon du Nouvel An.

— Oh, oui.

Le Frère Peregrine, qui s'avançait vers l'avant du car, remarqua :

— Les airs d'accordéon sont une des choses qui m'ont en premier lieu chassé du monde.

Je lui demandai :

— Quel est cet air, vous le connaissez ?

— Je crains que ce soit «Danny Boy,» répondit-il. En tempo de polka. Il poursuivit son chemin.

Le chauffeur avait engagé le car parmi les voitures garées, s'était avancé aussi loin qu'il avait osé aller, et s'était maintenant arrêté, avec un grand éternuement de freins à air comprimé. Il regarda par delà le bord de son rideau de toile sombre, et cria :

— Nous y voilà, M. Schumacher.

M. Schumacher — le Frère Gideon en puissance — était encore assis de l'autre côté de l'allée à ma hauteur, et maintenant il se tourna dans ma direction pour demander :

— Bon, et maintenant ?

— Nous ne pouvons vraiment pas revenir une autre fois, remarquai-je, donc j'imagine que la seule solution c'est de se joindre à la fête.

Aussitôt dit aussitôt fait, et pendant un bon moment rien ne se passa. Flattery devait avoir invité toute sa famille au complet *et* tous ses amis *et* tous ses voisins *et* toutes ses relations de travail *et* tout le monde n'entrant pas dans les rubriques précédentes, et ils étaient tous venus, et le résultat était que seize moines en robe et capuchon (plus un semi-moine en pékin) furent engloutis dans l'incroyable cohue de gens comme un buffle d'eau dans les sables mouvants, sans causer la moindre onde d'émoi ou même d'attention. Et le second résultat est que je ne semblais pas pouvoir trouver mon hôte.

Un de mes problèmes, bien sûr, était que Dan Flattery était à tel point un genre plutôt qu'une personne, comme je l'avais remarqué quand lui et deux de ses semblables avaient émergé de son fameux bateau lors de notre première rencontre. Ballotté par la multitude, je passais mon temps à me lancer à fond de train dans le sillage d'un cou épais après l'autre, aucun d'eux ne s'avérant appartenir à l'homme que je cherchais.

Le Frère Mallory se tailla un chemin jusqu'à moi à un moment, et demanda :

— Vous l'avez vu ? Le fils, je veux dire, Frank.

— Je n'ai même pas trouvé le père, lui expliquai-je. Puis, remarquant à quel point sa mâchoire et ses yeux paraissaient crispés, je dis, Frère Mallory, vous avez promis. Pas de boxe.

— Je veux juste le voir, répondit-il, et il replongea dans la cohue. Inquiet à son sujet, mais avec des problèmes plus pressants pour me tracasser, je repris ma recherche.

Dans toute cette bousculade, j'attrapai au vol des bouts de conversation, et petit à petit j'en arrivai à comprendre que c'était *là* la société dont j'avais rencontré le sommet de l'iceberg à Porto Rico. Tous les gens qui avaient été si consciencieusement démolis par le groupe de là-bas étaient ici, les parents et les cousins et les amis d'école, les oncles déloyaux et les tantes frigides et les sœurs aînées à la cuisse hospitalière, et bien sûr *ces* gens descendaient allégrement en flammes la bande d'absents, en ce moment dans le sud.

Ce qui était pour le mieux dans le meilleur des mondes, mais où était Dan Flattery ? Pas au salon, avec sa table de mets style buffet entourée de patrons replets. Ni dans aucune des pièces qui menaient jusqu'à la véranda où nous avions tous déjeuné le premier jour où j'avais rencontré Eileen Flattery Bone. Et pas dans la cuisine pleine d'alcool et d'ivrognes, pas dans la salle à manger pleine de danseurs dingos et l'accordéoniste (un vieil homme rabougri accompagné par une machine qui faisait des bruits de tambour), pas à la queue devant l'une ou l'autre des salles de bain, ni dans aucune des chambres du premier étage avec leurs lits enfouis sous des montagnes de manteaux et leurs populations de deux ou trois ou quatre personnes absorbées dans de sérieux tête-à-tête, et enfin pas dans la bibliothèque.

Attendez ! Dans la bibliothèque. Je venais d'abandonner cette pièce et m'apprêtais à me frayer un chemin jusqu'au monde extérieur — il semblait y avoir d'autres invités occupés à je ne sais quoi dans le froid glacial de la cour — quand j'aperçus l'homme que je cherchais, appuyé à son étagère de savoir-tout-faire, et parlant avec un visage empourpré et véhément à deux répliques de son portrait-robot.

Comme ce visage devint blanc quand il me vit, sans perdre aucune de sa véhémence. Le choc, en fait, sembla simplement accentuer la patriarcale expression de détermination style bouledogue de Dan Flattery. Sans un mot à ses compagnons, il joua des coudes parmi les invités qui nous séparaient, avança son visage vers le mien, et hurla :

— Je croyais que vous alliez rester loin d'elle !

— Je veux vous parler ! hurlai-je à mon tour. (Quelqu'autre raison qu'*il* ait eu de hurler, c'était la seule façon vu la situation de se faire entendre.)

— Vous avez fait as... commença-t-il, et puis il cligna des paupières, en regardant par-dessus mon épaule, et hurla, Qui c'est *ça* ?

Je me retournai.

— Le Frère Quillon, dis-je. Et le Frère Leo.

Le premier était en grande conversation avec deux demoiselles éclatantes aux formes généreuses, et le dernier feuilletait d'un air désapprobateur la série de Dickens.

— Vous les avez amenés *avec* vous ?

Il n'en croyait pas ses yeux.

— Nous voulons avoir deux mots avec vous au sujet du bail, hurlai-je, et puis ses premiers mots provoquèrent enfin le déclic dans ma tête et je re-hurlai, QUOI ?

— Je n'ai rien dit !

— *Qu'est-ce* que vous avez dit ?

— Je n'ai *rien* dit !

— *Avant* ça ! Les premiers mots que vous m'avez dits !

— J'ai dit... Et puis il se tut, et me regarda en fronçant les sourcils ; apparemment le même genre de déclic venait de se produire dans sa tête à lui. Vous êtes ici pour parler du *bail* ?

— Que vouliez-vous dire, «rester loin d'elle ?» Je suis *loin* d'elle.

— Vous... Il consulta sa montre. (Rien de commun avec Dwarfmann et ses espiègles chiffres rouges, c'était un monstrueux vieux navet de montre de gousset, avec des *chiffres romains*.)

— Venez avec moi, déclara-t-il, il fit disparaître le navet, m'attrapa le coude sans ménagement, et commença à se tailler un chemin à travers le mur de chair humaine, en me tirant derrière lui comme un canot.

Nous traversâmes le hall central et nous enfonçâmes dans le salon, où Flattery s'arrêta net, tendit la main qui n'était pas soudée à moi, et brailla :

— *Encore* d'autres ?

Je suivis son doigt tendu et aperçus le Frère Flavian en train d'haranguer une demi-douzaine de jeunes étudiants. Ils semblaient tous s'amuser comme des fous. Derrière eux, les Frère Clemence et Dexter, cocktails en main, étaient en conversation polie avec plusieurs Flattery.

Flattery me secoua le bras, en hurlant :

— Combien *êtes*-vous ?

— Nous sommes tous ici, lui répondis-je. Tous les seize,

— Nom d'un chien !

Et il continua à me remorquer, à travers le salon et dans la salle à manger — le Frère Peregrine fox-trottait sur *How Much Is that Doggy in the Window ?* avec une blonde blond-louche, tandis que le Frère Eli s'arrangeait à faire le singe sur la même musique à une fille qui avait la même tête que toutes les chanteuses de folk — et à travers le salon jusqu'à une porte dont je savais déjà qu'elle était fermée à clef parce que je l'avais essayée plus tôt au cours de ma recherche. Flattery, cependant, avait une clef, et sans lâcher mon bras (ma main commençait à souffrir du manque de sang) il ouvrit la porte et la poussa en me projetant dessus.

Un bureau, petit, dense, et terriblement en désordre. Il me fit penser à un bureau d'ingénieur sur le terrain dans une caravane, avec ses plans et ses bleus et les dessins à l'échelle punaisés l'un sur l'autre sur les murs, ses piles de papier pelure en déséquilibre sur le bureau, ses manuels à feuillets mobiles entassés dans tous les sens dans l'étroite et haute bibliothèque, et même le climatiseur géant qui dérobait si loin dans la pièce que n'importe qui assis au bureau devait à tous les coups se pencher légèrement vers la gauche ou bien se dévisser la tête.

Flattery poussa et referma la porte à clef derrière nous, et maintenant nous étions en privé et dans un certain silence. Le fracas et le grondement de la fête étaient toujours audibles, mais au moins nous n'aurions pas à hurler pour nous entendre.

Flattery hurla quand même :

— Que *diable* croyez-vous que vous êtes en train de manigancer *maintenant*, petit salopard ?

— Vous n'avez pas besoin de hurler, lui dis-je. Je vous entends.

— Ça ne vous suffit pas, hurla-t-il, vous me volez ma fille, et maintenant vous voulez salir mon nom devant ma famille et mes amis !

— Pas du tout, assurai-je. Nous n'avions pas idée que vous aviez une...

— Bon, je m'en fous, vous comprenez ? Dites du mal de moi autant que vous voudrez, ces bon dieu de parasites là-dedans disent du mal de moi tout le temps de toute façon, qu'est-ce que ça peut me foutre ?

— Personne ne veut...

— Mais quand il s'agit de mon Eileen, reprit-il, en

brandissant un poing assez près de mon visage pour que j'admire chaque poil orange et chaque tache de rousseur orange et chaque phalange ronde comme un genou, il est temps que vous preniez garde.

— Je n'ai plus rien à faire avec Eileen, assurai-je. Nous nous sommes dit adieu.

— C'est ce qu'elle m'a raconté, dit-il. Elle m'a téléphoné et m'a raconté ça. Le poing se changea en doigt tendu. Mais vous n'avez pas observé les termes du marché, observa-t-il, alors ne vous amenez pas ici comme si vous l'aviez fait. Vous l'avez laissée avec la conviction que son propre père était un menteur hypocrite et un escroc.

— Son propre père *est* un menteur hypocrite et un escroc.

— Et vous alors ? Vous brisez le pauvre cœur de ma fille, vous l'abandonnez pour toujours, et le même foutu jour vous *revoilà* encore.

— Que voulez-vous dire, me revoilà ? Elle est à Porto Rico.

Il me dévisagea, comme s'il essayait de déchiffrer des petits caractères d'imprimerie dans une demi-obscurité.

— Vous êtes réglo ?

— Qu'y a-t-il ? Un soupçon était entré dans ma tête, et j'espérais de toutes mes forces me tromper. Elle n'est pas *ici,* n'est-ce pas ? Comment le pourrait-elle, elle est encore à Porto Rico.

— Non, elle n'est pas ici, répondit-il, et je soufflai de soulagement (et de regret). Mais alors il consulta sa montre et annonça, mais elle y sera, dans moins d'une demi-heure.

Je restai sans voix. Je reculai jusqu'à un fauteuil jonché de papiers et de livres, m'assis sur le tout, et regardai simplement le lourd visage de Dan Flattery.

Les caractères d'imprimerie étaient devenus beucoup plus gros et l'éclairage bien meilleur ; il lisait sur mon visage maintenant.

— Bon Dieu, mais regardez-vous, s'exclama-t-il. Vous

voulez *vraiment* semer encore la panique.

— Je suis rentré au monastère, dis-je.

— Et vous avez sacrément intérêt à y rester.

— Mais pourquoi vient-elle ici ?

— Ça l'a chamboulée, dit-il. Quand vous êtes parti, espèce de triple salaud. Alors elle a sauté dans le premier avion. Alfred Broyle est allé la prendre à Kennedy Airport, il l'a probablement déjà retrouvée.

Alfred Broyle. Etait-ce là l'avenir auquel je l'avais abandonnée ?

— Oh, il vaut mieux que je m'en aille avant qu'elle arrive, dis-je.

— Il vaut mieux que vous partiez illico. Vous et vos copains.

— Avec le bail, dis-je.

— Non ! Bon Dieu, je vous ai expliqué au téléphone la situation dans laquelle je suis...

— C'est parfait, répondis-je. Soudain plus fort, sûr de moi, je quittai mon fauteuil et m'approchai de lui en disant :

— Vous êtes un as avec l'argent, vous avez d'autres affaires, vous savez que vous vous en sortirez. Et vous allez nous donner le bail. Pas à cause d'Eileen ni de ce que mes amis peuvent raconter à vos amis ni rien de tout ça. Vous allez me donner le bail parce que c'est *bien* de me le donner et que ce serait *mal* de ne pas le faire.

— Foutaises, lança-t-il.

Je ne soufflai mot. Je restai debout à le regarder, et il resta debout à me regarder. Je ne savais absolument pas si j'avais raison ou tort, mais nous étions arrivés au dénouement et c'était tout ce qu'il me restait. Je ne dis rien de plus parce qu'il n'y avait rien de plus à dire.

Alors ce fut à Flattery de briser le silence, ce qu'il finit par faire en déclarant, un peu plus doucement qu'avant :

— Il vaut mieux que vous partiez. Eileen va arriver d'une minute à l'autre.

— Eileen n'a rien à voir avec ça, protestai-je, éberlué de comprendre que je disais la vérité. C'est vous et moi et le bail et c'est *tout*.

Cela lui fit froncer les sourcils.

— *Vous ?* Pourquoi vous justement, bon Dieu ? Qu'est-ce que vous avez de si spécial ?

— Je vous tiens, dis-je.

— Répétez un peu.

— N'importe qui peut duper un groupe anonyme, lui expliquai-je. C'est comme bombarder des civils, c'est facile. Mais là il s'agit de deux personnes, c'est vous et moi, et nous sommes face à face, et vous êtes obligé de me dire ce que vous allez faire.

Il y réfléchit un bon bout de temps, des émotions diverses se succédèrent sur son visage, certaines d'une apparente nature violente, d'autres moins. Soudain, de but en blanc, il me tourna le dos et se glissa derrière son bureau pour s'asseoir dans le fauteuil — automatiquement, remarquai-je, il pencha la tête vers la gauche. Il tira alors un bloc de papier blanc vers lui et déclara :

— Je n'ai pas le bail ici, il est dans mon coffre-fort à la banque.

— Je m'en doutais.

— Je vais vous donner une promesse manuscrite tout de suite, dit-il, de remettre le bail dès que possible demain. Non, demain c'est férié. Vendredi.

— Et vous reconnaîtrez dans cette lettre que nous avons une option de renouvellement exclusive ?

Il me regarda en fronçant les sourcils.

— Je vous déteste, cracha-t-il.

— Mais vous le ferez.

— Oui, espèce de salopard, je le ferai.

Il pencha la tête pour écrire, et des coups furent soudain frappés à la porte. *C'est Eileen,* pensai-je, et mes jambes devinrent toute molles. Flattery, irrité, leva les yeux de son papier et pointa le bout de son stylo vers la porte en disant :

— Allez voir qui c'est, bon Dieu.

— D'accord.

Je déverrouillai la porte et ce n'était pas Eileen mais

sa mère, qui entra d'un air affairé et préoccupé dans la pièce, en disant :

— Dan, un type en longue robe vient d'assommer Frank.

Il lui lança un regard si chargé d'exaspération qu'elle recula d'un pas.

— *Quoi ?*

— Une robe comme ce mons... Elle me regarda de plus près. Oh, vous êtes ce fameux Frère.

— Rebonjour.

— Oh, dit-elle, se rappelant encore mieux de moi, vous êtes ce *fameux* Frère.

— J'en ai bien peur, répondis-je.

— Margaret, veux-tu bien fiche le camp d'ici, cria Flattery. Laisse Frank se bagarrer comme il l'entend.

Avec plusieurs coups d'œil abasourdis et méfiants — quoique curieux, Mme Flattery repartit, et je refermai la porte à clef, et Dan Flattery poursuivit ses écritures.

Cela ne lui prit pas beaucoup plus longtemps, et puis il me tendit le papier par-dessus le bureau, en disant :

— Je suppose que vous voulez le lire.

— Je ferais aussi bien, répondis-je.

C'était point par point ce qu'avait annoncé Flattery.

— Merci, dis-je.

Il se leva de derrière son bureau, se débrouillant sans effort apparent pour ne pas s'arracher l'épaule droite sur le climatiseur.

— Laissez-moi vous dire quelque chose, déclara-t-il.

— Oui ?

— Je ne veux pas que vous vous fassiez une fausse idée de moi, commença-t-il. Je ne vous ai pas donné ceci par principe moral. Je suis un homme pragmatique chargé de responsabilités et la morale vous pouvez vous la foutre au cul. Je vous rends le bail parce que je *veux* que ce monastère reste debout, je veux qu'il demeure bien à sa place avec son mur tout autour et vous dedans et je veux que ça *reste* comme ça. Parce que si jamais je vous vois dans la rue, je jure sur cette croix que vous portez

303

que je vous écrase.

— Hum, fis-je.

— Adieu, dit-il.

Ce ne fut pas une petite affaire de rechanger quinze moines et M. Schumacher d'invités en Voyageurs. Ils étaient tous très contents où ils se trouvaient. Je dus expliquer au Frère Oliver qu'Eileen était sur le point d'arriver, et alors il joignit son autorité et son sens de l'urgence à ma panique, et les robes marron commencèrent enfin à s'écarter de la fête.

Je sortis et me plantai à côté du car, en essayant de ne pas regarder vers la route. Que ferais-je si une voiture descendait cette rue sombre, en ralentissant pour tourner dans l'allée ? Je devrais monter dans le car, voilà ce que je devrais faire, et rester là dans le noir, sans même regarder par la fenêtre. C'est ce que je devrais faire. C'est ce que je *devrais* faire.

Les Frères sortirent de la maison d'un pas traînant, l'un après l'autre, chacun d'eux associant sa répugnance à quitter la réception avec la joie de notre réussite. Le monastère était sauvé ! N'était-ce pas censé être le but de l'opération ?

Ça l'était pour les autres.

— Magnifique, me dirent-ils. Félicitations. Je ne sais pas comment vous vous êtes débrouillé, et des choses comme ça. Ils me tapotèrent le bras, me serrèrent la main, me sourirent. Ils m'aimaient, et moi je continuai à regarder vers la route, et pas une seule voiture n'arrivait.

Le Frère Mallory sortit de la maison, le sourire aux lèvres, en se léchant une phalange écorchée.

— Quelle nuit, s'exclama-t-il. Je ne vous oublierai jamais, Frère Bénédict.

Le Frère Oliver et M. Schumacher sortirent en dernier, bras dessus bras dessous. Ils s'approchèrent en souriant, rayonnants, et le Frère Oliver resta à côté de moi tandis que M. Schumacher montait dans le car. Je tournai les yeux vers la route.

Le Frère Oliver remarqua :

— Ce n'est pas une prison. Vous pouvez partir si vous voulez.

— Je le sais. Je ne veux pas. C'est juste... Alfred Broyle, c'est tout.

Il ne pouvait pas comprendre ce que je voulais dire, alors il se contenta de me tapoter le bras et murmura une bêtise quelconque. Je lui déclarai :

— S'il y avait une solution pour que ça marche, je resterais ici tout de suite. N'importe quelle solution. Mais je ne suis pas celui qu'il lui faut, et au bout d'un moment elle ne serait pas celle qu'il me faut, et quand nous en aurions fini l'un avec l'autre, nous serions tous les deux fichus pour *n'importe quel* genre de vie. Je suis juste navré de la laisser à... sans que la situation soit arrangée pour *elle*.

— Mais qu'est-ce que cela signifie pour votre vocation, mon frère ? Vos convictions ?

— Frère Oliver, déclarai-je, pour être franc avec vous, je ne sais plus à *quoi* je crois. Je ne sais pas si je crois en Dieu ou simplement dans la paix et la tranquillité. Tout ce que je sais avec assurance c'est que, quel que soit ce en quoi je crois, ça ne se trouve pas ici. Le seul endroit où je l'aie jamais trouvé, c'est dans ce monastère.

Le chauffeur du car nous klaxonna. Il était grincheux ; il s'était attendu à ce que nous restions jusqu'à minuit passé et on venait de le trouver à l'instant dansant le twist dans la salle à manger. Ayant klaxonné à notre attention, il cria par la portière ouverte :

— Vous venez vous deux ?

— Nous venons, répondis-je. Allons-y, Frère Oliver.

Nous étions à vingt mètres de la maison quand une voiture nous croisa. Je me levai et tendis le cou pour regarder par la vitre arrière du car. La voiture tourna dans cette allée-là, où la fête se poursuivait.

Samedi, neuf heures du soir. Je m'assis sur mon banc dans la chapelle, attendant de voir le Père Banzolini pour la première fois depuis que j'étais parti à Porto Rico, et quel paquet de péchés j'avais à confesser. J'aurais dû à l'instant même répéter cette liste de péchés dans la crainte et la contrition, mais je n'en faisais rien ; non, je souriais à mon environnement familier avec soulagement et ravissement.

Chez moi. J'étais chez moi, et pour n'en plus bouger. Je ne Voyagerai même plus pour le *Times* du dimanche, ayant avec joie abdiqué cette fonction en faveur du Frère Flavian. (Qu'il s'inquiète *lui* de la censure, désormais !) Le monde extérieur s'effaçait déjà de mon esprit et je redevenais ce que j'avais toujours été. (Avant que les Frères Clemence, Silas, Thaddeus soient devenus moines ils avaient été homme de loi, voleur, marin. Avant que je sois devenu moine, j'avais été un moine qui ne savait pas qu'il était un moine.)

Le rideau du Confessionnal froufrouta et en sortit le Frère Gideon avec sa robe empesée toute neuve et son sourire doux tout neuf. Je pris sa place dans le box sombre, contre l'oreille du Père Banzolini, et commençai tardivement à organiser mes pensées.

— Bénissez-moi, mon Père, soufflai-je, car c'est une longue histoire.

Rivages / noir

Achevé d'imprimer sur rotative par l'imprimerie Darantiere à Dijon-Quetig
en octobre 2003 – Dépôt légal : octobre 1993 – N° d'impression : 23-12

Imprimé en France